JEKYLL'S MIЯROR

지킬의 거울

JEKYLL'S MIRROR
지킬의 거울

초판 1쇄 인쇄 2017년 8월 24일
초판 1쇄 발행 2017년 8월 31일

글 윌리엄 허시 **옮김** 손성화
펴낸곳 도서출판 봄볕 **펴낸이** 권은수 **디자인** 이하나
등록번호 제25100-2015-000031호 **등록일** 2015년 4월 23일
주소 서울특별시 서대문구 서소문로 37 1125호 (합동, 충정로대우디오빌)
전화 02-6375-1849 **팩스** 02-6499-1849
전자우편 springsunshine@naver.com **블로그** http://blog.naver.com/springsunshine
ISBN 979-11-86979-39-6 43840

이 도서의 국립중앙도서관 출판예정도서목록(CIP)은 서지정보유통지원시스템
홈페이지(http://seoji.nl.go.kr)와 국가자료공동목록시스템(http://www.nl.go.kr/kolisnet)에서
이용하실 수 있습니다.(CIP제어번호: CIP2017019213)

♪ 책값은 뒤표지에 있습니다.
♪ 봄볕은 올마이키즈와 함께 어린이를 후원합니다.

봄볕청소년

JEKYLL'S MIRROR

지킬의 거울

윌리엄 허시 글

손성화 옮김

봄볕

"…무슨 짓을 저질렀든 간에 에드워드 하이드는
거울에 서린 입김처럼 사라질 것이다."

로버트 루이스 스티븐슨
『지킬 박사와 하이드 씨의 기이한 사례』

나를 비롯해 수많은 이의 책을 펴낸 편집자,
친절하고 너그러우며 예리한 눈을 가졌던 케이트 윌리엄스를 기리며.

차례

JEKYLL'S MIЯROR

제 1부 게임 시작

그냥 게임일 뿐이다.
갈수록 어두운 쪽으로 움직이긴 하지만
어차피 가상일 뿐이니 뭐가 문제겠는가?

제 1 부 게임 시작

1

'그분'과 불꽃 소녀

반쯤 젖혀진 블라인드 사이로 햇빛이 비쳐들자 철창살 같은 그림자가 새뮤얼 스틸하우스에게 드리웠다. 정적이 감도는 상담실에서 샘은 창문에 갇힌 자기 모습에 시선을 붙박고 있었다.

"내 말 듣고 있니? 샘, 이제 말해보렴."

출생신고서 날짜로 보면 열일곱 살. 하지만 진청색 눈동자에 어린 황폐함을 보면 그보다 더 들어 보였다. 샘은 예전에 '걸어 다니는 재앙'으로 불렸다. 팔다리가 긴 데다 키도 크고 말라서 장애물에 부딪히거나 지나치게 큰 자기 발에 걸려 넘어지기 일쑤였다. '걸어 다니는 재앙'이라는 별명은 샘에게 잘 어울렸다. 하지만 지금은 달라졌다. 매사에 더 조심하면서 우아하고 품위 있게 유령처럼 세상을 돌아다녔다.

"말 안 할 거구나. 그렇지?"

래리 선생이 한숨을 푹 내쉬었다.

며칠 만에 본 구름이 여름날 태양을 가로지르며 꾸물꾸물 지나갔다. 진료실에 그늘이 드리우자 유리창에 비친 샘의 모습도 어두워졌다.

"그러면 계속해봐야 소용없지. 면담을 중단한다고 네가 이모께 말씀드리렴. 물론 네가 결정할 문제야. 나중에라도 네 생각에…. 샘, 괜찮니?"

아니. 전혀 괜찮지 않았다.

샘은 또다시 그 부엌에 있었다. 부엌문에 등을 기대자 신경세포가 익숙한 멜로디를 흥얼거렸다. 나쁜 남자가 계단을 쿵쿵대며 걸어 내려오고 있었다. 부엌문이 가로막고 있어도 쿵쿵 소리는 들렸다. 하지만 적어도 공포감은 덜했다. 맨발이 쿵쾅거리는 소리, 땀 찬 주먹으로 난간을 탕탕 치는 소리, 복도에서 샘의 이름을 외치는 소리….

그때 엄마가 자물쇠에 열쇠를 꽂는 소리가 들렸다. 엄마는 일이 끝난 지 20분밖에 안 됐다. 그런데도 맥주에 취해 혀가 풀린 아빠의 목소리에는 비난조가 가득했다.

"어디 갔다 왔어? 이 더러운…."

래리 선생은 의자에서 일어났다. 그러고는 여섯 달 만에 처음으로 샘의 어깨에 손을 올려 다독였다.

"아가, 정확히 뭐가 두려운지 나한테 얘기해보렴."

샘이 비틀거리며 현실로 돌아왔다.

"전 선생님 아기가 아녜요! 전 누구의…."

몹시 화를 내며 대들던 샘은 책상에 잔뜩 쌓인 서류들을 내리쳤다. 휘갈겨 쓴 환자 기록과 경찰 인쇄물이 와르르 떨어지면서 샘에 관한 기록들도 바닥에 흩어졌다. 래리 선생에게 덤벼들 의도도, 서류를 날려버릴 의도도 없었다. 뚱해서 말이 없기는 해도 샘은 정신 치료를 담당하는 래리 선생을 좋아하고 또 존경했다. 래리 선생이 흩어진 문서들을 서류철에 주워 담는 모습을 지켜보던 샘은 정말로 간절히 사과하고 싶었다.

'고의가 아니었어요, 선생님. 제가 얘기를 안 하는 건 선생님께 무슨 감정이 있어서가 아녜요. 전 그냥….'

　　여성 사체 옆에서 사망자의 아들 발견. 소년은 어머니를 되살리
　려 했으나 여성은 부상 정도로 보아 즉사한 것으로 보임.

맨 처음 현장에 출동한 경찰이 작성한 증인 면담서 일부가 서류철 귀퉁이로 삐져나왔다. 심장박동이 빨라지고 피부가 따끔거렸다. 또다시 느껴졌다. 양손에 말라붙어 딱딱하게 굳은 피. 샘은 마음속을 깊이 들여다보면서 앞에 널브러진 공포에 대처할 방법을 찾고 있었다. 하지만 샘이 찾아낸 방법은 그저 노려보는 것뿐이었다. 이해할 수 없을

정도로 가혹한 상황을.

래리 선생의 모습이 흐릿해지면서 눈이 따끔거렸다. 샘은 주먹을 꽉 쥐었다. 그리고 또다시 느꼈다. 안에서 '그분'이 똬리를 틀었다. 공포에 질린 샘은 진료실 밖으로 뛰쳐나갔다. 진료소에 있는 사람 중에 샘을 붙잡으려는 이는 아무도 없었다. 정신과 치료를 받는 사람이 면담을 피하려고 도망치는 게 특별한 광경은 아니기 때문이다. 래리 선생이 언제나 말하듯이 샘은 치료를 거부할 자유가 있었다.

'그럼 이곳엔 도대체 왜 온 거야?'

이중문을 밀자 작은 목소리가 속삭였다. 샘은 마음속으로 대답했다.

'그야 내가 '도움받는다'고 생각해야 코라 이모가 안심하니까. 래리 선생님이 계속 얘기하는 동안 그냥 앉아 있기만 한다는 걸 이모가 알면 안 돼.'

샘은 서둘러 학교로 향했다. 사정을 잘 아는 펜들턴 중·고등학교 교장은 정신과 면담을 받으러 잠깐 다녀오도록 허락해줬다. 매더슨 교장은 새로 전학 온 샘에 대해 모든 사항을 보고받은 유일한 교사였다. 샘은 겨울방학이 시작되기 몇 주 전에 펜들턴 중·고등학교로 옮겼다. 그러니까 래리 선생의 서류철에 든 것은 교장만 알아야 했다. 하지만 진실은 드러나고야 만다. 인터넷을 떠도는 호기심 많은 손가락들 때문에 오래지 않아 사건의 전말이 밝혀졌다.

"다들 너희 엄마에게 일어난 일을 가슴 아파해. 우리가 할 수 있는 게 있으면 뭐든지 말만 하라고, 친구."

여름 학기가 시작될 때 대입 준비반의 파티광 '기금 모금 운동가' 찰리 리들리가 말했다.

붐비는 학교 휴게실에서 오도 가도 못 한 채 샘은 여학생들이 서로 포옹하고 키스하는 것을, 남학생들이 어깨를 끌어안거나 등을 두드리는 것을 견뎌야 했다. 아이들의 위로는 독사에게 물린 것처럼 찌르듯이 아팠다. 사실은 몹시 겁이 났다는 걸 아이들이 알면 좋았을 텐데.

'그분'이 진정된 뒤 샘은 우중충한 거리를 거닐었다. 중고품 가게와 먼지투성이 신문 가판대 뒤로 문을 판자로 가로막은 술집들이 늘어서 있었다. 두근대던 심장이 막 진정되려는 그때 누군가가 큰 소리로 외쳤다.

"무슨 생각해?"

샘은 햇빛에 눈을 찡그린 채 길 건너편을 바라봤다. 여자아이가 보였다. 샘을 보고 말을 건 것 같았다. 타는 듯이 뜨거운 큰길에 두 사람 말고는 아무도 없었기 때문이다. 여자아이가 아지랑이 속에서 불꽃처럼 일렁였다. 그렇다, 예술가적인 샘의 눈에는 불꽃과 흡사해 보였다. 카나리아색 짧은 원피스, 주황색 민소매 셔츠, 그리고 분수처럼 뿜어져 나온 붉은 노을빛 머리칼이 어깨 위로 흘러내렸다. 다시 샘을 부르는 새빨간 입술을 보니 불의 이미지가 떠올랐다.

"무슨 생각하냐고요."

여자아이가 되풀이해 말했다. 미소를 짓자 주근깨 난 콧잔등에 주름이 잡혔다.

"뭐가?"

'미국인이군.'

샘은 생각했다.

'미국 남부 출신이야, 저 억양.'

샘은 마른침을 삼켰다.

'모음을 길게 빼면서 느릿하게 끄는 강렬하면서도 다정한 말투.'

"물론 네 생각 말이야."

지금 놀리는 건가? 샘은 언제나 여자아이들과 상당히 편하게 어울렸다. 놀림을 받는 건지 아닌지 정도는 충분히 알았다. 지금 이건 놀리는 것 같지는 않다.

"넌 누구야?"

샘이 물었다.

"한번 알아내보지그래?"

그러더니 불꽃 소녀는 좁은 골목 안으로 몸을 휙 숨겼다. 약국과 아담한 건물 사이 골목이었다. 약국 옆에 있는 건물은 출입문이 갈라지고 창문이 검게 칠해져 있었다. 호기심이 동하지 않았더라도 샘은 불꽃 소녀를 따라갔을 것이다. 여름날의 열기가 참기 어려운 지경이었기 때문이다. 가늘고 긴, 어둠에 싸인 골목이 유일한 구원처럼 보였다. 골목 입구에 이르렀을 때 샘은 잠시 멈춰 서서 왼편에 있는 작은 가게를 흘깃 쳐다봤다. 여러 번 본 가게다. 문 위에 걸린 이상한 간판이 늘 시선을 잡아끌었다.

판타즈마고리움

창문에는 스텐실로 이런 글귀가 찍혀 있었다.

희귀 유물 거래 전문
방문 전 예약 필수

샘은 별난 장식품 같은 것이 가득한 골동품 가게일 거라고 추측했다. 엄마가 즐겨 모으던, 하지만 아빠가 늘 때려 부수던 그런 장식품. 그런데 저 이상한, 연극에나 나올 법한 이름은 뭘까? 딱히 설명할 수는 없지만 '판타즈마고리움'이라는 말은 어딘가 균형이 안 맞는 느낌이었다. 환영과 실체, 겉과 속, 진실과 거짓처럼.

"어서 와, 새뮤얼 스틸하우스. 기다리잖아."

샘은 다시 골목으로 시선을 돌렸다. 2주 넘게 비가 내리지 않았지만 돌이 깔린 길에는 물웅덩이가 있었다. 이끼가 잔뜩 낀 판타즈마고리움의 벽을 만지니 역시 축축했다. 아직 어둠에 적응 중인 눈에 힘을 주고 샘은 손으로 벽을 더듬으면서 길을 따라 걸었다. 막 여자아이를 다시 부르려는 순간이었다. 더듬거리던 손에 소녀의 손목이 닿았다.

"미안, 거, 거기 있는 줄 몰랐어."

소녀가 아무렇지 않다는 듯 샘의 손을 꼭 잡으면서 말했다.

"따라와."

목소리에 가득하던 장난기가 온데간데없다. 어쩐 일인지 골목의 어둠이 소녀의 말 속에 박혀버린 것 같았다. 느리게 끄는 말투도 사라졌다. 여전히 미국 남부 사람 같은 느낌이 강하게 풍겼지만 아주 진지하고 딱 부러지는 말투였다.

"내 이름은 어떻게 알아?"

돌아오는 대답은 없었다.

소녀는 샘을 계속 끌고 가더니 다시 인정사정없이 내리쬐는 햇볕 아래에 섰다. 그제야 소녀의 모습이 제대로 눈에 들어왔다.

'예쁘다. 근데 되게 특이하네.'

샘은 생각했다. 왼팔에는 탑처럼 겹겹이 쌓아 올린 장밋빛 팔찌가 팔꿈치까지 올라가 있었다. 옥과 호박, 은, 수정, 오닉스, 자수정 같은 게 눈에 들어왔다. 오른팔에는 초록 뱀 문신이 어깨부터 손, 여전히 샘의 손을 잡고 있는 그 손까지 구불구불 기어 내려갔다. 두 갈래 혓바닥이 엄지와 검지 사이로 갈라졌다. 눈부시게 빨간 머리에도 알록달록한 구슬 장식이 빛을 받아 반짝거렸다. 무엇보다 밝게 빛난 것은 놀라울 정도로 선명한 녹색 눈동자였다.

"여기서 뭐 하는 거야?"

"쉬잇."

소녀가 손가락을 입술에 갖다 대자 뱀 혓바닥이 달려들었다.

"뭐가 느껴져?"

소녀는 샘을 버려진 공터로 데려갔다. 판타즈마고리움 뒤편으로 펼

JEKYLL'S
MIЯROR
지킬의 거울

처진 드넓은 공터였다. 소금기 섞인 모래바람이 불어와 눈이 따끔거렸다. 판타즈마고리움 뒷벽에 바람이 탁탁 부딪치는 소리가 났다. 판타즈마고리움 뒷벽은 낙서 하나 없이 깨끗했다. 다른 건물과 분명 달랐다. 그래피티 하는 사람들이 왜 이 특이한 가게에는 접근하지 않았을까?

"무슨 느낌? 난 잘⋯."

샘이 되물었다.

소녀는 샘을 공터 끝으로 끌고 갔다. 갈라진 콘크리트 틈새엔 잡초가 무성했고 버려진 잡동사니들이 굴러다녔다.

'이건 정신 나간 짓이야. 나한테 뭘 기대하⋯?'

머릿속으로는 문장이 다 만들어졌지만 샘은 말을 내뱉을 수가 없었다. 바로 그 순간 느꼈기 때문이다. 허공에 맴도는 어둠의 노랫소리를.

2

고르곤의 초대

샘은 한 번도 공포 영화를 즐긴 적이 없다. 집에서의 일상만으로 공포는 충분했다. 어쨌거나 공포 영화가 어떤 분위기인지는 잘 안다. 보통은 밤, 파헤친 공동묘지나 황량한 숲이 배경이다. 뜨거운 여름 한낮, 뒷길에 한 줄로 늘어선 그저 그런 가게 뒤편은 공포 영화의 분위기와는 분명 거리가 멀었다. 하지만 목덜미가 서늘해지면서 오싹한 기운이 시커먼 기름 덩어리처럼 목구멍 아래 가라앉는 느낌이었다.

"그게 무슨 말이야? 여긴 어디고?"

샘은 마른침을 삼켰다.

소녀는 신기한 듯 샘을 쳐다보며 말했다.

"칙칙한 도시의 칙칙한 작은 골목 안에 콕 박힌 칙칙한 작은 가게…."

소녀는 자기가 한 말이 만족스러운 듯 고개를 끄덕였다.

JEKYLL'S
MIRROR
지킬의 거울

"그럼 조만간 또 보자, 새미."

눈 깜박할 사이에 골목의 어둠이 불꽃 소녀의 불길을 꺼뜨렸다. 소녀는 이미 사라지고 없었다. 샘은 뒤를 쫓았다. 발소리가 앞뒤에서 울려 퍼졌다. 서로 쫓고 쫓기듯 불안감을 자아내는 음향 기법 같았다.

"잠깐! 넌 누구야?"

샘은 앞쪽에 있는 희미한 빛을 향해 외쳤다.

돌연 눈부신 햇빛이 확 비쳐들었다. 거리에는 아무도 없었다. 태양만이 멍하니 건물들을 바라보았다. 딱 한 건물, 바로 뒤에 있는 건물만 빼고. 샘은 햇볕을 차단한 판타즈마고리움의 검은 유리를 곁눈질했다. 유리는 마치 거울처럼 샘을 붙들었다. 샘의 얼굴이 암흑의 한복판에 또렷하게 떠올랐다.

'여기서 나가. 어서, 뒤돌아보지 말고. 여긴 아주 안 좋은 곳이야.'

샘이 중얼거렸다. 그러곤 냅다 달리기 시작했다. 은빛으로 빛나는 거리를 따라 달렸다. 길은 운하를 따라 이어졌다. 바닷속에 가라앉은 해적의 보물처럼 반짝반짝 빛나는 쇼핑 카트들이 반쯤 잠긴 채 백금 줄처럼 흘러갔다. 머릿속이 뒤죽박죽 된 샘은 펜들턴 중·고등학교의 녹슨 정문으로 달려 들어갔다. 태양에 물들어 금색으로 번쩍이는 정문이 새것처럼 보였다.

"샘? 괜찮니?"

크레일 선생이 가느다란 팔로 책을 안고 현관 복도에 서 있었다. 영어를 가르치는 크레일 선생은 걱정스러운 눈으로 제자를 바라봤다.

샘은 미소를 지으려 애썼다.

래리 선생과의 면담 치료에서 손을 흔들며 작별을 고한 지 30분도 채 지나지 않았다. 얘기를 털어놓을 상대는 정신과 간호사가 아닐지도 몰랐다. 샘은 분노의 근원이 무엇인지 잘 알았다. 애써 무시하려 하지만 적어도 분노가 존재한다는 사실 자체는 자각했다.

'래리 선생님은 큰일을 겪은 뒤에 나타나는 자연스러운 반응이라고 여길 수도 있어.'

하지만 샘은 곧 생각을 떨쳐냈다. 절대 누구도, 어렴풋하게라도 '그분'을 알아채서는 안 된다. '그분'을 알게 되면 래리 선생 같은 사람들이 동정할 것이고 그렇게 되면 재앙이 닥칠 테니까.

그나마 '그분'은 적어도 머리로는 이해가 됐다. 하지만 방금 일어난 일은 이해가 가지 않았다. 내가 미친 걸까? 별것도 아닌 골동품 가게에서 도망친 건 단지 뭔가 잘못된 분위기를 느꼈기 때문일까? 설명할 수 없는 으스스함이 망상이라면, 그 소녀 역시 상상으로 만들어낸 인물이어야 했다. 하지만 소녀는 정말이지… '진짜'처럼 보였다.

"크레일 선생님, 제가 도와드릴게요."

마침내 샘이 입을 열었다.

두 사람은 복도를 따라 걸었다. 오래된 벽에서 찬 기운이 뿜어져 나왔다. 돌벽은 안쪽 깊숙이 아직 겨울을 품은 듯했다. 12월, 처음 학교에 온 날은 눈이 펑펑 쏟아졌다. 샘은 입을 헤벌린 채 창문틀과 꼭대기가 하얀 굴뚝을 쳐다보며 서 있었다. 펜들턴 중·고등학교는 동화

JEKYLL'S
MIRROR
지킬의 거울

에 나오는 곳 같았다. 런던에서 다니던 달동네 학교와는 달랐다.

크레일 선생의 사무실 문 앞에서 샘은 책을 건네고 도서관 쪽으로 발길을 옮겼다. 얼마 안 가 크레일 선생이 샘을 도로 불렀다. 학교에 오고 나서 처음 일주일 동안 샘은 영어 주임 교사인 크레일 선생이 상당히 무서운 사람이라는 것을 알게 됐다. 150센티미터가량 되는 키에 수수한 검정 신발을 신은 어밀리아 크레일 선생은 펜들턴의 고르곤으로 명성이 자자했다. 크레일 선생이 빤히 쳐다보면 제아무리 멋대로 구는 학생도 돌처럼 굳어버렸다. 하지만 무시무시한 가면 밑에는 상냥하고 헌신적인 얼굴이 깃들어 있다는 것을 서서히 알게 됐다. 크레일 선생은 제자들에게 기꺼이 특별한 노력을 기울이는 사람이었다.

"샘, 내가 뭔가…. 그러니까 어쩌면 기회가 될지도 모르는…."

수수께끼 같은 불꽃 소녀를 만나지 않았다면 지금 이 상황이 분명 그날 겪은 일 중에서 가장 이상한 일이었을 것이다. 크레일 선생은 평소와 달리 말을 더듬으면서 눈을 피했다.

"선생님, 괜찮으세요?"

샘은 걱정스러운 표정으로 물었다.

크레일 선생은 고개를 들어 샘을 쳐다보고는 보기 드문 미소를 지었다.

"넌 착한 아이야. 네가 굉장히 힘든 일을 겪었다는 얘기를 들었어. 참 딱한 일이지. 너도 알다시피 내게도 딸이 있잖니. 그런데 걔가…."

바로 그때 샘은 조약돌 같던 선생님의 눈이 촉촉해지더니 순간 반짝이는 것을 봤다. 아무도 믿지 않겠지만.

"저기 말이야, 너한테 정말로 도움이 될 만한 일이 들어왔어. 새 교재를 만드는 기초 작업에 참여하는 거야. 중요 작가를 공부하는 아이들에게 도움이 되는 교재야. 대학 원서에 쓰기에도 아주 좋을 일이란다. 날 거들어주는 것이기도 하고."

매일 살얼음판 걷듯 지내다 보니 샘은 고등학교를 졸업한 뒤 어떻게 살지 생각조차 해보지 못했다. 참여하고 싶다면 빨리 계획을 세워야 한다는 걸 샘도 잘 알았다. 대학에 가는 것이 이치에 맞는 다음 단계일 수도 있었다. 어쩌면 코라 이모도 그러기를 기대할지 몰랐다. 집을 떠나 다른 곳에서 공부하는 게 좋을 수도 있다.

'또 다른 새 출발? 그래, 계속 달려, 꼬맹이 새미. 능력이 닿는 한 빨리, 열심히 달려.'

마음속 교활한 목소리가 속삭였다.

"제가 뭘 해야 하나요?"

샘이 웅얼거리듯 물었다.

선생님의 얼굴에 혼란스러운 빛이 스쳤지만 이내 평소처럼 권위 있는 모습으로 되돌아갔다.

"지난주에 내년 시험 지정 도서 중에서 한 권을 미리 읽으라고 했지?"

"네. 분량이 많지 않아서 거의 다 읽었어요."

샘이 고개를 끄덕였다.

"잘했다. 물론 그 책은 고전문학이야. 그런데 그게 다가 아니란다. 인간 본성의 밝은 면과 어두운 면을 모두 파헤친 훌륭한 작품이지."

크레일 선생의 얇은 입술이 파르르 떨렸다.

학교 건물의 돌벽에서 차디찬 기운이 새어 나왔다. 목덜미에 밴 땀이 얼어붙는 것 같았다. 몸이 부르르 떨렸다.

"『지킬 박사와 하이드 씨의 기이한 사례』."

크레일 선생은 등을 돌려 사무실로 들어서며 말했다.

"그 책이 우리가 할 실험의 기본 교재야. 내일 방과 후 여기 내 방에서 시작할 거다."

크레일 선생이 다시 샘을 마주 봤다. 눈가의 물기는 흔적도 없이 사라졌다. 눈물이 나긴 했을까 의아할 정도였다.

"하이드 프로젝트를."

3
타오르는 불

'사랑'　　　'증오'

눈물이 가득 찬 어린 샘의 눈앞에 두 단어가 맴돌았다. 샘은 무릎을
꿇고 양손을 마주 잡은 채 소리 없이 기도했다. 신에게, 산타 할아버지
에게, 치아 요정에게, 이웃에 사는 브래드버리 부부에게 빌었다. 브래
드버리 부부는 소리만 듣고도 이 집에서 무슨 일이 벌어지는지 분명
알 것이다. 샘은 누구보다 남자에게 빌었다. 샘에게 다가오는 남자, 크
고 불룩한 주먹 위로 뾰족한 절벽처럼 솟은 손마디에 문신을 한 남자.
　'그분'이 이기는지 보려고 샘은 숨죽인 채 가만히 기다렸다. 엄마가
표적일 때는 '그분'이 늘 이기는 듯했다. 하지만 간혹 샘을 목표로 삼
을 때는 아빠가 '그분'의 손아귀를 뿌리치고 빠져나오기도 했다. 그러
고는 거대한 손을 뻗어 맥주 냄새를 물씬 풍기며 "미안해, 새미. 미안

JEKYLL'S
MIRROR
지킬의 거울

하다"라고 속삭이곤 했다. 그러면 샘은 아빠를 꼭 껴안았다. 가녀린 두 팔에 착한 남자를 곁에 머물게 만드는 힘이라도 담긴 것처럼.

하지만 이번에는 달랐다. 엄마는 일터에 있었다. 벌건 눈으로 뚫어져라 쳐다보는 아빠의 눈동자 안에서 '그분'이 소름 끼치는 곡에 맞춰 춤을 췄다. 나쁜 남자는 앞으로 나아가더니….

꿈이 흔들렸다. 변했다. '증오'라는 글자가 지워지고 새로운 글자가 거대한 손마디를 가득 메웠다. **판타즈**—. 바로 그때 아빠 뒤로 사람이 보였다. 한 번도 누가 있었던 적이 없는데….

샘은 여느 때처럼 비명이 새어 나가지 않도록 주먹으로 입을 틀어막은 채 땀범벅이 되어 깨어났다. 서서히 방이 눈에 들어오기 시작했다. 거품이 뜬 물컵, 귀퉁이가 접힌 책 하나. 도서관에서 빌린 『지킬 박사와 하이드 씨의 기이한 사례』였다. 그리고 밤의 어둠에 대비되는 총천연색 스파이더맨 포스터. 샘은 천천히 마음속 움직임을 살피면서 꿈에 대해 생각했다. 끔찍한 상처의 가장자리를 꼼꼼하게 살피는 사람처럼 집중했다. 고통스럽기만 한 어린 시절과 관련된 악몽이었다.

샘은 이불을 걷어내고 일어나 화판으로 갔다. 모서리에 고정된 할로겐등을 켜자 슈퍼 히어로 '분노의 캐리언'이 샘을 쳐다봤다. 캐리언은 죽은 짐승의 썩어가는 고기라는 뜻이다. 바람에 부푼 망토 아래에 벤저민 브래들리가 숨어 있었다. 그는 낮에는 온화한 경비원이지만 밤에는 무자비한 자경단원으로 돌변했다. 브래들리의 또 다른 자아는

'사랑과 친절을 모르는 심장들', '썩어가는 고깃덩어리들'이라 칭하는 이들을 찾아 도시의 옥상을 뛰어다녔다. 샘의 아빠는 다른 시간, 다른 도시에서 경비원으로 일했다.

샘은 최근에 그린 캐리언을 북 찢어냈다. 그러고는 책상에 놓인 병에서 잘 깎은 연필 한 자루를 꺼내 쥐었다. 꿈의 마지막 장면이 마음속에서 무너져 내리면서 어슴푸레한 사람의 형체가 사라졌다. 아직 남아있는 기억을 되새기며 남자의 윤곽을 대충 그렸다. 키가 크고, 마르고, 팔은 거의 유인원처럼 축 늘어져 덜렁거린다. 머리카락은…. 너무 늦었다. 꿈에서 본 모습이 사라져버렸다.

샘은 연필을 놓고 관자놀이를 지그시 눌렀다. 신선한 공기가 필요했다. 예전에 듣던 '걸어 다니는 재앙'이 반복해서 울렸다. 샘은 운동복 바지와 색 바랜 아이언맨 티셔츠를 입었다.

집은 조용했다. 이모부 라이어널은 바로 옆방에서 자고 코라 이모는 소파에서 낮게 코를 골고 있었다. 엄마보다 더 작고, 더 가무잡잡하고, 더 체격이 좋은 코라는 엄마와 그리 많이 닮지 않았다. 하지만 이따금 주름 잡힌 이마나 비쭉거리는 입술이 엄마처럼 보여서 깜짝깜짝 놀라곤 했다. 코라 크렘퍼와 마리아 스틸하우스가 자매라는 사실이 새삼스러웠다.

지금 시간이면 오줌 자국으로 지저분하기 짝이 없는 엘리베이터가 31층부터 1층까지 내려가는 데 몇 분이면 충분할 것이다. 요란한 소리와 함께 천천히 엘리베이터 문이 열렸다. 샘은 아무도 없는 정원으

로 나가 블러프스 아파트의 음산한 그림자 속으로 들어갔다.

밤공기가 몹시 후텁지근했다. 블러프스 고층 아파트에 늘 나타나던 눈 때꾼한 마약상들도 다 들어간 모양이었다. 샘은 홀로 걸으면서 또다시 불꽃 소녀에 대해 생각했다. 전날 저녁, 소녀를 종잡을 수 없는 괴짜라고 여기고 잊자고 마음먹은 터였다('네가 그런 말 할 자격이 있어? 너나 똑바로 하고 다녀.' 샘의 마음이 되물었다). 어떤 이유인지 모르겠지만 판타즈마고리움에 병적으로 집착하는 미친 아이, 편집증적인 망상을 낯선 사람과 공유하기로 결심한 아이. 하지만 이 설명은 너무 단순해 보였다. 불꽃 소녀가 뇌리에서 떠나지 않았다.

구시가를 이리저리 거닐던 샘은 도시를 관통하는 빅토리아 시대의 좁은 골목으로 들어갔다. 운동화 밑으로 조약돌이 밟히고 고풍스러운 가로등이 높은 담장에 노란 불빛을 던졌다. 다그닥다그닥 마차 소리가 들리고 멀리서 경찰의 호루라기 소리가 날카롭게 울려 퍼지면 딱 『지킬 박사와 하이드 씨의 기이한 사례』의 한 장면일 것이다. 착한 의사가 자기가 만든 기적의 묘약을 삼킨 뒤 사악한 괴물로 변해 어두운 거리를 펄펄 뛰어다니는 모습이 그려졌다.

"날 갖고 놀 생각 마. 휴대폰이랑 지갑 같은 거 갖고 있잖아. 내놔. 안 그러면 목을 졸라버릴 테니."

흥분한 목소리가 벽에서 벽으로 튕겼다. 어둠을 따라 걷던 샘이 모퉁이를 돌자 오후에 왔던 골목이 갑작스레 나타났다. 산책하다 우연히, 어쩌면 무의식에 이끌려 판타즈마고리움 뒤편 공터에까지 이른 것이다.

공터에는 두 사람이 있었다. 한 사람이 다른 사람을 위협하는 모양새였다. 덩치가 크고 어깨가 떡 벌어진 깡패는 검정 티셔츠에 청바지를 입고 얼굴 아래쪽을 더러운 체크무늬 스카프로 가리고 있었다. 깡패는 희생양의 목을 한 손으로 움켜쥔 채 판타즈마고리움 뒷벽으로 거칠게 밀어붙였다. 옆 건물의 보안등이 비치자 불꽃 소녀의 머리에 달린 구슬들이 별무리처럼 반짝였다.

"그냥 하는 말이 아냐. 문제를 일으키고 싶지 않으면 작고 예쁜 것들은 밤중에 이 동네를 어슬렁대지 말아야지. 돈 주고 가. 안 그러면 피 흘리며 배수로에 던져질 테니까. 그럼 네 예쁜 얼굴도 끝일 테지."

깡패는 으르렁거리듯 말한 뒤 불꽃 소녀를 딱딱한 콘크리트 바닥으로 내던졌다. 머리가 바닥에 부딪히는 둔탁한 소리가 건너편에 있는 샘에게까지 들렸다.

"이제 선택해, 계집애야. A번, 현금이나 카드를 넘겨준다. 2번⋯."

불꽃 소녀는 입안 가득 고인 피를 탁 뱉으며 끼어들었다.

"그러니까 'B번'을 말하는 거지?"

깡패는 재킷 안으로 손을 집어넣어 주머니칼을 꺼냈다.

"2번, 네가 가진 걸 몇 초 더 갖고 있으면 내가 네 갈비뼈 사이를 찌른 뒤 어쨌거나 돈을 가져간다. 선택해."

깡패의 시선을 의식한 불꽃 소녀는 어깨를 으쓱하며 말했다.

"선택지를 하나 더 줄까? 3번이든 C번이든 그건 저능아 같은 네 머

리에 제일 잘 어울리는 걸로 하고, 네 뒤에 있는 남자애가 널 감자 포대처럼 쓰러뜨린 다음 난 꿋꿋하게 열심히 살아간다. 이게 어때?"

샘은 자신도 모르게 공터를 가로질렀다. 악몽을 보여주는 만화경처럼 눈앞에 펼쳐진 광경이 바뀌었다가 되돌아왔다가 다시 바뀌었다. 깡패에게 다가가는 동안 샘은 공터에 있는 동시에, 예전에 살던 집 복도에 있기도 했다. 뒤에서 부엌문이 딸깍 소리를 내며 부드럽게 닫혔다. 엄마의 비명이 멈췄다. 어수선한 바닥에 엄마가 누워 있었다. 엄마 위로 나쁜 남자가 우뚝 서 있었다. 손가락에서 붉은 피가 뚝뚝 떨어지고 얼굴에는 당혹스러운 듯 멍한 가면을 쓴 남자. 샘은 그때 처음으로 '그분'의 존재를 느꼈다. 아빠도 분명히 느꼈을 그 분노를. 뵈는 것도 없고 지칠 줄 모르는 분노. 샘은 아빠를 죽일 수도 있었다. 하지만 새로 태어난 분노가 두려워 그러지 못했다.

지금은 분노도 샘을 막지 못했다. 바닥 가까이 몸을 낮추고 미끄러지듯 움직여 팔뚝만 한 화물 운반대를 움켜잡았다. 손에 잡히는 촉감이 좋았다. 깡패가 뒤를 돌아봤다. 놀라 휘둥그레진 눈도, 신음 소리도 샘은 알아채지 못했다. 샘이 자각한 것이라곤 급습에 성공한 분노뿐이었다. 타오르는 분노, 펄펄 끓는 분노는 엄마가 죽은 뒤 지금까지 견뎌온 슬픔과 증오, 고통과 불의, 엄청난 비참함과 좌절감을 몰아냈다.

'이제 때가 왔어. 해! 하라고! 어서 해!'

'그분'이 샘을 충동질했다.

샘은 화물 운반대를 휘두르면서 반은 고함치듯, 그리고 반은 흐느껴 울듯 포효했다. 나무로 된 운반대가 깡패의 관자놀이를 강타했다. 얼굴을 반쯤 가린 스카프가 뜯겨 나가더니 불꽃 소녀가 예언한 대로 신음하면서 감자 포대처럼 쓰러졌다. 샘은 재빨리 불꽃 소녀를 부축해 일으킨 뒤 깡패에게 돌아갔다. 샘은 운반대를 번쩍 들어 올려 깡패의 배를 내리찍었다. 뒤이어 어깨에도 일격을 가하자 헉 소리가 났다. 갈비뼈를 세게 치니 불꽃 소녀를 죽이려던 깡패가 제발 이 미친놈을 말려달라며 소녀에게 애원했다.

"그 정도면 됐어. 내 말 들어, 샘. 그거 내려 놔."

불꽃 소녀가 명령했다.

달콤한 분노를 떠나보내기가 쉽지 않았다. 샘은 자제심을 있는 대로 끌어모아 운반대를 공터 저편으로 던져버렸다. 두드려 맞아 시퍼렇게 멍이 든 깡패가 간신히 낄낄 웃고 있었다.

"너희 둘 다 죽었어. 다시 붙잡히는 날엔 내 칼에 자비를 구걸해야 할거야."

"이젠 좀 지겹네."

불꽃 소녀는 한숨을 푹 쉬더니 깡패의 관자놀이를 향해 순식간에 발차기를 날렸다. 깡패는 의식을 잃었다.

"괜찮아?"

불꽃 소녀가 샘을 돌아보며 물었다. 샘의 분노는 천천히 물러갔다. 분노의 불길이 혈관 밖으로 빠져나간 뒤 심장 속 비밀의 방에 가라앉았다. 소녀가 손을 뻗었다. 샘은 소녀의 작은 손을 쳐냈다.

"괜찮아."

불꽃 소녀는 어쩔 수 없다는 듯 어깨를 으쓱했다. 루비처럼 붉은 입술에 미소가 떠올랐다.

"어쨌든 고마워, 구해줘서."

소녀는 공터를 가로질러 뛰어갔다. 수풀을 가르며 춤을 추는 요정 같았다.

"잠깐만 기다려! 넌 누구야? 왜 또 여기 있는 거야? 대체 여긴 어디지? 정체가 뭐냐고!"

샘은 비틀거리면서 소녀의 뒤를 쫓아갔다. 소녀는 아까 샘이 모습을 드러낸 골목 입구에 다다랐다.

"질문이 참 많구나."

소녀가 어둠 속으로 뛰어들자 팔찌와 구슬이 놀리듯 짤랑짤랑 소리를 냈다.

"알았어. 그런데 정말 대답을 듣고 싶어? 듣고 나면 이 빨간 토끼를 따라 머나먼 토끼굴로 들어가야 할 텐데."

"그냥 말해."

샘은 희미한 빛을 쫓으며 말했다.

"곧 말해줄게, 새미. 약속해."

"난 샘이야. 그냥 샘…. 그 사람만 날 새미라고 불렀어."

샘이 소리를 지르자 목소리가 거칠게 울려 퍼졌다.

"네 아빠 말이지."

모퉁이를 돈 샘이 갑자기 멈춰 섰다. 앞에는 자갈 깔린 보도가 길게 뻗어 있고 옛날식 전기 가로등이 밝게 빛났다. 가로등 네 개가 샘과 불꽃 소녀를 갈라놓았다. 소녀의 얼굴은 어둠 속에 가려졌지만 놀랄 만큼 선명한 초록색 눈동자에 연민이 어린 듯 보였다.

"우리 아빠를 어떻게 알아?"

"난 너에 대해 많이 알아, 새미."

"그렇게 부르지 말라고 했….""

"아빠만 새미라고 부른 건 아니잖아. 엄마도 그렇게 불렀지."

"그걸 어떻게 알아? 제발 그냥 말해달라고."

불꽃 소녀는 손목에 찬 호박 팔찌 하나를 빼 샘에게 던졌다. 매끈매끈한 송진 촉감이 손가락 사이에서 따스하고 부드럽게 번졌다.

"기념품이야. 다음에 만날 때까지 잘 갖고 있어."

"이걸로는 부족해. 이 팔찌로는 부족하다고."

샘은 팔찌를 들어 올리며 말했다.

"미안해. 곧 다시 만나게 될 거야. 약속해."

"거기 서! 넌 누구냐고!"

샘이 외쳤다.

"내 이름은 커샌드라야."

그러고 나서 불꽃 소녀는 다시 걸어갔다.

샘은 재빨리 가로등을 피하고 허공을 더듬어 있는 힘껏 따라갔다. 도시의 소리와 진동이 강렬해지기 시작하자 샘이 외치는 "커샌드라!"

소리가 메아리처럼 되돌아왔다. 앞에 보이는 빛 덩어리가 골목 끝을 비췄다. 샘은 크게 심호흡을 하고서 거리로 뛰어나갔다.

갑자기 푸른 불빛이 번쩍였다. 사이렌과 함께 끼익 타이어 긁히는 소리가 났다. 샘의 몸이 앞으로 고꾸라지면서 자동차 보닛에 부딪쳤다. 샘의 어깨가 차 유리에 부딪치면서 튕겨 나가자 막 녹기 시작한 얼음처럼 유리에 금이 갔다. 유리 뒤로 놀라서 일그러지는 경찰관의 얼굴이 보였다. 샘은 제멋대로 달려가더니 아스팔트 길 위에 쓰러지고 말았다. 길바닥에 머리를 댄 채 잠잠해진 샘은 흔들리는 거리 아래쪽을 흘낏 보았다. 어두운 출입구, 머리에 별을 단 빨간 머리 소녀.

"커, 커…."

경찰관이 옆에서 지켜보며 말했다.

"움직이지 마. 구급차가 오는 중이란다."

"커새…."

"뭐라고?"

경찰관이 잘 안 들리는 듯 인상을 쓰며 물었다. 샘은 덜덜 떨리는 손가락으로 가리켰다. 하지만 불꽃 소녀는 이미 사라지고 없었다.

4
눈동자 뒤에 숨은 악마

    온몸이 쑤시고 아파서 골골대는 노인처럼 엘리베이터가 요동을 치며 움직였다. 엘리베이터는 두 사람을 3113호 바로 앞에 내려주었다. 경찰관이 초인종을 누르자 라이어널 크렘퍼가 문을 열었다.

    얼굴이 누리끼리하고 쥐처럼 생긴 샘의 이모부가 어둠 속에서 눈을 깜박이며 서 있었다. 동네 슈퍼마켓의 연녹색 유니폼을 입고 토스트 한 조각을 입에 문 채로 거들먹거리는 태도를 보면 '매니저'쯤은 된 것처럼 보이지만 잼이 묻은 이름표에 적힌 직함은 '계산원'이었다. 라이어널의 눈은 마컴 순경에게서 조카로 옮겨 갔다. 연민이라고는 눈곱만큼도 없는 눈으로 찢어지고 얼룩덜룩 멍이 든 샘의 얼굴을 빤히 쳐다봤다.

    "그렇게 걱정스럽게 안 보셔도 됩니다, 선생님."

    아래로 축 처진 라이어널의 입술을 잘못 해석한 마컴 순경이 미소

JEKYLL'S
MIRROR
지킬의 거울

를 지으며 말했다.

"샘이 좀 넘어졌어요. 확인해보니 두꺼운 두개골 안에 있는 뇌세포는 하나도 죽지 않고 여전히 데굴데굴 잘 굴러다니는 것 같더라고요. 집에 무사히 들어가는 걸 확인하고 싶어서 같이 왔습니다."

"도대체 얘가 무슨 짓을 했나요? 범죄를 저질렀나요?"

라이어널은 비둘기들에게 빵 부스러기를 던지며 물었다.

"전혀 아닙니다. 간밤에 더워서 잠이 안 오기에 바람이나 쐴까 하고 밖으로 나갔다네요. 미처 알아채기도 전에 구시가지를 거닐다가 길을 잃었답니다. 여기로 이사 온 지 얼마 안 됐다고 하더군요."

라이어널의 새된 목소리에 담긴 희망의 어조를 또 오해한 마컴 순경이 그를 진정시키며 말했다.

"여섯 달 전에 왔어요. 지금쯤 주변 길은 이미 알 텐데요."

라이어널이 화가 난 듯 쏘아붙였다.

"샘은 제 차 보닛에 부딪치고도 빨리 집으로 가겠다고 했어요. 이모부가 깨서 자기 침대가 비어 있는 걸 알면 걱정할 거라면서요."

마컴 순경은 샘의 어깨를 다정하게 토닥였다.

"착한 아이입니다, 크렘퍼 씨. 그리고 골목에서 로켓처럼 튀어나온 걸로 봐서 굉장한 달리기 선수고요."

샘은 마컴 순경에게 고맙다고 말한 뒤 이모부를 피해 집 안으로 들어갔다. 버터가 묻어 번들번들한 라이어널의 입가에 의기양양한 미소가 스친 것은 애써 못 본 체했다. '어쩌면 두 시간 정도는 눈을 붙일 수 있게 놔둘지도 몰라. 그럼 모든 일은 잊히겠지…'는 무슨. 머리가 울리고 온몸의 뼈가 쑤시는 상태로 방문 앞에 서자마자 샘은 다시 거실로 불려 갔다. 소파에서 깊이 잠든 코라 위로 라이어널이 몸을 숙이고 있는 게 보였다. 코라가 움찔거리자 라이어널은 능글맞게 실실대던 웃음을 지우고 애써 깊이 걱정하는 표정을 지어 보였다.

"무슨 일이야?"

눈을 뜬 코라가 샘을 보더니 곧장 담요를 떨쳐내고 일어났다. 간호사인 코라는 재빨리 샘의 상처를 살펴보더니 곧 마음을 놓았다.

"심각하진 않구나. 오, 샘."

"전 괜찮아요, 이모, 정말이에요."

"경찰이 집에 데려다줬어."

라이어널은 즐거운 듯 따박따박 말했다. 샘이 마컴 순경에게 했다는 얘기를 들려주고는 믿을 수 없다는 어조로 덧붙였다.

"제정신인 사람이면 누가 날이 저문 뒤에 그 동네를 돌아다니겠어? 제정신이 아니라면 당연히…."

"뭐라고요?"

샘이 으르렁거리듯 말했다.

"아, 나야 모르지. 범죄 조직에라도 들어갔나? 늦은 밤 물건 때려 부수기? 아니면 술?"

샘의 손끝에서 분노가 꿈틀대기 시작했다. 부서진 화물 운반대 조각이 아직 손에 있다면 어떨까 하고 바랄 정도였다. 샘이 앞쪽으로 발

JEKYLL'S
MIRROR
지킬의 거울

을 내딛자 코라가 팔을 붙들었다.

"네 방으로 가."

"싫어요. 이모부가 저를 두고 저런 식으로 말하는 거, 그냥 둘 수 없어요. 전 절대로⋯."

"나도 알아, 샘. 그러니까 방에 가서 잠 좀 자. 나중에 살펴보러 갈게."

라이어널은 소외감을 느끼는 듯 선 채로 우스꽝스러운 이름표를 만지작거리며 헛웃음을 쳤다. 커튼 사이로 태양이 새빨간 눈으로 라이어널 크램퍼의 비쩍 마른 몸을 쏘아보았다.

"당신도 솔직히 터무니없다고 생각지 않아? 그 얘기 안 믿잖아?"

목소리를 낮춘 두 사람은 샘이 방으로 돌아갈 때까지도 팽팽하게 말싸움을 했다.

"목소리 좀 낮춰! 그리고 아니, 난 정말로 그 얘기 믿어. 왜 당신은 늘 사람들의 가장 나쁜 점만 보는 거야? 저 가여운 아이는 지금껏 내가 상상할 수 있는 한 가장 지옥 같은 일을 겪었어. 그런데 당신은 아직도 쟤한테 기회를 안 주고 있어."

"코라, 저 녀석은 위험해. 당신도 분명히 알잖아?"

"말도 안 되는 소리 하지 마!"

"그게 저 녀석 안에 있다고."

"다시는 그런 말 꺼내지 마! 제발, 라이어널, 아마추어 심리학자 흉내는 그만둬. 샘은 치료를 받겠다고 했어. 학교생활도 잘하고 있고 집

안일도 거들어. 이렇게 잘 적응하는 건 기적이라고."

"그건 심리학과 관련된 게 아니야. 전에 말했잖아, 그건…."

"입 밖으로 내지 마, 경고했어."

"악마야, 코라. 정말로 솔직하게 말해봐. 안 보여? 저 녀석 눈동자 뒤에 숨은 악마가?"

침대 위로 쓰러지듯 누운 샘은 손바닥으로 귀를 막았다.

"당신도 분명히 봤잖아. 저 녀석은 제 아버지 판박이라고…."

새벽녘 어둑한 방에서 이모부의 말이 사실인지 확인하기 위해 거울을 볼 필요는 없었다. 푸른색이 점점이 박힌 눈, 뻣뻣한 곱슬머리, 가운데가 폭 팬 턱, 약간 도드라진 송곳니. 이 모든 것이 아빠에게 물려받은 것이었다. 심지어 주먹을 꽉 쥐면 희고 넓은 절벽처럼 손마디가 솟아오르는 것도 똑같았다. 샘의 손마디에는 '사랑'과 '증오'라는 글자는 새겨져 있지 않지만 그 밑에서 여전히 분노가 꿈틀댔다.

되돌아보면 마리아 스틸하우스가 살해된 날 밤, 연락을 받고 코라와 함께 병원에 갔을 때부터 라이어널은 눈에 보일 정도로 샘을 의심했다. 마스크를 쓴 법의학 수사관이 손톱 아래 말라붙은 피를 긁어간 뒤에야 샘은 손을 씻을 수 있었다. 델 정도로 뜨거운 물이 나올 때까지 수도꼭지를 틀어놓고서 거의 15분 동안 비누칠하고 문지르고, 다시 비누칠하고 문지르기를 반복했다. 코라가 옆에 앉아 떨리는 손을 조카의 손에 포개며 연한 피부를 어루만졌다. 샘은 이모의 눈길을 피해 이리저리 두리번거렸다. 모든 것을 보면서 아무것도 보지 않았다.

방황하던 눈은 결국 이모부에게 머물렀다.

그때까지 샘은 라이어널을 고작 두 번 만났을 뿐이다. 한 번은 코라와 라이어널의 결혼식에서였다. 라이어널은 네 살 난 샘에게 사진 찍게 엄지손가락 그만 빨고 똑바로 서라고 말했다. 그러고 나서 10년 뒤 샘 할머니의 장례식에서 만났는데, 그때 샘의 아빠가 남들 다 보는 앞에서 술에 취해(드문 일이었다) 라이어널의 얼굴에 주먹을 날렸다.

그날 밤, 엄마가 살해된 지 불과 한 시간 뒤에 경찰은 코라와 라이어널에게 샘이 머물 곳이 필요하다고 설명했다. 그 순간 샘은 이모부의 얼굴에 두려움과 불신이 떠오르는 것을 똑똑히 봤다.

저 녀석 안에 그게 있어….

샘은 불꽃 소녀의 이름을 부르며 깨어났다. 코라는 샘의 어깨에 올렸던 손을 들어 침대 옆 탁자에 김이 모락모락 나는 찻잔을 올려놨다. 코라가 커튼을 치자 방으로 햇빛이 여과 없이 쏟아져 들어왔다. 샘은 신음 소리를 냈다.

"예쁜 이름이네. 커샌드라. 신화에 나오는 공주 같지 않니? 미래를 볼 수 있다는 걸 아무도 믿어주지 않아서 미쳐버린 공주 말이야."

"네? 아, 네. 모르겠는데요."

샘은 자는 동안 텁텁하게 마른 혀를 놀리며 말했다.

"난 네가 똑똑한 아이라고 생각해."

코라는 침대 끝에 앉아 조카의 이마에 흘러내린 앞머리를 쓸어 넘겼다.

"간밤에 커샌드라라는 애랑 있었니? 여자 친구 사귀는 건 좋아. 하지만 나한테 말도 없이 한밤중에 몰래 빠져나가지는 마."

"걘 그냥 친구예요."

'그래? 그 아이에 대해 아무것도 모르잖아. 걘 스치듯이 네 인생에 들어와서 수수께끼 같은 말 몇 마디를 남긴 뒤 다시 사라졌어. 걔 말을 어떻게 믿을 수 있어?'

샘은 커샌드라가 왜 그 오래된 골동품 가게 주변을 어슬렁거리는지, 그곳에서 느껴지던 불안한 기운이 진짜인지, 아니면 불꽃 소녀의 피해망상이 전염된 것인지 알 수가 없었다. 커샌드라는 미친 걸까? 어쩌면. 하지만 진짜 미쳤다면 샘에 대해 어떻게 그렇게 많이 아는지 설명이 되지 않았다.

"친구라. 잘됐구나. 친구를 사귀다니 기뻐."

코라가 고개를 끄덕이며 말했다.

"무슨 말씀이세요?"

샘은 차를 한 모금 마신 뒤 말을 이었다.

"저 친구 많아요. 지난주에는 찰리 리들리랑 영화 보러 갔고요, 같이 돌아다니…."

"속일 사람을 속여, 요 꼬맹아."

코라는 슬픈 표정으로 미소를 지으며 문 쪽으로 갔다.

"상담 치료는 계속 받고 있는 거지?"

"그럼요."

거짓말하는 게 정말 싫지만 샘은 이렇게 답했다.

"좋아."

"이모?"

자기 손을 내려다보던 샘은 불현듯 손가락 사이에 엄마의 피가 끈끈하게 들러붙어 있던 기억이 떠올랐다.

"저…, 그냥 감사하다고 말씀드리고 싶었어요. 절 받아주시고 보살펴주셔서 감사하다고요. 그럴 필요가 없었는데도 말이에요. 저도 알아요. 제가 이모부랑 두 분 사이에서 문제를 일으키는 원인이라는 걸요. 정말 감사해요. 그게 다예요."

"애야, 나한테 감사할 필요 전혀 없단다. 그리고 이모부? 라이어널은 아이를 바란 적이 없는 사람이라서 그래. 그뿐이란다."

갑자기 코라가 근무하는 병원의 무선 호출기가 울렸다.

"망했다! 지각이야. 너도 움직이는 게 좋을걸. 한밤중에 구시가지를 산책했다고 봐줄 학교는 없으니까."

샘이 씻는 동안 코라가 나가면서 현관문이 철커덕 닫히는 소리가 들렸다. 집에서는 물소리만 났다. 샘은 엄지로 눈가의 물기를 닦아내고는 비누통에 놔둔 호박 팔찌를 집어 들었다. 왠지 가까이 둬야 할 중요한 물건인 느낌이 들어 씻을 때도 들고 들어간 터였다.

학교로 가는 길에 샘은 자기한테 일어난 모든 일이 실제로 벌어진 일이라고 결론 내렸다. 증거가 있었다. 호박 팔찌는 불꽃 소녀가 실제로 존재한다는 사실을 말했고, 손바닥에 박힌 가시는 간밤에 겪은 모험이 미친 꿈이 아니라는, 진짜 나무판을 휘둘렀다는 의미였다. 이제 샘은 어떻게 할지 결정해야 했다. 캐리언은 알 수도 있었다. 샘이 만들어낸 슈퍼 히어로 형사라면 수수께끼 같은 일을 맞닥뜨리고도 여러 사실을 종합해 행동 계획을 세울 것이다.

계획. 샘은 재빨리 중심가에서 벗어나 시립 도서관으로 들어갔다. 빅토리아 시대에 만들어진 서늘한 아치형 입구 아래에서는 눈부신 햇빛이 가려져 휴대폰을 들여다볼 수 있었다. 샘은 곧 그 작은 골동품 가게의 웹 사이트를 찾아냈다. 이상한 가게 이름과 전화번호만 빨간색으로 강조된 단순한 홈페이지였다. 지금까지는 너무나 평범했다. 실망한 샘은 뒤를 돌아 유리문 너머 나직이 속삭이는 오아시스 같은 도서관을 들여다봤다. 샘은 늘 도서관을 사랑했다. 아빠가 술집에서 사온 어둠의 묘약이 나쁜 남자를 불러낼 때마다 샘은 엄마와 함께 동네 도서관에 숨곤 했다. 두 사람은 어린이 책이 가득한 곳에서 책으로 둘러싸인 따스한 안식처를 찾아냈다. 도서관에 있으면 안전하다는 느낌이 들었다. 도서관은 지식과 힘의 공간이기도 했다. 이곳에서 판타즈마고리움에 관한 온갖 정보를 얻을 수 있으리라. 뉴스 기사, 건축 허가, 건물의 연혁, 어쩌면 심지어….

이미 지각이었다. 수수께끼 풀이는 나중으로 미뤄야 할지도.

5

한자리에 모인 네 사람

"샘, 너에겐 지킬과 하이드의 성격이 모두 있어."

여기저기 책이 흩어진 탁자 주변에 학생 넷이 모여 앉았다. 열기 가
득한 크레일 선생의 비좁은 사무실에 있자니 갑자기 밀실공포증이
덮쳐왔다. 블라인드가 맹렬한 태양을 차단하면서 샘의 등 뒤로 책꽂
이의 그림자가 짙게 드리웠다. 그림자가 뜨겁고 검은 손처럼 어깨를
짓눌렀다. 그림자는 몸을 기울여 이렇게 속삭이는 듯했다.

'저 사람은 알아, 저 사람은 봤어. 그분 말이야, 네 안에 있는….'

"자자, 다들 이런 표현 들어본 적 있을 거야. 이게 무슨 의미일까?"

크레일 선생이 못마땅한 듯 물었다.

그림자가 손을 거두자 샘은 앞에 놓인 책을 내려다봤다. 말라빠진
운동장 잔디에 앉아 샘은 오전 쉬는 시간에 『지킬 박사와 하이드 씨
의 기이한 사례』를 다 읽었다. 로버트 루이스 스티븐슨의 글은 의식에

주술처럼 작용했다. 샘은 부글부글 끓는 도시에서 벗어나 빅토리아 시대의 으스스한 악몽 속으로 들어갔다. 한 남자가 묘약을 만들어 자기 얼굴을 바꾸는 일이 정말로 일어날 법한 그런 곳으로.

"좋아, 찰리 리들리, 이 말이 뭘 의미한다고 생각하니?"

또 밤새 파티를 한 찰리는 게슴츠레한 눈으로 어깨를 으쓱였다.

"아주 다정하고 밝았다가 어느 순간 갑자기 악마가 된다는 뜻인 것 같은데요. 예전에 그런 여자 친구를 사귄 적이 있어요. 걔는 키스하고, 제 귀를 잘근잘근 씹고, 애정 공세를 마구 퍼붓다가도…."

찰리는 손가락 두 개로 딱 소리를 내고는 말을 이었다.

"제 눈을 할퀴려 드는 고양이로 변했죠. 그럴 수 있다고 봐요."

"생생한 이야기 들려줘서 고맙다. 그런데 완전히 새것 같은 네 책을 보니 지킬 박사와 하이드 씨와 관련해서 너한테선 더 나올 게 없을 것 같구나."

크레일 선생은 한숨을 푹 내쉬었다.

"진짜 이 책을 읽어야 하나요? 다 아는 이야기잖아요. 재수 없을 정도로 똑똑한 의사가 있다, 그는 자기가 선과 악을 분리할 수 있다고 생각한다. 이것저것 섞은 약을 마시고 나서 하이드라는 괴물로 변신해 여기저기 마구 휘젓고 돌아다닌다. 뭘 더 알아야 해요?"

마틴 길버트가 잖는 소리를 했다.

도린 래클랜드가 목소리를 가다듬으며 말했다.

"사실 그렇게 간단하지가 않아."

도린은 앞에 숱하게 놓인 메모들을 쭉 훑어보며 계속했다.

"『지킬 박사와 하이드 씨의 기이한 사례』는 출간되자마자 놀라울 정도로 성공을 거뒀어. 사람들은 이 책을 손에 넣으려고 싸웠고, 작품에 대한 설교도 나왔지. 심지어 빅토리아 여왕도 읽었다고 할 정도였어. 이 이야기는 인간 정신의 아주 깊숙한 곳에 있는 뭔가를 건드리는 것 같아."

"괴물의 내면이지."

도린은 흥미로운 듯 샘을 쳐다봤다.

"계속해봐."

"그러니까 이 작품은 괴물이 우리 바깥에 있는 뭔가가 아니라고 말하는 공포 소설이야."

샘은 입술을 축인 뒤 말을 이어갔다.

"프랑켄슈타인 알지? 드라큘라? 이런 작품들의 주제도 인간의 악이라고 할 수 있어. 그런데 스티븐슨의 책은 우리 모두 내면에 괴물이 될 잠재력이 있다고 얘기하는 거야. 그래서 사람들이 그토록 무서워하는 거겠지."

"맞아. 빅토리아 시대 사람들은 진화론이라는 새로운 이론에 사로잡혔단다. 찰스 다윈은 인간이라는 종이 과학, 예술, 진보에도 불구하고 사실은 천사가 아니라 유인원의 후손이라는 사실을 보여줬어. 스티븐슨은 인간 사회가 동물의 왕국에서나 볼 법한 혼란으로 쉽게 퇴보할 수도 있다는 이야기를 하고 싶었던 거야."

크레일 선생이 샘의 말에 동의하며 설명을 덧붙였다.

"정확히 그거예요. 이 소설에는 그 모든 얘기들이 켜켜이 쌓여 있어요. 그런데 사람들은 오직 선과 악의 대결에 관한 이야기라고만 생각하죠. 영화나 연극 같은 대중문화에서 그런 식으로 작품을 풀어냈기 때문이에요."

도린은 안경을 콧잔등 위로 밀어 올리며 말했다.

"그렇다면 이 책이 전하는 진짜 메시지는 뭘까?"

크레일 선생이 물었다.

"위선이요."

다들 샘을 쳐다봤다.

"지킬 박사가 착한 사람이라고 믿는 게 실수라고 생각해요. 소설에서 지킬 박사도 자기가 착한 사람이 아니라는 걸 인정하잖아요. 그래서 결국 하이드 씨가 더 강한 인격이 되고 그 과정에서 지킬 박사를 파멸시키게 되죠. 지킬 박사는 모든 사람이 그렇듯이 빛과 어둠이 합쳐진 존재인데, 하이드 씨는 전적으로 완전한 악 그 자체이기 때문이에요. 지킬 박사를 파멸로 이끈 건 인격의 모든 면을 내보이지 못한 지킬 박사의 위선이었어요. 만약에 지킬 박사가 자기의 진짜 모습, 나쁜 점까지 있는 그대로 보여줬다면 하이드 씨는 절대 존재할 수 없었을 거예요. 묘약은 잊어야 해요. 괴물을 만들어낸 건 묘약이 아니니까. 자기의 진정한 모습을 인정하지 못해서 괴물이 탄생한 거예요."

"우리는 존재의 균형을 유지하면서 살아야 해. 그래, 정말로 그렇

지…. 자, 너희들이 왜 여기 있는지 말해줘야 할 것 같구나."

크레일 선생은 중간 어디쯤을 뚫어져라 쳐다보며 말했다. 샘은 계속 의문스러웠다.

'선생님은 왜 우리 넷을 한데 모은 걸까?'

네 사람은 어울리지 않는 조합처럼 보였다. 반도 다르고, 잔인하다 싶을 정도로 너무 솔직한 말이긴 하지만 성적도 천차만별이다. 맨 위에는 도린 래클랜드가 있다. 도린은 토론학회 회장이자 졸업 앨범 편집자, 영 히스토리언 회장이다. 이변이 없는 한 미래에 수상이 될 아이다. 수없이 놀림당하고 비판받지만, 학교 친구들의 잔인함이라는 바다 위를 밀려왔다 밀려가면서 눈부시게 빛나는 수평선을 향해 묵묵히 항해하는 듯 보인다.

아래로 뚝 떨어지는 사다리 아랫단에 샘과 찰리가 있었다. 맨발로서도 키가 190센티미터가 넘는 하키 팀 주장은 시끄럽긴 해도 순하고 상냥해서 학생과 교사 모두에게 인기가 많다. 성적 면에서 찰리는 'C' 고속도로를 쭉 달렸다. 성적 차선을 'B'나 'A' 쪽으로 바꿀 머리가 있다며 선생들이 이따금 들볶기는 했다. 하지만 공부를 더 열심히 한다는 것은 파티를 줄여야 한다는 의미였다. 찰리는 파티를 너무나도 좋아했다.

사다리의 맨 아랫단은 마틴 길버트가 차지했다. 이것이 정말 미스터리이다. 크레일 선생이 특별 프로젝트에 찰리를 포함시킨 것은 이해할 수 있었다. 책임감을 불어넣으면 찰리가 더 진지하게 공부하도록 자극할 수 있다고 생각했을 수 있다. 하지만 곰팡이 마틴은? 마틴은 정확히 말해 멍청한 아이는 아니었다. 다만 애써 뭘 하려 하지 않고 귀찮아했다. 인생의 모든 면에 다 그런 것 같았다. 샘은 검은 딸기처럼 틀어 올린 마틴의 머리를 보면서 빗이 한 번이라도 지나간 적이 있는지, 음식 얼룩이 수없이 묻은 교복 셔츠는 9월 이후로 갈아입은 적이 있는지 궁금했다.

샘이 그런 생각을 하고 있는데 도린이 입을 열었다.

"선생님께서 왜 저희를 선택하신 건지 다들 알고 싶을 것 같은데요. 이렇게….”

도린은 탁자 주변에 껄끄러운 시선을 던진 뒤 말을 마저 했다.

"이렇게 다양한 구성원을요.”

"그거야 뻔하지. 네 뇌에 어울리게 미모를 가꾸라는 거지. 곰팡이 넌 왜 여기 있는지 잘 모르겠지만.”

찰리가 미소를 지으며 가볍게 가슴을 두드렸다. 마틴은 찰리를 쏘아보았다.

"리들리 군, 이 자리에 있을 자격이 있는지 없는지는 네가 결정할 일이 아냐. 너희들을 한데 모은 건 한 사람 한 사람이 이 실험에 필요한 특별한 자질을 지녔다고 생각하기 때문이야.”

크레일 선생이 엄격하고 단호한 어조로 말했다. 샘은 얼굴을 찡그렸다.

"실험이라고요?”

JEKYLL'S
MIRROR
지킬의 거울

"아."

크레일 선생은 순간 당황했다.

"아마도 그동안 지킬 박사와 묘약에 대해 너무 많이 생각했나 봐! 난 하이드 프로젝트를 개발하는 중이야. 학생들이 이 책을 공부하는 데 도움이 되는 교재로 말이지. 프로젝트의 목적은 『지킬 박사와 하이드 씨의 기이한 사례』가 현대 사회에도 타당하다는 걸 보여주는 거야. 소설 주제 중 하나는 지킬 박사가 묘약으로 얻은 익명성이 어떻게 어두운 면을 마음껏 발산할 자유를 주었나 하는 점이지."

"묘약은 얼굴을 바꾸잖아요. 지킬 박사에게 새로운 외모를 부여해서 원래 모습으로는 절대로 할 수 없을 일들을 하게 만들죠."

도린이 고개를 끄덕이며 말했다.

"바로 그거야. 하이드는 악의 얼굴인 동시에 자유의 얼굴이기도 해. 현대 사회에도 지킬 박사의 묘약처럼 자유를 누릴 수 있게 해주는 것들이 있지. 기존의 정체성을 벗어버리고 완전히 새로운 정체성을 만들 수 있는 능력을 주는 것."

크레일 선생이 탁자를 둘러봤다.

"인터넷이요."

마틴이 대답을 하자 다들 놀랐다.

"맞아. 분명 너희 모두 소셜 네트워크 여러 곳에서 온라인 판 자아를 만들어냈을 거야. 그런데 여기서 질문. 이 '인격'은 너희의 진짜 자아를 정확히 반영한 거니, 아니면 너희가 되고 싶은 사람의 모습을 투영해서 만든 거니? 완벽한 모습, 이상적인 모습이니? 다 한결같은 얼굴이니, 아니면 사람에 따라 다른 얼굴을 내보이니? 진정한 의미의 익명은 아니지. 사람들이 너희 이름을 알고 사진을 보니까. 그래도 여전히 그건 다른 모습이지. 이제 더 어두운 면에 대해 생각해보자. '악플러'라는 사람들이 있지. 온라인에서 새로운 인격을 만들어낸 다음 그 가면을 이용해 잔인한 행동에 몰두하는 이들이지. 다른 온라인 사용자들을 괴롭혀서 때로는 비극적인 결과를 낳기도 해."

도린은 고개를 끄덕였다.

"최근 신문에 한 여학생에 대한 기사가 나왔어요. 사이버 폭력의 표적이 됐는데 걔가… . 음, 괴롭힘을 당하다가 결국 자살했대요."

"못된 말 몇 마디 좀 했다고?"

마틴이 코웃음 쳤다.

"그건 정신적 고문이야. 희생자의 모든 걸 망가뜨린다고."

도린이 화가 나서 쏘아붙였다.

"조사를 해보면 사이버 폭력 가해자는 평소에는 절대 그런 말을 하거나 그런 짓을 하지 않을 사람인 경우가 많아. 학교에서 바르게 행동하고 숙제 잘하고 부모님을 존경하지. 좋은 직업을 갖고 행복한 가정생활을 하는 어른인 경우도 있어. 온라인에 접속하는 건 오늘날 지킬 박사의 묘약을 마시는 것과 같아. 짓눌리고 억압된 어둠이 탈출하게끔 해주거든."

"그런 사람들은 위선자야. 샘이 지킬 박사에 대해 말한 것처럼 그

사람들은 세상에 진짜 얼굴을 내보이지 않아서 생긴 좌절감을 다른 사람에게 쏟아내는 거겠지."

찰리가 나지막이 말했다.

"하이드 프로젝트는 바로 그런 식으로 이 책이 오늘날 사회와도 관련이 있다는 걸 보여주려는 거란다."

크레일 선생은 사이트 주소와 비밀번호가 적힌 쪽지를 한 사람씩 나눠줬다.

"첫 단계에서는 짝을 지어 하게 될 거야. 찰리하고 마틴···."

찰리는 끙 소리를 냈다.

"그리고 샘과 도린."

도린은 토론학회 회장의 눈으로 샘을 평가하듯 쳐다보고는 뻣뻣하게 고개를 끄덕였다. 크레일 선생이 이어서 말을 계속했다.

"내가 말했듯이 이 프로젝트는 대학 원서에 써 넣을 중요한 과제가 될 거야. 2~3주 정도 걸릴 것 같으니 곧바로 시작했으면 해."

"그런데 선생님, 뭐부터 하죠? 이것만 하면 되나요?"

도린이 쪽지를 집어 들며 물었다.

"가상의 사회자가 있단다. 프로젝트를 익히게 도와줄 거야. 더 이상 이 프로젝트에 대해 말하고 싶지 않구나. 정보를 너무 많이 알려주면 실허··· 아니, 경험을 망칠 테니까. 내가 바라는 건 단 한 가지야. 하이드 프로젝트에만 오롯이 집중할 것."

오후 수업 시작종이 울리자 크레일 선생은 의자에서 일어나 문밖으로 걸어 나갔다. 마틴 길버트가 쪽지를 들고 크레일 선생의 뒤를 따라 사라졌다. 샘과 찰리, 도린은 사무실 옆으로 우르르 지나가는 발소리를 들으면서도 뭉그적뭉그적 움직였다.

"좀 이상해. 그래도 조금 노력해서 좋은 대학에 들어갈 확률이 높아진다면야 괜찮지 뭐. 곰팡이 녀석이랑 같이 시간을 보낸다 해도 말이야. 좋아, 지킬 덕후들, 다음에 또 보자."

마침내 입을 연 찰리가 짐짓 소름 끼친다는 듯 몸서리를 치더니 먼저 방을 나섰다.

샘이 입을 떼기도 전에 도린이 말하기 시작했다.

"오늘 저녁 7시 30분쯤 우리 집으로 올 수 있어?"

도린은 집 주소와 가장 쉽게 갈 수 있는 버스 노선을 자세히 적어 줬다.

"너 블러프스에 살지? 아빠는 내가 그 동네에 가게 놔두지 않을 거야. 나쁜 뜻으로 한 말은 아냐."

"괜찮아, 신경 안 써."

샘은 미소 지었다. 도린의 직설적인 말투와 행동이 대다수 아이들에게는 잘난 체하는 것으로 비쳤지만, 샘은 아무 악의도 숨기지 않은 똑똑하고 효율적인 태도로 보였다.

"아주 좋아."

샘은 가방을 집어 들고 도린의 뒤를 따라 문으로 갔다. 샘의 마음은 이미 하이드 프로젝트를 떠나 불꽃 소녀에게 가 있었다.

6
실험 시작

블러프스에서 멀어지면서 정류장을 하나씩 지날 때마다 버스가 점점 비어갔다. 샘은 버스 뒤쪽 라이터에 그을린 의자에 앉아 있었다. 지친 엔진이 발밑에서 웅웅거렸다. 샘은 노트북 가방을 가슴에 안고 한 손에 휴대폰을 쥐고 있었다. 노트북 화면에 판타즈마고리움의 전화번호가 밝게 빛났다. 엄지손가락이 통화 버튼 위를 맴돌았다.

이른 저녁 시간에 숙제를 해치우느라 계획대로 도서관에 갈 시간이 없었다. 이렇게 직접적인 방식으로 조사할 수도 있지 않을까? 가게에 관심 있는 손님인 척하면서 전화를 걸어 질문을 해볼 수도 있다. 그러면 커샌드라가 왜 그렇게 판타즈마고리움에 매료됐는지 알 수 있을지도. 엄지손가락이 움찔하다가 물러났다. 그때 느낀 불길한 기운이 떠오르면서 피부가 따끔거렸다. 음산한 분위기의 오래된 가게, 왠지 무시무시할 것 같은 주인과 이야기할 생각을 하니….

아니다, 내일 도서관에 가면 될 일이다.

버스는 숨 막히는 도시를 뒤로하고 나무가 늘어선 교외로 들어섰다. 얼마 안 있어 버스는 심하게 흔들리는 시골길을 달렸다. 샘은 온통 커샌드라 생각뿐이었다. 진흙 튄 차창 밖을 내다보긴 했지만 아무것도 눈에 들어오지 않았다. 불꽃 소녀는 뭘 원한 걸까? 대체 누구일까? 두 차례 짧은 만남 이후 샘의 머릿속은 온통 불꽃 소녀로 가득 차고 말았다. 샘은 이모를 안심시키려고 학교 사람들이나 래리 선생님과 잘 지내는 척했지만 사실은 모두와 거리를 뒀다. 그런데 생전 처음 본 사람에게 호기심이 일어 방심한 탓에 늘 두려워하던 일이 벌어졌다. '그분'이 포효하며 밖으로 나오고 말았다. 손에 쥐었던 화물 운반대의 느낌이 떠올랐다. 손에 딱 맞는 좋은 느낌. 샘은 가볍게 몸을 떨었다. 하지만 그냥 둘 수는 없었다. 절대로.

샘은 도린이 적어준 주소를 확인했다.

헤링판드 가, 메리다운 저택.
캐치폴 코너에서 하차.

진부한 판타지 영화에 나오는 장소 같았다. 샘은 앞쪽으로 가 버스 기사에게 물었다. 나이가 지긋하고 머리가 희끗한 기사는 『모비딕』을 읽을 때 상상한 에이햅 선장과 어딘가 비슷하다.

"캐치폴? 다음 정류장이야."

정류장에 내린 샘은 버스의 꽁무니에서 쏟아진 청회색 배기가스 속에 잠시 서 있었다. 저녁 7시가 지났는데도 먼지 자욱한 옥수수 밭 위로 여전히 해가 이글이글 타올랐다. 도로가 뚝 끊기고 바싹 말라붙은 강가에 나무 터널 길이 펼쳐졌다. 샘은 헤링판드라고 확신하고 녹음이 우거진 입구로 들어갔다.

더위 먹은 새들이 둥지에서 푸드덕댔다. 눈에 보이지 않는 생명체들이 타닥타닥 고사리를 헤치며 집으로 향하는 소리가 났다. 샘은 도린이 개구쟁이였을지 궁금했다. 이런 야생에서는 아무도 살지 않겠지만.

잠시 뒤 샘은 나무 터널을 빠져나와 메리다운 저택 정원으로 들어섰다. 사암 벽돌로 된 저택은 담쟁이덩굴로 뒤덮여 있었다. 웅장한 도린의 집은 영주의 성보다는 작을지 모르겠으나 샘의 눈에는 엄청난 대저택이었다. 샘은 정원을 가로질러 거대한 떡갈나무 문이 달린 현관에 다다랐다. 시선을 확 잡아끄는 곳이었다. 초인종을 누르기도 전에 문이 벌컥 열렸다.

도린은 입고 있는 카디건을 손으로 잡아당기며 문지방에서 서성였다. 손톱은 잘근잘근 씹혀 있었다. 자신감 넘치는 토론학회 회장의 모습은 온데간데없고, 이상할 정도로 소심한 존재가 서 있었다. 도린의 눈에 샘은 보이지도 않는 듯, 눈길이 어깨 너머 진입로의 날렵하게 잘 빠진 벤틀리를 향했다.

"아빠는 로터리 클럽 모임에 가시기로 했어."

어쩐지 샘에게 하는 말이라기보다는 혼잣말 같았다.

"아빠는…."

"도린, 누구랑 얘기하는 거냐?"

뒤쪽 저 너머에서 으스스한 중세풍 어둠을 뚫고 목소리가 들렸다. 뾰족한 막대기에 쿡 찔리기라도 한 듯 도린이 움찔했다.

"이건 누구신가?"

시옷 발음을 할 때 나오는 쉿쉿 소리가 마치 뱀 같았다. 불빛을 향해 스르륵 걸어오는 남자에게 딱 들어맞는 표현이었다. 마흔 살가량 되어 보이는 래클랜드 씨의 입술은 아주 얇아서 거의 보이지 않는 뱀 입술 같았다. 반짝반짝 빛나는 머리에는 검은 머리카락이 몇 올뿐인데 반해 팔짱을 낀 큼지막한 두 손에는 털이 북실북실했다. 도린의 아빠가 샘을 향해 깔끔하게 손질된 손톱을 획 움직이자 손목에서 롤렉스 시계가 쩔렁거렸다.

"그렇게 서서 얼빠진 듯 쳐다보지 마라, 도린. 내가 물었잖니."

샘은 마음속에서 분노가 스멀스멀 피어오르는 느낌이었다. 노려보는 아버지의 시선 아래 도린이 주눅 들어 있는 동안 샘은 몇 가지 징후를 찾아냈다. 손목 아래로 끝까지 내려온 점퍼 소매(멍 자국을 숨기려고?), 항상 손으로 왼쪽 몸을 살포시 안는 듯한 자세(주먹질당한 갈비뼈의 통증을 가라앉히려고?), 눈가에 맺힌 눈물(감히 흘러내리게 놔둘 엄두도 못 내는). 샘은 손을 내밀었다.

"저는 샘 스틸하우스입니다. 프로젝트 과제를 함께 하러 왔어요."

샘의 거침없는 태도에 평정심을 잃은 래클랜드 씨가 손을 맞잡았다.

"손아귀 힘이 꽤 세구나. 그래, 무슨 프로젝트지?"

도린의 아빠가 얼굴을 찡그리며 물었다.

"어, 어, 샘이 말한 대로예요. 크레일 선생님께서 새로 고안해…."

도린은 마른침을 삼킨 뒤 다시 말을 이었다.

"새로 고안하신 학습 보조 프로그램이에요. 저희는 프로젝트를 시험하기 위해 뽑혔고요. 2주면 끝나요. 다른 일에 방해 안 될 거예요."

"내가 보기엔 썩 좋은 생각이 아닌 것 같은데."

래클랜드 씨는 마치 공작새가 몸집 작은 참새를 불쾌하게 쳐다보듯 샘을 내려다봤다.

"도린, 다시 설명해야 알겠니? 아빠처럼 케임브리지 대학교에 들어가려면 공부에만 집중해야 해. 이번 달에 이미 오후 한나절 쉬게 해줬잖니. 네 엄마 보러…."

"하지만 아빠…."

혈관에서부터 분노가 부글부글 끓어올랐지만 래클랜드 씨가 딸을 보는 눈빛에 압도돼 샘도 몸이 덜덜 떨렸다.

"어른이 말하는데 끼어들면 어떻게 된다고 했지?"

"죄송해요."

그때 샘이 불쑥 대답했다.

"도린은 크레일 선생님 프로젝트가 대학 원서에 쓰기 좋은 활동이 될 거라는 말을 하려는 것 같은데요."

"그래?"

"네. 다른 할 일도 계속하겠다고 약속할게요."

도린이 간절하게 말했다.

"그렇다면 좋아."

뱀 같은 도린의 아빠는 현관문에서 물러서더니 샘을 굴속으로 안내했다. 정말이지 대단한 뱀 굴이었다. 짙은 갈색의 거대한 장식벽을 댄 복도를 지나 어둡고 넓은 홀로 들어가자 어마어마한 그림과 정교한 태피스트리 들이 쫙 펼쳐졌다. 역사적인 예술품들은 대부분 군사 장비나 무기를 주제로 한 것이었다. 앞다리를 들어 올린 말, 그 말에 올라탄 근엄한 기병대 장교 그림은 실물 크기에 가까웠다. 벽에는 군도와 단검, 석궁, 도끼, 철퇴, 날이 넓은 칼, 전투용 망치 같은 먼 옛날 무기가 가득 걸려 있었다.

"샘, 역사에 관심 있니?"

래클랜드 씨가 무시무시한 흉기들을 보며 능글맞게 물었다.

"우리 가문의 역사는 백년전쟁이 한창이던 1415년 아쟁쿠르 전투까지 거슬러 올라간단다. 여기 있는 무기는 우리 조상들이 휘두르던 것들이지. 아주 일부지만 말야. 너도 알아두렴. 세상에서 자기 자리를 지키려면 사람은 무자비해야 해."

"네, 알 것 같아요."

샘이 넋이 나간 듯한 목소리로 대답했다.

"이리로 와."

도린이 고개를 숙인 채로 샘을 넓은 계단으로 이끌었다. 적갈색 계단 기둥에는 심술궂은 눈초리에 혀가 돌돌 말린 사자 여러 마리가 조각되어 있었다.

"이쪽이야."

도린의 방은 층계참에서 약간 떨어져 있었다. 천장이 높은 방이었다. 돈을 많이 들여 꾸민 방에는 네 귀퉁이에 기둥이 있는 침대가 있었다. 샘의 방에 놓는다면 그것만으로 꽉 차버릴 크기였다. 붙박이로 처음부터 있었을 아름다운 가구들을 빼면 아무런 특징이 없는 방이었다. 책상에는 비싼 애플 노트북과 교과서 몇 권만 있을 뿐 벽에는 포스터 한 장도, 서랍장 위에 어수선하게 놓인 기념품 같은 것도 없었다. 도린 래클랜드가 진짜 어떤 아이인지 알 만한 물건이 하나도 없었다.

'도린은 자기를 감추고 있어. 아무것도 내보이지 않고 중요한 건 뭐든 마음속에만 담아둔 거야. 그러면 내가 건드릴 수 없을 테니까.'

샘은 생각했다. 화살 구멍만 한 창문으로 태양이 어룽대는 들판이 내다보였다. 저 멀리 어슴푸레 빛나는 도시가 보였다. 눈에 티끌이 박힌 것처럼 탁한 빛이었다.

"엄마는 같이 안 살아?"

도린은 책상인 듯한 금테 두른 탁자에 앉았다.

"엄마는… 정신적으로 문제가 좀 있어. 그래서 치료소에 있어. 아빠가 허락할 때만 보러 가."

샘은 아래층에 있는 거만한 뱀을 떠올렸다. 분명히 그의 독이 아내를 죽이고, 이제는 딸의 혈관에까지 독을 퍼뜨리고 있다는 생각이 들었다. 몇 년 뒤에는 도린도 엄마가 있는 치료소에 있게 되는 게 아닐까? 여섯 달 동안 샘은 애써 심장의 힘줄을 단단하게 조였다. 스스로 안전하게 보호하고 다른 이가 들어오지 못하도록. 그 덕에 이젠 고통을 거의 들키지 않게 됐다.

"도린, 내가 어떤 일을 겪었는지 알 거야. 나도 너처럼 살았어. 늘 실수할까 봐 두려웠지. 누군가에게 털어놔야 했는데 너무 늦게까지 미뤘어."

샘은 도린 옆에 무릎을 꿇고 앉아 눈을 맞추려고 애썼다.

"나와 우리 엄마 모두 너무 늦어버렸지."

"우리 아빠는 달라. 아빠는…. 아빠는 그저 내가 잘하기를 바라시는 거야."

도린의 목소리가 기어들어가듯 가라앉았다.

"목표를 정해놓고 널 다그치시는 거니?"

"결과만 좋으면 돼. 자, 이제 시작해볼까?"

도린의 토론학회 회장 가면이 돌아왔다. 의자에 앉은 자세가 금세 단정해졌다.

샘도 얼른 가면을 썼다. 단단하게 묶인 심장의 힘줄을 다시금 꽉 조였다. 도린이 샘의 도움을 원하지 않는다면, 괜찮다. 고생스럽겠지만 힘든 길을 가면 된다. 쓸쓸한 생각에 마음이 아팠다. 문득 라이어널의 말이 무슨 뜻인지 궁금해졌다.

"저 녀석 안에 그게 있어."

샘이 바로 옆에 앉아 낡은 델 노트북을 켜는 사이 도린도 노트북을 열었다. 도린을 따라 샘은 주소 창에 하이드 프로젝트 웹 사이트 주소를 쳐 넣었다. 별 특징 없는 화면이 열리면서 비밀번호 입력 창이 떴다. 두 사람이 '입장' 버튼을 클릭하자 화소가 쪼개지듯 화면이 흩어지면서 새카만 두 번째 페이지가 열렸다. 화면 중앙에 불빛 하나가 깜박이더니 옛날식 가로등이 등장했다. 판타즈마고리움 뒷골목에 있는 것과 아주 비슷한 가로등이었다.

"저게 뭐지?"

도린이 인상을 쓰며 물었다.

중절모에 드리운 그림자가 걷히면서 서서히 가로등 밑에 선 남자의 모습이 드러났다. 만화 속 남자가 두 사람을 향해 눈을 깜박였다. 분명 컴퓨터 그래픽으로 만든 캐릭터지만 피부에 팬 자국하며 차디찬 파란 눈, 주걱턱까지 이어진 잿빛 구레나룻 등 세세한 생김새가 진짜 사람같이 완벽했다. 남자의 입이 움직이더니 점잔 빼는 듯 주저하는 귀족 특유의 말투가 도린의 스피커에서 흘러나왔다. 샘의 노트북은 속도가 느렸기 때문에 샘은 소리를 아예 꺼버렸다.

"나는 가브리엘 어터슨. 변호사이자 헨리 지킬 박사의 친구라네."

"『지킬 박사와 하이드 씨의 기이한 사례』는 어터슨의 관점에서 이야기가 펼쳐지지."

샘이 말했다.

"알아. 나도 그 책 읽었거든, 두 번이나."

도린이 톡 쏘아붙였다.

"내가 여기 있는 건 자네들에게 하이드 프로젝트의 여정을 안내하는 길잡이자 중재자 역할을 하기 위해서라네. 하이드 프로젝트의 목적은 로버트 루이스 스티븐슨의 소설이 여전히 개연성을 지닌다는 사실을 보여주려는 것이지. 프로젝트의 본질은 각자 어떤 식으로 자기 안에 에드워드 하이드라는 사람을 지니는지, 익명성이 보장된 상태에서 어두운 자아가 어떻게 밖으로 나와 활동하게 되는지 밝히는 것이라네."

창문에 빛이 깜박거렸다. 구름을 가린 손 뒤로 태양이 사라지고 있었다.

"이 프로젝트를 순조롭게 진행하기 위해서는 단계별로 간단한 과제를 수행해야 하네. 결과가 좋으면 보상으로 황금 열쇠를 받을 텐데, 이 황금 열쇠는 각자의 '하이드어웨이 지갑'에 차곡차곡 쌓일 것이네. 황금 열쇠를 다 모은 사람만이 추천 증서를 받게 되지. 자, 이제 시작할 준비가 됐으면 하이드 아바타를 만들어보지."

책장이 넘어가듯 화면이 바뀌자 선택지와 질문이 줄줄이 나왔다. 소셜 네트워크 사이트에서 하는 것과 비슷했다. 질문에 답을 다 하고 난 뒤에는 프로그램에서 사용할 신분을 만들어야 했다. 진짜 이름이 아니라 '하이드' 같은 가명 말이다. 도린은 '메리 메리다운'이라는 이름을 쓰기로 했다(도린은 어쩔 수 없다는 듯 "난 그렇게 창의적이지 않아"라며 어깨를 으쓱였다). 샘은 한참 고민한 끝에 손가락이 근질근질한 것을 참지 못하고 '분노의 캐리언'이라고 쳐 넣었다. 도린이 이름에 관해 물어볼까 봐 샘은 선수를 쳤다.

"크레일 선생님은 이메일 보내는 법도 거의 모르셔. 이 사이트는 다른 사람을 시켜서 만든 게 틀림없어. 어쩌다가 돈을 써가며 이 모든 걸 시작하신 걸까?"

샘이 인상을 찌푸렸다.

"어딘가에서 보조금을 받으셨겠지."

도린이 어깨를 으쓱했다.

이런저런 의견, 좋아하는 밴드와 영화, 책 등등 일반적인 질문 몇 가지에 답을 채워 넣자 이번엔 사진을 올리라는 명령어가 떴다. '하이드 이미지'를 고르는 거였다. 프로그램에 따라 온라인에 공개되는 이미지가 생겨날 터였다. 그때 어터슨이 롤 플레이 게임이 어떤 식으로 진행되는지 설명하기 시작했다.

하이드 프로젝트에는 다른 사용자가 많이 있는데, 모두 어터슨처럼 가상 인물들이다. 도린과 샘, 찰리, 마틴의 하이드들은 이 캐릭터들과 상호작용을 하게 된다. 하지만 일반적인 네트워크 사이트와 달리 이곳에서는 전적으로 솔직하라는 권장 사항이 있다. 어떤 캐릭터가 짜증 나게 하거나 극도로 화를 돋우는 글을 올리면 자기 생각을 정확하게, 있는 그대로 그 캐릭터에게 전해야 한다. 익명성이 보장되는 안전한 환경에서 본인의 성격, 빛과 어둠 속 모든 측면이 살아 숨 쉬게 해야 한다.

"모르겠어. 가상 인물 몇 명 헐뜯는 글을 올려서 뭘 하겠다는 거지?"

샘이 말했다.

"난 알 것 같아."

이로 물어뜯은 도린의 손톱이 키보드 위를 맴돌았다.

"소설 속에서 지킬 박사는 친구들한테 진짜 모습을 숨기잖아, 그렇지? 바로 그런 위선 때문에 변신한 하이드가 그토록 강력하고 폭력적이게 된 거야. 어쩌면….'

도린은 머뭇거리다가 말을 이었다.

"어쩌면 우린 다들 위선자일지도 몰라. 어두운 자아를 억누르면서 가족과 친구들에게 한 가지 얼굴만 보여주려는 위선자. 하이드 프로젝트는 우리가 지킬 박사의 묘약을 마실 경우에, 하고 싶은 대로 뭐든지 말하고 행동할 수 있다면 과연 어떻게 변하는지 보여줄 거야.'

"하지만 실제가 아니잖아."

"맞아. 이건 게임이야. 하지만 성질 못된 루저랑 모노폴리 게임해본 적 없어?"

도린은 문 쪽을 불안하게 바라보며 물었다.

"처음엔 정말 화기애애하게 시작하잖아. 다들 농담도 하고 게임이 잘 안 풀리면 끙끙대기도 하면서. 그러다가 누군가의 웃음소리가 약간 거슬리기 시작하고….'

도린의 눈길이 다시 노트북 화면을 향했다.

JEKYLL'S
MIЯROR
지킬의 거울

"게임을 해보면 다른 사람에 대해 많은 걸 알 수 있어, 샘."

붉은 태양이 희미해지면서 저녁의 첫 발자국이 슬그머니 방 안으로 들어왔다. 샘과 도린이 하이드 아바타 설정을 끝내자 화면이 반으로 접히고 토론 방이 열렸다. 사람들, 그러니까 프로그램이 만든 가짜 캐릭터들이 이미 글을 주고받고 있었다.

"놀라울 정도로 굉장히 상세하네. 소셜 네트워크 사이트에서 일반적으로 보는 얘기가 다 있어. '사랑스러운 내 고양이!', '오늘 밤 드라마 〈이스트엔더스〉 정말 기대돼.', 어떤 여자애는 남자 친구가 바람 피워서 심란하대. 진짜 놀라워."

도린이 감탄했다.

화면 귀퉁이에서 불쑥 어터슨이 나타났다.

"이제 시작해도 되겠군. 도린, 이것에 대해서 어떻게 생각하는지 말해보렴."

토론 방에서 게시 글 하나가 뽑혀 나왔다.

> 오늘 학교에서 선생님이 시를 읽어주는데 어떤 멍청이가 진짜로 울었어. 시가 '넘 감동적'이라면서. 푸학! 정말 루저가 따로 없네! ㅋㅋㅋ!

도린은 곰곰이 생각한 뒤 어터슨에게 답글을 써 보냈다.

별일 아닌 것 같은데요. 그냥 기본 예의가 없는 한심한 애 잖아요.

어터슨이 고개를 끄덕이며 말했다.

"그럼 이 여자애한테 그렇게 얘기해줘."

도린은 머뭇거렸다.

"자, 어서, 진짜 사람도 아니잖나. 게임일 뿐인데 뭘."

도린은 잠시 생각하더니 그 '여자애'의 글 아래 글 상자를 클릭했다. 그러곤 어터슨에게 말한 내용을 그대로 쳐 넣었다. 글을 올리기 전에 어터슨이 다시 나타났다.

"얘기하고 싶은 게 이게 다인가? 확실히 다소 약하군. 지금껏 살면서 자네는 이 비슷한 모욕을 들어본 적이 없나?"

"그걸 어떻게 알지?"

샘은 의아했다.

마치 샘의 의문에 답하듯 어터슨이 말을 이었다.

"하이드 프로젝트 프로그램은 자네들이 입력한 개인 정보를 분석해서 연구 대상인 자네들에 대해 더 많은 것을 알아낸다네. 메리 메리다운이라는 가명을 쓰는 도린 래클랜드는 만일 익명으로 자유롭게 견해를 밝힐 수 있다면 훨씬 센 댓글을 올릴 거야. 첫 번째 황금 열쇠를 얻으려면 그렇게 해야 하지."

도린의 얼굴에 전쟁이라는 글자가 떠올랐다. 도린은 천성이 못된

아이는 아니었다. 하지만 이 프로젝트가 성적에 도움이 될 거라고 아빠에게 장담한 터였다. 도린은 키보드를 두드렸다.

> 넌 잔인하고 어처구니없는 골 빈 애송이야. 울었다는 너네 반 여자애가 잘한 거야. 영혼이 있다는 걸 보여줬으니까. 넌 분명 뭔가 모자란 애야.

"나아졌군. 훨씬 나아."
어터슨이 칭찬했다.

샘은 글이 올라가자마자 변화를 알아차렸다. 도린의 경직된 자세가 풀어지고 승리감 같은 기색이 얼굴을 환하게 밝혔다. '그 여자애'한테서 온 답글이 화면에 깜박였다. 몹시 당황하면서도 방어적인 내용으로 '메리'가 누군지 묻는 글이었다. 도린은 날카롭고 모욕적인 말을 재치 넘치게 쏟아내면서 악마처럼 키보드를 두드려댔다. 계속 두들겨 맞던 상대방이 당황해 침묵할 때까지. 샘은 도린의 재기 발랄하고 뛰어난 조롱을 보고 웃음을 참을 수가 없었다. 프로그램에서 지어낸 독창적이고 기발한 여자아이의 답글도 감탄이 절로 나왔다.

황금 열쇠가 화면에서 번쩍거리더니 화면 맨 위에 있는 '하이드어웨이 지갑'으로 들어갔다.

"아주 훌륭해."
어터슨도 인정했다.

"자, 이젠 새뮤얼 자네 차례군."

"아, 젠장! 뛰어가야 해. 안 그러면 막차를 놓칠 거야."

샘은 손목시계를 힐끗 보고는 중얼거렸다.

"하지만 첫 번째 열쇠도 못 얻었잖아. 크레일 선생님이 둘이 같이 하라고 하셨어."

"맞아. 그래도 일단 프로젝트 방식은 대충 봤잖아. 이젠 따로 해야 할지도 모르겠다."

샘이 노트북을 가방에 쑤셔 넣으며 말했다.

"여기까지 나오는 거 진짜 귀찮은 일이거든. 네가 블러프스로 못 오면…"

"물론 못 가."

실망한 기색이 역력한 도린의 얼굴에 그늘이 졌다. 도린은 전화번호를 적어 샘에게 건넸다.

"전화해. 어쩌면 전화로 같이 할 수도 있으니까. 그건 그렇고, 이거 정말 재미있는 프로젝트야."

도린이 웃으며 말했다.

7

먹이 사냥

샘은 곧 판타즈마고리움에 대해 알아보려던 생각을 까맣게 잊어버렸다. 마음속에서 활활 타오르던 불꽃 소녀조차 점점 희미해지고 말았다. 샘은 새로운 관심사에 집착했다.

새로운 강박증은 도린 래클랜드의 집에서 돌아오자마자 시작됐다. 코라와 라이어널은 둘 다 저녁 근무였다. 샘은 혼자 방에 앉아 노트북을 열어젖히고 하이드 프로젝트에 집중하기 시작했다. 처음에는 가상 토론 방 때문에 좀 산만해질 뿐이라고 생각했다. 컴퓨터가 만들어낸 인격들의 가짜 게시 글이 줄줄이 쏟아지는 것을 보면서 샘은 감자칩을 먹고 스케치북에 그림을 끼적였다. 창밖으로는 스모그 낀 붉은 달이 부글부글 끓고 저 아래 아파트 단지에서 아스라이 음악 소리가 들려왔다. 고함치는 소리, 사이렌 소리, 타이어가 끼익 밀리는 소리, 쾅쾅 요란한 음악 소리가 끊이지 않고 반복됐다. 샘은 여러 가상 인물을

만들어낸 프로그램의 기발한 능력이 놀랍기만 했다. 모두 사진과 소
개가 있고 자기 목소리를 냈다.

하지만 샘의 눈꺼풀이 점점 처지기 시작했다. 긴 하루를 보낸 터라
고단한 게 당연했다. 그때 갑자기 어터슨이 화면에 나타났다. 그러고
는 줄줄 올라가는 최신 글 가운데서 글 하나를 뽑았다. 샘은 지친 몸
짓으로 서랍에서 헤드폰을 찾아 노트북 단자에 꽂았다.

"그래, 다시 보니 좋군, 새뮤얼. 자, 이제 이 글을 어떻게 생각하는지
말해주겠나?"

> 방금 백인 영계가 흑인 남자랑 손잡고 있는 걸 봤어. 둘이
> 서 키스도 했어! 역겨워! 어이, 영국 국기인 유니언 잭엔 검
> 정색이 없다고! 흑인과 백인은 절대 섞이면 안 돼.

"이런 글을 읽으면 어떤 기분이 드나? 그냥 넘어갈 수 없을 만큼 불
쾌하지? 추잡한 이 인종주의자 녀석에게 말 좀 해주는 게 어떤가?"
어터슨이 살살 구슬리듯 말했다.

샘의 손가락이 키보드 위에서 씰룩댔다. 샘은 잠깐 망설였다. 하지만
이내 하얗게 타오르는 분노의 불꽃과 함께 마음속에서 솟아난 날카로
운 말을 쏜살같이 손끝으로 내보냈다. 짜증과 분노를 담은, 짧지만 인
정사정없이 충격을 던지는 글이었다. 샘은 책상 가까이 의자를 끌어당
기고는 화면 쪽으로 몸을 숙였다. 자욱한 매연을 뚫고 달빛이 비쳐들

며 화면이 벌겋게 빛났다. 달이 감시자처럼 어깨 위를 서성였다.

　그런데 도대체 넌 누구야?

인종주의자의 답글이 번쩍였다.

　난 흑인이 싫어. 상관 마. 험한 꼴 당하고 싶지 않으면 참
견 마. 영국은 영국인의 것!

　샘의 미소가 늑대처럼 잔인해졌다. 손가락은 이미 키보드 위에서
춤을 추는 듯했다. 편견에 절여진 상대가 갈수록 할 말을 잃게 만드는
글을 올리자 샘은 어리석고 옹졸한 시각임을 증명하는 근거와 수치
를 인용해 잇달아 반박했다. 30분 뒤, 증오 어린 글감이 다 떨어진 적
은 자신도 괴롭힘을 당하고 있다고 불평하고는 전장에서 물러났다.
샘은 만면에 미소를 띠고 느긋하게 기대앉아 자기가 쓴 글을 살펴봤
다. 형편없는 인종주의자를 상대하는 건 어렵지 않았다. 샘은 분노가
다 타고 마음에 평온함이 들어앉았다는 사실을 깨달았다.
　"잘했네, 새뮤얼. 첫 번째 황금 열쇠를 얻었군."
　헤드폰을 타고 어터슨의 목소리가 들려왔다.
　그날 밤 샘은 잠을 잘 잤다. 식은땀도 흘리지 않았다. 나쁜 꿈도 꾸
지 않았고, 눈동자 뒤에 숨은 공허함을 좇으며 자신을 괴롭히는 어두

운 기억도 떠오르지 않았다. 샘은 아침 일찍 일어났다. 밝아오는 햇살이 창문을 핥아댔다. 노트북이 눈에 들어오자 샘은 이불을 걷어내고 책상에 가 앉았다. 낡은 델 노트북이 삐걱거리며 살아나는 동안 간밤의 일을 생각했다. 머저리 같은 가상 인물을 때려눕히는 데서 큰 즐거움을 느꼈다. 인종주의자 캐릭터는 실제로 존재하지 않는 사람이지만 그 순간 느낀 전율과 그 이후 찾아온 평온함은 부인할 수 없었다. 비슷한 경험을 다시 해보고 싶었다. 마른 입술을 핥으며 샘은 하이드 프로젝트에 접속했다.

그날 샘은 한 시간이나 늦게 학교에 나타났다. 그다음 날은 아예 학교를 빼먹었다. 주말 즈음에는 책상에서 토막잠을 잤다. 하이드 프로젝트에 완전히 정신이 팔린 것이다. 잠깐씩 머리가 맑아지긴 했지만 기분이 좋아진다는 것을 빼고는 딱히 이유를 설명할 수가 없었다. 더 이상 어터슨의 안내는 필요 없었다. 이제는 알아서 목표물을 찾아냈다. 처음에는 인종주의자를 목표로 삼았다. 샘은 이전처럼 예리하고 번뜩이는 재치로 그들을 상대했다. 성차별주의자, 동성애 혐오자, 속물들, 가난한 사람과 장애인을 차별하는 글을 올리고 노인과 사회적 약자를 모욕하는 이들, 고통받는 아이와 버려진 동물을 비웃는 자들. 이 모든 사람들이 샘의 손가락을 근질근질하게 만들었다.

그러는 사이에 숙제는 쌓였고 끼니도 걸렀다. 가끔씩 코라가 문틈으로 머리를 들이밀고는 필요한 게 없는지 물었다. 샘은 노트북 화면에서 눈을 떼지 않은 채 답했다.

"괜찮아요. 됐어요."

"오늘 밤에 저녁 같이 먹을래? 제대로 밥을 안 먹었잖니."

"말씀드렸잖아요. 크레일 선생님께서 이 프로젝트를 끝내라는 과제를 주셨어요. 좋은 대학에 들어가게 해줄 수도 있다고요. 딴걸 할 시간이 없어요."

책상에 접시를 놓는 소리가 나더니 베이컨 샌드위치 냄새가 풍겼다. 코라는 방을 나갔다. 샘은 시큰둥하게 샌드위치를 한입 베어 물고는 다시 '여의사를 허용해서는 안 된다'고 생각하는 바보 천치를 몰아세우는 데 열중했다.

시간은 더디게 흘렀다. 한동안 샘은 학교에 가는 척하면서 지냈다. 일어나서 샤워를 하고 교복을 입은 뒤 이모와 이모부가 집을 나설 때까지 계단통을 어슬렁거렸다. 학교에서 온 음성 메시지는 자동 응답기에서 삭제하고, 가정통신문은 모아서 버렸다. 샘은 매일 이번이 마지막이라고 다짐하곤 했다. 이 루저들을 제자리로 돌려놓기 위해 글 몇 개만 더, 한 시간만 더….

얼마 안 있어 누가 봐도 뻔한 용의자가 바닥나기 시작했다. 그때부터 표적이 바뀌기 시작했다. 샘은 가상 토론 방에 몰래 들어가 목표물을 사냥했다. 한껏 공격할 대상을 못 찾으면 그냥 짜증 나게 만드는 사람들로 만족해야 했다. 해를 끼치지 않는 바보, 이기적이고 다른 사람의 관심을 끌려고 애쓰는 관심 종자, 단순히 우매한 사람. '그분'을 가라앉히기 위해서라면 누구라도 상관없었다.

'애버리지니'라는 말이 계속 들리네요. 새로 나온 아이돌 그룹인가요?!

헐! 방금 누가 지구가 태양 주위를 돈다고 말했다! 나는 그 반대라고 생각한다. 내가 맞고 그 사람이 틀린 거지?

샘은 다른 글도 무수히 많이 처리했다. '쓰레기 같은 뇌'를 가진 아빠가 비싼 휴대폰을 사주지 않는다고 불평하는 아이에게는 세계 빈곤에 대해 짧지만 신랄한 글을 보냈다. 연애사를 상세히 적어놓은 글에는 '포동포동해서 껴안아주고 싶게 귀여운 브라이언'과 최근 데이트로 더 넓은 세상을 경험하게 됐으니 얼마나 재미있냐고 얘기해줬다. 크리스마스 요정 옷을 입은 고양이들과 집에서 만든 음식을 찍은 사진에는 이미 자기도 모르게 빈정대는 댓글을 남기고 있었다.

저기요, 당신 저녁 식사에 아무도 관심 없거든요? 제발 그냥 좀 먹어요!

맞춤법을 조목조목 지적하면서 쾌감을 느끼거나, 의견을 또렷하게 표현하지 못한다고 비웃는 글을 올리기도 했다. 단점과 약점이 무엇이건 간에 똑같이 비난하는 글을 열심히, 그리고 부지런히 썼다.

맹렬한 손가락이 딱 멈출 때가 아주 가끔 있었다. 그 찰나에 샘은

JEKYLL'S
MIRROR
지킬의 거울

자기 안에서 일어난 변화를 느꼈다. 하이드 프로젝트에 대한 집착에 감춰진 듯한 작은 변화. 샘은 그게 어떤 의미인지, 혹은 어떤 느낌인지 확신하지 못했다. 하지만 그런 변화를 자각하다가도 요 며칠간 '그분'이 얼마나 잠잠했는지를 떠올리자 다시 손가락이 춤을 췄다.

그냥 게임일 뿐이다. 갈수록 어두운 쪽으로 움직이긴 하지만 어차피 가상일 뿐이니 뭐가 문제겠는가?

하이드 프로젝트는 점점 강한 힘으로 샘을 끌어들였다. 악몽에서 벗어나 푹 잠들긴 했지만 사실은 토막잠이 이어지는 정도였다. 한 시간 쉬면 다시 토론 방에서 속닥속닥 유혹하는 소리가 귓가에 들려왔다. 꿈도 안 꾸고 깊고 편안하게 자다가도 문득 잠에서 깨기도 했다. 왜일까? 다시 '그분'이 나올까 봐 두려워서일까? 분노가 아주 조금만 씰룩거려도 눈이 번쩍 뜨이면서 어느새 다시 노트북 앞에 가 앉았다. 이 프로그램이 삶에 불을 댕길까 걱정이 됐다. 어터슨은 시간차를 두고 나타나며 더 많은 황금 열쇠를 보상으로 내줬다. 하지만 샘은 이제 황금 열쇠에 관심이 없었다. 크레일 선생이 진행하는 실험 목적도 거의 잊어버렸다. 프로그램의 교훈도 더 이상 궁금하지 않았다.

"너무 창백해 보여."

어느 날 아침 코라가 말했다. 아니 오후였나? 샘은 만사 귀찮은 듯 노트북 화면에서 힘겹게 눈을 떼고서 손목시계를 확인했다.

"그 프로젝트가 중요하다는 거 알아. 하지만 제대로 먹지도 않으니 걱정돼. 내가 학교에 전화해?"

"안 돼요! 이제 하루 정도면 끝날 거예요. 호들갑 떨지 마세요, 전 괜찮으니까."

"알았어. 손만 좀 보자."

코라가 한숨을 쉬며 말했다.

코라는 그릇에 따끈한 물을 받아 왔다. 부서진 화물 운반대를 휘두르다 찢어진 상처를 깨끗이 씻기는 동안 샘은 조용히 있었다.

"살갗이 까져서 쓰라릴 것 같은데. 그래도 염증은 없는 것 같구나. 상처가 더 심해지면 말해줄래? 샘, 내 말 듣고 있니?"

코라가 당황한 목소리로 물었다.

"네? 아, 네. 맞아요. 물론이죠."

활활 타오르는 태양이 떴다가 지고 여름밤이 거듭 찾아와도 샘은 여전히 책상 앞에 있었다. 프로젝트에 참여하는 다른 아이들에게서는 전혀 연락이 없었지만 그런 건 이미 상관없었다. 하이드 프로젝트에 중독되자 심지어 커샌드라, 눈부시게 빛나는 불꽃 소녀도 희미해졌다. 잠시나마 판타즈마고리움에 품었던 흥미도 사라졌다. 판타즈마고리움 밖에서 느낀 이상한 기운은 저 멀리 떨어진 따분한 인생에서의 기억 같았다. 샘은 언제부턴가 먹이를 찾아 어슬렁거리는 들짐승이 된 것 같았고, 희생양의 어떤 행동이 자기 안에 숨어 있던 악의적인 재능을 자극했는지 구분조차 하지 못하는 지경에 이르렀다. 샘의 표적이 된 이들은 더 이상 혐오스러울 정도로 편견이 심한 사람도 아니고 멍청한 사람도 아니었다. 사실은 대부분 샘과 다를 바 없는 사람들이었다. 길 잃은 사람들, 외로운 사람들, 연약한 사람들….

어느 늦은 밤, 샘은 마지막 글을 읽었다. 어터슨이 화면에 나타나자 샘은 헤드폰을 꼈다.

"잘했어, 젊은이. 대단히 잘했어. 영리하고 통찰력 있는 가시 돋친 말 덕분에 표적을 바보로 만들었어. 축하하네."

샘은 자연스레 미소를 지었다.

"황금 열쇠 열 개를 얻었군. 이제 두 개만 더 모으면 원하는 걸 요구할 수 있네. 자, 이 글에 대해 어떻게 생각하는지 말해보겠나?"

글 하나가 반짝이더니 앞쪽으로 끌려와 화면을 가득 채웠다. 글을 읽자마자 샘은 '그분'이 찌르는 것 같은 아픔을 느꼈다. 지글지글 달아오른 칼날이 살을 파고드는 것 같았다. 며칠 동안 잠잠하던 '그분'이 뒤척였다. 잠들었던 그 용이 다시 깨어났다.

토니와 다시 만난다! 유후! 토니는 정말 대단한 남자다. 그러니 샘나서 남 욕이나 하는 너희들 모두 닥쳐! 토니는 절대로, 한 번도 날 때린 적 없어. 그러니까 그만 자극해, 알았어?! 우린 힘든 상황을 겪었으니 이제부터는 정말 좋은 일만 있을 거야. :)

어터슨의 속삭이는 목소리가 머릿속에서 메아리쳤다.

"물론 이 여자는 남자를 감싸겠지. 자네도 이런 얘기를 들어본 적이 있잖나? 화를 내면서 아니라고 부정하기, 칼에 벤 상처와 멍, 부러진 뼈와 공허한 변명. 이번엔 다를 거라면서 기꺼이 받아주는 말. 자네도 알다시피 이 여자에겐 아이가 있어. 어린 딸이지. 봐봐."

여자가 쓴 다른 글이 반짝거리면서 앞쪽으로 끌려나왔다.

탠지를 데리고 또 병원에 왔다. 여자애가 칠칠치 못하다 니까!! 식탁 모서리로 곧장 달려들다니. 눈에 어어어어어엄 청나게 큰 멍이 들었다. 하느님, 아멘!

"이 의지박약한 여자에게 자네 생각을 말해주는 게 어떤가? 벌 받 아 싸지 않아? 따끔한 맛을 보여주라고. 분노의 문을 열어젖혀 이 여 자에게 말하게."

어터슨이 부추겼다.

할 수 있었다. 해야만 했다. 분노에 찬 주먹으로 상처 입은 이 여자 를 단단히 틀어쥐고서 단 몇 마디로 착각을 산산조각내줘야 했다. 여 자가 스스로에게 하는 거짓말을 벗겨내고, 어둠에 속삭이는 위로의 말을 갈가리 찢어버리고, 토니가 남겨둔 존엄성의 작은 부스러기마저 밟아 뭉개야 했다. 이 여자를 보호하기 위해서도 아니고, 딸이 위험하 다는 걸 깨닫게 해 여자를 놀라게 하려는 것도 아니다. 그저 즐겁기 때문이다. 마음속 텅 빈 가마솥 안에서 욕구가 들썩거렸다.

'어서 해, 샘. 한심한 사랑과 잔인한 비겁함에 대가를 치르게 하란

말이야. 써. 흘려보내. 이 여자를 완전히 파괴해버려.'

샘은 책상에서 몸을 홱 뗐다. 온몸에 전율이 흘렀다. 현실로 돌아오자 얼음처럼 차가운 한기가 들었다. 사악한 꿈을 꾸다가 깜짝 놀라 깨어난 기분이었다. 며칠 만에 처음으로 모든 감각이 돌아왔다. 입안이 텁텁하고 쓰디썼다. 온몸에서 쉰내가 풍겼다. 덜덜 떨리는 손으로 노트북을 닫으려는 그때, 아바타 프로필에 붙은 사진이 눈에 들어왔다. 샘이 올린 사진이었다.

사진이 달라졌다.

샘은 욕실로 달려가 거울에 비친 자기 모습을 봤다. 하이드 프로젝트를 시작한 이후로 제대로 본 적이 없었다. 달라진 사진은 진짜 제 모습이었다. 초췌해진 얼굴은 말 그대로 잿빛이었다. 멍든 것처럼 시커매진 눈가에 눈동자만 열병에 걸린 것처럼 번뜩였다. 샘의 추측이 맞다면 일주일 넘게 제대로 자지도 않고 먹지도 않은 몰골이었다.

"누구니, 넌?"

거울에 대고 물었지만 아무 대답도 돌아오지 않았다.

더러운 손가락으로 세면대를 두드리면서 아래를 내려다봤다. 토론방에 쏟아낸 모든 악의와 분노가 고스란히 떠올랐다. 자기가 못살게 군 사람들이 실제로는 존재하지 않는다는 사실, 그들은 상처도 받지 않고 소중히 대할 필요조차 없다는 사실은 더 이상 중요하지 않았다. 머릿속은 온통 그들을 공격할 때 느낀 어두운 기쁨과 희열뿐이었다.

크게 숨을 들이쉬려고 애썼다. 하지만 좀체 숨을 쉴 수가 없었다.

나가야 했다. 지금 당장.

샘은 비트적거리며 복도로 나갔다. 코라와 라이어널은 일하러 가고 없었다. 다행히 밀실공포증 때문에 휘청휘청 위태롭게 현관문까지 걸어가는 모습을 들키지 않아도 됐다. 손바닥이 땀에 젖어 손잡이가 미끄러졌다. 샘은 다시 손잡이를 비틀어 문을 확 열었다. 후텁지근한 공기 때문에 숨이 턱 막혔다. 축축한 담요처럼 묵직한 공기가 기도 안으로 가라앉았다. 샘은 문밖으로 나가 인도 쪽으로 걸어갔다. 꼭 쓰러질 것만 같아서 양손을 있는 힘껏 부르쥐었다. 그 자세로 가만히 서서 천천히 안정을 찾을 때까지 기다렸다.

"괜찮아."

불꽃 소녀가 샘을 불꽃 쪽으로 이끌고는 나지막이 속삭였다.

"괜찮아질 거야."

JEKYLL'S MIRROR

제 2부 악플러

한심한 애송이. 넌 루저야!
세상에 도움이 되는 일 좀 하지 그래.

죽어.
죽어.
죽어.
죽어.
죽어버려!

8

꼭두각시 조종자

커샌드라는 샘을 차에 태우고 도시 외곽에 있는 고속도로 휴게소로 갔다. 밤 11시 45분, 컨테이너를 개조한 카페에는 요깃거리를 앞에 두고 싱거운 농담을 주고받는 트럭 운전사 둘과 계산대에서 하품하는 눈 처진 여자 종업원뿐이었다. 그런데도 커샌드라는 쉴 새 없이 주위를 경계했다. 샘이 눈치챘을 정도였다. 커샌드라는 컨테이너 벽에 난 널찍한 창문을 줄곧 흘깃거렸다. 그러고는 휴게소와 길, 커다란 슈퍼마켓 맞은편의 텅 빈 주차장을 천천히 훑었다.

화들짝 놀랄 만큼 큰, 탁! 소리와 함께 주문한 음료가 나왔다. 종업원은 앞치마에 손을 닦으며 샘과 커샌드라를 쳐다봤다. 도전적인 눈빛은 이내 무심하게 『주간 드라마 스타』 잡지로 되돌아갔다.

"너희 영국인들은 예의가 바른 줄 알았는데."

커샌드라는 컵에 설탕 한 봉지를 다 털어 넣은 뒤 한 모금 마셨다.

"샘, 좀 어때?"

"나아진 것 같아."

샘은 커샌드라가 그날 밤 판타즈마고리움 뒤에서 준 팔찌를 만지작거리며 대답했다. 하이드 프로젝트에 빠져 있는 내내 샘은 한 번도 팔찌 생각을 못 했다. 그런데 지금은 부드럽고 따스한 호박 팔찌에서 묘한 위안을 얻었다. 목소리가 쉰 것처럼 꺾여 나왔다.

"도대체 무슨 일이 일어난 거지? 내가 미쳐가는 걸까?"

아무도 없는 밤거리를 내다보던 커샌드라가 다 이해한다는 눈빛으로 샘을 바라보았다. 엄마가 세상을 떠난 뒤로 그런 눈으로 샘을 보는 건 코라 이모뿐이었다.

"네가 너를 의심하면 안 돼. 지금 일어나는 모든 일은 그 손 다친 것처럼 진짜야. 생생하게 살아 있다고. 네 본능을 믿어, 새미."

"그렇게 부르지 말라고 했잖아."

샘은 얼버무리듯 말했다.

"네 엄마는 새미가 좋은 이름이라고 생각했잖아. 나도 그래. 이름은 중요해. 이름 주인에게 힘을 주거든."

샘은 한숨을 푹 내쉬었다.

"커샌드라, 무슨 일이 일어나고 있는지 얘기해줘."

"알았어."

커샌드라는 깊게 심호흡을 한 뒤 말을 이었다.

"얘기를 듣고 싶어? 그럼 머리도, 마음도 활짝 여는 게 좋아. 내 이

JEKYLL'S
MIRROR
지킬의 거울

름은 커샌드라 케인, 열여덟 살이야. 뉴욕 시에서 태어났지만 루이지애나 주에서 어린 시절을 보냈어. 나에 대해선 이 정도만 알면 돼. 상황을 바로잡으려고 여기 왔다는 것하고 함께 말이야."

샘은 눈이 휘둥그레졌다.

"누구 때문에?"

"우리 가족."

커샌드라의 목소리에 날 선 어둠이 슬그머니 스며들었다.

"우린 성공할 거야. 요사이 네가 '하이드 프로젝트'라는 거에 연관됐다는 거 알아."

"그 프로젝트를 알아? 네가 판타즈마고리움에 집착하는 거랑 관련 있는 거야? 어떻게?"

샘이 눈을 반짝이며 앞으로 바짝 내앉았다.

"집착?"

커샌드라는 미소를 지었다.

"그렇게 말할 수도 있겠네. 그래 맞아, 내가 말하려는 게 바로 그거야. 하지만 난 '하이드 프로젝트'라는 이름만 알 뿐 그게 무슨 의미인지는 몰라. 그 프로젝트가 좋을 게 없다고 생각하는 이유가 있긴 하지만. 처음부터 시작해보자. 프로젝트를 안 좋게 생각하는 이유를 설명할게. 우리가 처음 만나기 전부터 난 네가 에드거 드리치의 계획에서 핵심 역할을 하게 되리라고 확신했어. 그 작자가 뭘 꾸미든 말이지."

"드리치? 그게 누군데?"

커샌드라는 말리는 듯 손을 들어 올렸다.

"알게 될 거야. 네가 드리치의 계획에 연루됐으리라고 확신한 건 네 성격 때문도 아니고, 네가 배신할지도 모른다는 걱정 때문도 아니었어. 난 네가 판타즈마고리움과 같은 편일 가능성이 있다고 생각했어. 분명한 건 네가 어떤 역할을 맡았다는 사실이야."

트럭 운전사들이 보던 신문을 반으로 접었다. 쏘아보는 종업원에게 잘 있으라는 인사를 남기고 그들이 바깥 트럭으로 향하자 커샌드라의 입술이 굳게 닫혔다. 잠시 뒤 숨 가쁜 바퀴 소리를 울리며 대형 트럭 두 대가 어둠 속으로 사라졌다.

"새뮤얼 스틸하우스라는 이름을 듣자마자 영국으로 가는 비행기 표를 예약했어. 그게 한 달 전쯤이야."

"한 달 전!"

커샌드라는 고개를 끄덕였다.

"도착한 뒤에는 블러프스 근처에 혼자 살면서 널 감시하기 시작했지. 너희 엄마가 살해당한 거랑 네 아빠가 감옥에 들어갔다는 건 이미 인터넷 기사로 봤어. 네 엄마 일은 뭐라고 위로해야 할지⋯."

샘은 눈을 돌렸다. 주머니 안에 든 팔찌를 손에 꼭 쥐었다.

"몇 주 동안 지켜봤지만 너랑 판타즈마고리움 사이에 연결 고리가 있다는 증거를 찾지 못했어. 판에 박힌 듯이 지내는 네 모습이 어찌 보면 너무나도 뻔한 열일곱 살짜리더라. 일종의 대응 기제 같은 거라고 생각했어. 아마 래리 선생님이 그렇게 하라고 했겠지."

JEKYLL'S
MIRROR
지킬의 거울

"철저하게 조사했구나."

샘이 쏘아붙였다.

"미안해. 불편하다고 느끼는 것도 당연해. 하지만 난 엄청난 돈을 내기에 걸었어. 유감스럽지만 네 사생활까지 배려할 여유가 없어."

"알았어. 계속해."

"나는 실험을 좀 해보기로 마음먹었어. 널 판타즈마고리움 쪽으로 유인해서 반응을 주의 깊게 살펴봤지. 진짜로 놀라는 널 보고 에드거 드리치와 같은 편이 아니라고 확신했어."

커샌드라는 잠깐 말을 멈추고는 물었다.

"너도 느꼈지? 그렇지?"

샘은 천천히 고개를 끄덕였다.

"잘못됐다는 느낌이었어."

"딱 맞는 표현이야."

커샌드라가 맞장구쳤다.

"거긴 모든 면에서 잘못된 곳이야. 그건 다 판타즈마고리움 벽 뒤에 있는 남자, 바로 에드거 레뮤얼 드리치 때문이고."

"그 사람이 누군데?"

"음, 정말로 사람을 환각 상태로 만들어서 마음을 현혹하는 자야. 밝혀지기로는 5,000살이 넘었대."

커샌드라가 대수롭지 않은 듯 어깨를 으쓱했다. 샘은 웃음을 터뜨렸다. 웃지 않을 수가 없었다. 다만 웃음소리에 날이 곤두섰다. 웃음

안에 일말의 믿음이 담겨 있었다. 커샌드라가 말을 이었다.

"11세기 이전에는 드리치에 대한 자료가 없어. 하지만 이야기는 오래전으로 거슬러 올라가지. 그 사람은 흑마술사야. 제일 중요한 건 저주받은 물건을 모으는 수집가라는 거지."

"뭘 수집한다고?"

"이 세상에는 수없이 다양한 방식으로 기이한 힘을 품게 된 물건들이 있어. 예를 들면 예수가 십자가 위에서 죽을 때 옆구리를 찌른 '성창'은 치유하는 힘이 있다고들 하잖아. 노스트라다무스의 깃펜은 아직도 미래를 예언할 수 있다고 하고. 드리치 같은 사람은 이런 물건을 음흉한 목적에 사용할 수 있어."

"그게 크레일 선생님이랑 하이드 프로젝트와 무슨 관계가 있지?"

커샌드라는 휴대폰을 꺼내 샘에게 보여줬다.

"요즘 한동안 드리치를 조사하고 있었는데 몇 달 전에야 겨우 전화 통화를 도청했어."

"뭘 했다고?"

샘이 멈칫거렸다. 커샌드라는 미소를 지었다.

"난 기술에 아주 관심이 많거든. 별거 아니야. 어쨌든 이거 들어봐."

커샌드라가 엄지손가락으로 화면을 건드리자 녹음된 내용이 치직거리며 흘러나왔다. 제일 처음 나온 목소리는 익숙했다. 하지만 전에는 한 번도 들어본 적 없는, 무언가에 겁에 질렸거나 혹은 불안해하는 크레일 선생의 목소리였다. 뒤이어 조롱하는 듯한 말투에 새된 목소

JEKYLL'S
MIЯROR
지킬의 거울

리가 들렸다. 어쩐지 앳된 느낌이었다.

"아이들을 해치지 않겠다고 약속하는 거죠?"
"이봐, 난 약속 같은 거 할 생각 없어. 그냥 이렇게 얘기하지.
직접적으로는 해를 끼치지 않을 거야. 하지만 만약 당신이 거부할
경우 한 가지는 분명히 약속하지."

크레일 선생이 숨넘어갈 듯 흐느꼈다.

"하이드 프로젝트의 잠정적인 참여자 넷 중에서 가장 관심이 가
는 건 새뮤얼 스틸하우스야. 당신이 뭘… ."

녹음이 중단됐다.
"이게 다야?"
샘이 물었다.
"이게 다야. 크레일 선생님은 무슨 이유인지 드리치의 계략에 널 끌
어들이라고 협박당했어. 바로 그 단어, 하이드라는 단어 때문에 내가
여기 오게 된 거야. 관련이 있는 게 틀림없어. 우리 아빠와 여동생이
살해되고 스티븐슨의 거울을 도둑맞은 것과 연관이 있다고."
"가족들이 살해당했어?"
샘이 나지막하게 물었다. 이번엔 커샌드라가 눈을 돌렸다.

"그래, 우리 아빠랑 내 동생 캐시디. 캐시디와 난 쌍둥이지만 늘 내가 언니였어. 캐시디는 항상 날 따라다녔지."

커샌드라는 목에 건 로켓 모양 은 목걸이를 풀어 샘에게 건넸다. 버클 장식을 열어보니 아주 작은 사진 두 장이 들어 있었다. 왼쪽에는 빨간 머리 소녀가 입술에 수줍은 미소를 띠고 두 손을 곱게 포갠 채 얌전히 앉아 있었다. 오른쪽에는 똑같이 생긴 소녀가 머리가 헝클어진 채 얼굴에 딸기잼을 잔뜩 묻히고 있었다.

"어느 쪽이 나인지 맞춰봐."

커샌드라가 미소를 지으며 말했다.

"이 사진을 찍고 나서 얼마 안 돼 부모님이 이혼했어. 난 엄마랑 루이지애나로 내려갔지. 캐시디는 아빠와 함께 뉴욕에 그대로 있었고. 캐시디와 나는 가까이 지내려고 노력했어. 하지만 그렇게 멀리 떨어져 있으니 서로 다른 점만 도드라지더라고. 서서히 사이가 멀어졌지. 열여섯 살 때 엄마가 돌아가시고 나서 난 엇나간 것 같아. 거의 2년 동안 학교를 쉬었어."

커샌드라는 샘의 눈을 지그시 바라봤다.

"그 시절에 대해서는 아무것도 묻지 마. 별로 얘기하고 싶지 않으니까. 작년 12월에 워싱턴 주에 있는 식당에서 『뉴욕타임스』를 읽는데 지면 맨 아래 기사가 눈에 딱 들어왔어. '골동품 가게를 운영하는 부녀가 거울 때문에 살해당했다.' 이어진 문장에 이름이 나왔지. '캐시디 케인'. 난 곧바로 다음 비행기에 올랐어. 아빠는 웨스트 57번지에

서 작은 골동품 가게를 운영했어. 모자라고 성가신 햄프턴 가문 출신 노파가 큰돈을 내고 재활용 쓰레기를 사가는 그런 가게. 난 경찰서로 갔어. 아빠와 캐시디가 일주일 전에 살해당했다는 걸 알게 됐지. 경찰이 알아낸 바로는 가게에서 사라진 물건은 단 하나, 오래된 거울이었어. 경찰에서는 실수로 잘못 알고 훔쳐간 거라고 여겼어. 난 몇 달 동안 가족에게 벌어진 일을 정리하려고 애쓰면서 배회했어. 경찰이 계속 조사했지만 아무 단서도 찾아내지 못했지. 사건이 소리 소문 없이 미궁속으로 빠지는 느낌이 들었어. 힘들더라, 정말….”

커샌드라는 다시 한 번 심호흡을 하고 곧 말을 이어갔다.

“캐시디가 남긴 물건들을 보다가 내가 보낸 편지와 어릴 때 둘이 같이 찍은 사진을 발견하는 게…. 어느 날 아침, 웬만큼 마무리가 되고 마지막으로 남은 자질구레한 물건들을 정리하고 있었어. 그때 우연히 책상 서랍에 되는대로 쑤셔 넣은 아빠의 수첩을 발견했지. 경찰은 못 보고 그냥 넘어간 게 분명했어. 살해되던 날 밤에 아빠는 드리치라는 남자와 약속이 있었던 것 같아. 경찰에 알렸지만 별다른 성과가 없었어. 그래서 나 혼자 조사하기 시작한 거야. 아빠는 돈을 많이 남겼어. 있는지도 몰랐던 세계로 갈 수 있을 만큼 충분히 많이. 그래서 난 지금 네 기분이 어떤지 알아, 새미. 지구를 둘러싼 껍데기가 쪼개지면서 그 밑에 몸부림치는 뭔가 어두운 걸 보는 기분이지. 내 말 맞지?”

샘은 고개를 끄덕였다.

“크고 작은 사실을 맞춰가면서 이야기를 하나로 합치는 데 시간이 오래 걸렸어. 주술적인 물건을 거래하는 사람들을 통해 드리치가 아빠 가게에 갔었다는 사실을 알게 됐어. 어떤 거울에 대해 물어보려 했던 거야. 아빠는 미안하지만 그 거울은 최근에 팔렸다고 말했지. 드리치는 돈을 더 줄 테니 자기에게 팔라고 제안했어. 아빠는 이미 팔린 거울이라 더 이상 자기 물건이 아니라고 거절했지. 그러자 드리치는 본색을 드러냈어. 아빠를 죽이고 그 거울을 가져간 거야."

"어떤 거울인데? 그게 하이드 프로젝트랑 무슨 상관이 있는 거야?"

"나도 몰라. 내가 아는 거라곤 그 거울이 영국에 있는 드리치의 본거지로 옮겨졌다는 게 다야."

"스티븐슨의 거울이라…."

샘이 웅얼거리고는 말을 이었다.

"로버트 루이스 스티븐슨을 말하는 거야? 『지킬 박사와 하이드 씨의 기이한 사례』를 쓴 작가?"

"맞아, 그 사람이야. 이젠 네가 하고 있는 그 프로젝트에 대해 말해줄 차례인 것 같은데. 정확히 무슨 프로젝트야?"

갑자기 몹시 부끄러웠다. 하이드 프로젝트에 지배당한 그 강력한 힘을 어떻게 설명하면 좋단 말인가? 가상 캐릭터로 가득 차 아무 해도 끼치지 않는 게임일 뿐이라 하더라도 자기가 쓴 글을 되돌아보면 아직도 움찔움찔했다. 커샌드라가 이해해줄지 섣불리 판단할 수가 없었다. 어쩌다 보니 자기도 모르게 중독되었다고 해도.

그때 불쑥 종업원의 그림자가 두 사람 위를 서성였다.

"커피 더 드릴까요?"

"아니요, 괜찮아요."

샘은 종업원을 올려다보지 않고 말했다.

"커샌드라, 난…."

"커피 더 드릴까요?"

"괜찮다고 말씀드렸잖아요."

시커먼 형체는 그 자리에 계속 머물렀다.

"커어—피이— 더어— 드릴까요?"

샘이 주머니 안에 든 호박 팔찌를 손으로 꽉 쥐면서 고개를 휙 돌렸다.

종업원의 처진 입술 끝에서 굵은 침이 찐득한 실처럼 늘어지더니 앞치마로 질질 흘러내렸다. 종업원은 흐느적거리는 줄에 매달린 꼭두 각시처럼 보였다. 오랫동안 거대한 중력에 이끌린 것처럼 근육이 힘을 못 썼다. 눈가가 늘어지면서 눈꺼풀 안쪽 붉은 속살이 그대로 드러 났다. 옴짝도 못 하는 눈에 파리 한 마리가 앉아 젤리처럼 반들거리는 눈알에 대고 다리를 비벼댔다. 종업원은 눈도 깜박이지 못했다. 그때 힘없는 손에서 커피 주전자가 떨어지면서 델 만큼 뜨거운 커피가 종 업원의 다리에 쏟아졌다.

"맙소사!"

샘이 안타까운 마음에 소리를 질렀다.

종업원은 피부에 울긋불긋 물집이 생겼는데도 그 자리에 그냥 서 있었다.

"죄애—송해요. 크어어—피가 떨어졌네요."

종업원은 마음대로 움직이지 않는 입술을 최대한 달싹거리며 말했다. 새빨간 핏줄기와 뒤섞인 콧물이 코에서 폭포처럼 흘러내리면서 식탁보를 적셨다. 그 모습을 보고 있자니 속이 뒤집히는 것 같았다.

"무슨 일이 생긴 거지?"

"주술계 사람들이 얘기해준 게 있어."

커샌드라는 의자를 끌어당기고는 창밖을 살피며 말하기 시작했다.

"드리치에게는 초능력이 있어. 멀리서 사람을 지배하는 힘. 그자는 내가 기웃거리고 다닌다는 걸 알고 내 위치를 추적한 게 분명해."

"그 사람이 여기 있단 말이야?"

"아니. 초능력으로 날 찾아내 이 여자를 조종하는 거야."

"하지만 저 여자를 데리고 뭘 하려는 거지? 너무… 연약한데."

샘은 넘어질 듯 불안하게 서 있는 종업원을 보며 말했다.

커샌드라는 창가로 가서 휴게소와 주차장 너머를 확인했다.

"대단할 필요는 없어. 간단한 것이어도…, 오, 맙소사."

지나가는 트럭의 전조등 불빛 때문에 커샌드라의 머리가 번쩍였다. 커샌드라의 얼굴 주변으로 불빛이 테를 두른 것처럼 보였다.

"가스 냄새 안 나?"

그랬다. 정말로 갑자기 가스 냄새가 훅 풍겼다. 왜 진작 알아차리지 못했는지 의아할 정도였다. 계산대 뒤편 주방을 보니 공기가 춤을 추듯 일렁였다. 샘은 다시 종업원을 바라봤다. 종업원이 홀린 듯이 앞치마 주머니에 손을 넣어 뒤적이더니 플라스틱 라이터를 꺼냈다.

"네—에, 드리치 씨—이. 아—알겠습니다."

종업원은 할짝거리는 듯한 소리로 말하고는 엄지손가락으로 라이터를 점화하려 들었다.

"안 돼애애애—!"

라이터 부싯돌이 돌아가는 소리와 함께 샘이 종업원의 손을 쳐 라이터를 떨어뜨렸다. 라이터는 더러운 장판 바닥을 스르륵 미끄러져서는 커샌드라가 있는 창문 쪽으로 흘러갔다. 커샌드라는 곧장 부츠 밑창으로 라이터를 밟아 으스러뜨렸다. 드리치에게 조종당한 종업원이 얼굴을 일그러뜨리며 크게 소리를 질렀다. 코에서 다시 피가 쏟아져 나왔다. 샘은 물이나 기름이 튀는 걸 막으려고 덧댄 가림막을 아슬아슬하게 피해 탁자에서 멀리 떨어진 곳으로 뛰었다. 이제는 종업원의 코에서만 피가 쏟아지는 게 아니었다. 앙다문 이 사이에서도 쥐어짜듯 피가 솟고 귀에서도 적포도줏빛 핏덩어리가 흘러나오기 시작했다. 샘은 종업원의 머릿속이 어마어마한 압력에 금방이라도 폭발할지 모른다고 상상했다. 에드거 드리치가 부리는 초능력이 불쌍한 여인의 뇌를 뒤죽박죽 휘저어….

"커샌드라, 도대체 저 여자한테 무슨 일이 일어난 거야?"

멀찍이 떨어져 바라보니 머리에서도 피가 흘렀다. 막대에 꽂은 사과를 토피 시럽에 담갔다가 꺼낸 것처럼 피가 뚝뚝 떨어졌다. 탁자 사이를 걸어가면서 발작적으로 몸을 움직일 때마다 막대기에 얹힌 토피 사과가 격하게 간닥거렸다. 계산대로 돌아간 종업원은 집중하라는 명령을 받은 것 같았다. 흐느적거리던 팔이 이내 뻣뻣해졌다. 종업원은 서랍에 손을 넣었다. 창백한 형광등 불빛에 머리가 반짝거렸다.

"샘, 여길 빠져나가야 해."

커샌드라가 샘의 옷소매를 끌어당겼다.

"저 여자를 도와야 하지 않을까?"

"너무 늦었어. 새미, 안됐지만 우린…."

"드르―이치 씨―이께서 너하―안테 할 말이 있대. 애―애애애애―."

샘과 커샌드라는 카페 반대편 끝을 쳐다봤다. 종업원이 밝게 빛나는 얼굴로 제자리에 서 있었다.

"자알. 자알 자아―."

엄지와 검지 사이로 꼭 쥔 성냥이 보였다. 종업원은 금방이라도 불을 댕기려는 듯 성냥개비를 들어 올렸다.

"잘 자, 크―에인 양."

JEKYLL'S
MIЯROR
지킬의 거울

9

거짓말쟁이 가족

희미하게 보이는 종업원을 마지막으로 힐끗 쳐다본 두 아이는 도망치는 것 말고는 할 게 없다는 사실을 확실히 깨달았다. 발밑 비닐 장판에선 찍찍 소리가 나고, 철문의 녹슨 경첩에선 구역질하는 듯 꿰에엑 소리가 났다. 샘과 커샌드라는 넘어지고 뒹굴면서 허둥지둥 계단을 내려가 카페 밖으로 달아났다. 대형 트럭이 지나가면서 타이어가 토해낸 모래와 돌이 까만 후추처럼 얼굴로 날아들었다. 하지만 미처 아픈 것도 느껴지지 않았다. 샘은 커샌드라의 손을 꽉 틀어쥐고 내달렸다. 트럭이 지나가자 커샌드라의 머리가 활활 타올랐다.

간신히 커샌드라의 진녹색 승용차 비틀에 이르렀다. 차는 휴게소 건너편, 인적 드물고 컴컴한 곳에 있었다. 둘은 얼떨떨한 눈빛을 주고받고는 지나온 길을 돌아봤다. 잠 못 이루게 만드는 밤의 열기 속에서 카페 문이 흔들거렸다. 그 사이로 카페 안쪽이 보였다. 문틈이 넓게 벌어졌다 좁아졌다 하는 가운데 샘은 종업원이 부러진 성냥개비를 바닥에 던지고, 주머니를 뒤져 다시 성냥을 찾아내고, 새 성냥을 엄지 손톱에 대고 긋는 모습을 차례로 지켜봤다.

컨테이너 안에서 폭발음이 들렸다. 소리는 약했지만 바닥이 흔들릴 정도로 격렬한 폭발이었다. 그 불빛에 샘의 눈에 맺힌 눈물이 비쳤다. 차를 방패 삼아 숨은 탓에 카페 출입구 쪽에서 날름거리는 강렬한 불길의 혓바닥은 보이지 않았다. 하지만 아주 뜨거운 흰색 침이 비처럼 쏟아져 내리는 느낌이었다. 다행히도 커샌드라의 승용차가 치명적인 파편들을 막아줬다. 샘과 커샌드라는 폭발로 날아든 부스러기들을 곧바로 털어냈다.

"괜찮아?"

커샌드라가 가쁜 숨을 몰아쉬며 물었다.

"그런 것 같아. 넌?"

샘은 끙 신음하고는 커샌드라가 일어서는 걸 도왔다.

"아주 좋아."

비틀의 움푹 파인 지붕 너머로 두 사람은 다시 카페를 바라봤다. 방금 전까지만 해도 저 안에 앉아 몹시도 맛없는 커피를 마시면서 믿기 힘든 이야기를 나눴는데, 이제 컨테이너는 찌그러지고 시커멓게 타 무기력하게 부서진 몰골로 변해버렸다. 갈가리 찢기고 들쭉날쭉 부서져 믿기 힘든 모양새였다. 지붕에 난 구멍으로 연기가 길게 피어올랐다. 샘은 산산이 부서져 사라지고 말았을 종업원도 저 연기와 함께 피

어오르리라 상상했다.

"여기서 나가자."

조수석에 올라탄 샘은 의자 깊숙이 몸을 파묻었다. 폭발 소리가 여전히 귓가에 맴돌았다. 커샌드라가 비틀에게 출발하자고 기도하는 소리가 들렸다. 엔진 신은 자비로웠다. 두 사람은 서둘러 휴게소를 빠져나갔다.

"뒤에는 아무것도 안 보여."

커샌드라는 액셀을 세차게 밟았다.

"반경 15킬로미터 내에 있는 사람들은 폭발 소리를 들었을 거야. 3~4분이면 이 길을 벗어나 시내로 들어갈 수 있어. 이 낡아빠진 녹색 비틀은 버릴 테야. 미안해, 붕붕아."

커샌드라는 손을 뻗어 계기판을 쓰다듬었다.

국도를 벗어나자 눈에 익은 건물들이 휙휙 스쳐 지나갔다. 풍경을 지켜보던 샘은 문득 이 도시가 이상하고 낯설게 느껴졌다. 여섯 달 동안 이 거리를 걸으며 건물들을 올려다보고 돌로 이뤄진 도시의 살갗에 손을 대보기도 했다. 그런데 불꽃 소녀가 샘의 인생에 뛰어들어서는 깨지기 쉬운 현실의 껍데기 아래 도사린 공포를 보여줬다. 샘은 이제 뒤틀리고 뒤바뀐 세계 앞에 마주 섰다. 예전에는 미신으로 치부한 음산한 수수께끼들이 모든 그림자 뒤에 숨어 있을지도 모르는 세상.

모래를 체로 거르는 것처럼 갖가지 생각이 머릿속을 휘젓는 사이, 초록색 비틀은 도시의 음침한 구석으로 들어갔다. 미처 알아차리기도 전에 두 사람은 블러프스에 도착했다.

"내려야 해, 새미."

"뭐라고?"

"그자가 날 추적하고 있어."

커샌드라가 오닉스 팔찌를 만지작거리면서 말했다. 불안할 때 나오
는 버릇이었다.

"어디든 안전한 데를 찾아야 해. 가짜 흔적을 남겨서 엉뚱한 추측을
하도록 말이야."

"내 친구들은 어떡해? 하이드 프로젝트에 연루된 아이들 말이야. 어
디가 안전할까? 나는? 이제 그자가 나도 알 거 아냐."

샘은 행여라도 공포에 목소리가 떨리지 않도록 두려움을 꾹꾹 누르
며 말했다. 커샌드라는 고개를 저었다.

"드리치가 종업원을 조종하는 데에도 한계가 있어. 그 여자의 감각
까지 사용할 수는 없었을 테니 널 보지 못했을 거야. 그렇지만 자기가
꾸미는 계획에 네가 포함됐다는 걸 드리치가 알게 된 이상 무슨 일이
든 일어날 수 있어."

"너도 확실히는 모르는 거구나."

"확실한 건 아무것도 없어. 하지만 지금 널 데려가면 그자가 의심할
게 뻔해. 그러니까 집으로 돌아가서 네가 할 수 있는 한 최선을 다해
서 아무 일 없는 듯 지내. 어려워도 참고 일상생활을 계속하는 거야."

샘은 재빨리 커샌드라를 쳐다봤다. 온화한 녹색 눈동자에 잔인한

기색은 조금도 찾아볼 수 없었다.

"언제 또 볼 수 있어?"

"곧. 그때까지 눈 부릅뜨고 조심해."

커샌드라가 당부했다. 샘은 조수석 문을 열고 차에서 내린 뒤 산산조각난 차창 쪽으로 몸을 돌렸다.

"너랑 같이 갈 수도 있어. 네가 안전하도록 도와줄게."

커샌드라는 샘을 쳐다봤다. 활처럼 둥글게 휜 입술에 어딘가 서글픈 미소가 떠올랐다.

"날 구해줄 필요 없어. 난 이미 없는 사람이니까."

인적 끊긴 정원을 지나 엘리베이터가 오기를 기다릴 때까지 마지막 쉴 곳을 향해 달려가는 비틀의 소리가 귓가에 맴돌았다. 엘리베이터와 함께 몸이 덜컹거리자 샘은 위로 올라가고 있다는 사실을 희미하게 자각했다. 예전의 삶이 조각조각 흩어져 서서히 사라지는 느낌이었다. 믿기 어려웠다. 현대 도시에 흑마술사가 살다니. 그자는 소설가의 거울 때문에 살인을 저질렀다. 그 거울은 중독성 있는 하이드 프로젝트와 관련된 게 틀림없다. 두려움에 떠는 크레일 선생이 제자들을 드리치의 이상한 수작에 끌어들였다. 흑마술사가 바라는 게 뭘까? 왜 샘이 게임에 참여해야 한다고 했을까? 이해할 수 없는 게 너무 많았다.

3113호로 들어선 샘은 그제야 손이 쓰라린 걸 느꼈다. 붕대에 피가 스며 나왔다. 되돌아온 통증이 예민해진 신경을 야금야금 갉아먹는 듯했다. 온몸에 전율이 일었다.

"어디 갔다 왔니?"

막 방문을 열려 하는데 라이어널이 거실에서 샘을 불렀다. 금요일 밤, 더 정확히 말하면 토요일 새벽이었으므로 코라는 병원에서 야간 근무를 하고 있을 터였다. 코라가 없으면 집 안 공기가 달랐다. 방은 더 어둡고 공기는 상한 듯 탁해지곤 했다. 라이어널은 똬리를 풀듯 소파에서 일어나 불빛이 깜박이는 텔레비전 앞에 섰다. 손에는 맥주 캔을 들고 두 발을 벌려 단단히 딛고 선 자세였다.

"이런 식으로 시작되는 건가?"

라이어널은 조카의 손을 의심스러운 눈으로 노려봤다. 쇠약한 먹잇감의 부상 정도를 아주 기쁜 듯이 가늠하는 들짐승처럼.

"무슨 말씀이세요?"

"새뮤얼, 난 네 부모가 결혼하기 전부터 네 아빠를 알았어."

언제나 '새뮤얼'이었다. 한 번도 샘이라고 부른 적이 없다. 그리고 아빠의 이름을 시뻘건 낙인처럼 사용했다.

"우린 한동네에서 자랐지. 나와 그 쾌활하고 건방지고 혈기 왕성한 청년 말이다. 심지어 네 아빠가 오래전 그 시절에 어떻게 시작했는지도 기억해."

"뭘 시작해요?"

"잘생긴 미소 뒤로 썩어가는 걸 숨기는 것."

뭐가 그리 만족스러운지 능글맞기 짝이 없는 웃음이 음흉한 미소로

바뀌었다.

"다들 새뮤얼 스틸하우스를 아주 좋아했지. 틈만 나면 꼬박꼬박 말대답을 하는데도 선생들조차 좋아했어. 하지만 난 알았어. 그 안에 시커먼 속셈이 고동친다는 걸. 나는 코라를 시켜 언니한테 조심하라고 전하려 애썼어. 하지만 코라마저도 연파랑 눈동자 너머를 보지 못하더군. 모든 게 끝장날 때까지 말이야."

라이어널은 동정하는 척 고개를 절레절레 흔들었다.

"어떻게 다들 그렇게 눈이 멀 수가 있지?"

라이어널은 들고 있던 깡통을 탁자에 놓더니 비틀거리면서 샘에게 다가왔다. 술에 취해 눈동자가 흐리멍덩했지만 아빠의 눈에서 보던 험악한 빛은 없었다. 하지만 라이어널이 앙상한 손가락으로 가슴을 쿡쿡 찌르자 샘은 저도 모르게 뒷걸음질 쳤다.

"이제 처음부터 다시 시작되는 게로군. 아비의 죄가 아들에게서 꽃피는 거지."

"닥쳐요."

샘이 낮은 소리로 속삭였다.

"난 너에게 머물 곳을 줬어."

라이어널은 불안하게 발끝으로 서서 기우뚱거리면서도 손가락으로 쿡쿡 찌르기를 멈추지 않았다.

"그 괴물이 집 곳곳에다가 네 엄마 머리통을 박살냈지만 널 내 집에 들이고, 먹이고, 돌봤다고."

"절 돌봤다고요?"

샘이 되물었다.

"제가 여기 있는 걸 원한 적 없잖아요. 코라 이모가…."

"난 아이를 원한 적이 없어. 그래, 사실이야. 특히 그 자식의 아이는. 하지만 네가 입는 옷, 네 배 속에 들어가는 음식은 내 돈으로 산 거야."

샘은 모두 거짓말이라는 걸 잘 알았다. 샘의 옷과 먹을거리는 코라에게서 나온 거였다. 더는 상대하고 싶지 않아 샘이 방으로 들어가려 하자 라이어널이 소매를 붙잡았다.

"그런데 이제 와서 내 집에 문제를 끌고 들어와? 은혜를 이따위로 갚는 거야?"

"사고 안 쳤어요."

"네 아빠도 거짓말쟁이였어. 그 자식이 저지른 가장 나쁜 짓은 가여운 네 엄마까지 거짓말쟁이로 만든 거야. 네가 어릴 때 네 엄마가 널 여기로 데려오곤 했어. 넌 기억 못 하겠지. 저 의자에 앉아 숨겨진 이야기를 거짓말로 예쁘게 포장했지. 걷다가 문에 부딪쳤다느니, 계단에서 발을 헛디뎠다느니. 심지어 너를 두고도 거짓말을 했어. '애가 칠칠치 못해, 코라. 꼭 나처럼.' 무슨 엄마가 그래?"

'난 몰라, 모르는 일이야.'

샘은 생각했다.

"네 엄마는 아빠가 집에 돌아오면 벌어질 일이 두려웠던 거야. 죽은

사람에 대해선 나쁘게 말하면 안 되지. 하지만 넌⋯."

라이어널은 또다시 손가락으로 샘을 쿡쿡 찌르기 시작했다.

"넌 용서 안 해. 싸움질이나 일삼고 다니니."

"아녜요."

"그럼 새벽 2시에 손에 피를 흘리면서 나타난 건 어떻게 설명할 건데?"

"친구네 집에서 공부하다가 버스를 놓쳤어요."

"그래서 넘어져서 그 불쌍한 손이 찢어졌다. 아아아―."

라이어널이 입술을 삐죽거렸다.

"그럼 네 옷에서 나는 고약한 냄새는 어떻게 된 건데? 네가 무슨 짓을 하고 돌아다니는지 다 알아, 새뮤얼. 매일 밤 쓰레기 같은 조무래기 녀석들이 가게 밖에 있는 쓰레기통에 불을 지르려고 서성이는 걸 봤어. 너도 걔네들이랑 한 패거리지?"

라이어널은 힘겹게 마른침을 삼켰다. 반짝이는 두 눈에 눈물이 가득 고였다.

"그 녀석들은 집까지 쫓아와서 폭죽을 던지고 날 비웃었어."

이곳에 온 뒤 처음으로 샘은 이모부에게 연민을 느꼈다. 샘은 코라가 왜 이런 남자와 결혼했는지 도저히 이해가 가지 않았다. 하지만 그렇다고 해서 라이어널이 자존심에 상처 입고 존중받을 자격이 없다는 뜻은 아니었다. 샘은 라이어널이 잔혹하게 괴롭힘을 당하는지 전혀 알지 못했다.

"죄송해요. 몰랐어요."

샘은 왜소한 이모부의 어깨에 다친 손을 올렸다.

"뭘?"

라이어널이 내뱉듯 말했다.

"그 인간만큼 네가 나쁜 놈이라는 거? 난 네가 태어난 순간부터 알았어. 똑같이 잘생긴 얼굴로 똑같은 거짓 미소를 지었지. 네 영혼은 썩었어, 새뮤얼. 썩었어, 썩었어, 썩었다고."

무의식적으로 몸이 움직였다. 마치 쥐처럼 생긴 사내가 뒤쪽 탁자로 넘어질 때 샘은 혼잣말을 했다.

'밀려고 한 게 아니야.'

맥주 깡통이 허공에서 공중제비를 돌고 라이어널이 거꾸로 휙 뒤집힌 채 소파 위로 나동그라질 때까지 샘의 머릿속에서는 계속해서 이 말이 되풀이됐다. 노란 맥주 거품을 뒤집어쓴 라이어널 크렘퍼가 눈을 끔벅거렸다. 비로소 거실이 눈에 들어온 모양이었다. 처음에는 공포에 질린 얼굴이더니 곧 만족스러운 듯 능글맞은 웃음을 되찾으며 평온해졌다.

"자, 이제 내 말이 맞다는 걸 네가 증명한 거야."

라이어널은 숨을 헐떡이며 말했다.

"내 집에서 보내는 마지막 밤을 즐기렴, 아가. 내일이면 넌 끝장이니까."

JEKYLL'S
MIЯROR
지킬의 거울

10

잊혀진 길

"이 친구가 커샌드라니? 예쁘구나."

샘은 구겨진 종이에 그려진 얼굴처럼 일그러진 표정으로 잠에서 깼다. 두 팔이 화판 위에 아무렇게나 뻗어 있었다. 등받이 없는 의자에 걸터앉은 채 저도 모르게 잠에 빠져든 모양이었다. 코라가 옆에 서 있었다. 코라의 지친 두 눈이 조금 전까지만 해도 샘이 베개 삼아 베고 누웠던 종이 위로 움직였다.

"넌 정말 재능 있는 아이야. 네 엄마는 예술적 재능이 전혀 없었어. 나도 사람 하나도 못 그리는걸. 스틸하우스 집안 쪽에서 물려받은 게 틀림없어. 네 아빠가 전에는 상당히 창의적인 사람이었거든."

코라의 얼굴이 굳어졌다.

"술 때문에 변하기 전까지는."

샘은 자기 손을 내려다봤다. 피가 말라붙은 붕대는 딱딱했고, 손은 목탄 때문에 새카맸다. 두 번째 손마디는 멍이 든 것처럼 보였다.

"죄송해요. 이모부를 밀어서. 제가 이 집에서 나가기를 원하시면…."

"가긴 어딜 가."

코라가 어깨에 팔을 두르며 끌어당겼다.

"네 입장을 얘기하려는 생각은 안 하니? 내 감정은 신경 쓰지 마. 라이어널이 어떤 사람인지 잘 아니까. 왜 내가 그 사람과 사는지 궁금할 거야. 저이도 원래는 그런 사람이 아니었어. 낙담하면 어쩔 수 없이 분노가 일어나잖니. 라이어널은 자기가 감당할 수 있는 한계를 넘어서 너무 심할 정도로 절망적인 일을 많이 겪었단다. 승진에서도 이젠 셀 수도 없을 만큼 누락됐지. 내가 아이를 가질 수 없는 것도 그렇고."

"이모부는 한 번도 아이를 원한 적이 없다고 했어요."

"그렇게 말할 수밖에 없을 거야, 지금은."

샘은 이모를 꼭 안아주었다.

"며칠만 이모부와 마주치지 않도록 하렴. 그러면 곧 좋아질 거야."

코라는 마음을 추스르고는 뺨에 흐른 눈물을 닦았다.

"그런데 샘, 물어볼…."

"저는 나쁜 패거리에 휩쓸리지 않아요. 술도 안 마시고 마약도 안 해요. 그냥 이틀 동안 이상한 일을 겪었을 뿐이에요. 그게 다예요."

사실이었다. 샘은 조금 덜 솔직하지만 여기에 이렇게 덧붙였다.

"걱정하실 것 전혀 없어요."

"그럼 됐어. 크레일 선생님 프로젝트는 다 끝난 거니?"

코라가 물었다. 샘은 씁쓸한 미소를 지었다.

"완전히 끝났어요."

"좋아. 하지만 잘 들어. 만약에 여자 친구랑 밤늦게까지 밖에 있을 거면 제발 전화해서 알려줄래? 쟤가 네 뮤즈니?"

코라가 화판을 가리켰다. 그제야 샘도 의자에서 내려와 간밤에 그린 작품을 바라봤다.

쿡쿡 쑤시는 손의 통증을 줄이려고 진통제 두 알을 털어 넣고선 침대에 쓰러지듯 누웠다. 에드거 드리치가 잔혹한 자라는 것만큼은 분명했다. 드리치는 커샌드라의 아빠와 여동생을 죽였고, 컨테이너 카페에서 일하는 종업원의 피를 보았다. 앞으로 더 많은 일이 일어날 테지만 일단 커샌드라가 드리치를 따돌렸으니 당분간은 괜찮을 것이다.

시곗바늘이 새벽 3시를 가리키는 것을 확인한 뒤 샘은 잠들기를 포기하고 책상 앞에 앉았다. 노트북이 대기 상태로 나지막이 윙윙거렸다. 하이드 프로젝트에 접속하고 싶은 충동을 느꼈다. 두려움과 궁금증이 뒤섞이면서 분노의 칼날이 심장 밖으로 튀어나오려고 했다. 에드거 드리치 같은 악마에게 예전과 똑같이 격렬한 분노를 느꼈다. 흑마술사는 초자연적인 공포라는 망토를 입긴 했지만, 샘이 보기에 아빠와 똑같이 잔인한 옷을 입은 형제였다. 하이드 프로젝트에 접속해 내면에 억눌린 '그분'을 조금만 표출하면 평온해질 것 같았다.

샘은 온 의지와 자제력을 동원해 간신히 유혹을 뿌리쳤다. 대신 화판으로 갔다. 지난주에 꿈에서 본 사람을 대강 스케치한 그림이 그대로 걸려 있었다. 텅 빈 얼굴에 팔다리가 가늘고 긴 남자가 원숭이처럼 기이한 자세를 취하고 있었다. 샘은 고민하다가 그림을 떼어낸 뒤 화판에 깨끗한 새 종이를 걸고 뚫어져라 쳐다봤다. 손가락이 절로 움찔거렸다. 그리고 곧 그림을 그리기 시작했다.

"불꽃 소녀예요."

샘은 그제야 입을 열었다.

일렁이는 불꽃 갈기, 헝클어진 머리카락이 메두사를 연상시켰다. 눈길을 사로잡는 매력적인 눈, 오른쪽 어깨를 빙 둘러싸고 똬리를 튼 뱀 꼬리, 팔을 따라 미끄러져 내려가 손가락 사이로 갈라지는 뱀의 너울대는 몸통.

"네 그림 중에서 최고야."

"자, 이제 손 좀 보여줘."

코라가 상처에 새 붕대를 감아줬다. 샘은 샤워를 한 뒤 코라의 접시에서 토스트 한 쪽을 집어 들고 집을 나섰다. 샘은 토요일을 맞아 잔뜩 몰려든 쇼핑객들에 떠밀려 번화가를 지나 시립 도서관으로 갔다. 돌로 된 정문 아래서 샘은 휴대폰을 꺼내 번호를 눌렀다.

"이게 누구야. 하이드 프로젝트는 어떻게 되고 있어?"

샘은 하마터면 지난밤에 겪은 모험을 도린에게 얘기할 뻔했다. 하지만 곧 정신을 차렸다. 구체적인 증거 없이 다른 아이들에게 조심하라고 할 수는 없는 일이다. 뭐라고 얘기하겠는가? 크레일 선생이 흑마술사에게 협박당했다고? 하이드 프로젝트에는 뭔가 사악하고 불길

한 게 있다고? 하지만 그게 뭔지는 정확히 모른다고? 오래전 로버트 루이스 스티븐슨이 갖고 있던 거울과 연관되어 있다고? 이런 얘기를 하면 분명 '정신병원 안정실' 얘기가 나올 테고, 래리 선생은 병동 환자복을 만든다며 샘의 치수를 잴 게 분명하다.

"솔직히 말해서 난 그만두⋯."

"넌 답이 없다!"

도린이 소리를 질렀다.

"왜 그래, 샘. 정말 재미있는 프로그램이잖아."

말투가 조심스러워지긴 했지만 도린의 목소리는 흥분으로 떨렸다.

"프로그램의 교훈 같은 건 별거 아냐. 익명성이 사회적으로 용납되지 않는 행동을 자제하라는 속박에서 벗어나게 해준다, 그거잖아. 그런데 하다 보니 알겠어. 이 프로그램이 상당히⋯."

똑부러진 영국인 학생이 적합한 단어를 찾느라 애를 썼다.

"중독성 있어."

도린의 말을 듣자마자 속이 뒤틀렸다.

"맞아, 그런데 다른 학교 공부도 잊지 마. 크레일 선생님의 프로젝트가 그 정도로 중요하지는 않으니까."

샘이 짐짓 기운차게 말했다.

"네가 내 할 일을 상기시켜줄 필요는 없을 것 같은데. 자, 그럼."

종이가 바스락거리는 소리가 들렸다.

"다이어리를 보니 수요일 오후에 시간이 비는데, 그날 만나서 기록을 비교해볼래?"

의향을 묻는 질문이 아니었다. 도린 래클랜드는 답을 기다리지도 않고 전화를 끊어버렸다.

샘은 거대한 유리문을 지나 대성당처럼 깊숙한 도서관으로 들어갔다. 컴퓨터실에 다다른 샘은 작은 칸막이 안으로 들어갔다. 컴퓨터에 도서관 회원 번호를 입력했다. 하이드 프로젝트에 다시 들어가보고 싶지는 않았다. 적어도 속으로는 그렇게 되뇌었다. 하지만 프로그램을 그만두게 하려면 아이들한테 말이 되는 이유를 대야 했다. 샘은 웹 사이트 주소를 치고 비밀번호를 입력했다. 화면에 샘의 또 다른 자아인 '분노의 캐리언' 홈페이지가 나타났다. 사진 속 모습이 그날 밤보다 덜 수척해 보인다는 사실을 금세 알아차렸다. 유리창에 비친 모습을 보니 열에 달뜬 듯 벌겋던 빛이 사라졌다. 얼굴도 한결 덜 핼쑥했다.

돌연 어터슨이 화면에 나타났다. 샘은 아이포드에서 헤드폰을 뽑아 컴퓨터에 꽂았다.

"돌아온 걸 환영하네. 자넨 지금까지 황금 열쇠 열 개를 얻었어."

홈페이지 맨 위에 자리한 지갑 그림이 반짝반짝 빛났다.

"이제 새롭게 시작해볼까?"

게시 글이 줄줄이 쏟아지기 시작했다. 어터슨은 그중 하나를 골라 확대했다.

토니와 다시 합쳤다! 예에! 우리 두 사람과 딸아이의 새

출발이니 너희 말썽꾼들은 우릴 그냥 좀 놔둬. 그이는 이제 딴사람이 됐다고, 알겠어?

"이 여자는 자기 자신을 속이는 거야."

어터슨이 속을 알 수 없는 목소리로 속삭였다.

"남자는 이 여자뿐만 아니라 아이에게도 주먹질을 해댔지. 그러니 이 약해빠진 여자에게 자네 생각을 정확하게 말해주는 게 어때?"

'엄마는 왜 그 남자에게 맞서지 않았을까? 왜 나를 보호하지 않았을까? 나는 왜 엄마를 보호하지 못했을까?'

해묵은 질문들이 마음을 휘저었다. 만화 캐릭터에 불과한 이 남자는 샘을 자극하는 게 무엇인지 어떻게 아는 걸까? 어터슨은 가입자가 입력한 개인 정보를 분석해 하이드 프로젝트 참여자들의 성격을 파악하는 거라고 말했다. 하지만 무언가 수상쩍었다. 에드거 드리치는 아이들의 상처 입은 마음과 관련된 모든 비밀을 알았다.

"이 여자는 진짜 사람이 아니네."

어터슨은 장담했다.

"자, 자, 소위 엄마라고 하는 이 여자가 얼마나 나약하고 한심한지 얘기해주라고."

손끝에서 '그분'이 따끔거렸다.

"아이한테 전혀 도움이 안 된다는 걸 말해줘. 사랑하는 그 괴물만큼 여자에게도 책임이 있다고 말해. 말하라고."

못 할 게 뭐 있어? 유치한 게임이잖아? 아무 일도 없을 거야.

다시 찾아온 '그분'이 속삭였다. 내질러, 샘. 비명을 내질러.

"그 남자는 성난 눈길에 침 묻은 입술로 거짓말을 하지. 커다란 주먹에는 날카로운 마디가 있는데, 그 손마디에 글자가 써 있어."

'사랑'   **'증오'**

어터슨이 구슬리듯 말했다.

샘은 크게 심호흡을 반복했다. 숨을 들이쉴 때마다 오래 묵은 책 냄새가 났다. 어쩐지 마음이 안정되는 것 같았다. 두근두근 곤두박질치던 심장이 차분해지는 동안 어터슨의 유혹이 뭘 의미하는지, 거울과 관련된 드리치의 계획과 어떤 연관성이 있는지 의문이 생겼다.

초자연적인 그 거울은 대체 뭘까? 샘은 검색창을 열고 '로버트 루이스 스티븐슨, 거울'이라고 쳐 넣었다. 나온 건 시 한 편뿐이었다. 스티븐슨의 친구이자 작가인 헨리 제임스가 스티븐슨에게 준 거울에 관한 시였다.

쩔쩔매던 샘은 커샌드라에게로 관심을 돌렸다. 몇 번 검색을 해보고는 1월 5일 자 신문 기사를 찾아냈다.

경찰도 당황한 '거울 살인'
에드워드 케인과 캐시디 케인 부녀의 이중 살인을 수사하

JEKYLL'S MIRROR
지킬의 거울

는 경찰은 살인자에 대해 더 알아낸 것이 없다고 오늘 시인했다. 케인 부녀는 크리스마스 새벽에 잔인하게 살해됐다. 이들이 운영하던 골동품 가게 '잃어버린 시간'은 물건이 온통 뒤엎어진 상태였다. 귀중한 보물은 그대로 있고, 빅토리아 시대의 거울 하나만 사라진 것으로 보인다. 에드워드 케인 씨의 딸이자 캐시디 케인의 쌍둥이 언니인 커샌드라 케인 양은 경찰 조사에서 진술하기를 거부했다.

샘이 기사 맨 위에 있는 사진에 초점을 맞추자 글자가 흐릿해졌다. 샘은 지금껏 커샌드라의 쾌활하고 용감하고 재치 넘치는 모습만 보았다. 연약함은 언뜻 스치듯 느꼈을 뿐이다. 사진에서 샘은 있는 그대로 솔직한 커샌드라의 진짜 모습을 봤다. 눈을 뗄 수 없는 강렬한 두 눈과 그 안에 아로새겨진 크나큰 슬픔을.

그런데 사진이 이상했다. 골동품 가게 '잃어버린 시간'의 창문으로 몰래 찍은 파파라치 사진인 듯했다. 대리석 탁자, 대형 괘종시계, 모자와 외투걸이, 뚜껑을 여닫는 책상. 그 뒤로 통로가 뒤쪽 계산대까지 죽 이어졌다. 뒤편은 거울로 된 벽이어서 작은 가게가 실제보다 두 배는 넓어 보였다. 계산대 앞에 소녀가 서 있었다. 커샌드라는 반쯤 몸을 튼 상태로 사진이 찍혔다. 카디건이 어깨에서 흘러내렸고, 사진 찍는 사람을 피하려는 듯 왼손을 들어 올리고 있었다. 머리는 말끔하게 뒤로 넘겨 단단히 틀어 올린 상태였다. 인상적일 만큼 붉은 입술도 흐릿했다. 샘의 눈에는 마치 불꽃이 꺼져버린 것처럼 보였다.

한참 사진을 보던 샘은 다시 판타즈마고리움으로 관심을 옮겼다. 세 시간을 뒤지고도 아무 단서를 찾지 못한 샘은 두 손 들기 일보 직전이었다. 생각해낼 수 있는 모든 정보를 찾고, 오래전 신문 기사를 읽을 수 있는 다른 컴퓨터까지 수없이 훑어봤다. 심지어 19세기 초까지 거슬러 올라가는 도시 기록물도 찾아봤다. 하지만 가게의 공식 웹 사이트를 빼고는 에드거 드리치에 관한 자료는 아무것도 찾을 수 없었다. 흔적조차 남기지 않는 유령 같았다.

그때 지역사 구간의 전시물이 눈길을 끌었다. 샘은 책상에서 일어나 누렇게 빛바랜 지도 앞에 섰다. 지도는 받침대 없는 커다란 판에 조심스럽게 고정되어 있었다. 도시 아래를 지나는 빅토리아 시대의 하수도를 보여주는 지도였다. 치밀하게 연결된 하수도 망은 대략 지상의 도로를 따라 이어졌다. 샘은 손가락으로 도서관에서 판타즈마고리움까지 곧장 이어진 길을 따라갔다.

샘은 조용히 웅성거리는 도서관 풍경을 바라봤다. 아장아장 걷는 아이들 열두 명이 아늑한 둥지 속 참새처럼 어린이 책 열람실의 알록달록한 카펫 위에 앉아 있었다. 사서가 큰 바다뱀 이야기를 들려주자 아이들은 놀라서 입이 딱 벌어졌다. 뒷벽 옆에는 고등학생 무리가 서로 고무줄을 튕기면서 수업 활동은 하는 둥 마는 둥 하고 있었다. 조용한 구석 저편에 지하층으로 이어지는 나선형 계단이 보였다.

샘은 가방을 집어 들고 소리 없이 계단 쪽으로 움직였다. 일반인 출

입이 금지된 곳이었다. 전에는 못 보고 지나친 계단을 미끄러지듯 내려가면서 샘은 마치 신성한 의무를 깨트리고 배신 행위를 저지르는 듯한 희한한 기분이 들었다. 지하 벽에 달린 빨간 불빛 감지기가 반응하면서 조명이 켜지자 지나치게 새하얗고 환한 빛이 기다란 공간을 가득 채웠다. 서고였다. 보기 드문 헌책과 연구 자료가 보관된 책꽂이가 다닥다닥 줄지어 있었다. 서고 끝 출입구를 지나자 천장이 낮은 복도 뒤에 거대한 금고 문 같은 철판이 앞을 가로막았다. 겉보기에는 들어갈 수 없는 벽처럼 보였지만 손을 갖다 대자 놀랍게도 입을 벌리듯 문이 활짝 열렸다. 샘은 문 너머 깜깜한 어둠 속으로 걸어 들어갔다.

걸음을 옮길 때마다 차디찬 쇳소리가 울려 퍼지는 가운데 샘은 녹슨 난간을 잡고 제자리에 멈춰 섰다. 몇 주째 수그러들지 않는 열기 때문에 고생하다가 갑자기 믿을 수 없을 정도로 차가운 냉기를 접하자 뭐랄까, 자비로운 손길이 찰싹 때리는 듯 아련한 느낌이 들었다. 발아래 안전망과 뒤쪽 출입구에서 비치는 약한 불빛 말고는 아무것도 보이지 않았다. 마치 우주를 떠다니는 것 같았다. 보이지는 않지만 아주 넓은 공간이라는 것을 알 수 있었다. 저 멀리서 물방울이 똑똑 떨어지는 소리가 들렸다. 텅 빈 공간에서 공기가 웅웅 진동했다. 샘은 휴대폰을 꺼내 화면에 들어온 불빛으로 계단을 비추며 내려갔다. 계단은 플랫폼 끝까지 이어졌다.

계단은 아래쪽으로 급하게 거꾸러지듯 이어졌다. 샘은 금방이라도 무너질 듯한 계단을 조심스럽게 내려가 시커먼 어둠 속으로 들어갔

다. 어둠은 도시의 콘크리트 가면 아래 숨었다가 발톱을 세우고 덤벼
드는 까마귀 같았다. 빈약한 휴대폰 불빛에 의지하던 샘은 문득 주춧
돌을 발견했다. 잔혹한 옛 시절로 거슬러 올라간 날짜가 새겨져 있었
다. 저 위에 있는 사람들은 초대 도시의 뼈를 밟고 다닌다는 사실을
알까? 발밑에 이렇게 원시 시대의 어둠이 꿈틀대고 있다는 걸 알까?

갑자기 손에 든 휴대폰 진동이 울렸다. 마지막 계단에 다다를 무렵
샘은 산더미처럼 쌓인 시체와 그 위에 에드거 드리치가 홀로 선 모습
을 상상했다. 중세 시대에 돌림병으로 생명을 잃은 시체 구덩이에서
뒤틀린 통치자가 위세를 뽐내듯.

그때 운동화가 돌에 부딪쳤다. 구멍 맨 밑바닥에 닿은 것이다. 휴대
폰 불빛으로는 계단의 은회색 조각 몇 개만 간신히 분간할 뿐이었다.
그마저도 곧 어둠에 잠겼다. 샘은 티셔츠 목 부분을 코까지 끌어올리
고는 앞으로 쭉 뻗어나간 통로에 불을 비췄다.

이윽고 물이 뚝뚝 듣는 오래된 지하 하수도의 둥근 터널에 내려섰
다. 독성 있는 초록 물때가 엷은 막처럼 뒤덮은 썩은 물이 하수 터널
을 넓게 가로지르고, 그 옆길을 따라 좁다란 보행로가 보였다. 금파리
떼가 소용돌이치듯 하수 위를 윙윙거리고, 강아지만 한 쥐가 악취 풍
기는 끈적끈적한 물속을 들락날락 오갔다. 도시의 창자 속 썩어가는
오염 물질 범벅에서 지옥 같은 악취가 피어올랐다.

샘은 지도에서 본 급회전 길을 떠올리고는 발길을 옮겼다. 바닥에
깔린 돌이 축축한 물기에 미끄러웠다. 샘은 하수로 가장자리에서 휘

청거렸다. 두툼한 거품이 하수 표면에서 부글거렸다. 샘은 물 아래서 탐욕스러운 눈으로 뚫어져라 쳐다보고 있는 돌연변이 생명체를 상상했다. 이 공간에 정말로 그런 생명체가 존재한다면 이루 말할 수 없이 절망했을 것이다. 샘은 넘어지지 않기 위해 팔을 풍차처럼 빙빙 돌리다가 간신히 균형을 되찾았다. 하지만 물방울이 떨어져 내리는 벽에 부딪치고 말았다. 더 천천히, 발밑을 조심하며 걸어야 했다. 살금살금 걸으면서 쥐를 물속으로 걷어차기도 했다.

터널 모퉁이를 돌자 넓은 수로가 나왔다. 하수도 더 빨리 흘렀다. 물길을 어루만지는 노란색 얇은 안개가 샘의 발목을 빈틈없이 휘감았다. 머릿속 지도가 목적지에 거의 다 왔다고 얘기할 때까지 어둠을 헤치고 나아가던 샘은 잠시 멈춰 휴대폰 불빛으로 어둠을 밀어냈다. 독한 공기에 목구멍이 타는 듯했다.

도대체 이곳에서 뭘 찾으리라고 기대한 걸까? 커샌드라가 감동할 만한 흑마술사의 은신처? 혹은 그리로 통하는 비밀의 문?

터무니없는 생각이었다. 그냥….

"…정말이야, 소소한 실험이 불러올 파장이 진짜 기대돼."

샘의 심장이 두방망이질을 했다. 커샌드라가 녹음한 것과 똑같이 새된 목소리였다. 위쪽 어딘가에서 울리는 것 같았다. 하지만 휴대폰 불빛이 너무 약해 소리가 들려온 곳까지 가 닿지 못했다. 어쨌든 들키고 싶지 않았다. 재빨리 휴대폰을 주머니에 집어넣고 숨을 죽였다.

"그래, 곧."

에드거 드리치는 말을 이어갔다.

"정확한 시간을 딱 예상할 순 없지만…. 아니, 아아, 난 화요일 저녁에 떠날 거야. …맞아, 15일 밤 9시 정각에 뮌헨으로 가는 비행기야. 다음 날 오후에 돌아올 거야. 아, 그러게 말이야, 불쌍하고 가여운 아이들이지. 하지만 걔네들이 늘 고통만 받는 건 아니잖아?"

웃음소리, 신경질적인 웃음소리에 온몸에 전율이 일었다.

"거울? 그래, 내가 없어도 충분히 안전할 거야. 당연히 안심할 만한 곳에 뒀지. 판타즈마고리움에 들어와서 거울을 훔쳐갈 어리석은 자가 누가 있겠어? …그게 뭐냐고? 아, 복잡하게 얽히고설킨 상황이야, 친구. 프로젝트, 거울, 아이들. 언젠가 일이 다 끝나면 설명하지. 얘기를 들으면 내가 얼마나 영리한지 감탄할걸."

11

흉측한 인간

사건이 짜릿한 속도로 진행되리라 기대했다면 실망했을 것이다. 블러프스로 돌아온 뒤 샘은 몸에 밴 하수관 악취를 씻어내고 얌전히 기다렸다. 기다리고, 또 기다렸다.

일요일에는 또 다른 일주일을 향해 시간이 거북이처럼 느릿느릿 기어갔고, 변함없이 단조로운 월요일은 화요일로 이어졌다. 수요일이 되자 샘은 서서히 걱정하기 시작했다. 잠 못 이루는 밤이면 상상력이 마술을 부려 연이어 무시무시한 장면을 만들어냈다. 상상력이 꾸며낸 장면 중에는 샘이 가장 좋아하는 예술가에게 영감을 받은 것도 있었다. 굉장한 시인이자 화가인 윌리엄 블레이크의 작품 속 용이 커샌드라를 깜깜한 골목으로 끌고 들어가는 장면이었다. 비늘로 뒤덮인 용의 등에는 '드리치'라는 이름이 새겨져 있었다.

샘의 걱정은 커샌드라를 잃을지도 모른다는 것이 아니었다. 라이어널은 지난번 싸운 뒤로 샘에게 말을 하지 않았다. 샘이 이 집에 머무는 문제와 관련해 코라가 아무 말도 못 하게 한 탓에 더욱 주의 깊게 그를 지켜보기만 했다. 콱 물 기회만 노리는 입마개 씌워진 맹견 같았다. 어쩌면 과민 반응한 것일 수도 있지만 토요일 저녁 뉴스가 나가는 내내 라이어널은 의심스러운 눈빛으로 샘을 곁눈질했다.

테리사 트림블이라는 카페 종업원이 폭발 사고로 죽었다는 보도가 나왔다. 폭발 원인은 가스 누출로 보이고 경찰은 조사에 협조할 젊은 남녀를 애타게 찾고 있었다. 한 트럭 운전사의 설명에 기초해 그린 몽타주가 화면에 비치자 피부가 따끔거렸다. 그림은 애매모호했다. 라이어널은 호기심 어린 눈으로 샘을 빤히 쳐다봤다. 샘이 지독한 탄내를 풍기며 집에 온 날을 떠올리기라도 하는 걸까?

수요일, 지칠 대로 지친 샘은 드리치가 판타즈마고리움을 비우기로 한 15일까지 이제 일주일밖에 남지 않았다는 사실을 깨달았다. 손에 감긴 붕대를 풀고 욱신거리는 상처에 새 붕대를 감으면서 샘은 자문했다. 커샌드라에게서 아무런 신호가 없으면 혼자서라도 드리치의 은신처에 가야 할까? 스티븐슨의 거울은 계략에 필수적인 듯했다. 그런데 그 거울을 딱 보면 알아볼 수 있을까?

도시는 여전히 잔인한 태양 아래 신음했다. 폭염이 3주째에 접어들었다. 샘은 사람들이 어떻게 변하기 시작했는지 알아차렸다. 처음에는 고대 태양 숭배자들처럼 햇볕을 반겼다. 하지만 지금은 비를 내려 달라고 기도했다. 뉴스에서는 보복 · 난폭 운전 관련 보도가 연이어졌

다. 전문가들의 말처럼 무더위가 원인이었다. 펜들턴 중·고등학교의 서늘한 복도로 들어가면서 샘은 로버트 루이스 스티븐슨이 실수를 했다고 생각했다. 지킬 박사가 하이드 씨로 변하기 위해서 묘약 같은 건 필요하지 않았다. 뙤약볕 아래 3주만 있으면 되는 거였다.

영어 수업을 들으러 가는 길에 샘은 우연히 찰리 리들리와 마주쳤다. 크레일 선생 사무실에서 다 같이 모인 뒤로 처음이었다. 하이드 프로젝트가 제 얼굴에 남겼던 것과 똑같은 어둠의 흔적을 보고 샘은 오싹해졌다. 찰리의 눈가에 다크서클이 생기고 평소 뺨을 물들이던 건강한 홍조는 석회 같은 잿빛으로 바뀌었다.

"여어, 찰리. 잘 지내?"

찰리에게 안부 인사를 건네는 목소리가 겁먹은 것처럼 들렸다.

"잘 지내. 넌 어때?"

찰리는 무심한 듯 말했다. 입가에 조심스러운 미소가 걸렸다.

"별일 없어."

"어떻게…."

찰리는 손가락으로 입가에 묻은 침 자국을 문질러 지웠다.

"크레일 선생님 프로젝트는 어떻게 하고 있어? 난 곰팡이 녀석이랑 같이 시작했다가 따로따로 하기로 했어. 그 녀석은 내 하키 얘기를 못 참았고 나는 그 녀석… 뭐, 난 그냥 그 녀석을 참을 수가 없어서."

칼날 위에 선 듯 아슬아슬한, 다소 발작적인 웃음이었다.

"지금까지 황금 열쇠 여덟 개를 모았어. 네 개만 더 모으면 돼. 나는… 음, 상 같은 게 있는지 모르겠지만, 확실히 재미있어. 그렇지?"

찰리는 머뭇거렸다. 수치심과 반항심 사이 그 어디쯤인 듯한 표정 때문에 솔직한 원래 모습이 희미해졌다.

"내 말은 실제로 존재하지도 않는 사람들한테 글을 쓰는 게 별거 아니긴 한데 뭐랄까… 자유로운 기분이 들거든. 그런 생각 안 해?"

자유롭게. 맞다, 그 말이다. 샘은 또다시 하이드 프로젝트의 속삭임을 느꼈다. 분노를 진정시키던 손끝이 근질근질해지는 그 느낌.

"사람들은 내가 하키 스틱과 공만 다룰 줄 아는 바보라고 생각해."

찰리는 말을 이어갔다.

"옛날의 '기금 모금 운동가' 씨는 맥주에 절어 눈에 띄는 모든 여자애들과 키스했지. 하지만 다들 비밀스러운 얼굴을 갖고 있잖아, 안 그래? 친구들이나 가족에게는 보이지 않는 얼굴…"

찰리는 몸이 떨리는 걸 억누르려고 애를 썼다.

"그 얼굴에는 날카로운 이빨이 있을 수 있어, 샘. 그 이빨이 널 물어뜯을지도 모르지. 그러길 원하니까, 보일 필요가 있으니까. 크레일 선생님이 시킨 일은 좌절감을 덜어주는 것 같아. 그것도 프로젝트가 가르치려는 교훈인지는 모르겠어. 하지만 이 프로젝트는 비밀스러운 얼굴을 계속 감춘 채로 좌절감을 풀게 해줘. 내 말 무슨 뜻인지 알지?"

아, 알지, 알고 말고. 아주 잘 안다.

"찰리, 실은…."

샘은 찰리와 다른 아이들에게 조심하라고 경고하는 게 불가능할지도 모른다는 생각을 했다. 판타즈마고리움 밑 하수관에서 드리치가 하는 이야기를 듣긴 했지만 사악한 일이 벌어지고 있다는 구체적인 증거는 여전히 없었다.

"저기, 난 하이드 프로젝트 그만뒀어. 그리고…."

"그럼 왜 내가 여기 서서 멍청이 같은 얘기를 하게 둔 거야!"

요사이 살이 빠지긴 했어도 찰리는 상대가 위협을 느낄 만한 체격이었다. 샘은 예전의 '기금 모금 운동가' 씨가 자기를 때려눕힐지도 모른다는 생각이 들었다. 갑자기 팽팽한 긴장감이 찰리의 몸 밖으로 쏟아져 나오는 듯했다. 찰리는 샘의 어깨를 때리며 말했다.

"야, 다시 시작해. 진짜로."

"찰리 네 말에 전적으로 동의한다. 샘, 내 방으로 와. 지금 당장."

크레일 선생이 말을 끊고 끼어들었다.

찰리는 좀 전의 분노는 잊은 채 샘에게 안됐다는 듯 찡그려 보였다. 샘은 크레일 선생의 뒤를 따라 구불구불한 복도를 지나 어수선한 방으로 들어갔다. 크레일 선생은 문을 쾅 닫자마자 독이 잔뜩 오른 전갈처럼 샘에게 달려들었다.

"그러니까 포기했다고? 이유를 물어도 될까?"

"바빴어요."

"그래? 말해봐, 넌 내가 우습니?"

"네?"

"내 일을 무시하고 놀리는 게 재미있다고 생각해?"

크레일 선생은 샘의 얼굴에 매부리코를 들이밀었다.

"네가 이 학교에 왔을 때 저능아 같은 질문에 대답해주고 한심한 과제물 첨삭해주면서 널 돕느라 얼마나 많은 시간을 쏟아부었는데! 그 보답으로 일 좀 도와달라고 했더니 그걸 내 앞에서 내던지는구나."

크레일 선생은 엄격하기로 소문난 사람이었다. 신경 써서 핀으로 고정한 머리카락이 풀어헤쳐지면서 회색 머리카락이 상기된 얼굴로 베일처럼 지저분하게 내려와 흔들렸다.

"이 프로젝트에 다시 들어가야 할 거야, 스틸하우스 군. 잘 알겠지?"

"물론입니다."

샘이 이를 악물고 대답했다.

"좋아. 지금은 수업 들을 필요 없어."

크레일 선생은 헝클어진 머리를 다시 깔끔하게 매만지면서 말했다.

"곧장 도서관으로 가서 시작하는 게 좋겠구나."

선생이 문을 열었다. 샘의 등 뒤에서 아리송한 한숨이 들렸다.

"잠깐만…. 내가 너무 지나쳤던 것 같다. 넌 아주 재능 있는 학생이야. 그렇게까지 말하는 게 아닌데. 이 일이 중요해서 그래. 프로젝트 결과에 많은 게 달려 있거든."

크레일 선생이 사무실을 둘러봤다. 책상 위쪽 벽에 젊은 여자 사진이 걸려 있었다. 방은 예전부터 책, 포스터, 그림, 유명 작가 사진으로 무척이나 어수선했다. 그런데 액자에 든 그 사진은 한 번도 본 적이 없었다. 샘은 사진 속 젊은 여자와 크레일 선생이 닮았다는 사실을 알아챘다. 둘 다 새처럼 생긴 코에 웃음기 없는 냉정한 눈이었지만 완고한 얼굴에는 다정함이 숨어 있었다. 엄마와 딸 사이인가? 만일 그렇다면 크레일 선생의 딸이 이 수수께끼 같은 일의 원인일까? 크레일 선생은 하이드 프로젝트에 제자들을 참여시키도록 에드거 드리치에게 협박당했다. 그런 협박을 하게 만든 수단으로 딸이 이용됐다면?

오후 수업이 시작되자 복도에는 정적이 감돌았다. 샘은 되도록 프로젝트에 참여해 크레일 선생의 의심을 돌릴 방법을 고민하며 복도를 걸었다. 어디선가 울음소리가 들려왔다. 샘은 소리를 따라갔다. 빈 교실과 체육관을 지나 마침내 소리의 진원지를 찾아냈다. 연극실의 떨리는 커튼 뒤였다.

커튼 뒤에 숨은 여자아이는 열세 살쯤으로 보였다. 주근깨 가득한 얼굴이 눈물로 얼룩졌다. 여자아이는 갑자기 덮친 올빼미를 바라보는 공포에 질린 들쥐 같았다. 샘은 두 손을 들어 올리고 커튼에서 한 발짝 물러섰다. '안 잡아먹을게. 약속해'라고 말하듯이.

"나는 샘이야. 괜찮니?"

여자아이는 다시 머리에서 발끝까지 온몸으로 흐느껴 울었다.

"괜찮아질 거야. 자 이거."

샘은 가방에서 휴지를 꺼내(어떤 이유에선지 코라는 매주 새 휴지를 슬쩍 넣어두었다) 아이에게 건넸다. 눈물을 닦는 동안 샘이 물었다.

"선생님을 모셔올까? 매더슨 선생님 괜찮아?"

여자아이는 단호하게 고개를 저었다.

"잘 생각했어. 매더슨 선생님 암내를 견딜 수 있을지 나도 확신할
수 없거든."

여자아이가 미소를 지었다.

"그런데 네 이름은 뭐니?"

"게일. 게일 매슈스."

"멋지네. 저기 있잖아, 선생님들이 별로라면 내가 남의 얘기는 꽤
잘 들어주는 편이거든."

게일은 손안에 돌돌 뭉쳐진 휴지를 내려다봤다. 샘은 그 흔적을 잘
알았다. 욕실 거울에서 곧잘 보니까. 길게 눈물 자국이 난 얼굴.

"누군가 널 아프게 하니?"

"아─프게 안 해요."

게일은 말을 더듬었다.

"몸이 아니더라도 말로 아프게 했지? 그렇지? 널 욕했니? 같은 반
아이야?"

또다시 게일은 고개를 내저었다.

"다른 학년 애야? 선생님이니? 좋아, 그렇다면 누군가 다른 사람….
게일, 집에 있는 사람이니? 엄마? 아빠?"

"아니에요."

"그럼 누구야?"

"모르는 사람이에요. 저 바깥에 있는 누군가예요."

게일은 창문을 향해 허공에 대고 손짓을 했다.

"계속 막아도 어떻게든 뚫고 들어와요. 나에 대해 이러쿵저러쿵 말
해요. 끔찍한 이야기를요. 내가 절대로 하…"

연극실 문이 끼익 소리를 내며 열렸다.

"여기 있었네! 만나기로 한 시간에 늦었잖아. 분노의 캐리언과 메
리다운은 지금 당장 도서관으로 가야 해. 어, 앤 누구야?"

게일 매슈스는 또다시 겁에 질린 들쥐가 됐다. 게일은 눈물이 고인
채로 샘에게 원망하는 눈길을 던지고는 쏜살같이 문을 향해 달려갔다.

"게일, 왜 그래?"

샘이 쫓아갔지만 게일은 이미 미로 같은 복도로 사라지고 없었다.

"어떻게 된 일이야?"

샘을 도서관으로 억지로 데려가면서 도린이 물었다.

"속상해하는 중학교 3학년짜리가 네 타입은 아닌 것 같은데."

"다른 사람이 걔를 속상하게 만들었어. 내가 아니라."

샘이 툴툴거렸다.

샘과 도린은 아무도 없는 도서관으로 가 자리를 잡고 앉았다. 도린
은 고개를 끄덕이면서 걱정스러운 듯 나지막하게 말했다.

"왕따나 괴롭힘은 끔찍한 짓이야. 피해자의 자존감을 죽여버리거
든. 우리 아빠…"

도린은 고개를 젓고는 가방에서 노트북을 꺼냈다. 도린은 노트북
화면을 뒤로 홱 젖히고는 와이파이를 찾아 비밀번호를 입력했다. 찰
리처럼 도린도 아주 많이 변했다. 다크서클이 눈 밑까지 내려오고 광

대뼈가 뾰족한 산마루처럼 도드라졌다. 도린은 덜덜 떨리는 손가락으로 키보드를 눌러 하이드 프로젝트 사이트에 접속해 '메리 메리다운'의 홈페이지로 들어갔다.

홈페이지가 열릴 때만 도린은 제정신이 드는 모양이었다. 샘 쪽으로 고개를 돌리더니 샘이 접속한 홈페이지를 뚫어져라 쳐다봤다. 너무 늦었다. 도린은 노트북 화면을 탁 소리 나게 닫았다.

아주 잠깐 사이에 샘은 도린이 하이드 프로필에 올린 사진을 봤다. 토론회장을 맡을 정도로 야무진 여학생 같지 않았다. 뒤틀리고 기묘하게 혐오스러운 모습이었다. 샘의 사진보다 훨씬 더 심하게 변형된 상태였다. 추하다는 느낌은 들지만 그렇다고 소름 끼치도록 흉측한 얼굴은 아니었다. 불현듯 로버트 루이스 스티븐슨의 소설이 떠올랐다. 사악한 하이드 씨를 본 사람들은 하나같이 얼굴이 흉하다고 말하긴 하지만 어느 누구도 정확히 어떤 식으로 기형적인지는 묘사하지 못했다.

"네 사진도 바뀌었어?"

도린이 헛웃음을 치며 물었다.

"솔직히 말해서 왜 이렇게 된 건지 진짜 모르겠어."

"도린, 나… 난 프로젝트 관뒀어."

아까 찰리와 마찬가지로 도린도 방어적인, 아니, 거의 공격적인 표정을 지으면서 얼굴이 딱딱하게 굳었다. 마치 샘을 비밀 모임의 믿을 만한 동지로 여겼는데 알고 보니 자신들의 우스꽝스러운 의식을 결

코 이해하지 못하고 뒤에서 비웃은 배신자로 생각하는 것 같았다.

"그럼 너도 모르겠네."

도린은 책상 위에 둔 가방을 움켜쥐고는 노트북을 팔 밑에 되는대로 쑤셔 넣었다.

"우린 한 팀이 돼서 프로젝트를 하기로 했어. 난 이 과제 실패하고 싶지 않아, 샘. 실패 안 할 거라고."

샘은 두 손으로 머리를 감싸 쥔 채 고요한 도서관에 홀로 남았다. 눈을 감으니 도린 래클랜드의 얼굴이 찍히듯 떠올랐다. 방금 전에 본 분노에 찬 수척한 얼굴이 아니라 하이드 아바타 얼굴이었다. 소름 끼치도록 흉측해 몸서리쳐지는 얼굴. 샘은 낮게 읊조렸다.

"인간의 얼굴."

12

사라진 아이들

"오늘 아침 첫 소식은 스코틀랜드 밸푸어를 충격과 공포로 몰아넣은 의문의 사건입니다. 나발 바신 범죄 담당 기자를 연결합니다."

텔레비전 화면이 바뀌면서 삐죽빼죽한 암석 낭떠러지 끝에 노란 비옷을 입고 선 남자가 나왔다. 오른편에는 휘돌아가는 바닷물이 길게 펼쳐지고, 왼편에는 얕은 바다에 자그마한 부두가 툭 튀어나와 있었다. 경찰 저지선이 펄럭거리면서 금방이라도 무너질 듯한 구조물 주위를 경찰들이 빙빙 돌았다.

"오늘 새벽 5시 정각, 개와 함께 걷던 주민이 참혹한 현장을 발견한 장소입니다."

나발 바신 기자는 해변에서 4미터 위에 매달린 녹슨 구조물을 손으로 가리켰다.

"이 지역에 사는 남학생 랜스 뉴턴 군이 반쯤 무너진 부두 밑에서

익사한 상태로 발견됐습니다. 발견 당시 뉴턴 군은 양손이 등 뒤로 묶이고, 이마엔 유성 펜으로 '루저'라고 쓰여 있었습니다."

"오, 맙소사."

코라가 중얼거렸다. 옆에 앉은 샘은 시리얼 그릇에 숟가락을 빠뜨렸다. 입맛이 싹 달아났다.

"경찰은 밸푸어 중·고등학교 학생 열두 명을 찾고 있습니다."

기자의 말이 계속됐다.

"학생 열두 명이 오늘 새벽 모두 사라졌습니다. 대부분 그냥 사라졌지만 몇몇 학생은 집을 나설 때 부모와 마주치기도 했습니다. 토머스 매캐덤 군도 그중 한 명입니다. 매캐덤 군의 어머니에 따르면…."

화면이 또다시 바뀌자 코라는 놀라서 헉 소리를 냈다.

"아아, 가여워라! 대체 무슨 일이 생긴 거지?"

매캐덤 부인은 오른쪽 얼굴에 피로 얼룩진 붕대를 감고서 병원 침대에 앉아 있었다. 그나마 볼 수 있는 왼쪽 눈은 눈물이 가득 고인 채 공포에 질려 이리저리 흔들렸다. 충격으로 눈물이 뺨을 타고 흐르자 카메라 플래시가 터졌다.

"말씀드리고 싶은 건 이것뿐이에요. 토미가 그 학생을 죽인 게 아니에요. 토미는 자기 그림자를 보고도 놀라는 소심한 아이라고요. 아이들은 토미가 덩치가 작다고 놀리곤 했죠. …토미는 착한 아이입니다."

"매캐덤 부인, 토미는 지금 어디 있습니까? 사라진 아이들과 함께 있을까요?"

"모르겠어요. 토미는 친구가 많지 않아요."

매캐덤 부인은 다친 고개를 가로저었다.

"하지만 간밤에 부인을 공격한 건 아드님 아니었나요?"

"토미인 것 같았어요, 처음에는요. 덩치가 작고 우리 아들 잠옷을 입고 있었어요. 반쯤 잠에서 깬 제가 무슨 생각으로 새벽 3시에 돌아다니느냐고 물었죠. 그 아이… '그것'이 '빌어먹을 당신 일이나 신경 쓰라'고 하더군요. 우리 아들 목소리가 아니었어요. 제가 비명을 지르자 절 공격했어요."

"얼굴을 봤습니까? 아드님이 아닌 게 확실…?"

"전혀 토미 같지 않았어요. 그것이 아이들을 납치한 게 틀림없어요. 그리고 나서 그 불쌍한 학생을 바다에 빠져 죽게 한 거예요."

"경찰은 공격한 아이 얼굴을 제대로 설명하지 못했다고 하던데요."

매캐덤 부인은 덜덜 떨리는 손가락을 머리 옆으로 가져갔다. 붕대에 번진 핏자국이 마치 잉크 무늬로 정신 상태를 진단하는 로르샤흐 검사지 같았다.

"말로 설명할 수가 없어요. 끔찍하고 추한데 뭔가 정상적이지 않았어요. 그냥… 잘못됐다는 느낌이었어요."

화면은 다시 나발 바신 기자로 돌아갔다. 물이 들어왔다. 살인 사건이 일어난 부두가 어두운 바닷물에 비쳐 흔들렸다.

"당혹스럽고 비극적인 이 사건의 여러 의문 가운데 마지막 의문점은 사라진 아이들이 같은 학교에 다니기는 하지만 친구 사이로 보이

지는 않는다는 점입니다. 오늘 아침 밸푸어는 이런 질문을 던지고 있습니다. 겉보기에 아무 죄도 없고 서로 관련되지도 않은 듯한 아이들 열두 명이 어쩌다가 잔인한 범죄에 연루된 걸까요?"

비상식적인 미스터리, 딱히 뭐라고 설명하기 힘들게 기형적으로 변한 얼굴. 분명 우연의 일치였다. 안 그런가?

판타즈마고리움은 이 동네에 있다. 밸푸어는 여기서 북쪽으로 50킬로미터 이상 떨어진 곳이다. 샘은 고개를 저었다. 지금 여기서 일어나는 일만으로도 충분히 당혹스러웠다. 수수께끼 같은 일을 일부러 찾아 나설 필요는 없었다.

샘은 가방을 집어 들고 학교에 가려고 집을 나섰다. 골목길을 지나는 동안 태양이 목덜미를 끈질기게 핥아대는 게 느껴졌다. 샘은 커샌드라와 흑마술사일지도 모르는 낯선 이의 얼굴을 찾아다녔다. 보이는 것이라곤 인도를 터벅터벅 걸으면서 살기등등한 눈빛으로 하늘을 쳐다보는 사람들뿐이었다. 학교에 도착한 샘은 강당으로 줄지어 가는 중학교 3학년 학생의 재킷을 잡아채 줄 밖으로 끌어냈다.

"같은 학년 게일 매슈스 알아?"

연극실에서 우연히 만난 뒤로 샘은 게일을 죽 지켜봤다.

"집에 있어요, 아파서요."

남학생이 주름진 재킷을 매만지며 말했다.

"그런데 왜 신경 써요? 게일은 괴짜예요."

샘은 무릎을 구부려 남학생과 눈을 맞췄다.

"꼬맹아, 누가 또 괴짜인지 알아? 바로 나야. 우리가 괴짜라는 건 우리가 함께 뭉친다는 얘기지. 그러니까 네가 게일하고 문제가 있으면 나랑도 문제가 생길 거란 말이야. 알겠어?"

"네. 물론이죠."

남학생이 웅얼거렸다.

샘은 허둥지둥 강당으로 가는 남학생을 지켜봤다. 마음속 어딘가에서 '그분'이 입술을 핥았다. 양이 적은 전채 요리는 성에 안 찬다는 듯, 든든한 음식이 나오기를 기다리는 것 같았다. 하이드 프로젝트에 빠져 보낸 낮과 밤 동안 '그분'은 아주 잠잠했다. '그분'은 정말로 잠들었던 걸까, 아니면 남을 헐뜯는 쓰라린 그 모든 글을 걸신들린 듯 먹어댄 걸까? 생각이 깊어지자 속이 울렁거렸다.

그날은 아무 일 없이 지나갔다. 식당에서 마틴 길버트를 우연히 마주친 것 말고는. 샐러드를 깨작거리는 곰팡이 마틴은 찰리나 도린보다 상태가 훨씬 심각해 보였다. 해골처럼 앙상하게 뼈만 남아 있었다. 씻지도 않는지 냄새도 심했다. 옆에 앉고 싶은 생각이 뚝 떨어졌다.

"빨리 안 먹으면 토마토에서 다리가 나와서 죽어라 도망칠걸."

샘은 감자칩 봉지를 뜯으며 말했다. 감자칩에서 풍기는 소금과 식초 냄새가 눈물이 날 만큼 심한 악취를 덮어주지 않을까 하는 헛된 희망을 품고서.

"곰팡이 너, 괜찮냐?"

"그렇게 부르면 재미있냐?"

마틴이 성난 눈길로 노려봤다.

"우리 집이 가난하니까 놀려도 된다고 생각하지?"

"아냐. 미안해, 그렇게 싫어하는지 몰랐어."

샘이 눈을 껌벅이며 사과했다.

"왜? 내가 뭐라고 한 적이 한 번도 없어서?"

마틴은 탁자에 놓인 음식 접시를 밀쳐 떨어뜨렸다. 샐러드가 바닥에 흩어졌다. 다른 학생들이 고개를 돌려 쳐다봤다.

마틴은 의자 위로 뛰어 올라가더니 이글거리는 눈빛으로 식당 전체를 훑으며 노려봤다. 입술이 말려 올라가면서 발진 심한 잇몸이 드러났다. 몹시 아플 게 분명했다.

"너희들 모두 날 밀어붙이고, 밀어붙이고, 또 밀어붙였어. 이젠 내가 똑같이 해줄 거야. 내 말 알아들어?"

여기저기서 킥킥대는 웃음소리가 터졌다. 마틴은 달래는 샘의 손을 쳐내고 의자에서 뛰어내렸다. 문 앞에 서 있던 워델 선생이 걱정스러운 표정으로 마틴을 막으려고 했다. 조롱 대상으로 지내온 우울한 마틴 길버트는 지리 선생의 얼굴에 정통으로 주먹을 날렸다. 웃음소리가 뚝 끊기고 비명이 터졌다. 워델 선생이 비틀거리면서 일어서자 코에서 피거품이 부글거렸다. 그사이에 마틴은 식당을 빠져나갔다.

늦은 오후 하굣길에 샘은 '미치광이 곰팡이'가 붙잡히긴 했지만 워델 선생이 처벌을 원치 않았다는 얘기를 들었다. 그 녀석도 뭔가 탈이 난 게 분명했다. 주차장에서 샘은 크레일 선생이 폐차 직전인 소형차에 올라타는 모습을 봤다. 지칠 대로 지쳐 회개하는 사람처럼 선생은 고개를 푹 숙이고 차에 타더니 재빨리 교문을 빠져나갔다.

금요일 오후였다. 태양이 날뛰는 도시는 거의 혼미한 지경이었다. 직장인들은 건물이 빽빽이 들어찬 펄펄 끓는 도심을 피해 시원한 교외로 도망치면서 경적을 울려댔다. 블러프스 주변을 벗어나지 못하는 사람들은 알 수 없는 분노로 달아올라 우리에 갇힌 동물처럼 길거리를 배회했다. 샘은 마당에 모인 10대 패거리를 피해 조심스레 엘리베이터 쪽으로 걸어갔다. 어깨가 구부정한 패거리들이 고개를 돌려 실눈을 뜨고 샘을 쳐다봤다.

샘은 그날 보고 들은 모든 것을 곱씹는 중이었다. 확실히 이제는 다른 아이들에게도 말해야 할 때가 됐다. 바로 그때 샘은 그 사람이 자기 옆에 있다는 사실을 알아차렸다. 라이어널은 꼼짝 않고 앞만 보면서 이미 불이 들어온 엘리베이터 버튼을 꾹 눌렀다. 집으로 들어가자마자 라이어널은 욕실로 들어갔다. 샘은 부엌으로 가 물 500밀리리터를 꿀꺽꿀꺽 마셨다. 교복 셔츠가 땀에 젖어 몸에 착 달라붙었다. 시립 도서관 지하 계단의 냉기와 하수관에서 나는 악취, 그 모든 게 간절했다. 그곳의 어둠을 떠올리자 에드거 드리치가 판타즈마고리움을 비우는 날짜가 다시 생각났다. 고작 나흘 뒤였다.

하지만 조리대 위에 놓인 편지 한 통에 흑마술사는 금세 머릿속에서 지워졌다. 샘은 시럽처럼 끈적이는 공기를 뚫고 힘겹게 조리대로 다가갔다. 아직 뜯지 않은 우편물 더미로 손을 뻗은 샘은 위에서 세

JEKYLL'S
MIЯЯOR
지킬의 거울

번째 편지를 빼냈다. 새빨간 소인과 낯익은 글씨를 보자 저절로 무릎에 힘이 빠졌다. 샘은 자기도 모르게 털썩 주저앉았다. 편지 봉투를 무릎에 올려두고서 샘은 '스테미스트 무어 교도소'라고 찍힌 소인과 단정한 글씨체로 적은 제 이름을 엄지손가락으로 쓸어보았다.

봉투 덮개가 들쭉날쭉 찢겨 나갔다. 봉투 안에는 줄 없는 종이 여섯 장이 두 번 접힌 채로 얌전히 들어 있었다. 공들여 쓰느라 시간을 많이 들인 남자의 걱정과 정성이 가득 담긴 편지였다.

새미에게.

내가 보낸 다른 편지를 받았는지 모르겠구나. 교도관은 내가 원하는 건 뭐든지 쓸 수 있다고 했지만 넌 편지를 받은 적이 없을 거야. 네가 다시는 내 소식을 듣고 싶지 않다고 했으니까. 아들이 그러는 것도 당연해. 무리도 아니지. 하지만 어쨌든 난 계속 편지를 쓸 거야. 널 사랑하니까. 정말로 사랑한다. 진심으로 깊이.

샘은 편지를 구겨 부엌 저편으로 던져버렸다. '그분'의 열기에 마음속 두려움은 다 타 사라져버렸다. 이제는 분노가 몸 안에서 맹렬히 번져 나갔다. 분노는 더러운 창문을 뚫고 들어온 태양만큼이나 밝게 빛났다. 아주 날카로운 빛이 입술 밖으로 빠져나가지 못하게 막으려는 듯 샘은 손으로 입을 틀어막았다. 절대로 밖으로 새 나가게 돼서는 안 된다. 절대로 '그분'이 나오게 해서는 안 된다.

공처럼 구겨진 편지가 발치에서 한 송이 꽃처럼 펼쳐졌다. 꽃잎에 거짓말이 찍힌 혐오스러운 검은 꽃. 마지막 장을 빼면 나머지 종이에는 글이 없었다. 대신 연필로 그린 그림이 서서히 드러났다. 어린 시절 내내 샘은 아빠가 뼈다귀 같은 사람 모양 하나도 그리는 걸 본 적이 없었다. 불현듯 아빠가 상당히 창의적인 사람이었던 코라의 말이 떠올랐다. 전에는.

"안 돼. 제발⋯."

샘은 울먹였다.

기억 저편에서 어느 한순간이 끌려왔다. 성긴 버드나무 가지가 그늘을 드리운 강둑에서 손을 맞잡은 세 사람. 모두 함께 미소를 짓고 있었다. 날씨가 좋았다. 웃으면서 재미있게 놀았다. 나쁜 남자는 없었다. '사랑'이라고 새겨진 손이 어린 샘의 볼을 쓰다듬고, 엄마가 고마워하며 흘린 눈물을 닦았다.

"새 출발 할 거야."

착한 남자가 약속했다.

"당신이랑 새미가 곁에 머물러준다면 술도 끊고 다시 제대로 된 가족이 될 수 있어."

그러고는 엄마에게 키스했다.

"사랑해."

"아냐, 아냐, 아냐."

머리를 흔들어도 그 말이 마음속에서 울려 퍼졌다. 크고 또렷하게.

"그리고 꼬맹이, 너도 사랑해. 왜 사랑하는지 알아?"

"왜요?"

필사적으로 알아내려고 간절히 빛나는 두 눈.

"너랑 난 판박이니까. 동전의 양면처럼. 그리고 그거 아니?"

어린 샘은 고개를 저었다.

"우린 늘 함께일 거야."

늘.

"샘? 거기서 뭐 하니?"

샘의 시선이 구겨진 그림에 붙박여 있었다. 코라가 몸을 굽혀 바닥에 떨어진 봉투를 집어 들었다.

"스테미스트 무어…. 오, 맙소사! 지금 당장 이 망할 곳에 전화를 걸어야겠어!"

화가 난 코라가 쿵쾅대며 거실로 가 전화기를 잡아채는 소리가 들렸다. 전화가 연결되기를 기다리는 동안 코라는 라이어널에게 속삭였다.

"아빠한테서 편지가 왔어. 괜찮은지 가서 봐봐. 왜? 제발, 라이어널, 그냥 좀 해!"

연필로 그린 세 사람이 샘을 빤히 쳐다봤다. 희망에 부푼 세 사람의 미소가 왠지 모르게 비웃는 것처럼 보였다.

"차 한잔 마실래?"

라이어널이 부엌 입구에 서서 물었다.

"네, 전 코라 크렘퍼라고 하는데요…. 어, 제가 전화를 건 용건을 얘기해도 될까요? 당신네들이 거기 감옥에 가둔 그 짐승이 우리 언니 머리를 후려치고 난 다음 분명히 못 박았어요. 샘은 아빠와 어떤 연락도 하길 원치 않는다고요. 맞아요…. 음, 방금 샘이 편지를 한 통 받았어요. 지금 애가 엄청난 충격을 받았다고요…. 업무상 실수요? 지금 장난해요!"

라이어널은 바닥에 떨어진 그림을 주워 휴지통에 던져버렸다.

"왜 버려요?"

샘이 눈을 껌벅거리며 올려다봤다.

"쓰레기가 있어야 할 곳이 저기니까."

라이어널은 대수롭지 않은 듯 어깨를 으쓱했다.

"자, 차 한잔 할래?"

"차요? 아뇨, 마시고 싶지 않아요."

샘이 쓴웃음을 지었다.

"그럼 뭘 해달라는 거야? 거기 네 옆에 앉아서 눈물 닦아줄 사람이 필요하니? 그럼 이리 와, 새뮤얼."

라이어널이 달래듯 말했다.

"세상 이치가 안 그렇다는 건 누구보다 잘 알잖아. 걷어차이고 쓰러지고 일어나고 다시 걷어차이고. 늘 똑같은 상황이 반복되지. 어느 날 더 이상 일어나지 못할 때까지 말이야. 우리 모두 언젠가는 그런 날을 맞게 돼. 하지만 지금이 그날인 것 같지는 않구나. 누가 뭐라 하건 넌 싸움꾼이니까."

샘은 벌떡 일어서서 라이어널을 냉장고로 밀쳤다. 냉장고 안에 든 병들이 달그닥거렸다.

"나에 대해서 아무것도 모르잖아요."

"몰라."

라이어널도 인정했다.

"그 사람에 대해서는 많은 걸 알지."

샘은 복도 쪽으로 뒷걸음질 쳤다. 코라는 여전히 스테미스트 무어 교도소장의 귀에 대고 욕을 퍼붓는 중이었다. 샘은 쾅 소리가 나게 현관문을 닫고 계단을 급하게 내려갔다. 갑자기 아주 강한 유혹이 느껴졌다. 분노가 제발 풀어달라고 비명을 질러댔다. 샘은 주머니에 손을 넣어 휴대폰을 꺼냈다. 이미 모든 걸 다 알아버렸건만, 하이드 프로젝트에 접속하지 않겠다는 결심이 깡그리 무너져 버렸다.

마지막 계단을 쿵쾅거리며 내려갈 즈음 샘은 거칠게 숨을 몰아쉬었다. 온몸이 땀으로 흠뻑 젖었다. 밖으로 나간 샘은 아까 마당에서 본 10대 패거리 쪽으로 곧장 달려들었다. 우두머리가 분명해 보이는 덩치 큰 녀석이 무리에서 떨어져 나와 거대한 두 손을 샘의 어깨에 올렸다.

"어이, 어딜 뛰어가시나?"

샘은 이를 드러내며 히죽거리는 문신을 한 얼굴을 올려다봤다. 곧 갈비뼈로 피할 수 없는 주먹이 날아들거나 얼얼한 칼날의 맛을 보게 되겠지. 하지만 우두머리는 샘을 무리의 한가운데로 이끌었다. 여러 얼굴이 샘을 보고 미소 지었다. 짓궂기는 해도 적대적이지는 않았다. 대부분 블러프스 주변에서 본 적 있는 얼굴이었다. 대개 남에게 해를 끼치지 않는 개구쟁이들로, 쓰레기통에 그림을 그리거나 벤치 위에서 스케이트보드를 탔다.

"원하는 게 뭐야?"

샘이 물었다.

"우리가 원하는 게 아냐. 그 여자애가 명령한 거지."

아이들이 갈라졌다.

거기, 잡다하게 섞인 무리의 한복판에 불꽃 소녀가 타오르고 있었다.

13

악플러

"고마워, 위블."

커샌드라는 덩치 큰 우두머리와 주먹을 맞부딪쳤다.

"이젠 내가 알아서 할게."

"알았어. 나중에 봐, 빨간 머리."

위블이 손가락 두 개로 딱 소리를 내자 그를 따르는 무리가 연기구름처럼 흩어졌다. 후드 티 모자를 뒤집어쓴 아이가 블러프스 동쪽 끝으로 미끄러지듯 빠져나가자 스케이트보드가 콘크리트 바닥에 부딪치면서 덜거덕덜거덕 소리가 났다. 다른 아이들도 자전거를 타고 구시가지 쪽으로 부드럽게 바람을 가르며 퍼져 나갔다.

심장이 쿵 내려앉았다. 분노의 흔적도 순식간에 사라졌다. 이렇게 뜬금없이 일주일 만에 커샌드라를 다시 보게 될 줄은 몰랐다. 샘은 혼자서 커샌드라가 얼마나 영리하고 꾀가 많은 아이인지 곧잘 떠올리곤 했다. 하지만 마음속으로는 머릿속을 온통 뒤덮은 장면을 진짜로 믿기 시작한 터였다. 커샌드라가 골목에서 피투성이가 된 채 죽어가는 모습을, 에드거 드리치의 손에서 차갑게 식어가는 커샌드라의 심장을. 하지만 커샌드라는 이곳에 있었다. 블러프스 공터에 살아 있는 장미처럼.

"네 친구들이야?"

샘이 물었다.

"블러프스 일당? 상냥한 녀석들이지?"

커샌드라가 미소를 지으며 말했다.

"꽤 무섭긴 하네. 어디 있었어?"

샘은 땀이 밴 머리카락을 손가락으로 빗어 넘기며 물었다.

"어디든지. 아무 데도."

커샌드라가 어깨를 으쓱했다.

"가짜 흔적을 남기려고 기술을 좀 썼어. 내가 미국으로 돌아가 버렸다고 드리치가 믿게끔. 일부러 여기저기 돌아다녔지. 대신 시간이 걸렸어. 드리치가 초능력으로 내 위치를 알아내지 못하게 하려고."

"이제는 안전해?"

"어느 정도는. 그런데 이렇게 뻥 뚫린 공간에서 얘기하는 건 별로 좋은 생각이 아냐."

"그럼 따라와. 적당한 데를 알아."

샘은 커샌드라의 손을 잡고서 허물어진 고층 아파트를 뒤로하고 앞장섰다.

"괜찮니? 샘, 무슨 일이 있었던 거야?"

커샌드라가 손을 뻗어 샘의 얼굴에 말라붙은 눈물 자국을 만졌다.

"별거 아냐. 그 거울이랑은 아무 상관없어."

샘은 얼굴을 돌리며 말했다.

두 사람은 한때 이 지역 중심가의 상징물이었다가 이제는 쇠락해버린 서글픈 건물로 들어갔다. 샘은 볼품없이 듬성듬성 자란 잡초를 발로 헤치며 판자로 막아둔 문화센터 쪽으로 갔다. 덩굴식물로 뒤덮인 아담한 정사각형 건물은 그래피티로 가득했다. 새들이 흩뿌려둔 노랗고 검은 표식이 널려 있었다. 믿기 힘들겠지만 이곳에선 다과회, 자선 바자회, 아이들의 디스코 파티가 열리곤 했다.

"매력적이다."

커샌드라가 싱긋 웃었다. 문에 대놓은 헐거운 판자를 흔들어 뗀 샘은 커샌드라를 데리고 퀴퀴한 냄새가 나는 안쪽으로 들어갔다.

"데이트할 때 여자애들 데려오는 데야?"

"네가 외진 곳을 원했잖아."

샘은 빈 기름통 위에 앉아 커샌드라를 똑바로 쳐다봤다.

"어쩌다가 블러프스 일당과 어울리게 된 거야? 흥분하다 못해 거의 폭발하려고? 이제 부업으로 소매치기라도 해야 하는 거야?"

"내가 없는 동안 내 눈과 귀가 되어주는 애들이야. 내 생각엔 1,000파운드(150만 원가량)를 효율적으로 쓰는 방법 같은데."

"1,000파운드나 되는 돈을 줬다고? 왜?"

샘은 깜짝 놀라 물었다.

"내가 제일 좋아하는 영국인을 계속 지켜보게 하려고. 일주일 동안 특별한 일은 없었던 것 같네."

"허. 좀 더 실력 있는 스파이를 고용해야 할 것 같다."

샘이 코웃음 쳤다.

샘은 커샌드라에게 하수관에서 알아낸 사실을 들려줬다. 커샌드라는 아무 말 없이 텅 빈 건물을 빙 돌았다. 부서진 지붕 사이로 비쳐든 햇빛이 주근깨 난 매끈한 피부에 닿아 눈부시게 빛났다.

"그날 밤에 드리치가 여기를 떠난다고? 그렇게 들은 게 확실해?"

"확실해."

샘이 분명하게 말했다.

"이제 어떻게 해? 몰래 들어가서 그 거울을 도로 훔쳐와?"

커샌드라는 고개를 저었다.

"이건 네 싸움이 아니야, 샘."

"헛소리하지 마! 내 친구들이 끌려 들어가고 나도…."

"너도 뭐?"

커샌드라가 궁금한 듯 샘을 바라봤다.

"아무것도 아냐."

샘은 한숨을 길게 내쉬고는 말을 이었다.

"그런데 저기, 이제는 그 거울이 정확히 어떤 거울인지 말할 때인

JEKYLL'S
MIЯROR
지킬의 거울

것 같은데. 하이드 프로젝트와의 관련성을 알아내는 데 좋은 출발점이 될 테니까."

"어떤 사람들은 '지킬의 거울'이라고 부르기도 해."

커샌드라는 이야기를 시작했다.

"어쨌든 거울의 존재를 아는 사람은 거의 없어. '스티븐슨의 거울'이나 '제임스의 선물'이라고 하는 사람들도 있어. 헨리 제임스라는 작가에 대해 들어본 적 있어?"

"여자 가정교사랑 아이 둘이 나오는 유령 이야기 쓰지 않았어?"

"『나사의 회전』이야."

커샌드라는 고개를 끄덕이고는 말을 계속했다.

"헨리 제임스도 훌륭한 작가였어. 하지만 가장 중요한 건 로버트 루이스 스티븐슨과의 우정이야. 1885년에 스티븐슨은 아내 프랜시스와 함께 영국 남부에 있는 해변 휴양 도시 본머스로 이사를 갔어. 스티븐슨은 몸이 약했거든. 사는 내내 지병 때문에 고생했어."

"맞아."

『지킬 박사와 하이드 씨의 기이한 사례』 서문에 나온 작가의 짧은 전기를 샘도 본 적이 있었다.

"폐 쪽에 문제가 있었지? 피를 토하곤 했다고. 그래서 온갖 기이한 약에 의존하는 바람에 약물에 중독됐다는 이야기를 읽었어."

"맞아. 그런 약들이 『지킬 박사와 하이드 씨의 기이한 사례』를 낳은 악몽에 영감을 줬을지도 모르지. 너도 알다시피 스티븐슨은 변신하는 장면이 나오는 꿈을 꿨어. 평범한 남자가 묘약을 삼키고는 더 어두운 자아로 바뀌는 그런 꿈."

"그런데 그게 헨리 제임스와 무슨 관련이 있다는 거야?"

"제임스가 본머스에 사는 여동생을 방문했는데, 스티븐슨 부부가 근처에 있는 집 한 채를 샀다는 얘기를 들었어. 헨리 제임스와 루이스… 아, 스티븐슨은 자기를 루이스라고 부르는 걸 더 좋아했대. 아무튼 두 사람은 몇 년 동안 편지만 주고받던 사이였어. 제임스는 이참에 스티븐슨을 방문하기로 결심했지. 둘은 곧 아주 가까운 친구가 되었고, 루이스의 새집에 걸 거울을 제임스가 사준 거야. 우리 아빠 말로는 그 거울은 올드켄트 가에 있는 골동품상한테서 구했대."

"그리고?"

"특별할 게 없어. 지름이 76센티미터 정도 되는 동그란 거울이야. 볼록 거울이라서 비치는 상이 뒤틀리고 비뚤어졌지."

"그런데 그게 초자연적인 물건이라는 거잖아, 그렇지?"

커샌드라가 어깨를 으쓱했다.

"우리가 아는 한 런던에 있는 보그스 앤드 컴퍼니에서 만든 지극히 평범한 거울이었어."

"그럼 어떻게 해서 초자연적인 힘을 얻게 된 거야?"

"어떤 힘을 가졌는지는 몰라. 확실치가 않아."

"거짓말하지 마! 그럼 왜 이렇게 난리를 치는 건데?"

커샌드라는 앞으로 몸을 기울이더니 두 손바닥을 포개어 꼭 잡았다.

"에드거 드리치는 어둠 속에 굳건히 머물고 있어, 샘. 드리치를 위해 더러운 일을 대신 하는 대리인들이 있지. 하지만 작년 크리스마스에는 스티븐슨의 거울을 찾기 위해 숨어 있던 곳에서 뛰쳐나와 직접 자기 손으로 우리 아빠와 동생을 죽였어. 거울을 손에 넣으려고 말이야. 그 거울이 뭔지는 확실히 몰라. 하지만 드리치에게 중요한 물건이라면 어떤 힘이 있는 게 분명해."

"그래도 어느 정도는 알아야 하잖아."

샘은 물러서지 않았다.

"이런저런 소문이 있어."

커샌드라가 마지못해 이야기를 꺼냈다.

"『지킬 박사와 하이드 씨의 기이한 사례』의 영감을 준 악몽을 꾼 뒤 루이스는 그 거울을 상자에 담아서 런던 은행에 있는 금고에 넣어두라고 지시했어. 몇 년이 지나고 나서 루이스는 거울이 다시 보고 싶었어. 그래서 거울을 태평양의 우폴로 섬에 있는 새집으로 보내달라고 했어. 열대 낙원에서 루이스는 궤짝을 열어 뽀얗게 먼지가 앉은 거울을 들여다봤지. 거의 10년 동안 아무것도 비추지 않은 거울을. 그때 루이스가 아내를 돌아보며 이렇게 물었다는 거야. '내 얼굴이 이상해 보여?' 그게 마지막 말이었어. 몇 시간 뒤에 죽었거든."

"스티븐슨의 얼굴. 얼굴이 변했을까?"

샘은 하이드 프로젝트의 아바타를 떠올리며 몸서리쳤다.

"그래, 그런 소문이 있었어. 그 거울이 사람의 육체를 완전히 바꿔

버리는 능력이 있다고. 내면에 억눌린 어둠을 비춰 보여주는 거야."

"하지만 어떻게?"

"글쎄, 다시 한 번 말하지만 이건 그냥 소문일 뿐이야. 물론 루이스가 죽은 뒤에 그의 아내가 한 얘기를 토대로 한 것이긴 해."

커샌드라는 큰 드럼통 위에 편한 자세로 고쳐 앉았다.

"변신하는 꿈을 꾼 날 밤, 루이스는 공포에 질려 극도로 흥분한 상태로 잠에서 깨어났어. 어두운 자아로 바뀐 남자의 모습이 마음속에서 계속 불타올랐지. 눈을 뜨자마자 제일 먼저 본 게 바로 그 거울이었어. 볼록 거울에 비친 얼굴이 뒤틀렸지. 무슨 이유에선지 모르겠지만 루이스의 놀라운 상상력이 이중성이라는 주제를 낳고, 변형시키는 힘을 그 거울에 부여한 거라고 말하는 사람들도 있어. 소설은 이상해, 샘. 읽는 사람의 삶을 바꿔놓기도 하거든. 『지킬 박사와 하이드 씨의 기이한 사례』? 음, 지금껏 나온 소설 중에서 사람의 몸과 마음에 가장 강력한 영향을 미치는 작품이야. 루이스가 죽은 뒤 아내는 그 거울을 곧장 런던으로 돌려보냈고 120년 동안 그대로 묻혀 있었지. 그런데 여섯 달 전에 뉴욕에서 스티븐슨과 관련된 수집품과 기념품 경매가 열렸어. 아빠는 그 경매에서 상당히 저렴하게 그 거울을 구입했어."

"그 소문이 있었다면 분명 드리치도 경매에 참여했을 텐데."

"경매인들이 거울에 라벨을 잘못 붙였어. 아빠는 자기가 뭘 샀는지도 몰랐지. 가게로 들고 온 뒤에야 조사를 해본 거야. 몇 주 뒤 에드워드 케인이라는 사람이 그 거울을 구입했다는 소식이 드리치의 귀에

들어갔어. 드리치는 미국으로 향했지."

"지금은 드리치가 거울을 갖고 있잖아. 그걸로 뭘 하려는 걸까?"

"그걸 모르겠어. 자, 이젠 네가 아는 걸 말할 차례야."

커샌드라가 고개를 끄덕였다.

샘은 크레일 선생의 롤 플레이 게임에 대해 대강 얘기하고, 도린과 찰리, 마틴의 성격과 특징을 간략하게 설명했다. 그러고 나서 그 프로그램이 가상으로 만들어낸 온라인 속 인물들에게 네 사람이 어떤 식으로 감정을 터뜨리게끔 부추겼는지도 이야기했다. 익명성이 어떻게 진짜 얼굴을 세상에 끌어내는지 입증하는 것이 프로그램의 목적이라는 사실도. 썼던 글을 떠올리자 마음속에서 수치심이 넘실댔다.

"소설 속 지킬 박사 같다는 생각이 들어. 하이드라는 가면이 그를 세상 모든 규율에서 해방시키고 진정한 모습이 되게 했잖아."

"도덕적이지는 않았지. 하이드는 괴물이 되고 말았어. 지킬이 위선자였기 때문이야. 본능적인 충동과 욕구를 지닌 결함 있는 인간이라는 사실을 더 솔직하게 친구에게 말하고 스스로 인정했다면 하이드가 그토록 난폭하고 잔인해지지는 않았을 거야. 지킬이 파멸한 건 온전한 자아를 부정했기 때문이야."

커샌드라가 말했다.

샘은 고개를 저었다. 하이드 프로젝트가 샘 안에 있던 것을 끄집어냈다는 점을 인정하기가 싫었다. 하지만 커샌드라를 대할 때는 솔직해야 할 것만 같았다.

"내가 토론 방에 쓴 글 중에는 끔찍한 내용도 있었어. 내가 절대로… 왜 그랬는지 모르겠어."

커샌드라는 웅얼거리듯 묻고는 샘의 대답을 기다렸다.

"난 아직도 하이드 프로젝트가 그 거울이랑 무슨 관계가 있는지 모르겠어. 프로그램에서는 거울에 대해선 한마디도 언급하지 않거든. 그냥 글만 써서 보냈는데 처음에 올린 사진이 변하기 시작한 거야."

샘은 한숨을 푹 쉬었다.

"어떻게?"

이번에도 역시 샘은 도린의 사진이 어떻게 기형적으로 변했는지 말로 옮길 수가 없었다.

"하지만 셋 다 지난주 동안 변했어."

샘은 계속 말을 이어갔다.

"신경이 곤두서고, 잠을 많이 못 잔 것처럼 보였어. 살도 빠지고."

"마치 뭔가를 준비하는 듯한…."

커샌드라는 주머니에서 휴대폰을 꺼냈다. 손가락이 자판 위에서 춤을 추듯 움직였다.

"샘, 네가 봐야 할 게 있어."

20분 뒤 샘과 커샌드라는 크고 화려한 건물들로 에워싸인 번화가로 성큼성큼 걸어갔다. 그곳엔 깨진 창문도 없고, 인도에 빽빽이 자란 잡초도 없고, 배수로에 버려진 피 묻은 바늘도 없었다. 도시의 구질구질한 얼굴을 가린 빛나는 가면이었다. 가는 내내 커샌드라는 입을 꾹

다물었다. 쇼핑센터인 그랜드 메트로 플라자 안에 들어선 뒤에야 커샌드라는 휴대폰에서 고개를 들었다.

"난 기술에 밝다고 말했지? 네가 하이드 프로젝트를 얘기해준 뒤에 네 친구 마틴 길버트, 아니 걔 아바타인 '구역질 나는 조' 계정으로 프로그램을 겨우겨우 해킹했어. 내가 알아낸 건 듣기 좋은 얘기는 아냐. 저기 저 아이 보여?"

커샌드라가 전자 제품 매장 바깥에 홀로 서 있는 열두 살가량 된 남자아이를 가리켰다.

"잘 봐."

쇼핑객들이 어마어마하게 큰 유리그릇 안에 든 물고기처럼 이 가게 저 가게 떼 지어 떠다녔다. 사람들은 멍하니 눈을 껌벅거리면서 창문 안을 들여다보거나 갈팡질팡 이 문 저 문을 들락거렸다. 천천히 돌아가는 인파의 소용돌이 끝에 남자아이가 피곤한 눈을 비비며 손에 쥔 휴대폰을 내려다봤다.

"뭘 보라는 거야?"

"쉬잇."

남자아이 주변으로 사람들이 소용돌이처럼 계속해서 빙빙 돌았지만 아이는 미동도 없이 서 있었다. 그런데 갑자기 얼굴이 일그러지더니 눈에 눈물이 맺혔다. 그러고는 떨리는 손으로 미친 듯이 휴대폰 자판을 누르기 시작했다. 손을 잠시 멈추더니 아이는 운동화 끝으로 서서 몸을 앞뒤로 마구 흔들었다. 소리는 안 났지만 몹시 고통스러워 보였다. 남자아이는 뭔가를, 전화나 메시지 같은 것을 기다리고 있었다. 애타게 바라는 동시에 굉장히 두려운 어떤 연락을.

"자세히 봐봐."

커샌드라가 속삭였다.

아무도 그 소리를 듣지 못했다. 아니, 들었다 해도 못 들은 체했을 것이다. 아이를 지켜보던 샘은 작지만 끔찍한 울부짖음이 귀에 와 닿자 쓰러질 뻔했다. 손에서 휴대폰이 떨어졌다. 휴대폰 케이스가 딱 하고 깨졌다. 쇼핑객 한 사람이 지나가면서 뒤꿈치로 휴대폰을 밟아 망가뜨렸다. 잠시 뒤 이성을 잃은 남자아이가 쇼핑센터를 뛰쳐나갔다.

"이해가 안 돼."

샘이 중얼거렸다.

"그럴 거야. 저 아이의 휴대폰 메시지를 해킹했어, 샘."

커샌드라는 휴대폰을 내밀어 샘에게 보여주었다.

"이건 진짜야."

샘은 화면에서 번쩍이는 메시지를 읽었다. 커샌드라의 말이 맞았다. 하이드 프로젝트는 학생들이 『지킬 박사와 하이드 씨의 기이한 사례』를 이해하도록 고안된 단순한 교육 도구가 아니었다. 하이드 프로젝트의 목적은 음산하고 무서웠다. '변하게' 만드는 힘이 있었다.

커샌드라가 휴대폰을 도로 가져가려는데 번쩍이는 메시지 하나가 샘의 머릿속에서 불처럼 타올랐다.

JEKYLL'S
MIЯROR
지킬의 거울

한심한 애송이 피터. 넌 루저야!

세상에 도움이 되는 일 좀 하지그래.

죽어.

죽어.

죽어.

죽어.

죽어버려!

— 보낸 사람: 구역질 나는 조

14

폭로

샘은 턱에 흘러내린 토사물을 마저 닦아냈다. 진실을 알게 된 샘은 도망치듯 쇼핑센터를 빠져나갔다. 골목으로 들어간 샘은 몸을 숙인 채 점심으로 먹은 걸 몽땅 게워내고 말았다. 하이드 프로젝트를 중단한 뒤 샘이 위안 삼은 건 희생자들이 가상 인물이라는 것이었다. 그런데 그들이 진짜라는 사실을 알게 되자 자기가 저지른 모든 폭언과 비난이 새록새록 떠올랐다. 최악인 인간은 자업자득이라고 할 수도 있을 테지만, 다른 이들은 분명히 그렇지 않았다. 어찌 됐든 괴롭힘을 당해도 싼 사람인지 아닌지 결정한 사람은 샘이지 않은가.

"실제 인물인 게 당연해."

커샌드라가 조심스레 말을 꺼냈다.

"이렇게 많은 인간 유형을 완벽하게 아우르는 쌍방향 캐릭터를 만들 정도로 정교한 프로그램은 없어. 소셜 네트워크 사이트에 침투해

JEKYLL'S
MIЯROR
지킬의 거울

서 프로젝트 참여자들이 괴롭힐 만한 대상을 선별한 거지."

"그럼 내가 실제로 존재하는 사람들을 괴롭힌 거네?"

"몰랐잖아."

커샌드라의 말은 위로가 되지 못했다.

"그런 걸 두고 사이버 폭력이라고 하지."

커샌드라는 말을 이었다.

"아까 그 아이를 봐서 알겠지만 사이버 폭력은 엄청나게 충격적인 결과를 낳을 수 있어. 하이드 프로젝트에서 올린 글들은 일반적인 소셜 네트워크 사이트로 전달됐어. 하지만 희생자들은 누가 보낸 건지 몰라. 그래서 고립감과 공포를 느끼는 거고."

샘과 커샌드라는 아무 말 없이 걸었다. 샘의 마음은 여전히 비틀댔다. 질문 하나가 떠올랐다. 샘도 진실을 알았을까? 아니라고 믿고 싶었다. 하지만 프로젝트에 대한 집착이 '그분'을 진정시킨 것만큼은 사실이었기에 확신할 수 없었다.

두 사람은 블러프스 아래에 있는 공원으로 갔다. 들끓던 태양이 떨어지고 밤이 되자 고층 아파트 여기저기에 그림자가 드리웠다.

"네 친구들한테 연락해서 내일 다 같이 만날 자리를 만들어. 걔네들은 자기가 하는 일이 어떤 해를 끼치는지 몰라. 피터 같은 아이들이 이런 식으로 고통받아선 안 돼."

커샌드라는 돌아서서 구시가지 쪽으로 걷기 시작했다.

"잠깐만! 내일은 어떻게 해? 너한테 어떻게 연락할 수 있어?"

샘이 뒤에 대고 외쳤다.

"내가 널 찾을 거야. 잘 자, 새미."

커샌드라가 손을 들어 인사하자 팔에 그려진 뱀 문신도 따라 올라 갔다. 커샌드라는 블러프스 주변을 둘러싼 미로 같은 길로 사라졌다.

구불구불한 뱀을 보자 뭔가가 마음 한구석을 할퀴는 바람에, 샘은 얼어붙은 듯 그 자리에 서고 말았다. 결국 할 수 있는 게 아무것도 없 다는 것을 깨닫고 엘리베이터를 향해 터벅터벅 걸었다.

집에 들어가니 코라가 소파에 몸을 웅크리고 뉴스를 보고 있었다. 샘은 붕대가 감긴 손등을 긁으며 억지로 힘없이 미소를 지었다.

"가려운 건 좋은 거야. 낫고 있다는 증거니까. 괜찮니?"

코라가 고개를 끄덕이며 물었다.

"네. 그런 식으로 뛰쳐나가서 죄송해요."

"속상해하는 게 당연해. 교도소장이 개인적으로 약속했어. 앞으론 스테미스트 무어 교도소에서 편지 올 일 없을 거야."

샘의 심장이 요동쳤다. 잘된 거야, 그렇지?

"이모부는 어디 계세요?"

"야간 근무야."

코라는 텔레비전으로 눈을 돌렸다. 나발 바신 기자가 밸푸어 해변 아래에 서 있었다.

"지금 경찰이 주변 산을 수색하고 있어. 샘, 저 가여운 아이들에게 무슨 일이 일어나려는 걸까?"

*

    샘은 그날 밤 잠을 설쳤다. 하루 종일 보고 들은 것이 꿈속으로 굴러 들어 왔다. 강둑에서 노니는 엄마, 아빠, 아들 그림. 머리 위로 둥글게 드리운 버드나무 가지에서 붉은 수액이 흘러 치켜든 얼굴로 떨어졌다. 불꽃 소녀의 팔을 휘감고 온몸을 비트는 뱀 한 마리가 나타났다 사라졌다. 시체 한 구가 시커먼 파도에 이리저리 휩쓸리고⋯. 뭔지 모를 표면은 바다가 아니었다. 거울이었다. 그리고 거기, 새카만 표면 한가운데 사람이 있었다. 먼젓번에 꿈속에 쳐들어온 바로 그 사람. 키가 크고 호리호리한 남자는 팔이 길고 머리카락이 어깨 밑까지 내려왔다.

    얼굴이 없는 사내.

    다음 날 아침, 학교 정문 밖에서 커샌드라와 마주칠 때까지도 꿈에서 본 장면들이 머릿속을 이리저리 움직여 다녔다.

    "피곤해 보인다."

    커샌드라가 말했다.

    "넌 아주 예뻐 보인다."

    샘이 미처 막기도 전에 말이 입 밖으로 나와버렸다.

    "그러니까 내 말은⋯."

    "새미, 부끄러운 거야? 아, 왜 이래, 인상 좀 펴. 얼굴 빨개지니까 잘 어울리는데 뭘."

    "만나기로 한 곳으로 갈까?"

샘이 발끈하며 말을 돌렸다.

"좋아. 다들 온대?"

"그런다고들 했어, 문자로는."

샘은 커샌드라를 데리고 학교 옆으로 가 녹슨 쇠사슬이 감긴 문을
지나갔다. 오래된 별관 뒤 좁은 길에는 잡초가 엉겨 붙어 있었다. 그
길을 따라가니 다 무너진 테니스장이 나왔다. 검은 딸기나무 덤불에
둘러싸인 테니스장은 사람들의 눈을 피할 비밀스러운 오아시스였다.
전학 온 뒤 샘은 이곳에서 시간을 많이 보냈다. 래리 선생이나 코라에
게는 한 번도 이야기하지 않은 기억에 잠겨.

커샌드라는 네트 쪽으로 걸어가더니 흰 곰팡이가 핀 그물망에 손가
락을 집어넣으며 말했다.

"정말 서글픈 장소네. 블러프스 뒤에 있는 그 건물처럼. 왜 너는…."

"샘? 거기 있었구나! 이게 다 무슨 일이야?"

새된 목소리가 갑자기 커샌드라의 말을 자르고 끼어들었다.

도린은 테니스장 안으로 성큼성큼 들어왔다. 시선이 샘에게서 커샌
드라로 옮겨갔다. 검은 딸기나무 덤불을 통과한 햇빛을 받아 도린은
훨씬 더 아프고 쇠약해 보였다. 찰리와 마틴도 마찬가지였다.

"얘는 누구야?"

곰팡이 녀석이 의심이 담긴 목소리로 툴툴댔다.

도린, 찰리, 마틴은 어딘가 쥐 같은 데가 있었다. 햇빛에 굶주린 듯
깜박이는 두 눈이 의심의 빛으로 반짝이고, 입술은 기묘하게 위협적

인 분위기를 풍기면서 끌려 올라갔다. 찰리만 예전의 느긋한 모습을
약간 간직한 듯 보였다.

"월요일 밤에 우리 집에서 파티를 해."

찰리가 주춤거리며 다가와서는 샘의 등을 툭 치며 말했다.

"네 여자 친구도 데려오지그래?"

찰리는 커샌드라에게 감탄하는 눈빛을 던졌지만 이상하게 공허한
행동처럼 보였다.

"9시에 시작해. 맥주 가져와."

"샘은 파티 같은 거 갈 시간 없어."

도린이 톡 쏘아붙였다.

"내가 어제 크레일 선생님하고 얘기했는데 얘는 프로젝트를 아예
그만둔 것 같더라고."

"뭐라고?"

샘의 등에 올라간 찰리의 손이 스르륵 미끄러졌다.

"야 인마, 무슨 일이야?"

"얘는 누구냐니까? 문자로는 이 여자애 얘기는 없었잖아."

마틴은 똑같은 질문을 반복했다.

"난 이 프로젝트에 시간을 많이 들였어. 내 스터디 파트너가 굳이
자기 몫을 다할 마음이 없다고 해도 난 실패하지 않을 거야."

도린은 집요하게 계속 물고 늘어졌다.

"이해가 안 돼. 왜 안 해?"

찰리가 인상을 썼다.

"얘는 누구냐고!"

"네가 원한다면 도와줄게. 다시 시작해."

"얘—는— 누—구—냐—고!"

"성적이 나빠서 고생하는 일은 없을 거⋯."

"그만!"

샘의 목소리가 테니스장에 울려 퍼지자 셋 다 입을 다물었다.

"얘는 커샌드라 케인이야. 하이드 프로젝트가 수상한 것 같다고 했어. 그리고⋯."

"수상하다고? 뭐가 수상해?"

도린이 코웃음 쳤다.

"그 프로그램에는 뭔가 잘못된 게 있어. 하이드 프로젝트는 크레일 선생님이 만든 게 아냐. 『지킬 박사와 하이드 씨의 기이한 사례』에 관한 교훈과도 아무 관계가 없어."

"말도 안 되는 음모론은 영화에나 나올 법한 얘기 같은데?"

마틴이 비웃으며 말했다.

"곰팡이 말이 일리가 있어. 크레일 선생님이 만든 게 아니라면 누가, 왜 그걸 개발한 건데?"

찰리도 거들었다.

"자세한 건 나도 몰라."

샘도 인정하고 나서 말을 이었다.

"하지만 그 프로그램이 위험하다는 건 말할 수 있어. 너희들도 이미 알고 있잖아? 다들 어떻게 변하기 시작했는지 보이잖아. 도린, 넌 그 프로그램이 중독성 있고 조절하기가 힘들다고 말했지. 찰리, 넌 남들은 모르는 비밀스러운 얼굴이 널 괴롭힌다고 하면서 프로그램이 그 얼굴을 밖으로 내보이게 하는 것 같다고 얘기했어."

당황한 찰리는 불편한 듯 발을 이리저리 움직였고 도린은 땅만 뚫어져라 쳐다봤다.

"마틴, 지난번에 식당에서 네가 한 행동을 봐. 그건 네가 아니었어."

"그게 나일 수도 있지. 난 늘 그런 사람이었을 수도 있어."

마틴이 험악하게 대꾸했다.

"무슨 터무니없는 소리야! 그 프로그램은 게임일 뿐이라고."

도린이 외쳤다.

"정말로 믿어지지 않겠지만, 넌 똑똑하잖아. 너도 이 게임이 얼마나 괴로운지 잘 알잖아."

커샌드라가 앞으로 나오며 말했다.

"그게 무슨 말이야?"

찰리가 떨리는 목소리로 물었다.

"너희들 모습을 봐. 변했어."

도린, 찰리, 마틴은 서로를 쳐다봤다. 뭔가에 홀린 듯 잔뜩 겁에 질린 눈, 축 늘어진 피부, 살갗 위로 툭 불거져 나온 뼈를 마지못해 자세히 살펴봤다.

"아냐."

마침내 입을 연 도린이 계속 말을 이었다.

"말도 안 되는 얘기야. 그렇고말고. 어쨌든 난 그만둘 수 없어. 크레일 선생님이 약속한 걸 날려버릴 순 없다고. 대학 원서 쓸 때 필요해. 안 그러면 우리 아빠가…"

"네가 아빠를 무서워한다는 거 알아."

샘이 말했다.

"넌 아무것도 몰라. 네가 어떻게 알아?"

도린은 내뱉듯이 말했다.

"나도 괴물이랑 살았으니까. 이것만큼은 믿어줬으면 해. 크레일 선생님이 우리를 실험 도구로 이용하라는 협박을 받은 증거가 있어."

"무슨 실험? 좀 더 말이 되는 얘기를 해봐, 샘."

찰리가 실눈을 뜨며 말했다.

"그렇게. 커샌드라?"

커샌드라는 몸을 돌려 마틴의 코앞에 휴대폰 화면을 들이댔다.

"간밤에 하이드 프로그램에서 만들어낸 인물한테 이 메시지를 보냈지. 피터라는 아이에게 말이야. 루저니까 자살해야 한다고."

곰팡이의 창백한 얼굴이 충격으로 핼쑥해졌다.

"네가 그걸 어떻게 알아?"

"피터가 그 메시지를 받았을 때 같이 있었으니까."

아이들이 어떤 반응을 보이리라고 기대했다면 아마 실망했을 것이

JEKYLL'S
MIЯROR
지킬의 거울

다. 하이드 실험 대상자 세 명은 고개를 숙인 채 아무 말 없이 서 있었다. 샘은 아주 짧은 순간 세 사람의 반응을 알아차렸다.

"이해했어? 너희가 메시지를 보낸 사람들 말이야, 진짜라는 걸 알았잖아."

샘의 목소리가 하프의 현을 퉁긴 것처럼 떨렸다.

"바보같이 굴지 마."

찰리가 웃음을 터뜨렸다. 파리하고 공허한 웃음소리였다.

"왜 그랬어? 너희들은 착한 사람인데, 왜?"

샘은 나지막이 물었다. 다른 아이들 못지않게 샘 스스로에게 던지는 질문이기도 했다. 찰리는 양손바닥을 내밀며 앞으로 나오더니 애원하는 듯한 어조로 대답했다.

"왜냐하면…."

"그만둬!"

도린이 하키 팀 주장의 손목을 움켜잡고서 샘에게서 떼어놨다.

"너, 우리를 여기로 불러내서 네 억측을 믿으라고 하더니 이제는 하느님만 아는 걸 이유로 우릴 비난하고 있어! 난 황금 열쇠 한 개만 더 얻으면 이 과제가 끝나. 그러니까 그만두지 않을 거야. 우린 네 과거를 알아, 샘. 아직도 일주일에 한 번 그 정신과 치료사 만나니?"

도린이 비웃으며 물었다.

"맞다! 너, 네 여자 친구가 누군지 묻는 내 질문에 한 번도 대답 안 했어. 보아하니 아무래도 정신 나간 히피 계집애 같은데. 정신과 치료

받으면서 만난 사이인 게 분명해!"

마틴이 덜덜 떨리는 손가락으로 커샌드라를 가리키며 말했다.

커샌드라는 한숨을 폭 쉬었다.

"가자, 샘. 애들은 알고 싶어 하지 않아."

"뭘? 너희 둘이 정신 나간 괴짜 커플이라는 거?"

마틴이 샘과 커샌드라의 뒤에 대고 소리를 질렀다. 찰리만 줄곧 말이 없었다. 샘이 돌아보니 찰리가 도린의 손을 뿌리치고 혼자 테니스장 구석으로 가는 게 보였다. 찰리는 무척 작아 보였다. 처음 학교에 온 어린아이처럼. 학교 밖 도로에 이르자 샘은 커샌드라를 돌아 봤다.

"쟤네들이 왜 그러는지, 피터 같은 아이에게 왜 잔인한 메시지를 보내는지 알 것 같아."

샘은 어깨를 으쓱했다.

"내가 그랬던 것과 똑같아. 정말 아주 단순해. 화가 나서 주먹으로 벽을 치는 것과 전혀 다르지 않아. 그런데 오늘은 다들 화난 것처럼 보이지 않았지? 분노를 터뜨릴 뭔가를 찾아다니느라 실망하고 좌절해서 지칠 대로 지친 모습이었어. 사람들은 대부분 분노를 마음속에 쌓아두고 나사를 죄어서 꽁꽁 가두지."

샘은 마른침을 삼켰다.

"그중에는, 어, 분노를 심할 정도로 꾹꾹 내리누르고 가면을 너무나도 잘 쓰는 사람들이 있어. 『지킬 박사와 하이드 씨의 기이한 사례』는 위선 이야기잖아, 그렇지? 지킬 박사는 진정한 자기 모습을 인정하지

않았어. 바로 그런 사람이 드리치가 프로젝트에 필요로 하는 그런 종류인 거지. 도린을 봐. 괴롭힘을 당하고 압박을 받으면서도 어떻게 했지? 모든 걸 다 받아들이고 계속해서 착한 딸 역할을 하잖아."

커샌드라가 천천히 고개를 끄덕였다.

"분노와 좌절감을 내내 숨긴 거구나."

"그다음으로 마틴. 마틴은 학교에 들어간 첫날부터 모두의 놀림감이었어. 그런데도 전혀 되받아치지 못했지. 덩치도 작고, 어쩌면 마음 한편으로는 다른 사람의 말이 진짜라고 믿었을 수도 있어. 그 아이 마음속에 쌓인 분노의 시간을 상상할 수나 있겠니?"

"찰리는 어때?"

"하키 팀의 영웅이자 여자들에게 인기 만점인 아이?"

샘은 고개를 절레절레 흔들었다.

"찰리는 잘 모르겠어. 하지만 도린과 마틴은 드리치가 원하는 조건에 딱 들어맞지. 둘은 하이드 프로젝트의 완벽한 후보자였어. 독한 증기를 조금이나마 뺄 기회를 벼르는 압력솥 같았어. 희생자가 누군지는 중요하지 않았던 거야. 시작하고 나서는 멈출 수가 없었을 테고. 하이드 프로젝트가 아이들을 준비시키는 수단일지도 모른다는 생각이 들어. 하이드 얼굴, 아바타 사진에서 본 얼굴이 조금씩 드러나게 해서 거울을 마주할 준비를 시키는 거지."

"그럼 너는? 넌 왜 뽑혔어?"

커샌드라가 조심스레 물었다.

아무 말 없이 거리를 걷는 동안 커샌드라는 샘을 몰아세우지 않았다. 샘은 속으로 인정했다. 자신 역시 억지 미소와 틀에 짜인 일상 뒤에 진짜 얼굴을 숨긴 위선자라는 사실을. 블러프스 공원에 도착하자 샘은 커샌드라를 보며 말했다.

"같이 올라갈래? 지금은 혼자 있기 싫어."

"그래."

엘리베이터 문이 덜덜거리면서 열리자 익숙한 지린내가 두 사람을 맞았다. 샘은 블러프스에 사는 게 부끄러운 적이 한 번도 없었다. 이곳에 온 뒤 처음으로 아주 약간 부끄럽다는 생각이 들었다. 부모님과 함께 살던 집은 아래위층에 방이 두 개씩 있는 깔끔한 이층집이었다. 그 집에 깃든 추함은 교묘하고 은밀하게 숨겨져 있었다. 블러프스는 달랐다. 추함을 보란 듯이 자랑스러운 배지처럼 떡하니 달고 있었다.

3113호 역시 암울했다. 코라는 최선을 다했다. 지저분한 창문에 선명하고 밝은 커튼을 달고 눅눅한 냄새를 덮기 위해 향초를 태웠다. 샘은 코라의 노력이 얼마나 부질없는지 깨달았다. 수년 동안 블러프스는 안팎으로 썩어들었다. 낡은 건물 구석구석 썩지 않은 데가 없고, 이곳에 사는 사람들까지도 오염된 듯했다.

정신을 차려보니 두 사람은 이미 샘의 방에 들어와 있었다. 커샌드라는 자기와 닮은 그림이 가지런히 붙은 화판 앞에 섰다. 샘은 기억을 떠올리며 그림을 그리면서 뿌듯했다. 놀랍도록 선명한 눈, 불타는 듯한 머리칼, 활처럼 휘어진 입술의 섹시한 돌기. 하지만 실물이 나타난

지금은 그림의 부족한 점만 눈에 띄었다.

"내가 진짜 이렇게 생겼어? 날 너무….."

커샌드라의 손가락이 어깨에서 손까지 이어진 뱀 문신을 따라 내려갔다.

"그냥 대충 그린 거야."

샘은 둘러대며 그림을 떼어냈다. 샘이 막 구기려는 순간 커샌드라가 그림을 가져갔다.

"날… 정말 개처럼 그렸네."

커샌드라는 그림을 가슴께에 들어 보이며 말했다.

"네 동생처럼."

샘은 느릿느릿 말을 이었다.

"당연히 넌 동생처럼 생겼지. 쌍둥이잖아. 똑같지."

"똑같지 않아."

커샌드라는 나직이 속삭이듯 말했다.

"완전히 똑같지는 않다고. 이 그림 가져도 돼?"

"당연하지."

기분이 약간 이상했지만 커샌드라가 몸을 숙여 부드럽게 입맞춤하는 바람에 곧 잊고 말았다. 커샌드라의 얼굴을 아주 가까이서 보자 그림에서 놓친 세세한 부분이 눈에 들어왔다. 흰색에 가까운 속눈썹 몇 올, 뺨에 난 미세한 여드름 자국. 완벽하지 않은 것들이 모여서 완벽한 전체를 이뤘다. 서로에게서 떨어진 뒤 샘은 이 키스가 고마움에 대한 표시 그 이상도 이하도 아니라고 생각했다.

"이건 뭐야?"

샘의 생각이 맞다는 걸 증명이라도 하듯이 커샌드라는 아무 일 없던 것처럼 화판으로 돌아갔다. 커샌드라는 스케치북에서 찢겨 나간 종이 한 장을 보고 얼굴을 찌푸렸다. 샘의 꿈에 나온 얼굴 없는 사람이 있었다. 기다란 팔이 거의 발목까지 내려왔다.

"그냥… 만화책 구상하면서 그린 거야."

어쩐지 샘은 유인원처럼 생긴 그 사람에 대해서는 둘러대는 게 좋겠다는 생각이 들었다. 커샌드라는 뒤로 물러서면서 말했다.

"뭔가 이상한 데가 있어, 안 그래? 우리가 모르는 뭔가를 아는 양 똑바로 쳐다보면서 웃고 있잖아."

"입이 없는데."

"없어? 그러네. 그런데 입이 있는 것 같은 느낌이 들어. 무슨 말인지 알지? 입이 생겨나길 기다리는 듯한 느낌."

"여기서 나가자."

샘이 말했다.

거실로 나가니 코라가 텔레비전 앞에서 점심을 먹고 있었다.

"집에서 뭐 하세요?"

샘이 침착하게 물었다. 갑자기 두 세계가 무너져 내렸다. 코라로 대표되는 안온한 삶과 커샌드라 케인 주변을 돌며 소용돌이치는 판타즈마고리움의 광기.

JEKYLL'S
MIRROR
지킬의 거울

"병원 근무 시간을 바꿨어. 자 어서."

코라는 팔꿈치로 샘의 배를 가볍게 툭 쳤다.

"나이 든 이모한테 여자 친구 소개하기가 창피한 건 아니지?"

"여자 친구 아녜요."

"아직 거기까진 안 갔어요."

커샌드라는 샘을 부드럽게 끌어안고는 "그런 척해"라고 속삭였다. 샘의 입술에 닿았던 무척이나 따스한 그 입술로. 샘은 그 거짓말이 뭘 의미하는지 알 수 있었다. 커샌드라가 의심을 사지 않고 원할 때마다 언제든지 집에 올 수 있다는 뜻일 테다.

"이 사건 정말 끔찍하지 않니? 난 가끔 세상이 앞으로 어찌 되려고 이러는지 모르겠다는 생각이 들어."

코라의 말에 두 사람은 포옹을 풀었다. 그들이 코라 양옆에 자리를 잡고 앉자 나발 바신 기자가 정오 뉴스를 전하기 시작했다. 또다시 그는 살인 사건이 일어난 부두 밑에 서 있었다. 맥멀란 경감이라고 소개된 제복 차림 남성이 바신 기자 옆에서 서성댔다.

"16세 랜스 뉴턴 군 살인 사건으로 밸푸어는 계속 혼란스러운 상태입니다. 현재 경찰은 실종된 아이들 열두 명을 용의자로 보지 않는다고 강조하고 있습니다만, 사라진 아이들이 뉴턴 군의 죽음과 연관됐을지도 모른다는 사실을 말해주는 새로운 증거가 나왔습니다."

바신 기자는 맥멀란 경감을 쳐다봤다.

"경감님, 새로 전개된 이상한 국면을 말씀해주시겠습니까?"

수사 결과 밝혀진 반전이 정말로 믿기지 않는 듯 맥멀란 경감은 고개를 저으며 설명하기 시작했다.

"실종된 아이들의 컴퓨터를 복구해서 찾아낸 정보에 따라 저희는 밸푸어 중·고등학교에서 영어 교사로 재직 중인 멀리사 드레이크 씨와 면담을 했습니다. 사라진 아이들 사이의 연결 고리는 단 한 가지, 모두 똑같은 프로젝트에 참여했다는 점입니다. 드레이크 씨가 만든 프로그램이었습니다. 그 프로그램이···."

맥멀란 경감은 온 얼굴을 찌푸렸다.

"아이들의 행동에 우려스러운 영향을 미친 것 같습니다."

"어떤 식으로 말입니까?"

"자세한 얘기를 하기는 아직 이릅니다만, 아이들이 같은 학교 학생들 중에서 취약한 특정 아이들을 괴롭힌 것으로 보입니다."

"랜스 뉴턴 군도 그중 하나였나요?"

"네, 그렇습니다."

"그 프로그램이 학생들을 부추겼다는 건가요? 어떻게 말입니까?"

"확실하지는 않습니다만, 정말로···."

맥멀란 경감은 얘기하기가 대단히 곤란한 듯 뭔가 목에 걸린 것처럼 캑캑 기침을 했다.

"일종의 최면 효과 같은 게 있는 것으로 보입니다. 아이들이 사이비 종교 집단 비슷한 상태에 빠져 인격이 바뀐 것 같습니다."

"믿기 힘든 이야기네요. 드레이크 씨는 뭐라고 했습니까?"

"그 프로그램은 자기 아이디어가 아니라고 주장합니다. 경찰에 밝히기를 거부한 누군가가 강제로 이 아이들을 대상으로 실험을 하도록 시켰다는 겁니다."

"마지막으로 한 가지 더 질문드리겠습니다, 경감님. 불가사의한 프로그램은 학생들이 어떤 책을 공부하는 데 도움을 주려고 만들었다고 하셨는데요, 그게 무슨 책입니까?"

기자의 질문에 맥멀란 경감은 대답을 주저했다. 마침내 포기한 듯 경감의 어깨가 축 처졌다. 맥멀란 경감은 카메라를 똑바로 쳐다봤다.

"『지킬 박사와 하이드 씨의 기이한 사례』입니다."

JEKYLL'S MIЯROR

제 3부 비밀

극도의 해방감과 비할 데 없는
완벽함 안에서 완벽함도,
해방감도 실감하지 못했다.
말하기를 거부한 그 비밀,
다른 누구보다도 자신을 공포에 떨게 한
그 진실은 여전히 마음속에 갇혀 있었다.

제3편

15

거울 속 샘

"말도 안 되는 일 아니니? 열두 명이나 되는 애들이 미처 날뛰어 친구 한 명을 죽이고 모두 산으로 사라졌다고? 사라진 애들 중 한 아이의 엄마가 나와서는 이상하게 생긴 애가 몰래 집에 들어와서 자기 아들 옷을 입었다고 하잖아. 정말 해괴한 일이야!"

코라가 말했다.

"전 이만 가봐야 해요. 만나 봬서 정말 좋았어요, 크렘퍼 아주머니."

커샌드라가 꾸물꾸물 몸을 일으켰다.

"코라 이모라고 불러. 더 자주 보면 좋겠구나."

코라는 벌떡 일어나서 커샌드라를 끌어안았다. 문 앞에 선 커샌드라가 샘 쪽으로 몸을 돌렸다.

"몇 가지 조사를 좀 해봐야겠어. 드리치는 이 도시, 특별히 펜들턴 중·고등학교에 초점을 맞춘 것 같긴 하지만, 거울과 관련된 계획은 밸푸어를 포함해서 훨씬 더 어마어마한 규모인 것 같아."

"그보다 더 원대한 야심일 수도 있지. 커샌드라, 네 생각엔…."

"추측이나 짐작은 아무 소용없어. 사실을 알아내기 전까지는…."

커샌드라는 머뭇거리다 말을 이었다.

"하지만 그래, 크고 작은 다른 도시들도 얼마든지 엮일 수 있어."

"밸푸어에서 먼저 일이 터진 거지. 거기 사는 아이들이 변했어. 그냥 정신 상태만 달라진 게 아니라…."

샘은 떨리는 숨을 내뱉었다.

"육체도. 그 엄마의 말이 사실이라면 말이야."

"정확히 어떻게 진행되는 건지 아직은 몰라."

커샌드라가 고개를 끄덕였다. 집 밖으로 나온 두 사람은 지하에서 삐걱거리면서 간신히 올라오는 엘리베이터를 기다렸다.

"그런데 네 말이 맞는 것 같아. 그 프로그램이 어쩐지 아이들을 준비시키는 것 같다고 했잖아. 거울을 보게 될 때를 대비해서 그전에 자기 안의 하이드를 서서히 받아들이게 하는 거지. 그런데 그 계략과 관련해서 아직도 뭔가가 계속 신경이 쓰여."

엘리베이터 문이 열리자 커샌드라가 안으로 들어서며 말을 이었다.

"드리치는 어떻게 아이들이 거울을 들여다보게 한 걸까? 여기서는 도린이나 아이들을 납치해서 판타즈마고리움으로 끌고 갈 수도 있겠지만 이게 전국에서 일어난다면…?"

"크레일 선생님과 간단하게라도 얘기를 나눠볼까?"

"아직은 아냐. 내가 조사를 해본 다음에 그걸 가지고 시작해보자."

"알았어. 그런데 커샌드라, 드리치는 왜 이런 짓을 하는 걸까? 아이들 몇 명을 어두운 쪽으로 꾀서 뭘 얻어내려는 걸까?"

"알아낼 거야."

커샌드라가 열림 버튼에서 손을 떼자 엘리베이터가 내려가버렸다. 샘은 자기 집 3113호의 거실로 돌아갔다. 코라는 극도록 흥분한 아이처럼 열에 들떠서 샘을 기다리고 있었다.

"와서 앉아봐."

코라가 장난스럽게 손가락을 흔들며 말했다.

"다 알고 싶어. 미국인이지? 그런데 영국에서 뭘 하는 거야?"

"말씀드려도 안 믿으실 거예요."

"알았어. 신비한 미스터리 소녀라. 네가 웃는 걸 보니 그냥 좋다."

"전 늘 웃고 다니는데요, 뭘."

"내 말은, 진짜로 웃는 거 말이야."

순간 코라의 웃음이 불안하게 흔들렸다.

"방금 전 커샌드라와 같이 있을 때 네 눈도 웃더라. 여기 살게 된 뒤로는 처음이었어."

샘은 사실대로 말하고 싶었다.

'그냥 연기였어요, 커샌드라를 좋아하긴 하지만, 커샌드라 같은 애가 저 같은 루저한테 관심이나 있겠어요? 설사 저한테 관심이 있다고 해도 가까워지지 않으려고 할 거예요. 엄두가 안 나거든요.'

시간은 더디게 흘러갔다. 그날 샘은 커샌드라를 다시 보지 못했다. 시간이 갈수록 먼젓번에 커샌드라를 못 본 동안 느낀 불안과 걱정이 다시 떠오르기 시작했다. 라이어널이 늦은 오후 집에 돌아왔을 때 샘은 지난번 행동을 사과하려 했다. 코라가 있었기에 라이어널은 툴툴거리면서 사과를 받아주고는 라자냐를 입으로 퍼넣기 시작했다. 저녁에 세 사람은 텔레비전 앞에 앉아 밸푸어에서 전하는 최신 뉴스를 봤다. 의문의 컴퓨터 프로그램과 관련한 소식은 없었다. 대신 운이 나쁜 모험가에 관한 뉴스가 나왔다. 샘은 목에 난 털이 곤두섰다.

"스콧 베이커 씨는 경험이 많은 등산가였습니다."

나발 바신 기자는 평소와 달리 부두 밑이 아닌 우뚝 솟은 산등으로 자리를 옮겨 뉴스를 전했다. 강한 바람에 그대로 노출된 능선이었다. 아래쪽 골짜기에는 요동치는 바다를 앞에 두고 갈팡질팡 당황한 도시 주민들이 옹송그리며 모여 있었다.

"베이커 씨는 어제 인근 마을에서 출발한 뒤 이 산을 올라 오후 늦게 밸푸어에 도착할 예정이었습니다. 하지만 오늘 아침 베이커 씨는 이 언덕 기슭에서 발견됐습니다. 처음에는 높은 데서 추락한 것으로 보였습니다만, 조사 결과 돌과 나무 막대기로 심하게 맞아 생긴 상처로 밝혀졌습니다…."

바신 기자는 단호한 표정으로 카메라를 바라봤다.

"산악 구조대가 발견할 당시 베이커 씨는 의식이 있었으나 병원으로 옮긴 뒤 숨을 거뒀습니다. 혼수상태에 빠지기 전에 그는 자신을 공

격한 사람에 대해 자세히 설명했습니다. 베이커 씨의 말에 따르면 몸집은 아이지만 악마의 얼굴을 한 열두 명이었다고 합니다. 미친 동물처럼 분노와 광기로 가득 찬 아이들이 바위에서 튀어나와 베이커 씨에게 달려들었답니다. 이제 이런 의문이 듭니다."

바신 기자는 산을 올려다봤다. 세월의 흔적이 새겨진 주름진 화강암 꼭대기가 뾰족하게 솟아 있었다.

"밸푸어의 아이들에게 도대체 무슨 일이 일어난 걸까요? 아이들은 어디에 숨은 걸까요?"

"마약이지 뭐."

라이어널은 제일 좋아하는 의자에 깊숙이 몸을 묻고 앉아 코를 쿵쿵거렸다.

"저 멀리 인적이 드문 소도시에서 일어난 사건이라 다들 영문을 몰라 머리만 긁적이는 거야. 이 동네 아이들이었다면 이상할 게 하나도 없지. 늘 마약 때문이니까."

"등반가 말로는 걔네들이 악마처럼 생겼다잖아. 그때 그 엄마도 자기 아들이 아니었다고 말했고."

코라가 따지듯 말했다.

"그 엄마가 약을 먹었나 보지. 새뮤얼, 네 생각은 어때?"

"제가 어떻게 알아요?"

"나야 모르지."

라이어널이 미소를 지었다.

"숙제가 남았어요. 안녕히 주무세요, 이모."

샘이 웅얼거리며 일어섰다.

침대에 누운 샘은 검게 물든 하늘을 가득 채운 주황색 가로등 불빛을 바라봤다. 토론 방에서 만난 모두가 떠올랐다. 희생자들. 샘의 글 때문에 그들도 밤에 잠 못 이루었을까? 그들의 마음을 휘젓고 신경을 갈기갈기 찢어놨을까? 잠깐이지만 그 사람들이 샘의 분노를 충족시킨 대가는? 샘은 몸서리치다가 차가운 담요 안으로 들어갔다. 그러고는 한참 만에야 잠이 들었다.

샘은 악마들이 춤추는 꿈을 꿨다. 매혹적인 동시에 구역질 나는 빠르고 경쾌한 춤을 지켜보면서 존재의 밑바닥에서 뻗어나온 근원적인 두려움을 느꼈다. 하지만 두려움과 뒤섞인 뭔가 다른 게 있었다. 인정하고 싶지 않은, 혼자 꾸는 꿈에서조차 인정하기 싫은….

샘은 악마들과 함께 어울리고 싶은 생각이 간절했다. 유쾌하면서도 역겹고, 소름 끼치면서도 매혹적이며, 멀쩡하면서도 정신 나간 춤이 세이렌의 노래처럼 샘을 불렀다. 악마들의 어두운 은신처에서 샘은 형제자매의 손을 보았다. 산악인의 피로 범벅된 손을 샘에게 뻗었다.

'우리한테 와.'

악마들이 야수 같은 목소리로 불렀다.

'우리랑 함께하자. 자유로워지는 거야.'

'기다릴게.'

"안 돼. 난…."

샘은 잠결에 흐느꼈다.

'기다릴게, 걸어 다니는 재앙.'

'기다릴게, 분노의 캐리언.'

'네가 무슨 이름을 선택하건 기다릴게.'

"…너희들과 달라."

그러자 악마들이 무수한 혓바닥으로 비웃으며 귀청이 찢어지도록 비명을 질러댔다.

"뉴스를 전해드리겠습니다. 얼마 전 경찰의 심문을 받은 밸푸어 중·고등학교 교사 멀리사 드레이크 씨가 숨진 채 발견됐습니다. 처음에 나온 여러 보도에 따르면 스스로 목숨을 끊은 것으로 보입니다."

샘은 잠옷에 가운을 걸치고 게슴츠레한 눈으로 거실로 걸어갔다. 햇빛이 블라인드를 두드리자 아침 열기가 손에서 느껴지는 욱신거리는 고통과 박자를 맞춰 고동쳤다. 찢어진 피부를 하나로 붙든 딱지가 앉았다. 상처는 거의 다 나은 것 같았다.

"잘 잤니, 잠꾸러기. 아직도 아프니?"

"괜찮아요."

샘은 하품을 하며 대답했다. 코라는 접시 위에 있는 토스트 한 쪽을 건넸다.

"뉴스 들었니? 그 선생은 아이들한테 무슨 일이 일어났는지 알았던 게 분명해. 안 그래?"

"이모부 말이 맞는지도 몰라요. 마약 때문일 수도 있잖아요."

샘은 심드렁하게 토스트를 베어 물었다. 코라는 복도와 침실 쪽을 쳐다봤다. 코라는 거의 남편과 침실을 같이 쓰지 않았다.

"간밤에 라이어널이 무슨 말을 했건 난 한마디도 안 믿어."

코라가 어색한 미소를 짓자 죽은 언니와 정말 많이 닮아 보였다.

"그건 그렇고 일요일인데 뭐 할 거니? 커샌드라 만나니?"

"그러면 좋겠어요."

바로 그때 샘의 방에서 휴대폰 벨이 울렸다. 커샌드라. 누가 봐도 알 정도로 샘의 얼굴이 환하게 빛났다.

"어서 가봐, 사랑꾼. 이상 끝, 해산!"

코라가 왕처럼 근엄하게 손을 흔들었다. 뒷손질로 방문을 닫고서 샘은 책상에 있는 휴대폰을 잡아챘다. 모르는 번호였다.

"커샌…?"

"그 여자애가 죽었어."

맨 처음에 샘은 누구 목소리인지 알아채지 못했다. 세상이 서서히 사라지는 느낌만 들 뿐이었다. 지난 학기에 배운 셰익스피어의 희곡 『오셀로』에 나오는 대사가 문득 떠올랐다.

"촛불을 *끄자.* 그리고 나서 생명의 불을 *끄자.*"

불꽃 소녀에게 그런 일이 일어난 걸까? 판타즈마고리움의 어둠이 커샌드라의 활활 타오르는 불을 꺼뜨렸나? 그렇다면 에드거 드리치는 자신의 어두운 불꽃으로 완전히 끝장내버리는 식으로 답하겠지.

"거기 있으면 말 좀 해…."

"도린?"

샘은 마른침을 삼켰다.

"커샌드라가 죽은 걸 네가 어떻게 알아?"

"커샌드라? 어제 너랑 같이 있던 여자애 말이야?"

두려움이 평소 단정한 도린의 말투를 밟아 뭉갰다. 목소리가 뾰족뾰족한 유리 조각처럼 산산조각나 부서지고 갈라졌다.

"걔를 말한 게 아냐."

안도감이 밀려왔다. 나중에는 양심의 가책을 느낄지도 모를 일이나, 어쨌든 커샌드라는 무사하다. 지금은 그게 가장 중요했다.

"너한테 말해야 할 것 같아서…."

갈라진 목소리에서 약간 조롱하는 느낌이 배어났다. 도린은 높은 소리로 키득거렸다.

"물론 나랑 무슨 상관이 있어서가 아니라, 네가 뉴스를 보고 더 정신 나간 생각을 하지 않았으면 해서."

"무슨 소리야?"

"학교에서 본 그 여자애 말이야. 연극실에서 너랑 얘기하던 애. 나도 봤잖아. 지역 뉴스에 나왔어. 간밤에 엄마가 먹는 수면제를 과다 복용한 것 같더라. 그래서… 음, 유서를 남겼대."

'왜 찾지 않았을까? 왜 더 자세히 살피지 않았을까? 내가 살릴 수도 있었는데….'

"그런데 어째서 내가 하이드 프로젝트랑 그 여자애가 죽은 걸 연관 지을 거라고 생각한 거야?"

샘이 암울한 생각을 떨치고 물었다.

"현실에 사는 사람을 괴롭힌 거라는 커샌드라의 말이 틀렸다면 말이지. 게일 매슈스는 그날 겁이 나서 죽을 지경이었어. 나한테 '저 바깥에 있는 누군가' 때문에 고통스럽다고 했지. 그때 네가 나타나서 하이드 아바타 이름을 언급했어. 그렇지? 네가 게일을 죽였어."

"너 미쳤어?"

"직접 네 손으로 죽인 건 아니지. 하이드 프로젝트는 밸푸어에서만큼 빠른 속도로 진행되는 것 같지는 않아. 하지만 위기의 문턱에 들어섰지. 게일은 스스로 목숨을 끊었지만 그렇게 내몬 건 너야."

"괜한 사람 잡지 마! 내가 관련됐다는 걸 넌 증명할 수 없어."

"맞아. 그런데 책임감을 안 느낀다면서 나한테는 왜 전화한 건데?"

길고 불안한 침묵이 이어졌다.

"그건 그냥 아무 해도 끼치지 않는 게임일 뿐이야, 샘."

도린은 마지막 남은 반발심을 한데 끌어모아 웃음을 터뜨렸다.

"이제 난 끝에 거의 다다랐어. 거의 다 왔단 말이야…."

전화가 뚝 끊겼다. 불현듯 끔찍한 가능성이 떠올랐다. 샘이 하이드 프로젝트에 참여하면서 쓴 뒤틀린 글들이 이와 비슷한 비극을 낳지 않으리라고 누가 얘기할 수 있겠는가? 샘은 줄이 잘려 나간 꼭두각시 인형처럼 의자에 털썩 주저앉았다. 저 바깥에 있는 누군가 샘 때문에 상처받거나 비통해하고 있을까?

목구멍에서 분노가 솟구쳤다. 할 수 있는 거라고는 분노를 억누르는 것뿐이었다. 그동안 유일하게 위안이 된 건 표적으로 삼은 이들이 살아 있는 사람이라는 걸 몰랐다는 사실이었다. 하지만 그 알량한 위안 부스러기는 입안에서 쓰디쓴 맛만 남길 뿐이었다.

막아야 했다.

버스를 타고 메리다운 저택으로 간 뒤 도린을 납치해서 문화센터 안에 꽁꽁 묶어둬야 하나? 샘은 어쩔 줄 몰랐다. 아이들에게 억지로 프로그램을 관두라고 강요할 수는 없었다. 커샌드라는 크레일 선생에게 맞서지도, 경찰에 알리지도 말라고 했다. 경찰에 밸푸어 사건과의 관련 가능성을 말하는 건 최후의 수단이었다. 등반가가 살해되고 교사도 죽었으니 어쩌면 아이들이 샘의 이야기를 진지하게 받아들일지도 몰랐다.

전화를 걸기 전에 샘은 하이드 프로젝트 사이트를 확인해보기로 했다. 아직 접근 권한이 있는지, 경찰에 보여줄 게 있는지 확실히 하기 위해서였다. 샘은 노트북을 열고 웹 사이트 주소를 쳤다. 가로등 그림이 까만 화면에서 은은하게 빛났다. 그때 어터슨이 픽셀 된 그림자 밖으로 모습을 드러냈다.

"드디어 왔군!"

깡통 부딪치는 것 같은 어터슨의 목소리가 작은 스피커를 통해 흘러나왔다.

"자넬 영원히 잃은 건 아닌가 생각했어. 하지만 자네가 거리를 두지는 않을 거라고 짐작했지."

'오로지 증거를 얻기 위해서야.'

샘은 스스로에게 말했다. 그러면서도 진짜 맞는 말인지 의구심이 들었다.

어터슨이 앞으로 성큼성큼 걸어왔다. 감정 없이 텅 빈 눈이 화면을 가득 채웠다.

"요사이 참여를 꺼렸지만 자넨 여전히 드리치 씨가 특별히 총애하는 사람이야."

샘은 몸서리쳤다. 처음으로 하이드 프로젝트가 정체를 밝힌 것이다.

"자, 이미 자넨 다른 얼굴을 조금 드러냈어. 그것의 존재를 인정하도록 말이지."

어터슨은 컴퓨터로 만들어낸 교활한 미소를 지었다.

"자네의 진짜 자아를 부르는 말이 뭐였지? 아, 그래, '그분'. 자네의 영혼은 구멍이 나 줄줄 새는 파이프라네, 새뮤얼. 그 구멍으로 '그분'이 스며들지. 두 손 들고 그냥 흘러넘치도록 놔두는 게 어떤가?"

마치 꿈속에서 부르던 세이렌의 노래 같았다. 화면이 샘의 하이드 홈페이지로 바뀌었다. 맨 위에 있는 지갑을 어터슨이 누르자 황금 열쇠 열두 개가 짤랑거렸다.

"마지막 보상이네."

어터슨이 한쪽 눈을 찡긋하며 말했다.

화면이 또다시 바뀌었다. 이번에는 아무것도 없는 나무 문이었다. 갈라진 표면을 덮은 페인트도 벗겨져 있었다. 만화로 그린 이미지처럼 보이지 않았다. 실제 장소에서 전하는 생중계 비디오 같았다.

바로 판타즈마고리움이었다. 마침내 샘은 드리치의 은신처 내부를 보게 된 것이다.

"황금 열쇠를 다 모았으니 이제 클릭만 하면 돼. 문이 열릴 거라네."

뒤틀린 문 위에 커서가 맴돌았다.

"밀기만 하면 궁금한 질문에 답을 얻게 될 거야. 밀기만 하라고."

'기다릴게, 걸어 다니는 재앙⋯.'

'기다릴게, 분노의 캐리언.'

"⋯그러면 더 이상 의혹은 없을 거야."

'기다릴게, 새뮤얼 스틸하우스.'

"이제 숨을 필요도 없어."

'기다릴게, 네 이름이 뭐든 간에.'

샘은 탁 소리가 나게 화면을 닫고는 노트북을 책상 뒤로 밀어버렸다.

"우린 지금 나간다! 이따 저녁에 보자!"

코라와 라이어널이 나가자 현관문이 소리를 내며 닫혔다. 혼자 남은 샘은 청소기를 돌리고, 설거지를 하고, 연필을 HB 번호 순서대로 정리하고, 스케치북에 닥치는 대로 그림을 그렸다. 마음속에서 어터슨의 구슬리는 목소리를 떨쳐내기 위해 뭐든지 닥치는 대로 했다. 샘은 자꾸만 방으로 돌아가 흑연이 잔뜩 묻어 지저분해진 손끝으로 노트북을 만졌다. 디지털로 된 판도라의 상자 같았다. 열면 안 된다는 걸 샘도 알았다. 하지만 유혹은 사라지지 않았다.

시간이 흘렀다. 커샌드라에게서는 아무 연락이 없었다. 후끈한 열기도 수그러들 줄 몰랐고 노트북을 열고픈 욕망도 누그러지지 않았다. 샘은 아침을 먹고, 점심을 먹고, 이른 저녁을 먹었다. 방안을 서성이지 않을 때는 거실 창가에 서서 저 아래 마당을 살폈다. 못된 장난꾸러기의 돋보기 아래 갇혀 반쯤 미친 개미들처럼 사람들이 이 그림자에서 저 그림자로 옮겨 다녔다. 대기가 우르릉 소리를 내면 사람들은 희망이 가득한 눈으로 하늘을 쳐다봤다.

빛나는 고층 건물 뒤로 거대한 구름이 잔뜩 부어오른 머리를 쳐들고 으르렁거렸다. 마침내 오고 있었다. 폭염을 끝장낼 하늘이 내려준 분노가. 폭풍우가 몰고 온 잡음이 전파 신호를 방해하면서 하루 종일 틀어놓은 텔레비전 화면이 지직거렸다. 몇 시간 만에 처음으로 샘은 텔레비전에 집중했다.

"밸푸어에서 발생한 살인 사건과 실종 사건이 이 지역에서만 일어난 것이 아니라는 소식을 입수했습니다."

벼락을 맞은 듯 크게 충격받은 샘은 선 채로 뉴스를 봤다.

"전국 각지에서 보도가 나오고 있습니다. 사건의 세부 사항은 모두 유사합니다. 난폭해진 아이들이 행방불명되는 사례가 연이어 발생하고 있습니다. 런던 동부 한 동네에서는 서로 관련 없는 젊은이들이 무리를 지어 요양 시설에 불을 질렀습니다. 브리스틀 외곽에 있는 마을

에서는 10대들이 떼 지어 다니며 동물들을 학대해서 비난을 받고 있습니다. 청소년 전문가들은 급작스럽고도 광범위한 폭력 분출을 제대로 설명하지 못하고 있습니다. 이상한 점은 또 있습니다. 아이들이 공격하는 장면을 목격한 사람의 말에 따르면 아이들의 얼굴이 기형적으로 변형되거나 뒤틀렸다고 합니다."

샘은 문을 열어둔 방으로 천천히 걸어갔다.

불빛이 깜박거렸다.

텔레비전이 멈췄다.

말소리가 더듬거리며 나왔다.

"고립된 폭동… 경찰을 혼란스럽게 만들고 있습니다. …신체적 변… 연관된 힘이 강화되어… 온 가족이 심각한 부상을 입었습니다. …아버지는 딸이 아니었다고 주장하고 있습니다….”

번갯불이 번쩍거리면서 방 안에 샘의 그림자를 떨어뜨렸다가 도로 와락 잡아채갔다. 샘은 마침내 결정을 내렸다. '그분'에게 굴복해서가 아니었다(진짜 그렇다고 믿는가?). 당장 실행에 옮겨야 했다. 안 그러면 거울의 광기가 널리 퍼질 터였다.

샘은 노트북으로 다가갔다. 노트북을 열자 골동품 가게에서 촬영된 비디오 화면이 여전히 흘러나오고 있었다. 커다란 금파리 한 마리가 두툴두툴 상처투성이인 문에 내려앉았다. 썩은 얼굴에 매달린 검은 점처럼 보였다. 어터슨이 부추기는 목소리는 들리지 않았다. 전혀 필요하지 않았다. 문을 보는 것만으로도 화면 속으로 끌려 들어갔다.

샘은 마우스를 움직여 클릭했다.

문이 열리자 판타즈마고리움 복도의 불빛이 흔들렸다. 카메라는 방 안으로 들어갔다. 샘은 어마어마하게 넓은 동굴에 시선을 사로잡는 크고 화려한 거울이 정교하게 조각된 대좌에 놓여 있으리라고 기대했다. 하지만 상상한 모습과는 달랐다. 지킬의 거울이 놓인 영광스러운 자리는 그저 장식장처럼 보였다. 벽에는 흉한 갈색 벽지가 덕지덕지 붙어 있고 울퉁불퉁한 거울 표면에는 하나뿐인 알전구 불빛이 비쳤다. 카메라가 왼쪽으로 움직이자 렌즈에 거울이 잡혔다.

이 작고 우중충한 볼록 거울 하나 때문에 이 모든 소동이 벌어졌단 말인가? 흰 곰팡이가 핀 이 골동품이 정말로 온 나라의 아이들에게 영향을 미쳐서 사람들을 해치고 살인을 저지르게 했단 말인가? 웃음이 터졌다. 하지만 샘의 웃음소리가 아니었다.

그때 볼록 튀어나온 거울 표면이 아주 천천히 움직이기 시작했다. 서서히 빙빙… 휘돌아가기 시작했다. 샘은 억지로 먼 곳을 바라보려 애썼지만 마치 낚싯바늘로 낚아채듯 거울이 두 눈을 잡아 붙들었다. 거울은 샘을 가까이, 더 가까이 끌어당겼다. 얼굴이 노트북 화면에 거의 닿을 때까지. 카메라의 초점이 확대되면서 작은 방의 오로지 적갈색 테두리 안에서 터질 듯이 부풀어 오른 거울에만 맞춰졌다. 휘몰아치는 소용돌이를 응시하는 동안 샘의 마음속에서 한 가지 의문이 비틀거리며 떠올랐다.

'어떻게 내 얼굴을 볼 수 있는 거지?'

JEKYLL'S
MIЯROR
지킬의 거울

노트북에 달린 카메라는 작동이 되지 않았다. 따라서 거울에 샘의 모습을 비추는 건 불가능했다. 하지만 거기, 흐릿하게 샘의 얼굴이 비쳤다. 거울에 갇힌 채.

'그분'이 꿈틀댔다. 거울이 끌어당기는 힘에 반응한 '그분'이 기분 나쁘게 눈부신 빛을 내뿜었다. 우리에 갇힌 자아의 분투가 몸으로 나타났다. 가슴이 요동치고 목과 턱에 찌르르한 통증이 전해졌다. 환영의 맹렬한 공격이 큰 충격을 가했다. 불에 달군 철사 줄로 얼굴 아래를 묶은 것 같았다. 뜨거운 철사 줄이 부드럽고 유연한 피부 조직을 뚫고 서서히 녹아내리는 듯했다.

'거기 있다는 걸 알고 있었어, 나의 다른 얼굴.'

샘은 생각했다.

'그리고 이제…'

샘은 절규하는 제 모습을 바라봤다. 변신의 절규.

'이제 그 얼굴을 보게 되겠지.'

날카로운 통증이 얇은 피부를 뚫고 두개골을 관통했다. 찌르르 전류가 흐르자 근육이 경련을 일으키면서 얼굴이 변하기 시작했다. 샘은 모든 과정을 거울로 지켜봤다. 코가 조금씩 깎이더니 짧은 돼지 코로 변했다. 콧구멍은 울퉁불퉁한 눈물방울 모양이었다. 끔찍하게 갈라진 턱은 앞으로 쭉 빠지더니 원숭이처럼 심하게 주걱턱이 됐다. 청록색 눈동자는 점점 어두워지더니 새까매졌다. 비명을 지르려고 입을 벌리자 터질 듯 부풀어 오른 입술 사이로 눈이 내리듯 이가 후드득

떨어졌다. 피가 나는 잇몸을 뚫고 뭉툭한 갈색 이가 새로 솟아나는 게
보였다.

"아냐!"

샘이 소리를 질렀지만 제 목소리가 아니었다.

"맞아."

거울 속 샘이 대답했다.

"맞아. 맞아. 맞아아—아."

거울 속 얼굴이 미소 지었다.

16
새 얼굴

탁 소리가 나면서 노트북 화면이 닫혔다. 거울이 사라졌다. 아드레 날린이 계속 심장을 걷어찼다. 샘은 얼굴을 만져봤다. 튀어나온 턱도, 돼지 코도 없었다. 이도 그대로였다. 샘은 눈을 들어 방금 전 노트북을 닫은 손을 쳐다봤다. 커샌드라가 옆에서 지켜보고 있었다.

"내가 변했어. 내 얼굴, 내 눈, 그건 내가 아니었어. 이런 일이 또 생기겠지? 소설처럼 내 하이드가 점점 더 강해져서 결국…."

샘은 공황 상태였다.

날아온 손바닥에 샘이 휘청댔다. 정신을 차리기도 전에 커샌드라는 샘을 욕실로 끌고 갔다. 엄청나게 차가운 물이 피부를 찔렀다. 보기와 다르게 아주 억센 커샌드라의 손이 샘의 얼굴을 욕실 거울에 불쑥 들이밀었다.

"뭐가 보여?"

"난 잘…"

"뭐가 보이냐고?"

"나."

"넌 누구야?"

"샘. 샘 스틸하우스."

"맞아. 좋든 나쁘든 이게…."

커샌드라는 물이 뚝뚝 떨어지는 창백한 얼굴을 가리켰다.

"이게 바로 너야. 절대로 잊지 마."

거울 속 겁먹은 얼굴에서 눈을 돌리자 커샌드라가 두 손으로 머리를 감싸 쥔 채 욕조 끝에 주저앉는 게 보였다. 헝클어진 빨간 머리가 손가락 사이로 흘러내리자 문신한 뱀이 불꽃 둥지 안에서 온몸을 비트는 듯했다.

"네가 들어왔을 때 내가…?"

"비명을 지르고 있었어. 세상에서 제일 무서운 악몽에 갇혀 옴짝달싹 못 하는 것처럼. 내 짐작으론 그 거울은 판타즈마고리움에서 촬영해 전송된 것 같았어. 드리치는 이런 식으로 온 나라에서 하이드 프로젝트를 실행한 게 분명해."

샘은 고개를 끄덕였다. 쿵쾅대던 심장박동이 안정되기 시작했다.

"밸푸어에서도, 런던에서도…."

"뉴스 봤어."

커샌드라가 샘을 올려다보며 말했다.

"네 말대로 드리치한테 협박당한 선생님들이 아이들을 프로그램에 끌어들였겠지. 그러고 나서 그 거울을 볼 수 있게 준비시킨 거야. 어터슨이 분노와 좌절을 드러내라고 아이들을 부추겨서 말이지. 자, 이제 아주 덜떨어진 네 실험 덕분에 최종 단계에서 무슨 일이 벌어지는지 알게 됐어. 컴퓨터 화면 속 문이 열리면서 거울을 보게 되는 거야."

"그러고 나서 변해."

"넌 안 변했어, 샘."

"뭐?"

"멀리 있는 거울의 힘이 도달하기까지 시간차가 있는 게 분명해. 거울 속 네 모습은 변했지만 실제로 그렇게 되지는 않았어. 내가 방에 들어갔을 때 넌 비명만 지르고 있었어."

"하지만 진짜처럼 느껴졌어."

"동조 반응 같은 게 틀림없어. 화면으로 보면서 느낀 공포가 육체적 고통으로 나타난 거야. 단 몇 초 동안이지만 현실에 없었던 거지."

"미안해. 아이들에게 무슨 일이 벌어진 건지 알고 싶었어. 어쩌면 막을 방법을 찾을지도 모른다고 생각했거든."

샘은 한숨을 푹 쉬었다.

"그게 다야?"

커샌드라가 무뚝뚝하게 물었다. 한참 뒤 한결 부드러운 어조로 다시 이야기하기 시작했다.

"용감한 행동이었어. 그 덕분에 거울과 관련된 드리치의 계획에서 중요한 사실을 알게 됐어."

"어떤 사실?"

"그 거울이 어디서든, 누구에게라도 접근할 수 있다는 사실."

"그럼 변신이 수없이 일어날 수도 있다는 거네. 수많은 실종, 폭행, 살인. 딱 밸푸어에서처럼."

샘은 암울하게 말했다.

"온 나라가 하이드로 들끓겠지."

커샌드라가 고개를 끄덕였다.

"그럼 어떻게 막지?"

"지금? 나도 모르겠어. 일단 거울을 되찾아오면 그 힘을 바꿀 수 있을지도 몰라."

"화요일은 돼야 판타즈마고리움에 들어갈 수 있어. 앞으로 48시간 동안 말도 안 되는 일이 일어날 텐데…. 만약 기습 공격을 하면…."

커샌드라는 고개를 저었다.

"불가능해. 드리치의 본거지는 철옹성이야. 토요일 밤에 기회가 올 때까지 기다려야 해. 그동안 주술계 인맥들에게 연락을 해봤어. 에드거 드리치 같은 남자에게는 적이 많거든. 경쟁 관계인 마술사, 주술사, 마법사, 무당 들. 그 사람들이 가진 힘과 자원을 이용해서 하이드들을 찾아 모으고 가두는 걸 도와주기로 했어."

어두운 표정의 커샌드라가 미소를 지었다.

"샘 스틸하우스, 네 임무는 날 도와서 펜틀턴의 하이드들을 처리하

JEKYLL'S
MIЯROR
지킬의 거울

는 거야."

"도린, 찰리, 마틴…. 알았어, 제일 먼저 누구부터?"

"따라와."

앞장서서 부엌으로 간 커샌드라는 정밀하게 그려진 도시의 지도를
펼쳤다.

"여기 도착하기 직전에 네 친구들 컴퓨터에 심어놓은 흔적을 확인
했어. 한 아이의 하이드 계정이 판타즈마고리움 카메라에 접근한 걸
알아냈지. 컴퓨터 IP 주소를 추적하니 이 장소가 나왔어."

커샌드라는 북서쪽 시골 주변에 원을 그렸다.

"알겠어?"

샘은 사방이 삼림 지대로 둘러싸인 빗금 친 직사각형을 가리켰다.

"도린 래클랜드네 집이야."

"여기가 첫 번째 임무 장소야."

샘과 커샌드라는 엘리베이터를 탔다. 샘은 당혹스러운 공포의 마지
막 흔적까지 떨쳐내고 불꽃 소녀를 보았다.

"어떻게 집에 들어왔어?"

커샌드라는 주머니를 뒤적거렸다.

"어제 복도에 있는 나무 걸판에서 이걸 가져갔어."

"이모부 열쇠를 훔쳤어?"

"도움이 될 것 같았거든."

"그런 것 같네. 그건 그렇고 저기, 도린네 집은 어떻게 가는 거야?

네 차는 버렸고 버스는 시간이 한참 걸릴 텐데."

"그럴 경우를 대비해서 준비해 둔 친구가 좀 있지."

엘리베이터가 크게 흔들리면서 멈춰 섰다. 두 사람은 정원으로 향했다.

먹구름이 무시무시하게 큰 곤충 다리처럼 아래로 뻗어 있었다. 폭풍우가 도시를 향해 빛을 번쩍이며 몰려오는 듯했다. 곧 폭우가 쏟아질 것 같은 예감이 들었다. 거리는 텅 비어 있었다. '블러프스 일당'이라고 알려진 꾀 많은 패거리를 빼고는. 위블의 얼굴에 그려진 문신이 기쁨으로 쭈그러졌다. 위블은 엄청나게 큰 손바닥으로 메르세데스의 반짝반짝 빛나는 보닛을 철썩 때렸다.

"자동차 같은 거야 뭐, 빨간 머리 널 위해서 후다닥 찾았지."

보행자 전용인 마당 한복판에 바나나색 자동차가 떡하니 서 있었다. 지붕을 접었다 폈다 하는 2인승 오픈카가 굉음을 내며 깨어났다. 강력한 할로겐 헤드라이트가 아파트 정면에 튀었다. 갑자기 위블의 웃음이 분노로 바뀌더니 차 안으로 몸을 획 수그렸다. 소리를 지르는 열두 살 쯤 된 남자아이가 운전석 밖으로 끌려나왔다.

"툴보이, 너 운전면허 있어? 운전대 뒤에서 뭐 하는 거야?"

메르세데스도 훔친 게 뻔하건만 그 와중에 도로법을 따지는 위블이 어쩐지 코미디 같았다. 위블이 말 안 듣는 부하를 땅바닥에 내려 놓자 툴보이는 뚱한 표정으로 무리 속으로 들어갔다.

"눈에 잘 안 띄는 걸로 부탁했잖아."

JEKYLL'S
MIЯROR
지킬의 거울

커샌드라가 운전석에 앉으며 한마디 했다.

"이게 최선이었어. 돈은 줄 거지?"

뿌루퉁 입이 튀어나온 위블이 물었다. 커샌드라가 두툼한 봉투를 건네자 이내 함박웃음이 되돌아왔다.

"세어보진 않을게. 널 믿으니까."

"너보다 나은 사람들도 그렇게 말한 걸 후회하며 살아. 새미, 타."

"집 열쇠는 그렇다 쳐. 하지만 이 차는?"

샘은 조수석에 재빨리 오르면서 못마땅한 듯 물었다.

"하기 싫은 일도 해야 할 때가 있는 법이야. 자, 꽉 잡아."

커샌드라가 손바닥으로 운전대를 돌리자 메르세데스가 끼익 소리를 내며 급커브를 돌았다. 자동차 불빛이 아파트 쪽으로 걸어오는 사람을 비췄다. 연필처럼 마른 몸을 우스꽝스러운 비닐 우비가 감싸고 있었다. 라이어널 크램퍼는 자동차 불빛 때문에 눈이 부신지 두 눈을 깜박거렸다. 샘은 발밑 공간으로 몸을 획 수그렸다.

"아는 사람이야?"

"그렇다고 할 수 있지."

커샌드라는 외곽으로 이어지는 도로를 달리기 시작했다.

"이제 일어나도 돼."

샘은 차가운 가죽 의자에 자세를 고쳐 앉았다. 전광판에는 도로 상황이 계속 나오고 있었다. '악천후·홍수 가능성'이라는 경고가 번쩍거렸지만 시커먼 먹구름은 아직 틈이 벌어지지 않은 상태였다.

"도린네 집에 도착하면 어떻게 할 거야?"

"내 친구들한테 그 집 좌표를 보내뒀어. 그 친구들이 올 때까지 상황이 심각해지지 않도록 우리 둘이서 시간을 끌어야 해."

커샌드라가 추월 차선으로 바꾸면서 속도를 높이자 팔찌들이 딸깍딸깍 소리를 냈다.

"이미 변신이 끝난 상태라면, 음, 상황이 엉망진창이 될 테지."

"하지만 도린은 아주 작은 아이인데."

"소설을 떠올려봐, 샘. 하이드는 거인이 아니었어."

샘은 커샌드라에게 교외로 가는 길을 알려줬다. 시골길로 접어들자 가로등이 뜨문뜨문해지더니 결국에는 메르세데스에서 나오는 빛줄기 한 쌍과 가끔씩 번쩍 터지는 번갯불만이 유일한 빛이 되었다. 불타오르는 새벽녘과 타는 듯한 석양이 5주 동안 반복됐다. 그런데 지금은 온 세상에서 색이 빠져버렸다. 캐치폴 코너의 나무들도 겨울철 죽음의 빛깔을 끌어올린 듯 보였다.

"다음에서 좌회전하면 그 집이야."

메르세데스는 날카로운 소리를 내며 굽잇길을 돈 뒤 나무가 터널을 이룬 길로 쑥 들어갔다. 커샌드라는 속도를 50까지 높였다. 차에 부딪쳐 떨어진 자갈이 파편처럼 튀어나갔다. 자갈을 튀기며 길을 따라가는 동안 폭풍우에 놀라 고사리 덤불 안에 굴을 파는 생물들이 헤드라이트 불빛에 드러났다.

"곧 정문이 보일 거야. 그… 멈춰!"

또 다른 형체가 어둠을 뚫고 모습을 드러냈다. 한 남자가 길 아래로 정신없이 내달리고 있었다. 공포에 질려 일그러진 얼굴에 박힌 두 눈이 헤드라이트 불빛에 무시무시할 정도로 커졌다. 커샌드라가 브레이크를 힘껏 밟는 바람에 차가 갑작스레 요동을 치며 멈춰 섰다. 래클랜드 씨는 자갈길 위로 고꾸라졌다. 두 다리가 가슴께까지 올라간 상태로 그 자리에 가만히 있었다. 척추에 번개를 맞은 것처럼 온몸이 경련을 일으키듯 씰룩거렸다. 샘이 차 문을 열고 몸을 반쯤 내밀었을 때 커샌드라가 짧은 연발 권총을 손에 쥐여줬다.

"안전한 게 최고니까. 너한테 쏘지 않도록 신경 써."

"뭐? 난 아무도 안 쏠 거야!"

"영국인들이란."

커샌드라는 못마땅한 듯 눈동자를 굴렸다. 그러고는 주머니에서 비슷한 총을 꺼내 총알을 장전했다.

"도린이 공격하면 총을 쏴서 못 움직이게 해야 해. 걔가 네 목을 잡아 찢느라 정신없을 때 방아쇠를 당긴 뒤 행운을 비는 거지. 그게 바로 미국식이야."

시동을 켜둔 채로 두 사람은 덜덜 떠는 남자를 살펴보러 갔다. 래클랜드 씨는 실크 잠옷을 입고 있었다. 가슴 부분에 이름의 머리글자를 수놓은 잠옷이었다. 등을 대고 눕도록 살살 몸을 돌리니 신음 소리가 터져 나왔다. 래클랜드 씨는 사나운 눈빛으로 샘과 커샌드라 사이의 어디쯤에 휙 눈길을 던지고는 다시 머리를 떨구었다. 커샌드라가 래클랜드 씨의 입을 벌리자 피가 섞여 붉은색이 된 침이 부글거렸다.

"지독히 겁을 먹었군. 혀를 깔끔하게 물었어."

커샌드라가 손목을 살펴보며 말을 이었다.

"묶여 있었던 것 같은데."

샘은 메르세데스로 뛰어가 트렁크 안에서 체크무늬 담요를 찾아냈다. 샘은 오들오들 떠는 래클랜드 씨의 어깨에 담요를 둘러주었다.

"아—니었어."

피 섞인 침이 래클랜드 씨의 이 사이에서 거품처럼 일었다.

"걔—걔가 아—니었어."

"그건 아저씨 딸이 아니에요. 맞아요, 저희도 알아요."

커샌드라가 고개를 끄덕였다. 래클랜드 씨는 간절한 눈빛으로 샘을 쳐다봤다.

"모—몰라. 모—르겠어. 걔—걔였어. 나를 무—묶었어. 내가 보—보게 마—만들었어. 걔—가 벼—변했어."

또다시 경련이 일면서 래클랜드 씨의 몸이 마구 흔들렸다.

"벼—벼—변했어."

"구급차를 불러야 해."

샘이 래클랜드 씨의 떨리는 등에 손을 올리며 나지막이 속삭였다.

"아직 경찰을 끌어들일 수는 없어. 저 집에 들어가야 해. 준비됐어?"

커샌드라가 말했다. 도린의 아빠를 앉은 자세로 차에 기대어놓고 샘은 트렁크에 있는 구급상자에서 붕대 뭉치를 꺼내 입술에 묻은 피를 닦아냈다. 그러고 나서 권총을 들고 커샌드라와 함께 길을 따라 내려가기 시작했다. 이루 말할 수 없이 충격을 받은 도린의 아빠가 학대 당한 개처럼 흐느껴 우는 소리가 뒤쪽에서 들렸다. 도린이 자기가 변하는 모습을 아빠가 보도록 강요하는 모습을 떠올리면 무섭기도 했지만, 하이드 프로젝트를 실컷 경험한 샘은 마음 한편으로 인정할 수밖에 없었다. 가냘픈 소리로 우는 저 작은 괴물이 다음부터는 딸을 괴롭히려다가도 한 번 더 생각하리라는 것을.

샘과 커샌드라가 나무 터널에서 벗어나 정원으로 들어서자 번갯불이 번쩍였다. 은빛 뿌리처럼 내리꽂힌 번개가 저택 옆 피뢰침으로 떨어졌다. 매캐한 오존 냄새가 후텁지근한 공기로 바뀌었다. 닭살이 돋았다. 납 창틀이 하얗게 빛나고, 번개의 잔상 안에서 사암 벽돌이 붉은빛으로 타올랐다. 먹구름이 우르릉 울리더니 마침내 비가 후드득 떨어지기 시작했다. 샘은 거대한 떡갈나무 문을 가리켰다.

"저기야."

두 사람이 현관문 100미터 앞에 다다랐을 때 또 다른 번개가 이 구름에서 저 구름으로 지글거렸다. 그 순간 큰 문이 활짝 열렸다. 캄캄한 어둠 속에서 한때 도린 래클랜드였던 그것이 모습을 드러냈다.

샘이 하이드 프로젝트 프로필에서 본 바로 그 얼굴이었다. 그때보다 훨씬 더 뒤틀린 모습이었다. 게일 매슈스를 괴롭혀 초래한 비극적 결말이 뭐라고 설명하기 힘든 메리 메리다운의 흉측한 가면에 마지막 공포의 흔적을 더한 것이 분명했다. 샘은 몸서리쳤다. 샘도 저렇게 변할 수 있었다. 하이드 프로젝트의 가상 고문 광장에서 단 며칠만 더 보냈더라도 샘의 영혼은 완전한 어둠으로 기울었을 것이다.

"너도 알다시피 그 남자가 그 여자를 미치게 만들었어."

메리 메리다운은 기이하게 웅웅대는 목소리로 도린 안에 있던 두려움과 좌절을 털어놓았다.

"우리 엄마 말이야. 때리고 꼬집고 조롱하고 잔인한 말을 퍼붓는 사소한 괴롭히기 게임을 했어. 그 남자는 여자의 자존감과 품위를 앗아갔어. 오렌지 껍질을 벗기듯 쉽게 벗겨버렸지. 껍질이 벗겨져 진물이 흐르는 생살만 남을 때까지. 그 남자가 미치게 만들었어, 그래서 이제…."

낮게 비웃는 소리가 집 밖까지 울려 퍼졌다.

"내가 고대로 해줬지!"

인간을 흉내 내는 원숭이처럼 메리 메리다운은 안으로 한 걸음 물러서더니 들어오라고 손짓했다.

"더 이상 맞고 꼬집히지 않아. 그 남자에게도, 그 누구에게도."

마침내 먹구름 틈이 벌어지면서 은빛 번개가 치더니 요란하게 비가 내렸다. 저택 입구에 선 새로운 얼굴에도 빗물이 떨어졌다.

"어서 들어와. 이곳에 온 걸 진심으로 환영해."

그것이 이를 드러내며 씩 웃었다.

17
풀려난 하이드

"집을 어떻게 했는지 볼래?"

메리가 긴 팔을 넓게 벌리며 제자리에서 휙 돌아섰다. 동물 소리 같은 이상한 비웃음이 중세풍 거실에 울려 퍼졌다.

"아빠는 절대로 내가 방을 꾸미도록 허락하지 않았어. 그런데 이제 전보다는 지적질을 훨씬 덜 할 것 같아."

거실은 폐허가 됐다. 아름다운 계단은 산산조각나고, 난간은 불쏘시개처럼 뭉텅뭉텅 뜯겨 나가거나 박살이 났다. 도린의 아빠가 큰 자부심을 보인 유물들도 벽에서 뜯겨 나갔다. 조상들의 초상화는 불경한 말로 도배되어 있었다. 얌전하고 새침한 도린이 저런 욕설과 저주를 어떻게 알았나 싶을 정도였다. 커샌드라는 총을 들고서 앞으로 한 발 내디뎠다.

"우리가 도와줄게, 도린."

메리는 심하게 큰 머리를 한쪽으로 비스듬히 쳐들었다.

"그건 내 이름이 아냐, 멍청한 년아."

"커샌드라 말 들어. 이건 네가 아냐."

거실로 한 발 한 발 걸어가는 커샌드라의 뒤를 따르며 샘이 애원하듯 말했다.

"오, 아니, 나야."

메리는 미소를 지었다.

"아빠의 야망 때문에 옴짝달싹 못 하고 늘 아빠의 변덕에 고개 숙이던, 너희가 알던 그 작은 여자애, 그 여자애가 가짜였어. 그 아이의 자유로워진 영혼이 바로 나야."

"이건 자유가 아냐."

샘은 떨리는 손을 뻗었다.

"아직 거기 있는 거 알아, 도린. 그래야만 해."

샘과 커샌드라는 모습이 변한 도린에게 가까이 다가갔다. 쉴 새 없이 번갯불이 번쩍거린 덕에 충격적인 얼굴을 어느 정도 알아볼 수 있었다. 하지만 전체적인 모습은 여전히 제대로 설명하기가 불가능했다. 기대 이상의 성적을 거두던 여학생의 평범하고 수수한 얼굴은 사라졌다. 대신 잔뜩 부풀어 오른 머리에 탁하고 흐리멍덩한 파란 눈, 스펀지 같은 기다란 코가 헤엄을 치는 듯했다. 메리는 도린이 입던 치마와 낡을 대로 낡은 블라우스를 입고 있었다. 울퉁불퉁한 근육질 몸에 옷이 꽉 끼었다.

"소설을 더 자세히 읽었어야지, 샘. 하이드가 이겨. 지킬은 약해!"

메리가 코웃음 쳤다.

"준비해."

커샌드라가 속삭이고는 권총을 들어 올렸다.

"도린은 이제 더 이상 없어. 갠 약해빠졌으니까!"

메리가 샘과 커샌드라에게 내뱉듯이 말을 했다. 소리를 내지르면서 메리가 돌진하는 순간, 날카롭게 찌르는 듯한 번갯불이 세 번 연속 번쩍였다. 분노에 미쳐 날뛰는 팔다리가 보였다. 무릎은 굽고 털이 북슬북슬한 팔은 바닥에 거의 끌릴 정도였다. 딸이 변하는 공포의 순간을 직접 보도록 아빠를 묶어놓았을 게 분명한 육중한 의자에 다다랐을 때였다. 번쩍번쩍 광이 나는 바닥을 맨발로 걷던 메리가 미끄러졌다. 순간적으로 균형을 잃은 메리를 향해 커샌드라는 총을 겨누었다. 샘은 거리를 가늠하는 불꽃 소녀의 손과 흔들림 없는 눈을 바라봤다. 그때 작은 권총에서 천둥소리 같은 총성이 울렸다.

메리가 신음 소리를 냈다. 피가 번지자 메리는 커다란 손을 치켜올려 오른쪽 어깨를 감싸 쥐었다. 이전의 도린이었다면 충격으로 나가떨어지고도 남았을 테지만, 메리가 말했듯이 도린은 이제 없었다.

"대가를 치르게 될 거야. 감히 날 죽이려 들어?"

메리가 그르렁댔다.

"죽이려고 작정했다면 넌 이미 죽었을 거야. 가만히 있어. 도와줄 사람들이 오는 중이니까."

커샌드라가 다시 총을 겨누며 말했다.

"도와줘? 도움이 필요한 건 너야!"

메리가 달려들었다. 발밑에서 마룻장이 마구 흔들렸다. 커샌드라는 또다시 방아쇠를 당겼다. 천둥소리 대신 총에서 초라하게 찰칵 소리가 났다. 권총이 말을 듣지 않았다. 샘이 손으로 차가운 총의 감촉을 채 느끼기도 전에 거울의 마법으로 탄생한 생명체가 두 사람 바로 앞에 와 있었다. 샘은 턱을 세게 한 대 맞았다. 이에서 딱 소리가 나더니 바닥에 나가 떨어졌다. 부서진 중세 시대 갑옷 틈에 나동그라진 샘은 일어서려고 했지만 방향 감각을 잃고 비틀거렸다. 무릎을 꿇는 게 최선이었다. 샘은 이 정도로 골이 흔들리는 경험을 해본 적이 없었다. 아빠가….

'사랑.'

샘은 머리를 좌우로 세차게 흔들어 글씨를 털어내려고 애썼다. 하지만 마치 눈알에 새긴 것처럼 글자가 맴돌았다. 글자 너머로 메리가 커샌드라의 목을 움켜잡고서 느릿느릿 한쪽으로 내던지는 게 보였다. 불꽃 소녀는 벽에 부딪혔다가 딱딱한 바닥으로 나동그라졌다. 놀랍게도 커샌드라는 손에서 총을 놓지 않았다. 붕 떠서 공중을 날아가는 동안 총을 떨어뜨린 사실을 깨달은 샘은 갑자기 부끄러워졌다.

'증오.'

승리감에 취한 메리는 쓰러진 적 주변을 한 바퀴 빙 돌았다. 커샌드라가 권총을 들어 올리려 하자 메리가 황급히 달려들었다.

"너같이 예쁜 것들은 도린이 볼품없고 촌스럽다며 비웃었지."

메리는 커샌드라의 배를 힘껏 걷어찼다. 불꽃 소녀가 신음했다.

"이젠 웃음이 안 나오지?"

메리는 몸을 굽혀 부서진 난간 조각을 집어 들었다. 여전히 무릎을 꿇은 채 비틀거리던 샘은 그게 계단 밑에 있던 굵은 기둥이라는 사실을 알아챘다.

"아름다움은 피상적이라고들 하지. 그 말이 사실인지 아닌지 한번 볼까?"

메리는 기둥을 머리 위로 들어 올렸다. 커샌드라는 두 눈을 질끈 감았다. 빗방울이 창문을 후려쳤다. 천둥소리가 쿠쿠쿠쿵 울렸다. 총에서 빛이 반짝였다.

"그만둬!"

메리가 샘을 향해 몸을 돌렸다.

"그 작은 장난감으로 뭘 하려는 거야?"

샘의 권총이 손안에서 덜덜 떨렸다.

"걜 놔줘. 안 그러면… 안 그러면 쏠 거야."

"오, 샘. 내가 왜 네 협박을 진지하게 받아들여야 해? 다들 네 사연을 알아. 그때는 엄마를 구하지 못했고, 지금은 여자 친구를 구할 수 없어. 넌 거―거―겁쟁이니까."

분노가 펄떡였다. 힘줄이 뻣뻣해지면서 몸의 떨림이 가라앉았다. 새로운 종류의 분노였다. 손에서 느껴지는 총의 감촉만큼이나 차갑고 냉정하게 표적을 향해 총을 겨눴다. 샘은 언제나 '그분'을 아빠의 일촉즉발 분노와 연관 지었다. 하지만 이번엔 달랐다.

"물러서. 안 그러면 쓰러뜨릴 거야."

샘은 평소와 다름없는 어조로 말했다. 풍선처럼 부풀어 오른 끔찍한 머리가 샘을 돌아봤다.

"너 진짜 웃긴다, 새미!"

"그렇게 부르지 마. 그 이름은 그 여자…."

번갯불이 번쩍하자 커샌드라의 초록색 눈동자가 그 어느 때보다도 밝게 빛났다. 두 눈에는 메시지가, 애원하는 메시지가 담겨 있었다. 하지만 '그분'은 그것을 미처 알아보지 못했다.

"새미, 새미, 새미."

메리는 커샌드라의 머리 주위를 껑충거리며 뛰었다. 묵직하게 내딛는 한 발 한 발이 불꽃 소녀의 머리통을 박살 내고도 남을 정도였다.

"고아 새미, 길 잃은 소년 새미, 마법의 거울을 들여다보고 야수 본능을 마주하지도 못하는 겁쟁이 새미."

흐리멍덩한 파란색 눈동자가 갑자기 또렷해졌다. 메리는 계단 기둥을 다시 들어 올렸다.

"배짱이 있으면 쏴보라지. 안 쏘면 피투성이가 된 채로 끝날 테니까, 너희 둘 모두를 위해서."

"아니, 모두를 위해서야."

샘은 방아쇠를 당겼다. 목표물을 크게 빗나간 총알이 식당 문의 아

름다운 스테인드글라스를 산산조각냈다. 알록달록한 유리 파편이 메리와 커샌드라 위로 후드득 떨어져 내렸다. 거실 창문을 통해 들어온 빛이 폭발하면서 우박처럼 쏟아지는 유리 조각이 눈부시게 반짝였다. 처음엔 또 번개가 친 거라고 생각했다. 하지만 엔진 소리가 들리는 걸로 봐서 번갯불이 아니었다. 자동차 문을 세게 닫는 소리가 들리고 곧이어 자갈 밟는 소리가 들렸다. 그사이에 메리 메리다운은 커다란 손으로 목을 긁으면서 비틀비틀 부서진 계단 쪽으로 갔다. 커샌드라는 앞으로 구른 뒤 미끄러지듯 기어서 기형적으로 변한 공격자에게서 도망쳤다. 샘은 총을 떨구고 커샌드라를 도우러 달려갔다.

"괜찮아?"

"난 살아남을 거야."

"그 말 티셔츠에다가 새겨 넣자. 메리는 어때?"

샘은 숨을 헐떡거리면서 물었다.

메리는 목에 박힌 유리 조각 때문에 고통으로 온몸을 비틀고 있었다. 커샌드라가 대답하기도 전에 떡갈나무 문이 벌컥 열리면서 군인들이 들이닥쳤다. 장갑과 헬멧, 팔다리와 몸을 보호하는 폭동 진압 복장이었다. 방금 전 하이드의 힘을 경험하지 못했더라면 샘은 총, 칼, 허리와 어깨에 두른 탄띠를 보고 지나치다고 생각했을지도 몰랐다. 지금은 군인들의 무장 준비가 반갑고 또 고마웠다.

스무 명 남짓한 군인들이 사방으로 흩어졌다. 방방마다 돌아다니면서 확인한 뒤 헬멧에 장착된 무전기에 대고 "이상 무!"를 외쳤다. 그러는 사이 덩치가 가장 큰 여섯 명이 계단에 있는 괴물을 향해 접근했다. 메리는 게슴츠레한 눈을 꼭 감은 채 가만히 누워 있었다.

"조심하세요."

"어쩌면…."

하지만 경고가 너무 늦었다. 회색 곰처럼 생긴 군인이 몸을 굽혀 메리의 맥박을 확인하려는 순간 거대한 주먹이 머리를 박살 내버렸다. 강화 소재로 만든 헬멧이 달걀 껍데기처럼 쩍 갈라졌다. 군인은 정신을 잃고 뒤로 넘어졌다. 치직치직 소리가 나더니 무전이 들려왔다.

"대원이 쓰러졌다! 공격 개시!"

총의 안전장치가 풀리는 소리가 울려 퍼졌다. 마치 아주 작은 뼈를 따닥 부러뜨리는 듯한 소리였다. 시커먼 몸들이 끝도 없이 밀려들어와 마구 흔들리는 메리를 에워쌌다.

샘과 커샌드라는 계단 옆 군인들을 향해 전속력으로 달렸다. 부서진 난간 사이로 총에서 나온 빨간 레이저가 메리의 몸에 떠다녔다. 유리 조각은 아직 목에 박혀 있었다. 메리가 갑자기 움직이자 상처에서 또다시 피가 솟구쳤다. 이빨을 드러낸 채 으르렁거리면서 메리는 위협적인 손짓으로 허공을 움켜잡으며 일어서려고 안간힘을 썼다. 유일하게 총을 들지 않은 군의관이 쓰러진 전우를 향해 걸어갔다.

"플래너건이 죽었습니다! 두개골이 함몰됐습니다!"

군의관이 소리쳤다. 샘은 군인들의 몸이 뻣뻣해지는 것을 알아차렸다. 방아쇠에 닿은 손가락들이 긴장했다.

"침착해! 우리가 여기 온 건 오직 목표물을 찾아내기 위해서다."

중심에 선 남자가 말했다.

"하지만 중사님, 저 여자아이는 플래너건을 죽였습니다!"

"여자애가 아니에요! 사람이 아니라구요. 저건 인간이 아니란 말입니다."

또 다른 목소리가 외쳤다.

"그러니까 이건 살인이 아닙니다."

군인 하나가 앞으로 걸어 나가더니 그르렁대는 메리의 얼굴에 거칠게 총부리를 들이밀었다.

"물러서, 이등병. 우린 명령을 따라야 해."

중사가 저지했다.

"외람된 말씀입니다만, 중사님, 그 명령은 군인이 아니라 민간인들이 내린 겁니다. 그 사람들은 이것들이 지나가면서 남긴 살육의 흔적을 보지 못했습니다."

"그 사람들은 밤낮으로 이것들을 지키지 않아도 되지 않습니까."

또 다른 목소리가 터져 나왔다.

"맙소사, 제 심장을 찢어발겨 삼킬 듯 쳐다본단 말입니다!"

"그것들을 쓰러뜨려야 합니다!"

메리의 얼굴에 총구를 들이댄 군인이 소리쳤다.

샘은 기회를 노렸다. 조심조심 손을 뻗어 군인의 허리띠에 달린 전기 충격기를 끌러냈다. 커샌드라가 알겠다는 신호로 고개를 끄덕인 뒤 거실 한구석으로 뛰어가 새된 소리로 비명을 내질렀다. 확실히 잘 훈련된 군인들이어선지 대부분 속지 않았다. 그렇기는 해도 동요가 일면서 군인들 사이에 틈이 생겼다.

군인들이 잡으려 했지만 샘은 장갑 낀 손을 요리조리 피하며 계단 까지 갔다. 메리에게 총을 겨눈 군인의 얼굴 가리개가 탁 소리가 나면 서 돌아갔다. 엷게 색이 들어간 플라스틱을 통해 보이는 매서운 눈이 찌푸려졌다. 샘은 머뭇거리지 않았다. 군인이 든 총과 탄약통 밖으로 길게 늘어진 탐색자를 내리누르면서 메리 메리다운의 가슴에 전기 충격기를 갖다 댔다. 5만 볼트 전류가 육중한 몸을 관통하자 입에 거 품을 물고 몸이 발꿈치 쪽으로 동그랗게 말렸다.

"그쯤 해둬."

중사가 앞으로 다가와서는 전기 충격기를 가져갔다. 강력한 전류가 사라지자 메리는 몽롱한 상태로 신음했다. 커샌드라는 군인들을 팔꿈 치로 헤치고 나아가 대장 앞에 섰다.

"헬멧 벗어요."

커샌드라의 말에 중사가 순순히 헬멧을 벗었다. 햇볕에 그을린 얼 굴에 흉터가 드러났다.

"주술사 다크샤타 싱 양에게 고용된 올라프 맨코비츠 중사님이죠? 중사님, 아이들을 생포하도록 도우라는 명령을 받았잖아요."

커샌드라는 용병들을 죽 훑으며 말을 이었다.

"아이들 말이에요, 여러분."

"이것들은 아이들이 아니야!"

메리 메리다운을 끝장내는 데만 정신이 팔린 군인이 내뱉었다.

"복잡하게 생각할 것 없어. 살인자들이야."

"이 친구 데려가."

맨코비츠 중사가 명령했다.

"그럴 필요 없습니다. 관두겠습니다."

군인은 총을 내던지고는 당당하게 문을 향해 걸어갔다. 커샌드라를 쳐다보던 맨코비츠 중사가 마지못해 고개를 끄덕이자 군인 셋이 탈영병을 쫓아갔다. 정원을 두드리는 빗소리 위로 옥신각신 실랑이를 벌이는 소리가 나더니 군인을 트럭에 밀어넣는 소리가 들렸다.

"말이 새 나가는 위험을 그냥 둘 수는 없어. 드리치에 반대하는 적들과 의논했는데 우리를 기꺼이 돕겠대. 소탕 작전 얘기가 판타즈마고리움에 들어가면 드리치가 경계할 거야."

커샌드라가 샘에게 설명했다.

"그래서 하이드들과 탈영병들을 눈에 띄지 않는 곳에 숨겨둘 거란 말이야? 언제까지?"

"거울을 되찾을 때까지. 어쩌면 거울의 힘을 뒤바꿀 방법을 찾아낼 때까지."

"그냥 거울을 깨부수면 안 돼?"

"어쩐지 내 생각엔 그게 그렇게 쉬울 것 같지 않아."

"그럼 그동안 포로들은 어디에 숨겨둘 건데?"

"그건 기밀이야."

맨코비츠 중사가 끼어들었다.

"이분은 우리 편이야."

커샌드라가 말했다.

"내가 말했듯이 샘, 주술계에는 에드거 드리치에게 원한을 품은 사람들이 많아. 싱 양처럼 부유한 주술사들이 사병을 보내주고 비밀 감금 시설도 내줬어. 하이드들은 우리가 처리 방법을 알아낼 때까지 그 시설에서 관리할 거야."

그 사이 군의관이 메리의 목에서 유리 파편을 빼낸 뒤 벌어진 상처에 붕대를 감았다. 피를 보자 샘은 나무 터널에 두고 온 도린의 아빠가 떠올랐다. 샘은 맨코비츠 중사에게 래클랜드 씨를 봤는지 물었다.

"병원으로 보냈어."

맨코비츠 중사가 고개를 끄덕였다.

"그 사람을 붙들고 있어봐야 소용없으니까. 밸푸어에서 들려오는 소식은 이미 딴 세상 얘기가 아니거든. 부하들이 응급실에 내려놓을 때까지도 의식이 없었지만 곧 깨어날 거야. 우리도 서둘러야 해."

맨코비츠 중사가 손짓하자 꽁꽁 묶인 메리가 거실 밖으로 들려 나갔다. 샘과 커샌드라, 맨코비츠 중사가 그 뒤를 따랐다. 메리는 정원에 세워둔 검은색 승합차 네 대 가운데 한 대로 옮겨졌다.

"진입로에서 너희들이 타고 온 차를 봤어."

맨코비츠 중사가 걸걸한 목소리로 말하면서 승합차 뒷문을 쾅 닫았

다. 메리를 실은 승합차는 속도를 내 나무 터널 쪽으로 달렸다.

"작지만 멋진 오픈카더군. 하지만 열여덟 살짜리가 타기엔 너무 눈에 띄는 차가 아닌가 싶어. 아무거나 타고 다니면 안 돼."

맨코비츠 중사는 자동차 열쇠를 커샌드라에게 건네며 한마디 했다.

"메르세데스를 세워둔 곳에 있을 거야."

맨코비츠 중사의 부하들이 승합차 세 대에 빼곡히 타고서 부대장을 기다리고 있었다.

"이제 어디로 가나요, 중사님?"

커샌드라가 물었다.

"에든버러. 뉴스를 봤는지 모르겠다만 거기서 스무 명 남짓 아이들이 사라졌어. 지금까지 여덟 명이 죽었지."

"아시겠지만 여기에도 아직 하이드일 가능성이 있는 아이가 두 명 있어요. 걔들이 그 거울과 접촉하게 되면 도와주러 올 수 있어요?"

"내 전화번호 알지? 가능하다면 가마. 그 아이들이 피투성이 거울을 아예 들여다보지 못하게 막으면 더 좋고. 행운을 빈다."

맨코비츠 중사는 어깨를 으쓱하고는 운전석에 간신히 올라탔다. 용병들은 요란한 자갈 소리를 내며 사라졌다. 샘은 래클랜드 저택을 돌아봤다. 너무 놀라 저절로 벌어진 입처럼 커다란 문이 쩍 벌어져 있었다. 17년 동안 저택은 고통받는 아이를 가두고 있었다. 도린이 좌절과 분노를 숨기고 가둔 것처럼.

"유리 조각은 순전히 운이 좋았던 거야."

샘이 웅얼거렸다.

"농담하지 마. 천만다행인 경고 사격이었어!"

커샌드라가 웃었다.

"경고 사격이 아니었어. 난⋯."

샘은 약하게 비를 뿌리는 하늘을 쳐다봤다. 아주 짧은 그 순간에 무슨 생각을 했는지 정확히 기억나지는 않았다. 커샌드라에 대한 걱정과 두려움이 억눌린 분노와 충돌했다.

"걜 죽이고 싶었던 것 같아."

"하지만 그러지 않았잖아."

"그건 내가 총 쏘는 데 서툴렀기 때문이야."

커샌드라는 샘의 얼굴을 소나기구름에서 떼어놓은 뒤 억지로 자기를 쳐다보게 했다.

"메리는 운동장만큼 넓은 곳에 있었어. 넌 아주 가까이 손 닿는 거리에 있었고. 네 눈이 초점을 맞추는 걸 봤어, 새미. 진짜 걜 죽일 마음이었다면 그렇게 했을 거야. 네가 쏜 건 경고 사격이었어, 알겠니?"

샘은 그렇게 믿고 싶었다. 하지만 커샌드라의 말은 여전히 공허하게 느껴졌다.

"응, 알았어."

"좋아. 이젠 다른 친구들을 보러 가는 게 좋겠다."

18

털어놓은 비밀, 털어놓지 않은 비밀

샘과 커샌드라가 도착했을 때 마틴 길버트네 집은 어둠에 잠겨 있었다. 문을 두드려도 아무 대답이 없자 커샌드라는 한 발 뒤로 물러서서 휴대폰을 확인했다.

"추적 장치를 보면 마틴이 거울에 접근했다는 증거는 전혀 없어. 내일 학교에 나타나는지 두고 봐야 알 것 같아."

두 사람은 차로 걸어갔다. 맨코비츠 중사의 부하들이 두고 간 포드 몬데오 자동차는 확실히 눈에 잘 띄지 않았다.

샘은 마틴네 동네를 빠져나가 남쪽 교외로 가는 길을 안내했다. 파티 때문에 한두 번 찰리네 집에 간 적이 있었다. 친구를 사귄다고 코라를 안심시키려는 일상적인 활동 같은 거였다. 성격이 느긋한 찰리와는 그리 어렵지 않게 잘 지낼 수 있었다. 사실 찰리를 프로젝트에 끌어들인 것은 무척 의외였다. 도린, 마틴, 샘은 누가 봐도 확실한 변신 후보였다. 억눌린 좌절감이 너무도 뚜렷하고 분명해서 이상적인 거울의 재료로 선별하는 데 드리치의 초능력이 거의 필요 없을 정도였다. 하지만 찰리는 달랐다. 하키 팀 주장은 경기장에서는 공격적이지만 무척이나 느긋하고 평온해서 잔잔한 수평선 같았다.

얼마 안 있어 부유한 미도우즈 마을에 들어섰다. 샘과 커샌드라는 무성한 나무가 있는 막다른 골목으로 차를 몰았다. 조용한 길 끝에 현대적인 저택이 나타났다. 반짝이는 기하학 퍼즐을 붙여놓은 듯한 건물은 보기 흉한 콘크리트를 걷어낸 블러프스 같았다. 커샌드라가 거대한 정문 밖에 차를 세우는 동안 샘이 찰리에게 전화를 걸었다.

"여—어보세요."

잠에 취한 목소리가 들렸다.

"찰리, 우리 얘기 좀 해. 지금 당장."

"샘이니?"

"어. 대문 앞인데 나올 수 있어?"

"여기 왔어? 알았어. 당연히 나가야지."

샘은 고개를 끄덕이고는 커샌드라와 함께 차에서 내렸다. 폭풍우가 휩쓸고 지나간 뒤 펼쳐진 밤하늘의 별빛이 인도에 고인 물웅덩이에 비쳤다. 도시를 뒤덮은 매캐한 안개에 별빛이 일그러졌다.

"벌써 월요일 아침이야. 좋건 나쁘건 간에 앞으로 48시간 안에는 모든 게 끝나겠지. 우리가 결정할 일은 아닌 것 같지만."

샘은 다친 손에서 무지근한 통증을 느꼈다. 커샌드라는 인상을 썼다.

JEKYLL'S
MIЯROR
지킬의 거울

"무슨 뜻이야?"

"맨코비츠 중사 같은 사람들이 뛰어들었으니 판타즈마고리움에 가서 거울을 훔쳐오는 건 그 사람들이 할 일 같아서…."

커샌드라는 고개를 저었다.

"맨코비츠 중사 같은 사람들은 돈 많은 마법사나 주술사가 고용한 용병이야. 이번 합동 작전은 아무 때고 깨지기 십상인 상태로 굴러가고 있어. 시간과 군대, 돈을 댄 사람들을 하나로 묶은 건 딱 한가지야. 에드거 드리치를 증오한다는 것. 하지만 속으면 안 돼. 그들도 위험하긴 마찬가지거든. 일단 작전이 끝나면 다들 더러운 손을 거울에 갖다 대려고 혈안이 될 거야. 게다가 그게 다가 아니야."

"또 뭔데?"

"연락하며 지내는 믿을 만한 심령술사가 있는데 그 사람 말이…."

커샌드라가 양손을 비틀자 팔에 그려진 뱀도 같이 온몸을 비틀었다.

"샘, 너 자신을 위해 이 일을 끝까지 해내야 한댔어."

"그게 무슨 말이야?"

"나도 몰라. 심령술사도 더는 말해주지 않았어."

"왜? 신비주의를 즐기는 사람이라서?"

샘이 신경질적으로 웃었다.

"아냐. 미래를 예언하는 건 어려운 일이야, 심지어 심령술사라 해도 말이야. 그 심령술사는 이 말만 할 수 있다고 했어. 모든 징조가 한결같이 암시하기를, 막이 내린 뒤 관객의 박수를 받으면서 무대로 나갈 때 네가 그곳에 있어야 한다는 거야. 그렇지 않으면….”

"않으면?"

"너한테 끔찍한 일이 생긴대."

커샌드라는 심호흡을 했다.

"샘, 넌 예언 같은 건 안 믿을지도 모르겠지만 난 믿어. 그리고 이번 예언은 겁이 나."

"내 걱정은 할 필요 없어. 난 살아남을 테니까, 늘 그랬듯이."

샘이 중얼거렸다. 불꽃 소녀의 눈은 웃지 않았지만 입가에 미소가 번졌다.

"인생은 살아남는 게 다가 아니야, 새미."

그때 등 뒤에서 대문이 자동으로 철커덕 열렸다. 잠옷 바지에 펜들턴 흑표범 유니폼 차림인 찰리가 맨발로 진입로를 가뿐하게 뛰어 내려왔다. 풀백 선수인 찰리는 놀랄 정도로 단숨에 코앞까지 달려와 근육질 팔로 샘을 와락 껴안았다.

"자식, 반갑다. 한밤중이긴 해도!"

숨이 막혀 버둥거리던 샘은 겨우겨우 억센 포옹에서 빠져나왔다. 찰리는 기적적으로 예전 모습을 되찾은 듯 보였다. 뭔가에 홀린 듯한 눈은 사라지고 전염성 강한 미소와 건강한 장밋빛 뺨이 되돌아왔다.

"또 보니 반갑다."

찰리는 커샌드라의 손을 잡고 빙글빙글 돌며 활짝 웃었다.

"지난 번에 내가 좀 이상하게 굴었다면 미안해. 하지만 이젠 괜찮아졌어. 샘 네 덕이야."

"무슨 소리야?"

샘은 찰리를 진정시키기 위해 어깨에 손을 올리며 물었다.

"찰리, 무슨 일이 있었는지 얘기해줘."

"음, 어제 네가 우리 셋한테 이상한 얘기를 해준 뒤였어."

찰리의 눈동자에서 빛이 사그라지더니 시선이 땅으로 떨어졌다.

"네 말이 맞았어, 샘. 딴 애들은 어떤지 확실히 모르겠지만 난 하이드 프로그램에서 보낸 메시지들이 진짜 사람들한테 가고 있다는 사실을 알았어. 전에는 한 번도 누구를 괴롭힌 적이 없었는데…."

"알아. 넌 마음씨가 착하잖아, 찰리."

샘은 찰리의 팔을 꽉 움켜쥐었다. 찰리는 고개를 저었다.

"어떤 글은 내가 썼다는 게 믿어지지 않을 정도야. 그 프로그램은 수년간 차곡차곡 쌓아올린 분노를 모조리 찾아내서 터뜨리는 도구였던 것 같아. 잔혹한 행동이 얼마나 유혹적인지 넌 몰라."

"아냐, 나도 알 것 같아."

샘의 마음속에서 또다시 수치스러운 불꽃이 고개를 들었다. 샘은 찰리 리들리가 집이라고 부르는 유리 저택을 훑어봤다.

"하지만 너 같은 애가 분노할 만한 일이 뭐가 있어? 학교에서 가장 인기 있는 데다 이렇게 멋진 집에서 누리며 사는데."

"난 그럴 만한 사람이 아니거든."

찰리는 한숨을 푹 내쉬었다.

"진짜 모습을 절대 보이지 않고 가식적으로 연기하면서 사는 게 오랫동안 괴로웠어. 속내를 드러내지 않고 거짓되게 살면, 부정직한 데서 생겨난 분노가 점점 커져. 마치 암세포처럼. 그 프로그램은 똑같은 가면을 쓴 채로 분노를 표출하게 해줬지. 그런데 어제 네 얘기를 듣고 그만둬야 한다는 걸 깨달았어. 네 말이 맞아. 그 프로그램은 뭔가 잘못됐어. 하지만 그보다 더 나쁜 건 내가 인생을 살아가는 방식이었어. 하이드 프로젝트의 손아귀에서 벗어나려면 나를 마주 봐야 했어. 그래서 부모님께 말씀드렸지."

"뭘?"

찰리는 어깨를 으쓱하면서 말했다.

"내가 게이라고."

"뭐?"

샘은 놀라서 입이 떡 벌어졌다.

"하지만…, 하지만 그 여자애들, 그…."

"걔네들은 내 가면이었어. 말하기 창피하지만 이용한 거지. 전혀 상관없는 사람들에게 내 분노를 돌리려고 그 프로그램을 이용한 것처럼. 그런 끔찍한 말들을 쏟아낸 건 내가 게이라서가 아니야. 스스로 솔직하지 못한 데서 나온 분노 때문이었어. 부모님께 얘기하자마자 분노가 싹 사라지더라."

찰리는 손가락 두 개로 딱 소리를 내고는 한마디 덧붙였다.

"다시는 하이드 프로젝트 근처에도 가고 싶지 않아."

JEKYLL'S
MIЯROR
지킬의 거울

"부모님은?"

"그게 가장 이상해! 두 분이 어떻게 나오실지가 제일 겁났거든. 우리 아빠는 진짜 남자 중의 남자야. 그런데 두 분 다 정말로 담담하게 받아들이시더라."

"정말 잘됐다, 찰리."

커샌드라가 미소를 지으며 말했다.

"그러니까 말이야."

찰리도 한층 더 소리 높여 웃으며 샘 쪽으로 몸을 돌렸다.

"네가 새벽 1시에 왜 여기 나타났는지는 모르겠지만, 고맙다는 말을 꼭 하고 싶었어. 힘들고 불편한 내 모습을 인정하고 받아들이게 만든 건 바로 너였어."

찰리는 커다란 몸으로 샘을 안았다.

"살면서 처음으로 나는 나야."

샘도 두 팔을 뻗어 찰리를 안았다. 샘은 지금 자기가 보기 드물게 진심에서 우러난 진짜 미소를 짓고 있다는 걸 깨달았다. 잠시 뒤 포옹을 푼 찰리가 하품을 하면서 기지개를 켰다.

"너희 둘 다 내일 밤에 올 거지?"

찰리가 물었다.

"하키 팀 녀석들이 파티 주제를 '커밍아웃 파티'로 바꾸라는데, 아무튼 재미있을 거야."

"잘 모르겠어. 커샌드라랑 같이⋯."

샘이 얘기하는데 커샌드라가 불쑥 끼어들었다.

"당연히 가야지. 꼭 갈게."

찰리와 샘, 커샌드라는 다 같이 차까지 걸어갔다. 찰리는 커다란 발로 인도에 고인 물웅덩이를 걷어찼다.

"왜 왔는지 아직 말 안 했어, 너."

샘과 커샌드라가 몬데오에 올라타자 찰리가 나직히 물었다.

"도린이랑 마틴한테 무슨 일 있어?"

"왜 그런 말을 해?"

"셜록 홈스가 아니라도 그 정도는 알 수 있어."

무릎을 굽혀 키를 낮춘 찰리가 조수석 창문으로 머리를 들이밀었다.

"그 프로그램과 관련해서 뭔가 이상한 일이 일어났어. 우린 점점 변했지. 성격이 못되고 비열해진 것뿐만 아니라 몸도 변했어. 마치 생명을 빨아먹는 것 같았어. 그런데 지금 너희 둘이 여기까지 와서 내가 괜찮은지 확인하고 있으니 무슨 일이 생긴 게 틀림없어."

"도린이야."

커샌드라가 괜찮다는 뜻으로 고개를 끄덕이자 샘이 말했다.

"내일이면 도린이 사라지고 걔네 아빠가 공격당했다는 소식을 듣게 될 거야. 도린은 괜찮을 거야, 장담해. 하지만 우선 당분간은 하이드 프로젝트와 관련해서 네가 아는 걸 비밀로 해야 해."

"넌 우리가 실험 대상으로 이용되고 있다고 얘기했어. 그 프로그램을 만든 사람이 크레일 선생님이 아니라면서. 샘, 무슨 일이야?"

찰리가 물었다.

"얘기 못 해. 앞으로 48시간 동안은 제발 조용히 있어줘. 그다음에는 경찰에 알려도 좋아."

커샌드라가 부탁했다.

"알았어. 그런데 곰팡이 녀석은 어때?"

찰리가 한숨을 쉬며 물었다.

"걔네 집에 가봤는데 아무도 없더라."

"아버지랑 단둘이 사는데 아버지는 야간 근무를 하시거든. 아침에 내가 들를게."

찰리가 고개를 끄덕이며 말했다.

"아냐. 그 녀석은 우리한테 맡겨줘."

샘의 말투가 저도 모르게 단호한 명령조로 바뀌었다. 커샌드라가 시동을 걸자 찰리가 차 안으로 손을 뻗어 샘의 어깨를 꽉 잡았다.

"이 프로젝트를 위해 선택된 사람이 우리 셋만은 아니잖아. 너도 명단에 있었지. 그냥 너한테 이 말을 하고 싶어. 네가 뭘 마주하건 계속 앞으로 가면서 그걸 직시하고 받아들여. 그럼 널 상처 입히던 그 힘이 곧바로 사라질 거야. 행운을 빈다, 친구."

막다른 골목을 돌아 나올 때 샘은 찰리네 집 옆 나무에 사람이 숨어 있는 걸 본 것도 같았다. 순식간에 휙 지나가긴 했지만 어둠 속에 희미한 형체가 있었던 것 같은 느낌이었다. 커샌드라에게 얘기해야 하는지도 모른다. 하지만 찰리의 말이 메아리처럼 반복되면서 머릿속을 빙빙 돌았다. 찰리는 좌절감의 근원을 마주하고 받아들여 더 강하고 행복한 모습으로 나타났다. 이제 더 이상 하이드 프로젝트를 통해서 어둠을 표출할 필요가 없어졌다. 좋다. 찰리가 게이라고 밝힌 것은 잘한 일이었다. 하지만 '그분'은 좋은 면이 없는, 받아들일 수 없는 얼굴이자 이해할 수 없는 근원이었다. 심장을 잘라낸 채로 살 수 없듯이 '그분'을 세상에 내보일 수는 없었다.

도시의 불빛이 흐릿하게 스쳐 지나갔다. 샘은 블러프스의 어두운 그림자 밑에서 위를 올려다봤다.

"이제 어떡할 거야?"

샘이 물었다.

"내 작은 비밀 은신처로 돌아가야지. 아침에 보자."

커샌드라가 말했다.

"잠깐만."

샘이 손을 뻗어 운전대 위에 놓인 커샌드라의 손을 잡았다.

"먼젓번에 그 거울을 되찾아오는 사람은 우리가 되어야 한다고 말했잖아. 어, 우리가 하는 게 더 나을 것 같아. 네가 말한 예언 같은 걸 믿어야 할지는 잘 모르겠어. 하지만 뭔가 하긴 해야 하니까. 도린을 저대로 내버려둘 수는 없어. 그 거울에 답이 있다면, 나도 낄래."

커샌드라는 샘에게 입을 맞췄다. 이번엔 가벼운 입맞춤이 아니라 진한 키스였다. 조심스레 커샌드라의 팔에 그려진 뱀을 따라 움직이던 샘의 손가락이 불처럼 타오르는 머리카락 속에서 길을 잃었다. 분

JEKYLL'S
MIRROR
지킬의 거울

노가 그토록 멀리 물러간 적은 처음이었다.

"미안. 이러면 안 돼."

커샌드라가 급하게 숨을 몰아쉬며 몸을 뗐다.

"커샌…."

"안 돼. 우린 서로에게 솔직하지 않았잖아, 샘. 이 일은 너무나도 중요해. 우리 감정이 방해가 되어서는 곤란해. 내일 보자."

샘은 몬데오에서 내린 뒤 커샌드라가 차를 몰고 떠나는 모습을 조용히 지켜봤다. 모든 일이 순식간에 일어나 커샌드라가 무슨 말을 했는지 이해할 여유조차 없었다. 마당을 가로질러 들어가 엘리베이터를 기다리는 동안, 샘은 있는 힘을 다해 커샌드라의 말을 이해하려고 했다. 샘이 거짓된 삶을 살고 있다는 사실을 커샌드라도 알아야 했다. 가면을 쓰고 살지 않았다면 왜 하이드 프로젝트에 뽑혔겠는가? 그렇다면 커샌드라 역시 샘에게 정직하지 않았다는 뜻이 아닐까?

엘리베이터에서 내린 샘은 주머니에서 집 열쇠를 꺼냈다. 막 열쇠를 꽂으려던 순간, 샘은 그대로 얼어붙고 말았다. 인터넷에서 찾아낸 그 사진, 커샌드라 가족의 살인 사건을 다룬 기사 속 사진이 머릿속에서 깜박거렸다. 파파라치의 카메라 렌즈를 돌아보던 아름답고 연약한 여자아이. 뭔가 잘못됐다. 진실인 동시에 거짓인 뭔가가….

3113호 문이 활짝 열렸다.

"어디 갔다 왔니?"

코라가 뺨에 흐른 눈물을 털어내며 손으로 문설주를 탁 쳤다.

"어디— 갔다— 왔냐고!"

"저…."

"들어와. 당장."

등 뒤에 선 코라에게서 노기가 느껴졌다. 단 한 번도 본 적이 없는 모습이라 더더욱 무서웠다. 라이어널은 의기양양한 얼굴로 소파에 앉아 쿠션을 쓰다듬고 있었다. 『이상한 나라의 앨리스』에 나오는 체셔 고양이 같았다. 코라가 문에 계속 서 있자 라이어널의 얼굴에 실망한 기색이 역력했다.

"나한테 솔직해야 해, 샘. 내 신세를 지고 있으니까."

'전 이모에게 훨씬, 훨씬 더 큰 신세를 졌죠.'

"노력할게요."

샘이 웅얼거렸다.

"깡패 조직에 들어갔니?"

"아뇨."

"마약 하니?"

"아뇨."

약이라니. 샘은 래리 선생이 처방한 우울증 약조차 먹지 않았다.

"치료는 계속 받으러 다니니?"

코라의 눈에 눈물이 맺히더니 이내 흘러내렸다.

"왜 안 가니?"

"아무 도움이 안 돼서요."

JEKYLL'S
MIЯROR
지킬의 거울

"이모부 때렸니? 아냐? 민 건 맞지? 그건 용납 못 할 일이야, 샘. 저 사람이 너한테 무슨 말을 했건 간에 말이야."

"코라! 난 한 번도 저 녀석에게 도발한 적 없어."

라이어널이 소리쳤다.

"입 닥쳐."

코라는 조카에게서 눈을 떼지 않은 채 라이어널에게 말했다.

"늦도록 집에 안 들어오고 밖에서 뭐 했니? 여자 친구 때문이니?"

"커샌드라 잘못이 아녜요."

"알았어. 그런데 라이어널이 상당히 말도 안 되는 트집을 잡는데, 진짜인지 아닌지 얘기해줬으면 좋겠다. 뉴스에 나온 그 카페 화재랑 관련된 게 있니?"

샘은 라이어널을 뚫어져라 쳐다봤다. 사건이 일어난 바로 다음 날 뉴스를 보면서 샘의 옷에서 탄내가 나던 것을 떠올린 게 분명했다.

"아무것도 몰라요."

"훔친 자동차에 대해서는 뭔가 알지도 모르겠네, 청렴결백 씨!"

라이어널이 잡아먹을 듯 말했다.

"애인이랑 아까 새 메르세데스 타고 가지 않았어? 내가 피해망상에 빠져서 상상한 건가?"

어떻게 하지? 뭐라고 얘기하지?

"맞아요, 그 차 타고 갔어요."

"거봐! 얘가 어떤 녀석인지 말해줘도 당신은 안 받아들였지!"

체서 고양이가 소파에서 벌떡 일어났다. 승리의 춤을 추기 위해 안간힘을 쓰는 것처럼 앙상한 두 다리가 팔딱거렸다.

"이젠 눈 똑바로 뜨고 이 아이의 됨됨이를 보라고."

"샘은 힘들었어. 얘가 겪은 일을 당했다면 누군들 안 그러겠어?"

코라가 쏘아붙였다.

"또 그 말이야? 늘 똑같이 몇 번이고 반복되지. 당신이 피가 철철 흐르는 심장을 부여잡고서 저기 앉아 있는 동안 저 녀석은 우리를 갈아서 먼지로 만들어버릴 거야. 난 더는 못 두고 봐. 여긴 내 집이니까 저 녀석에게 나가라고 말하겠어."

코라가 기신기신 일어서며 말했다.

"이 집은 내 집이기도 해. 그러니까 난 그대로 있으라고 할 거야."

"한심하긴! 당신은 언니를 구하지 못했다는 죄책감 때문에 조카에게 속죄하려는 거야. 당신 자신은 물론이고 우리 결혼 생활이 어떤 대가를 치르든 상관하지 않지. 나도 말이지, 저 녀석이 그걸 서서히 키우도록 손 놓고 있지는 않을 거야."

라이어널도 화난 목소리로 쏘아붙였다.

"뭘 키운다는 거예요? 목소리 말인가요?"

라이어널은 샘의 얼굴에 손가락질을 해댔다. 더러운 손톱이 샘의 두 눈 사이에 닿을 듯 말 듯 했다.

"전에 당신한테 말했잖아, 그게 이 녀석 안에 있다고. 이 녀석은 새뮤얼 스틸하우스야. 가면을 쓴 살인…. 크아아아악!"

하이드 프로젝트를 그만둔 뒤 안에서만 부글거리던 '그분'이 샘의 마음을 깨뜨리고 튀어나왔다. 다른 감각을 싹 밀어버린 채 시냅스를 작동시켜 양손 가득 힘을 내려보냈다. 라이어널의 목을 꽉 움켜쥔 손에서 어마어마한 진실이 느껴졌다. 라이어널이 쌕쌕거리는 소리도, 코라가 격렬하게 잡아당기는 것도 거의 자각하지 못했다.

불현듯 뭔가 잘못됐다는 생각이 들었다. 한순간 극도의 해방감과 비할 데 없는 완벽함 안에서 샘은 완벽함도, 해방감도 실감하지 못했다. 래리 선생에게 말하기를 거부한 그 비밀, 다른 누구보다도 샘 자신을 공포에 떨게 한 그 진실은 여전히 마음속에 갇혀 있었다. '그분'은 비밀에서 태어난 것일 뿐 그 자체가 비밀은 아니었다. 비로소 용기를 낸 샘은 비밀을 꽉 움켜쥐려 애썼다. 부서지기 쉬운 깨달음과 두려움이 라이어널의 앙상한 목과 손가락 사이로 스르륵 빠져나갔다. 빈 손을 뚫어져라 내려다보는 샘의 눈에 코라와 라이어널이 들어왔다. 두 사람은 바닥에 서로 꼭 붙어 있었다.

"죄송해요…."

'그분'이 마음속 원래 있던 곳으로 재빨리 되돌아갔다.

"이모부, 정말…."

"나가."

코라가 놀라면서도 비통한 눈으로 올려다보며 말했다.

"나가. 다시는 돌아오지 마."

19

기이한 고백

마당 벤치를 침대 삼아 누운 샘은 태양이 도시로 지독하게 뜨거운 시선을 던지는 모습을 지켜봤다. 새 아침, 새 인생. 블러프스는 이제 사라졌다. 안온한 일상이 완전히 망가졌다. 어쩌면 잘된 일인지도 모른다. 내일 밤 샘은 판타즈마고리움에 가야 한다.

운명의 그날, 샘과 커샌드라는 다시 돌아올 수 없을 지도 모른다. 그렇게 사라져 코라가 샘을 걱정하게 만드느니 지금 서로 다른 길을 가는 게 나았다. 그렇다고 해도 헤어지는 순간 벌어진 일에 죄책감을 떨쳐낼 수는 없었다. 침낭을 배낭에 묶으면서 샘은 기억을 더듬었다. 전갈의 독침에 쏘인 듯 분노에 사로잡혀 라이어널의 목을 두 손으로 움켜잡았다. 무엇이 '그분'을 자극했을까? 원인을 안다면, 분명하게 설명할 수 있다면, 어쩌면 하이드 프로젝트에서 분노를 표출할 일이 아예 없어질 수도 있다. 자유로워질 수도 있다.

고약한 냄새가 진동하는 공중화장실에 들어가 옷을 갈아입었다. 좁고 지저분한 화장실 안에서 옷을 벗고 입으려니 여간 조심스럽지 않았다. 옷이 질척하고 수상한 오물에 닿지 않도록 안간힘을 쓰면서 한 발로 껑충 뛰어 교복 바지를 꿰어 입었다. 담뱃재 때문에 누렇게 찌든 세면대에서 후딱 양치질을 한 뒤 서둘러 공원으로 돌아갔다. 매연으로 가득한 도시의 공기가 이렇게 달콤하기는 처음이었다.

배 속이 툴툴거리며 요동쳤다. 샘은 주머니를 뒤져 공원 옆에 있는 카페에서 아침을 사 먹을 만한 잔돈을 찾아냈다. 주문한 식사를 기다리면서 샘은 계산대 옆 기름때 찌든 텔레비전으로 눈을 돌렸다. 소리는 들리지 않았지만 머리기사 자막이 화면을 가로지르며 흘러갔다.

"밸푸어 산에서 최근까지 누군가 지낸 흔적이 있는 동굴이 발견됐습니다. 아이들은 여전히 실종 상태입니다."

샘은 맨코비츠 중사 일행이 경찰보다 먼저 도착했는지 궁금했다.

"내무장관은 범죄가 걷잡을 수 없이 늘어난다고 말했습니다. 살인률이 179퍼센트 증가했습니다. 전문가들은 10대의 신경 중추를 공격해 외모를 망가뜨리는 것으로 보이는 테러리스트 바이러스를 원인으로 보고 있습니다. 한 교사가 찍은 사진이 전국을 충격에 빠뜨렸습니다."

보도국을 비추던 화면이 흔들린 휴대폰 사진으로 바뀌었다. 이른 아침 왁자지껄하던 카페가 일순 조용해졌다. 기이하게 뒤틀린 피투성이 얼굴로 모두의 눈이 쏠렸다. 뉴스 자막이 계속 이어졌다.

"경찰은 이 '사람'을 대학살의 유력한 용의자로 지목했습니다."

입맛이 싹 달아났다. 샘은 배낭을 집어 들고 카페를 나섰다. 하이드 프로젝트 대상자들은 현실 세계의 제물을 온라인에서 괴롭힐 뿐만 아니라 이제는 목숨까지 앗아가는 듯했다. 샘은 제정신이 아니었던 낮과 밤 동안 자기가 괴롭힌 사람들을 되새겼다. 그러자 또다시 구역 질이 났다. 직접 그 사람들에게 사과를 하거나 상황을 바로잡을 수는 없었다. 어쩌면 에드거 드리치의 계획을 막는 것이 양심의 가책을 덜 고 마음 편해질 수 있는 길일지도 모른다.

샘은 곧장 학교로 가기로 했다. 커샌드라가 블러프스에서 자기를 찾지 못하면 그다음으로 펜들턴 중 · 고등학교를 떠올리기를 바라면 서. 20분 뒤 샘은 도서관으로 가기 위해 아무도 없는 복도를 걷고 있 었다. 학교가 이렇게 일찍 문을 여는 데 놀랐지만 연극실 문 앞에 다 다르자 그 놀라움마저 잊고 말았다. 샘은 가만히 멈춰 섰다. 갑자기 게일 매슈스 생각이 머릿속을 가득 메웠다.

"샘이니? 뭐 하고 있니?"

가냘픈 목소리가 샘을 불렀다.

"뭐 하고 있냐고요?"

샘은 빈정거리는 투로 되물으며 크레일 선생을 마주 보았다.

"아무 죄도 없는데 죽어버린 여자아이를 생각하는 중이에요. 바로 선생님 때문에요."

스티븐슨의 거울을 들여다본 아이들만큼은 아니지만 크레일 선생 도 아주 많이 변해 있었다. 탈진한 듯 등이 굽고 어깨가 휘었다. 마치

눈에 보이는 힘처럼 온몸에서 절망이 뿜어 나왔다.

"따라와."

크레일 선생이 나지막이 말했다.

블라인드를 친 창문으로 새벽하늘이 은은하게 빛났다. 하이드 프로젝트 참여자들이 맨 처음 모인 탁자 근처에 소설책이 있었다. 샘은 너덜너덜해진 『지킬 박사와 하이드 씨의 기이한 사례』를 집어 들었다.

"로버트 루이스 스티븐슨은 늘 이중성에 사로잡혔죠."

얇은 책을 이리저리 돌려보며 샘이 말했다.

"스티븐슨에 대한 책을 읽었어요. 어릴 때 악몽 때문에 고통스러워하면서 잠에서 깨곤 했다지요. 그를 진정시키려고 아버지는 아들의 망상에 맞장구쳐야 했어요. 방 밖에 서서 스티븐슨이 말하는 온갖 사람인 양 연기했죠. 여관 주인, 마부, 집사… 끊임없이 정체를 바꾸면서요. 어쩌면 우리 모두 그래요. 제 모습을 바꿔야 살아남을 수 있어요. 크레일 선생님, 선생님도 그러신 거죠? 선생님도 원래 모습을 바꿨기에 저희를 에드거 드리치에게 팔아넘길 수 있었던 거죠?"

크레일 선생은 발을 끌며 컴퓨터 뒷벽으로 가더니 딸 사진이 든 금박 액자를 떼어내 샘에게 건넸다. 그러고는 커피포트의 버튼을 누르고 선반에서 이가 빠진 머그잔 두 개를 꺼냈다.

"나랑 닮았지?"

크레일 선생의 웃음소리가 책 먼지처럼 메마르게 들렸다.

"로나는 미인 대회에선 절대 우승하지 못할 애야. 하지만 정신, 영혼, 마음, 그런 것만큼은 내가 아는 사람 중에서 가장 아름다웠어."

"과거형으로 말씀하시네요. 드리치가…?"

샘이 중얼거리듯 물었다.

"아니, 아직은."

크레일 선생은 액자를 원래 자리에 건 뒤 따끈한 찻잔을 샘의 손에 쥐여주었다. 차에서 모래 같은 느낌이 났지만 따뜻하고 달콤한 차가 들어가니 바싹 말라붙은 목구멍이 편안해졌다.

"로나는 대학에 들어간 뒤 초자연적인 현상에 사로잡혔어."

크레일 선생이 후 불자 갈색 차에 잔물결이 일었다.

"처음엔 그냥 학문적인 차원이었어. 그러다가 곧 근거 없는 믿음이나 신화 너머에 초자연적이고 불가사의한 세계가 있다고 확신하게 됐지. 로나는 수정으로 점을 치는 기술에 특별히 관심이 많았어."

"무슨 기술이요?"

갈증이 풀린 샘은 모래알 같은 게 들어간 차를 옆으로 밀어놓았다.

"미래를 예언하려고 물이나 불, 유리에 집중하는 마법이지. 로나는 방학 동안 집에 와서 방에 틀어박힌 채로 몇 시간이고 수정 구슬만 들여다봤어. 그때 당시엔 로나가 보는 게 진짜고 그것이 판타즈마고리움에서 왔다는 사실을 몰랐어. 불가사의한 물건을 파는 에드거 드리치의 그 가게, 너도 알지?"

크레일 선생의 입술이 말려 올라갔다.

"드리치는 처음 몇 달 동안은 공짜로 줬어. 그러다가 로나가 푹 빠

JEKYLL'S
MIЯROR
지킬의 거울

지자 물건 대금을 청구하기 시작했지. 드리치가 이런 식으로 전 세계에서 부정한 돈벌이를 한다는 사실을 지금은 잘 알아. 너도 알다시피 그 사람은 흑마술사일 뿐만 아니라 어마어마하게 거대한 초자연적인 제국의 배후 조종자야."

샘은 오싹한 느낌에 턱관절이 바짝 조이는 것 같았다.

"로나에게 무슨 일이 생겼나요?"

"더 이상 빚을 갚을 수 없게 되자 드리치가 우리 집 문 앞에 나타났어. 날 그 지옥 같은 곳으로 데려가서 우리가 아는 세계 너머에 또 다른 세계가 있다는 것을 증명하는 물건들을 보여줬지."

"그러고는 거래를 제안한 거죠? 요구 조건이 뭐였나요?"

"빚을 다 갚을 때까지 로나는 판타즈마고리움에 갇힐 거라고 했어. 돈이 없다고 말해도 드리치는 들은 척하지 않았지. 대신 이렇게 빚을 갚으라고 했어. 인생에서 풀지 못한 갈등과 분노가 있는 학생을 고르는 거야. 재미있게도 아이에 대해 그 부모도 모르는 걸 교사들은 곧잘 알아채곤 하거든. 오랜 경험 덕분이지. 어쨌든 그런 아이들에게 드리치가 만든 컴퓨터 프로그램을 소개하고…. 음, 그다음은 너도 알지. 일단 그 프로젝트가 끝나야 로나가 풀려나게 돼."

샘은 전국에 있는 교사들이 이와 비슷한 일을 당한 게 틀림없다고 생각했다.

"그런데 이런 얘기를 왜 지금 하시는 거예요?"

"도린 때문에. 원래 경찰과 학교는 서로 정보를 주고받거든. 도린이 사라지고 걔네 아버지가 입원한 것 같더라고. 밸푸어에서 시작된 일이 여기서도 벌어진다는 사실을 경찰도 머지않아 알아낼 거야."

크레일 선생은 잔을 기울여 남은 차를 다 마셨다.

"그런데 넌 어째서 에드거 드리치에 대해 그렇게 많이 아니?"

양심의 가책을 느끼고 후회하는 것처럼 보이는 크레일 선생을 믿어야 할까? 커샌드라가 충고하지 않아도 답은 뻔했다. 샘은 이야기 주제를 바꿨다.

"밸푸어의 그 선생님에게 무슨 일이 일어났는지 아세요?"

"자살했잖아."

"그런 것 같더라고요."

"나한테 무슨 일이 생기든 그건 상관 안 해. 로나만 괜찮다면."

크레일 선생이 도전적으로 말했다.

"그럼 아무 잘못도 없는 아이들 셋의 인생보다 로나가 무사한 게 더 중요한가요?"

"세 명만? 넌 아니고?"

크레일 선생이 샘을 빤히 쳐다봤다.

"난 끔찍한 선택을 했어, 샘."

샘은 고개를 끄덕였다.

"조심하셔야 해요, 선생님. 우리가 이런 얘기를 나눈 걸 드리치가 알면 좋아할 리 없으니까요."

문을 닫고 아무도 없는 복도로 나온 샘은 점점 더 불안해졌다. 크레

JEKYLL'S
MIЯROR
지킬의 거울

일 선생은 정말로 도린의 변신 때문에 다 털어놓은 걸까? 로나가 여전히 판타즈마고리움에 잡혀 있는 상태에서 그럴 가능성은 매우 낮아 보였다. 그렇다면 크레일 선생은 왜 그런 걸까? 꼬리에 꼬리를 물고 이어지던 생각이 휴대폰 음성 메시지 알림음에 뚝 끊겼다. 샘은 마음을 졸이며 메시지를 들었다.

"샘, 나…, 나는 네가 괜찮기를 바라. 그리고…."

코라의 목소리가 갈라졌다.

"잘 데를 찾았길 바라. 몇 시간 동안 길거리를 헤매면서 널 찾았단다. 그런 식으로 쫓아내서 미안해…. 저기, 그냥 제발 집으로 돌아와. 와서 얘기하자. 사랑…."

메시지가 끊겼다.

샘의 마음이 휘청거렸다. 생각을 정리해야 했다.

본관 건물 너머에 미술관이 있었다. 꼭대기 층에 학생 작품을 전시하는 공간이 따로 있었다. 수업이 시작되려면 최소한 한 시간은 더 남았으니 그곳엔 아무도 없을 터였다. 샘은 3층까지 계단을 올라갔다. 다리가 납덩이같이 무거웠다. 공원 벤치에서 잠을 설친 밤이 결국 샘의 발목을 잡은 듯했다. 온몸이 쑤시고 목구멍이 쓰리고 눈이 따끔거렸다.

샘은 반은 걷고 반은 비틀거리면서 좌대와 이젤이 양쪽으로 늘어선 길을 따라 걸었다. 시야가 몹시 흐릿했다. 수채화와 물감을 두껍게 칠한 유화, 들쭉날쭉한 입체파 그림, 조각 작품이 어지럽게 한데 뒤섞여 팔레트에 녹아들었다. 샘은 전시실 가운데쯤에서 휘청거리다가 낮은 받침대에 부딪쳤다. 그 바람에 서랍이 벌컥 열리면서 유화 물감과 아크릴 물감, 파스텔이 와르르 쏟아졌다. 천장, 벽, 바닥, 주위의 모든 사물이 뛰어다녔다. 캔버스에 물감을 흘리고 끼얹고 튀기고 쏟아부은 잭슨 폴록의 추상화 속으로 들어간 것 같았다. 샘은 비틀비틀 화판으로 걸어가 등받이 없는 의자에 간신히 앉았다. 그러고는 배낭에서 4H 연필 한 자루를 꺼낸 뒤 배낭은 바닥에 내려놓았다.

샘은 손바닥으로 종이를 쓸어보았다. 익숙한 종이 결과 연필의 흑연 냄새가 빙빙 도는 세계에서 안정을 찾아주는 듯했다. 샘이 제일 처음 쓴 색연필은 착한 남자, 아빠 새뮤얼 스틸하우스가 선물로 준 것이었다. 책이나 도서관은 이해하지 못하던 아빠지만 억센 손으로 샘의 그림을 망가뜨린 일은 없었다. 불과 1년 전, 샘은 아빠가 전시실에 홀로 있는 모습을 본 적이 있다. 그전까지 학부모 행사조차 참석하지 않던 사람이 학교 전시실에서 샘이 그린 엄마의 초상화를 뚫어져라 쳐다보고 있었다. 벌개진 두 눈에 고인 게 눈물이었던가? 분명 눈물은 아니었다. 하지만….

"자랑스럽구나, 아들. 네가 자랑스러워."

아빠가 나지막이 말했다.

비밀. 그 비밀이 거기 있었다. 희미하게 빛나는, 소름 끼치는….

사라졌다.

연필이 종이를 스치자 타원이 나타났다. 곧 얼굴이 채워질 터였다.

거울에서 언뜻 본 얼굴의 공포. 그보다 먼저 어딘가로 가야 했다. 뭔가를 느껴야 했다. 말을 하려고 애를 썼지만 나오지 않았다….

샘은 쓰러졌다. 굴러떨어졌다. 어둠 속으로 폭포처럼 떨어져 내렸다. 마음속 구석진 곳에서 두려움이 슬금슬금 기어나오기 시작했다. 하얗게 달아오른 눈부신 고통이 온 신경을 관통하며 폭발했다. 순수하고 절대적인 두려움이었다. 그리 길지 않은 시간을 살면서 샘의 인생에는 간간이 고통이 끼어들었다. 꼬집기, 주먹 날리기, 손바닥으로 때리기, 발로 차기. 하지만 이처럼 극단적인 고통은 난생처음이었다. 고통의 색깔이 보였다. 가운데는 역겨운 녹색이고 톱니 모양 가장자리는 이로 베어 문 라임 같았다. 고통이 톱날처럼 몸을 위에서 아래로 쭉 가른 다음 곧게 뻗은 척추를 잘근잘근 씹고, 말랑말랑한 뇌 조직에 날카로운 이빨을 쑤셔 박았다. 끝이 보이지 않는 어둠 속에서 진짜, 아니 상상의 몸이 날뛰고 썰리면서 선명한 고통이 이어졌다. 온몸에서 피부가 벗겨져 나간 뒤 영혼의 성배가 된 느낌이었다. '사랑', '증오'라는 글자가 새겨진 두 손이 어둠에서 뻗어 나오더니 샘을 잔처럼 들어 올려 마셨다.

"샘! 샘, 내 목소리 들려?"

무겁게 내리깔린 눈꺼풀 뒤에서 빨간빛이 환하게 빛났다. 눈을 깜박이자 고통이 사라졌다.

"커샌드라?"

"말하지 말고 이거 마셔."

커샌드라가 샘의 입술에 물병을 갖다 댔다. 샘은 물을 삼키다가 캑캑거리고는 다시 물을 넘겼다. 쓰러진 자리에 누운 채 등 밑에서 느껴지는 딱딱한 바닥의 감촉과 전시실 안으로 들이치는 빛을 느긋하게 즐겼다. 단단했다, 진짜였다. 방금 전에 느낀 고통은 꿈이었다.

"무슨 일이야?"

"잘 모르겠어."

샘의 목소리가 사포처럼 거칠었다.

"여기 왔을 때 어지럽고 기진맥진했는데…."

샘은 기억을 되짚었다. 커샌드라와 샘이 훔친 메르세데스를 타고 간 걸 라이어널이 봤다는 것, 그리고 나서 어쩌다가 집에서 쫓겨나 공원 벤치에서 밤을 보내게 됐는지 이야기했다. 라이어널을 공격한 부분만 빼고.

"밤에 잠을 못 자서 그런 것 같아. 그건 그렇고, 날 어떻게 찾았어?"

"정문에서 우연히 찰리를 만났어. 네가 학교에서 나가는 걸 본 것 같다고 하더라. 경비 아저씨는 네가 미술관으로 들어가더라고 하셨어. 이제 일어날 수 있겠니?"

커샌드라가 부축하자 바닐라와 아니스 향이 뒤섞인 좋은 향기가 샘의 감각을 뒤흔들었다. 어색한 스킨십에 전날의 입맞춤이 떠올랐다. 서로 솔직하지 않다는 알쏭달쏭한 커샌드라의 말 뒤에 이어진 아슬아슬한 장면도. 커샌드라에게도 똑같은 기억이 떠올랐다가 이내 사라졌다.

"그런데 이렇게 일찍 여기서 뭐 하고 있었어?"

커샌드라가 물었다.

"갈 데가 없었어. 그런데 아까 이상한 일이 있었어."

샘은 커샌드라에게 크레일 선생이 털어놓은 이야기를 들려줬다. 커샌드라도 아까 샘이 생각한 것과 똑같은 의문을 제기했다.

"딸이 아직 드리치의 포로로 잡혀 있는데 왜 다 말했을까?"

커샌드라는 고개를 젓고는 화제를 바꿨다.

"아무튼 자, 어서, 우린 할 일이 있잖아."

"잠깐만…. 내 가방, 가방이 없어졌어."

샘이 전시실을 둘러보며 말했다.

"네가 완전히 정신을 잃었을 때 누가 와서 훔쳐갔나 보다."

"제길. 내 물건이 전부 다 들어 있는데. 블러프스로 돌아가야겠어."

샘이 앓는 소리를 냈다. 어쨌든 샘은 코라에게 전화를 해야 했다. 라이어널이 출근했다면 샘이 물건 몇 가지를 챙겨가게 집 안으로 들여보내 줄 수도 있을 것이다.

"제일 중요한 일부터 먼저 하자."

커샌드라가 말했다.

"마틴 길버트를 찾아야 해."

20

미스터 툼스

툼스는 눈을 깜박였다. 어둠에 익숙한 동공은 아주 희미한 빛에도 통증을 느꼈다. 타는 듯이 뜨거운 길거리와 눈부신 가게의 유리문이 욱하게 만들었다. 툼스 같은 이에게 그건 아주 위험했다. 환한 아침 햇살에 모습을 드러낸 툼스는 배가 고팠다. 하지만 엄청난 식욕을 채울 돈이 없었다. 문득 판타즈마고리움에 가봐야겠다는 생각이 들었다. 그래, 내가 아는 것과 전문 지식에 대해 에드거 드리치가 값을 후하게 쳐줄 테지.

툼스의 눈이 닿은 모든 곳에서 사람들은 샌드위치, 감자칩, 사탕, 케이크, 핫도그, 햄버거를 게걸스레 먹어댔다. 툼스는 커다란 손으로 주먹을 말아쥐고서 그런 사람들 사이를 비집고 지나갔다. 사람들이 깜짝 놀란 눈으로 흘끗거리거나 수상하다는 듯 쳐다봤지만 툼스는 못 본 체했다. 판타즈마고리움은 북적이는 도로에서 떨어진 골목에 있었

JEKYLL'S
MIRROR
지킬의 거울

다. 툼스는 기억을 더듬어 동쪽으로 느릿느릿 움직였다.

다닥다닥 붙은 연립주택 샛길을 지나던 툼스는 마당에서 노는 아이를 발견했다. 다섯 살쯤 돼 보이는 여자아이는 빨간 머리를 역겨운 분홍 리본으로 묶고 있었다. 툼스는 아이와 자기, 단둘뿐이라는 것을 확인하고는 무턱대고 걸어가 나지막하게 물었다.

"여기서 뭐 하니?"

소녀는 어린아이 특유의 숨김없는 얼굴로 툼스를 올려다봤다. 소녀도 거리를 걷던 사람들과 똑같이 뭔가 잘못됐다는 걸 감지했지만 무서워하기보다는 궁금한 얼굴이었다.

"얼굴이 왜 그래요?"

툼스는 창문에 비친 자기 얼굴을 봤다.

"왜?"

그냥 보면 잘못된 게 없었다. 엄밀히 말하면 잘생겼다고 볼 수도 있는 얼굴이었다. 하지만 사람들은 길에서 그를 마주치면 본능적으로 몸서리를 쳤다.

"그냥, 괜찮은 것처럼 안 보여요."

소녀가 고집스레 말했다. 금방이라도 으스러질 듯한 연약한 머리를 흔들자 그 움직임에 맞춰 분홍 리본이 깐닥거렸다.

"스머지스도 그렇게 생각할걸요. 그렇지, 요 예쁜 녀석?"

소녀는 꼬리가 하얀 토끼를 들어 올렸다. 흠칫 놀라 씰룩거리는 스머지스는 낯선 사내와 제대로 눈이 딱 마주쳤다.

"파이 반죽이 없어서 아쉽구나. 토끼 고기 파이를 좋아하거든."

툼스가 씩 미소 지었다.

소녀는 마당에 두고 왔다. 비명을 지르긴 해도 해가 되지는 않으니까. 스머지스는 얘기가 달랐다. 툼스는 토끼 목을 부러뜨리고 억센 손가락으로 털을 뜯어낸 뒤 살을 거의 다 먹어치우고선 쓰레기통에 던져버렸다. 툼스는 턱에 묻은 스머지스의 피를 쓱 닦아냈다.

툼스는 휘파람을 불면서 경쾌한 발걸음으로 동쪽으로 계속 걸어갔다. 마침내 칙칙한 작은 거리의 칙칙한 작은 가게에 다다랐다. 툼스는 곧장 칠이 벗겨진 문을 박력 있게 쾅쾅쾅 두드렸다. 대답을 기다리는 동안 혀로 잇새를 더듬어 스머지스의 찌꺼기를 빼냈다.

'튀어, 토끼야, 튀어'라는 세 단어짜리 시구를 막 지어냈을 무렵 문이 열렸다.

"계세요? 아무도 없어요?"

툼스가 어둠에 대고 외쳤다.

아무 대답이 없었다. 툼스는 잿빛 피부 같은 긴 복도를 걸어 들어갔다. 몇 발짝을 옮기자마자 판타즈마고리움의 분위기에 전율이 일었다. 비뚤어진 본능이 판타즈마고리움의 뒤틀린 영혼과 주인의 시커먼 마음에 가닿았다. 툼스는 그를 느꼈다. 거미줄에 앉은 무기력한 거미처럼, 아주 오랫동안 구멍 속에 숨은 독사처럼 원대한 계획이 하나로 합쳐지기를 참을성 있게 기다리고 있었다. 툼스는 생각했다.

'같이 일할 만한 사람이 여기 있어. 그 사람한테 들려줄 아주 흥미

JEKYLL'S
MIЯROR
지킬의 거울

로운 얘기들이 있지. 그가 요구하는 건 뭐든 다 할 거야. 일을 즐기게
되리라는 예감이 드는군. 일을 끝내면 내 몫을 나눠주겠지. 그럴 수밖
에 없어. 우린 쌍둥이나 마찬가지니까, 마술사와 나는.'

앞에 희미한 빨간 불빛이 나타났다.

"안녕하세요! 방해해서 죄송합니다. 저는 미스터 툼스라고 합니다."

툼스는 이름 철자를 또박또박 다시 말했다.

"엠―아이―에스―티―이―알 티―오―오―엠―에스요."

둘만 아는 은밀한 농담이라도 되는 양 툼스가 낄낄댔다.

21

여기 그들이 있다

샘과 커샌드라는 마틴 길버트네 집 거실로 안내됐다. 마틴의 아버지는 떨리는 손으로 수염 까칠한 뺨을 긁었다.

"마틴이 사라진 걸 언제 아셨어요?"

샘이 물었다.

"아침에 일 마치고 왔을 때 알았어. 점심시간 전에 뉴스에서 도린이라는 여학생 뉴스를 보고 경찰에 전화했단다. 같은 학교에 다니는 아이 두 명이 사라지다니 상당한 우연의 일치라고 생각했지."

마틴의 아버지는 푹 한숨을 쉬었다.

"모르겠다. 마틴 엄마가 떠난 뒤로 우린 힘들게 지냈어. 학교에서 마틴의 옷과 물건을 가지고 놀리는 아이들이 있다는 걸 알아. 어쩌면 내가 더 열심히 일해서 좋은 물건을 사줘야 하는지도 모르지."

커샌드라가 고개를 저으며 말했다.

"아저씨 잘못이 아니에요."

샘과 커샌드라는 더 이상 위로할 말이 떠오르지 않아 슬그머니 밖으로 나갔다. 불안을 키우는 충격적인 소문들이 들불처럼 번지자 이웃 사람들은 대부분 집을 버리고 떠난 상태였다. 자경단을 자처하는 사람들만 눈에 띨 뿐이었다. 이들은 길모퉁이에서 맥주를 마시면서 사나운 개의 가죽 목줄을 잡아당기고 있었다.

"뭐가 제일 무서운 건지 잘 모르겠어. 하이드들인지, 아니면 하이드에 반응하는 사람들인지."

차를 타고 특히나 더 무서워 보이는 무리 옆을 지나갈 때 샘이 말했다.

"둘 다 똑같은 독약을 먹고 살아. 스티븐슨이 전하려는 메시지이기도 해. 인간은 문명이라는 가면을 쓰고 있지만 얼마나 많이 진보했는지는 중요하지 않다는 거야. 가면 밑에는 호시탐탐 탈출 기회만 노리는 괴물들이 있기 때문이지."

"요즘 세상에서 괴물은 점점 더 강력해졌어. 사람들은 스스로 제값을 하고 가치 있는 존재라고 느끼려면 반드시 많이 갖고 반드시 뭔가가 되어야 한다고, 그러니까 부유하고 유명하고 숭배받는 사람이 되어야 한다고 되뇌곤 해. 이 점이 중요해. 지금 당장 바로 여기에서 모든 걸 얻지 못하면 자기 스스로 실패자라고 낙인찍지. 결국 좌절과 분노만 남는 거야. 지킬과 하이드의 디엔에이지."

두 사람은 마틴이 사는 동네를 뒤로하고 사람들이 떠난 거리를 훑으며 지나갔다. 자동차의 와이퍼가 둔탁한 소리를 내면서 여름 먼지가 쌓인 유리창을 깨끗이 닦아냈다.

"오늘 아침에 크레일 선생님이 왜 모든 걸 털어놨는지 생각해봤어? 제기랄, 어째서 이해할 수 있는 게 하나도 없는 걸까?"

샘이 물었다. '그분'은 전혀 꿈틀대지 않았지만 계기판을 연이어 주먹으로 내리쳤다.

"아이들을 괴물로 바꾼 마법 거울 말이야? 이해가 안 되는 건 사실 네 탓이잖아."

커샌드라가 장난스럽게 샘을 밀치며 말했다.

"내 탓이라고?"

"새미, 거울 뒤에 숨겨진 불가사의한 것을 보고도 빨간 토끼를 따라가지 않겠다고 선택한 건 바로 너였어, 기억나?"

샘은 미소 지었다. 커샌드라를 만난 뒤로 믿기 힘든 일이 계속 이어졌다. 세상이 뒤집히면서 샘은 현실이란 게 얼마나 얄팍한지 알게 되었다. 역설적으로 불꽃 소녀는 더 단단하고 분명하게 손에 잡히는 존재가 되었다. 하이드 프로젝트에 집착했을 때는 커샌드라 생각이 희미해진 적도 있었다. 하지만 샘은 불안을 없애고 마음을 안정시키는 커샌드라의 빛을 잡으려고 곧잘 손을 뻗었다. 뱀이 그려진 커샌드라의 손이 샘을 향해 뻗어오기도 했다. 둘 사이에 거리를 만드는 건 그 이상한 말 한마디뿐이었다.

"우린 서로에게 솔직하지 않았잖아."

샘은 예전에도, 지금도 솔직하지 못했다. 커샌드라에게, 코라에게, 그리고 스스로에게. 샘을 하이드 프로젝트로 이끈 '그분'은 뭔가 혐오스럽고 병적인 것에서 태어난 존재였다. 결코 마주하고 받아들일 수 없는 무시무시한 비밀이었다. 하지만 커샌드라 역시 자신이 솔직하지 못했다고 털어났다. 샘은 커샌드라를 바라봤다. 오른팔을 휘감으며 내려간 선명한 녹색 뱀, 엔진 소리에 박자 맞춰 짤랑거리는 알록달록한 팔찌들. 저렇게 아름다운 모습 뒤에 무슨 비밀을 감춘 걸까?

"내일 밤이면 답을 얻을지도 모르지."

커샌드라가 중얼거렸다.

"굉장하다. 난 아무 생각이 없는데, 넌 있구나?"

샘이 고개를 끄덕이며 말했다. 농담이었지만 커샌드라의 표정에 웃음기라곤 없었다.

"이 일, 하고 싶은 게 확실해? 난 꼭 가야 하지만 넌…."

"넌 왜 꼭 가려고 해? 아빠랑 동생을 죽인 남자는 거기 없을 텐데."

"드리치가 지배하는 영역으로 쳐들어가서 거울을 가져오는 것만으로도 충분히 복수가 될 테니까. 일단 지금으로서는 말이야."

커샌드라는 운전대를 꽉 움켜쥐며 말을 이었다.

"하지만 넌? 이건 네 싸움이 아니잖아."

"물론 그렇지."

샘은 손가락으로 배와 가슴에 난 오래된 흉터와 사라진 멍 자국을 더듬었다.

"언젠가는 맞서 싸워야 하잖아. 영원히 숨을 수는 없으니까."

"샘…."

누군가 커샌드라 쪽 창문을 두드렸다.

"통행료!"

샘과 커샌드라가 도착한 곳은 픽맨 터널 입구였다. 도시를 흐르는 가장 큰 강 밑으로 2킬로미터에 달하는 지하도였다. 던위치 강은 진흙으로 된 갈색 흉터처럼 화려한 상업 지구와 블러프스같이 소외된 구역 사이를 흐르면서 도시를 둘로 나누었다.

샘은 터널로 들어가기 전에 코라에게 다시 연락을 시도했다. 코라는 병원에서 2교대로 일하는 중일 것이다. 샘은 옷을 가지러 집에 가겠다는 메시지를 남긴 뒤 나중에 다시 전화하기로 했다.

한적한 길거리에 비해 던위치 강 아래 지하도는 빽빽하게 붐볐다. 초조하게 귀가를 서두르는 통근자들, 고급 아파트와 고층 건물로 돌아가려고 종종걸음 치는 도시 사람들로 터널은 이미 꽉 찬 상태였다. 기어가듯 차를 몰면서 커샌드라는 라디오를 켰다.

"…목격자들은 무장 경찰이 무리와 격전을 치렀다고 말했습니다."

여자 아나운서가 목을 가다듬은 뒤 말을 이었다.

"하이드들과의 싸움 말입니다."

밸푸어에서 컴퓨터 프로그램이 발견된 뒤로 논란이 많은 '하이드'라는 용어가 사용됐다.

"한 시간 단위로 수치가 업데이트 되고 있습니다. 현재 추산에 따르면 실종 아동은 400명 이상, 부상자는 600명, 확인된 사망자는 40명입니다. 설명하기 힘든 범죄의 급증을 두고 여전히 폭력적인 영화나 비디오 게임에 책임을 돌리는 피상적인 추측들이 나오고 있고, 빈부 격차의 확대를 지적하는 이들도 있습니다. 그러나 범죄자들의 신체 변이, 행방불명된 아이들의 소재, 컴퓨터 프로그램의 역할에 관해서는 아무도 설명하지 못하는 듯 보입니다. 혼란이 지배하는 가운데 한 가지 확실한 것이 있긴 합니다. 바로 『지킬 박사와 하이드 씨의 기이한 사례』의 판매량이 치솟았다는 사실입니다."

커샌드라는 입술을 잘근잘근 씹었다.

"드리치의 적들이 보낸 용병들도 비밀을 지킬 거라고 장담 못 해."

"그럼 우리가 할 수 있는 게 뭐야?"

"마틴 길버트부터 찾자. 마틴은 저기 어딘가에 있겠지. 우린 그냥…"

갑자기 커샌드라가 말을 멈췄다. 소름 끼치는 비명이 줄줄이 이어졌다. 배기가스가 자욱한 터널 안에 비명이 울려 퍼졌다. 대형 트럭의 엔진 소리마저 묻힐 정도였다. 샘과 커샌드라는 눈빛을 주고받은 뒤 차에서 내렸다. 긴 경사면을 지나 터널 중간 지점을 막 지난 참이었다. 앞쪽에는 완만하게 올라가는 차량 행렬이 정체되고, 약간 뒤쪽에 또 다른 차량 행렬이 이어졌다. 마치 기이한 금속 애벌레가 떨고 있는 것 같았다. 구부러진 터널 벽에는 강바닥 아래 8미터 지점이라는 표지판이 있었다. 머리 위로 기다란 형광등 여러 개가 터널 안을 밝혔지만 양쪽 어디에서도 입구나 출구를 알려주는 햇빛이 비쳐들지 않았다.

비명이 멈췄다. 사람들이 차를 세워놓고 밖으로 나왔다.

"제발 차로 돌아가세요. 도로는 위험해요."

커샌드라가 외쳤다.

"네가 뭔데 뭘 하라 마라야?"

트럭 운전사가 느릿느릿 걸어오며 말했다. 그는 기름에 전 야구 모자 챙을 손으로 젖히더니 씹는담배와 가래를 아스팔트에 탁 뱉었다.

"여자의 비명을 들었어. 진짜 사나이는 예쁜 아가씨가 고난에 빠지는 걸 안 좋아하지."

그때 운전자 몇 명이 커샌드라의 차 주변으로 모여들었다. 뮤지션 반 헤일런이 찍힌 티셔츠를 똑같이 입은 젊은 커플은 몹시 놀란 듯 스모키 화장을 한 눈을 동그랗게 떴다. 아기 엄마는 아기가 배기가스를 마실까 봐 안절부절못하면서 품에 꼭 끌어안았다. 은행가는 구멍에 갇혀 옴짝달싹 못 하는 바람에 1초마다 얼마나 많은 돈을 잃는 중인지 떠들어댔다. 노부부는 굉장한 지하 모험을 즐기는 게 분명해 보였다. 진짜 사나이는 씹는담배를 새로 입에 털어 넣은 뒤 되새김질하는 소처럼 어기적어기적 씹어댔다.

다른 운전자들도 삼삼오오 모였다. 사람들이 걸어갈 수 있게 상행선 벽을 따라 도로보다 높이 설치한 통로로 환한 불빛 하나가 기어 올라갔다. 불빛은 받침대에 설치된 비상 전화 쪽으로 다가갔다. 사람들의 눈이 남자에게 쏠리자 목소리가 잦아들며 중얼거렸다.

"네, 이해합니다. 그… 그러니까 그것들이 이쪽으로 오고 있다는 말씀이시죠?"

터널 가득 툴툴거리는 엔진 소리와 진짜 사나이의 턱에서 나는 소리만 들렸다. 샘은 통로 위에 선 남자를 지켜봤다. 남자는 지나칠 정도로 조심스레 수화기를 내려놓더니 심호흡을 하고 사람들을 돌아봤다.

"터널 북쪽 끝에서 사고가 있었답니다. 부상당한 사람이 있다는군요. 경찰이 오는 중이라니까 도착할 때까지 이 여학생이 말한 대로 하시죠. 차로 돌아가서 문을 잠그세요."

남자는 커샌드라를 가리키며 말했다.

"무슨 일이 일어난 건가요?"

반 헤일런 티셔츠를 입은 남자아이가 외쳤다.

"그 비명, 그 소리는…."

남자아이의 여자 친구가 몸서리쳤다.

"끔찍했죠. 전 응급실에서 일하는 간호사인데도 그런 비명은 처음 들어봤어요."

아기 엄마도 고개를 끄덕였다. 젊은 엄마는 아기를 더욱 꼭 끌어안고서 이미 자기 차로 돌아가고 있었다.

"왜 이래요, 교수님. 다 털어놔요."

샘은 진짜 사나이가 그 남자를 교수라고 부른 게 말이 된다고 인정할 수밖에 없었다. 통로에 올라선 남자는 제멋대로 뻗친 백발에 작고 둥근 안경을 써서 정말이지 교수처럼 보였다.

"저쪽에선 '그들'이라고 말했어요. 그들이 이쪽으로 오고 있다고요."

"정말 끔찍하네! 이제 좀 무섭군."

노부인이 신이 나서 킥킥거렸다. 노신사는 활짝 웃으며 아내를 부축해 시트로엥 세단으로 돌아갔다.

"밤새도록 여기서 기다리기만 하진 않을 거야!"

최신 유행 양복을 차려입은 은행가가 통로로 성큼성큼 걸어가더니 교수의 도움을 받아 난간으로 올라갔다.

"그거 이리 주세요."

은행가는 비상 전화를 들고서 사람들을 향해 자신 있게 고개를 끄덕였다.

"약간의 리더십, 필요한 건 그거죠. 우리 은행가들이 경제 위기 내내 보여준 그런 리더시… 아, 네, 전화 받은 분은 누구시죠?"

교수는 통로를 내려와 구형 애스턴 마틴 D86으로 서둘러 돌아갔다. 커샌드라는 교수의 뒤에다 대고 진짜 사나이가 아까 한 질문을 반복했다.

"그들이 누군데요?"

어깨 너머로 힐끗 돌아보는 교수의 얼굴이 새하얀 백발만큼이나 창백했다.

"그 아이들. 하이드들…."

교수는 마른침을 삼킨 뒤 말을 이었다.

"망할, 그게 뭐건 간에 그들이 오고 있다고."

기다란 형광등이 깜박였다. 또다시 비명이 터져 나왔다. 교수는 운전대 뒤로 몸을 날리고는 잠금장치를 힘껏 눌렀다. 샘이 반 헤일런 커플에게 타고 온 캠프용 밴으로 돌아가라고 말하려는 순간 그림자 하나가 눈에 들어왔다. 구부러진 터널 벽, 매연으로 얼룩진 타일 위로 시커먼 조각 하나가 통로 쪽으로 미끄러지듯 지나갔다.

"내가 누군지 알아?"

얼굴이 시뻘게진 은행가가 씩씩대며 말했다.

"내 이름은 프레드…."

은행가의 목이 뚜둑 하고 부러지는 소리가 터널 안에 울려 퍼졌다. 휴지 조각이 된 부실 채권처럼 은행가의 몸이 가라앉았다. 은행가 위에 그림자를 드리운 그것이 난간 위로 훌쩍 뛰어올랐다. 난간을 붙든 맨발가락이 민첩하고 날렵한 원숭이처럼 둥글게 말렸다. 그것은 기쁨에 굶주린 노란 눈으로 사람들을 내려다봤다. 반 헤일런 커플은 합창하듯 소리를 질렀다. 샘은 팔을 뻗어 커샌드라의 손을 잡았다. 진짜 사나이는 놀라서 바보처럼 입을 헤벌리고 서 있었다. 벌어진 아랫입술로 곤죽이 된 갈색 담배가 체크무늬 셔츠로 흘러내렸다.

사람들이 각자 차를 향해 뛰기 시작했다. 하지만 너무 늦었다.

그들이 여기 있었다.

22

포위한 괴물들

그들은 거대한 쥐 같았다. 차도를 잽싸게 내달리고, 자동차 위로 공중제비를 돌면서 쿵쾅대고, 터널 천장에 매달린 전광판을 잡고 그네처럼 이리저리 흔들었다. 대략 세어보니 서른 명이었다. 더 많은 하이드들이 어둠을 뚫고 다가오는 중일 수도 있다. 왔던 길로 다시 빠져나가야겠다는 생각은 일찌감치 접었다. 하이드 열두 명이 하행선으로 떼 지어 돌아다녔다. 후퇴할 희망이 사라져버렸다. 그러는 사이에 통로 난간에 있던 하이드는 군침 흐르는 입술을 핥으며 짧고 뭉툭한 손가락으로 충격에 휩싸인 반 헤일런 커플을 가리켰다.

무기로 쓸 만한 것이 없을까 싶어 샘이 주위를 둘러보는 사이 커샌드라가 재킷에서 총을 꺼내 쏘았다. 굶주린 미소가 극도로 고통스럽게 일그러지더니 하이드는 통로 쪽으로 굴러떨어졌다. 앞서가는 커샌드라의 뒤를 따라 샘도 간신히 난간을 넘어 하이드가 떨어진 곳으로

갔다. 하이드는 은행가 옆에 쓰러져 있었다.

"오른쪽 다리가 산산조각났어. 아무 데도 못 갈 거야."

커샌드라는 처참한 다리를 손가락으로 가리켰다.

그르렁대는 이 하이드도 다른 하이드처럼 딱히 뭐라 설명할 수 없는 기형적인 느낌이었다. 좁다란 머리를 뒤덮은 머리카락은 사람이라기엔 너무 거칠고 억셌다. 아래턱은 지나치게 튀어나왔고 이빨도 너무 날카로웠다. 하지만 후드 티에 달린 모자를 푹 내려쓴 차림새 덕에 바글거리는 거리를 눈에 띄지 않고 지날 수 있었으리라. 이 하이드는 온라인에서 얼마나 많은 사람을 희생시켰기에 이렇게까지 변한 걸까? 어떤 혐오와 폭력적인 말이 몸과 마음을 일그러뜨렸기에 한 남자의 목을 잔가지 부러뜨리듯 쉽게 꺾을 수 있는 걸까? 그 거울을 오랫동안 들여다봤다면 샘의 괴물은 다르게 행동했을까?

차도 쪽을 돌아보니 하이드들이 자동차 보닛 위에 올라가 원숭이처럼 미친 듯이 주먹으로 차 지붕과 유리를 박살 내고 있었다. 차 안에는 겁에 질린 사람들이 웅크리고 있었다.

"다들 어디에서 온 애들일까?"

샘이 물었다.

"드리치가 펜들턴 말고 다른 학교도 끌어들인 게 분명해."

커샌드라는 약실을 열어 총알 수를 확인했다. 샘은 고개를 끄덕였다.

"총알 한 개는 나한테 주는 게 좋을 것 같아."

"이렇게 사방이 막힌 좁은 터널에서 네 사격 실력을 어떻게 믿고?"

커샌드라가 눈을 동그랗게 뜨며 덧붙였다.

"꿈도 꾸지 마! 총알이 터널 벽에 맞아서 튕기기라도 하면 그게 어디로 날아갈지는 아무도 몰라."

"알았어."

다친 다리를 움켜쥔 채 천장에 대고 욕을 내뱉는 괴물을 놔두고서 샘은 차로 돌아갔다. 그러곤 몬데오의 트렁크를 벌컥 열었다. 낑낑대며 스페어타이어 밑에 깔린 렌치를 꺼내 무게를 가늠했다. 커샌드라는 뒷문을 열고서 반 헤일런 커플과 진짜 사나이에게 차 안에 있으라고 일렀다. 운전사는 통로에 있는 괴물 아이를 멀뚱멀뚱 쳐다봤다. 입가로 갈색 침 줄기가 흘러나와 빙글빙글 돌았다.

커샌드라는 사방에 있는 하이드들을 둘러봤다. 통로의 하이드를 본 다른 하이드들은 잠시 빨간 머리 여자아이 근처는 얼씬도 말아야겠다고 생각한 듯했다. 하지만 접근할 만한 먹잇감이 커샌드라와 그 주변에 있었다. 하이드 하나가 이들을 주시하는 듯 보였다. 그 하이드는 단단한 차 유리를 박살 내느라 손이 피투성이였다. 땅으로 내려온 하이드가 커샌드라의 몬데오 차량 쪽으로 살금살금 다가오기 시작했다. 곧 위험이 닥칠 것을 알아차린 커샌드라가 진짜 사나이의 얼굴을 세게 쳤다. 당황한 트럭 운전사가 멍하니 커샌드라를 쳐다보고서 알아들을 수 없는 말을 몇 마디 중얼거리더니 트럭으로 뛰어가기 시작했다.

"거기 서요!"

커샌드라가 트럭 운전사 뒤에 대고 소리쳤다. 커샌드라는 조수석

문을 열고 반 헤일런 커플에게 열쇠를 던져주며 말했다.

"문 잠그고 있어. 샘, 움직이자."

뒤를 흘끗 돌아보니 하이드가 도망치는 진짜 사나이를 뚫어져라 쳐다보고 있었다. 하이드는 옆으로 천천히 달렸다. 등은 구부정하고 기다란 팔이 땅에 닿을락 말락 했다. 하이드는 갈기갈기 찢긴 세인트 비드 중·고등학교 교복을 입고 있었다. 도시 건너편에 있는 상류층 여학교였다. 영리하게도 자동차에 딱 붙어서 움직이는 바람에 커샌드라가 차에 갇힌 사람들을 피해 총을 쏘는 게 불가능했다. 샘은 타이어 렌치를 단단히 고쳐 잡았다. 타이밍을 정확히 맞추면 몬데오와 그 옆에 있는 시트로엥 세단 사이에서 하이드를 막을 수도 있었다. 시트로엥 세단에는 흥분 잘하는 노부부가 타고 있었다. 지금 이 순간만큼은 노부부도 그리 명랑해 보이지 않았다.

"거의 트럭까지 갔어. 네가 다리를 공격하면 트럭 운전사가 운전석에 탈 시간을 벌 수 있어."

커샌드라가 작은 목소리로 말했다.

갑자기 다른 하이드들이 차를 박살 내고 쾅쾅 치는 행동을 멈추더니 기형적인 올빼미처럼 무시무시한 머리를 샘과 그 하이드 쪽으로 돌렸다. 하이드들이 위험 신호를 울부짖을 필요도 없었다. 그 하이드는 궤도를 수정해 타이어 렌치를 위에서 덮친 뒤 계속 밀고 나갔다. 그때 경적이 울렸다. 애스턴 마틴에 탄 교수가 뭔가를 손가락으로 가리키는 게 보였다. 새로 힘을 얻어 대담해진 하이드들이 한 줄로 늘어서서 천천히 다가오고 있었다.

"총을 쏴야겠어. 안 그러면….."

커샌드라가 외쳤다.

팟! 빛이 번쩍였다. 형광등이 꺼지고 윙윙 돌아가던 환기 장치도 달가닥거리다가 멈췄다. 이제는 저 멀리 터널 끝에서 아주 희미하게 깜박이는 빛만 보였다. 터널 안으로 들어갈수록 점점 더 어두워지다가 활처럼 휜 터널 중간 지점에 이르러서는 암흑으로 변했다. 샘과 커샌드라는 꼼짝도 하지 않고 다가오는 발소리를 들었다.

"불 켜요!"

교수의 목소리가 운전석 창문 틈으로 새 나왔다.

"헤드라이트 켜세요! 저 여학생이 볼 수 있어야 해요!"

교수의 차에서 나온 빛줄기가 어둠을 가르고 하이드의 근육질 등을 비췄다. 노부부가 비춘 두 번째 빛은 진짜 사나이의 등을 비췄다. 진짜 사나이는 트럭 운전석 발판을 기어오르고 있었다. 세 번째, 네 번째, 그리고 다섯 번째 불이 하이드 무리에 빛을 드리웠다. 트럭에 다다른 하이드는 긴 팔을 쭉 뻗어 트럭 운전사를 운전석에서 당겨 빼냈다. 부모가 아이를 정글짐에서 번쩍 들어 올리듯 아주 쉽게.

"운을 바랄 수만은 없어. 둘이 너무 가까이 있어."

커샌드라가 외쳤다.

무리 지어 다가오던 하이드들이 등을 맞대고 섰다. 샘이 하이드들을 정면으로 마주 보는 사이 커샌드라는 목표물의 위치를 파악하기

위해 안간힘을 썼다. 뚝 하고 뭔가 부러지는 끔찍한 소리가 터널 안에 울려 퍼지자 진짜 사나이가 비명을 질렀다.

"쏴야 해. 안 그러면 죽을 거야."

샘이 뒤에 있는 커샌드라에게 말했다. 커샌드라가 처음으로 샘의 말에 동의했다.

"그럼 더 가까이 가야 해."

"좋아, 그렇게 하자."

굽은 터널 벽에 발소리가 울려 퍼졌다. 샘과 커샌드라는 차가 양옆으로 길게 늘어선 길을 따라 쏜살같이 달려갔다. 트럭에서는 무시무시한 장면이 펼쳐졌다. 여학교 교복을 입은 하이드가 팔이 부러진 진짜 사나이를 사지가 흐느적거리는 인형 다루듯 떠받치고 있었다.

"놔줘. 안 그러면 쏠 거야."

재빨리 달려간 뒤 커샌드라가 소리쳤다.

"네가 감히?"

하이드는 킬킬거렸다. 덜렁거리는 트럭 운전사를 방패 삼아 운전사의 어깨 위로 뒤틀린 얼굴을 불쑥 내밀었다.

"자, 내가 보이지? 이제 안 보이지!"

하이드는 운전사를 이리저리 획획 움직였다. 그러는 사이에 다른 하이드들도 천천히 기어왔다.

"빨리 뭐라도 해야 해. 쟤네들이 거의 다⋯."

터질 듯이 꽉 끼는 맨체스터 유나이티드 축구 팀 유니폼을 입은 하이드가 샘 앞에 내려앉았다. 하이드는 샘에게 달려들어 손에서 렌치를 빼앗았다. 샘은 획 몸을 수그려 살집 두둑한 하이드의 팔을 피했다. 몸을 비틀어 돌아서 커샌드라와 마주 보았다. 커샌드라는 여전히 완벽하게 조준하려고 애쓰는 중이었다.

"미안해요."

커샌드라는 나지막이 말하고는 방아쇠를 당겼다. 총구에서 불꽃이 튀자 진짜 사나이가 또다시 비명을 질렀다. 총알이 운전사의 왼쪽 어깨를 관통하면서 돌진하자 운전사와 그를 괴롭히던 하이드 둘 다 아스팔트로 떨어졌다. 샘과 커샌드라는 전속력으로 달려가 으르렁대는 하이드를 피해 부상 입은 트럭 운전사를 끌고 갔다. 진짜 사나이의 셔츠에 피가 번졌다. 샘은 찢긴 셔츠를 보고 총알이 어깨를 스치기만 했다는 걸 알아차렸다. 기술과 기적이 합쳐진 덕분이었다. 하이드는 더 심각한 부상을 입었다. 총알이 쇄골을 박살 내버렸다.

"내가 운전석에 태울게."

샘은 겨우겨우 진짜 사나이를 끌어올려 운전석에 앉혔다. 피가 나는 상처 부위를 손으로 꽉 누르라고 눈짓하자 사나이는 알았다는 듯 고개를 끄덕였다. 샘이 다시 커샌드라와 합류할 즈음 하이드들이 다시 몰려왔다.

"쟤들을 사람들한테서 떼어놔야 해. 차 문과 앞 유리가 더 이상 버티지 못할 거야."

샘이 숨을 헐떡였다. 커샌드라는 총을 어깨 높이만큼 들어 올렸다.

"그럼 서두르는 게 좋겠어."

커샌드라는 하이드들의 머리 쪽에 세 발을 쐈다. 놀란 하이드들이 자동차 사이로 뒷걸음질 쳤다. 딸깍딸깍, 멈칫하던 하이드들은 이내 총알이 다 떨어진 걸 알아차리고는 다시 꿈틀거리며 움직이기 시작했다. 커샌드라는 대담하게도 제일 앞에 숨어서 몰래 훔쳐보던 기형적인 얼굴을 향해 총을 내던졌다.

"뛰어, 샘!"

교수의 부탁으로 사람들이 비춘 헤드라이트 불빛은 진짜 사나이의 트럭 너머로는 가 닿지 않았다. 샘과 커샌드라는 곧 깜깜한 어둠에 둘러싸였다. 앞이 안보이는 상태로 내달리면서 오토바이 핸들에 배를 부딪치고 유리와 금속 조각에 손가락이 찢어졌다. 하이드들이 이 차에서 저 차로 쿵쿵 뛰는 소리, 굶주린 늑대 무리처럼 으르렁거리는 소리가 들렸다.

"보행자 통로, 기회는 그것뿐이야."

커샌드라가 샘의 손을 잡으며 말했다.

손으로 이리저리 더듬어 가던 두 사람은 버스인 듯한 커다란 차의 앞부분에 다다랐다. 바로 그때 억센 손가락이 샘의 옷깃에 들러붙더니 뒤로 몸을 홱 잡아당겼다. 샘의 손이 커샌드라의 손에서 스르륵 빠져나갔다. 교복 셔츠가 끌려 올라가면서 목을 꽉 조였다. 목을 조르는 흉기처럼 옷깃이 비틀리자 혀가 입천장에 두툼하게 들러붙었다. 샘은 손을 뒤로 뻗어 자기를 죽이려 드는 손을 움켜잡으려 했으나 두 팔이 무거운 짐짝처럼 말을 듣지 않았다. 샘은 살면서 처음으로 기도를 했다. '그분'이 혈관을 타고 무서운 기세로 번져 나가 거울에서 태어난 괴물을 물리칠 힘을 달라고….

"크아아아아아아악!"

샘은 갓난아이처럼 손으로 허공을 잡아챘다. 셔츠 맨 윗단추가 떨어지면서 옷깃이 투두둑 뜯겨 나갔다. 샘은 번개처럼 셔츠를 벗은 뒤 통로에서 들려오는 커샌드라의 공포에 질린 비명을 따라갔다.

"나 여기 있어!"

샘이 커샌드라의 손목을 잡으면서 거친 목소리로 말했다. 어둠 속에서 커샌드라는 샘을 와락 껴안았다.

"난 괜찮아. 계속 가."

통로 난간과 터널 벽 사이는 아주 좁았다. 하지만 좀 전에 사이드미러와 오토바이 핸들에 호되게 당할 때보다는 훨씬 빠르게 나아갈 수 있었다. 오르막이 시작되는 통로 귀퉁이가 느껴졌다. 신선한 공기 한 줄기가 맨가슴에 와 부딪쳤다. 차들은 대부분 문이 열린 채로 버려져 있었다. 어둠 속에서 차량 실내등이 촛불처럼 빛났다. 몇몇 차에서는 치직거리면서 라디오가 나왔다. 클래식, 팝, 록 음악이 나오는 중간 중간 뉴스 속보가 흘러나왔다.

"…리버풀에서는 계속해서 살인 사건이 일어나고 있습니다."

"경찰은 무리를 몰아넣은 뒤 발포했습니다."

"교회에 가는 사람들이 급증하고 있습니다."

"인류 진화의 다음 단계일까요, 아니면 원시로 후퇴하는 걸까요?"

샘은 자포자기 상태로 어둠을 받아들이기 시작했다. 여기가 100번은 지나다닌 그 픽맨 터널이 맞을까? 아니면 하이드들의 추격이 영원히 이어지는 불가사의한 차원으로 들어선 걸까?

그때 칼날 같은 빛이 날카롭게 망막을 파고들었다. 400미터 정도 떨어진 앞쪽으로 오르막이 끝나는 가파른 급경사 길에 제복 차림 사람들이 터널 벽 이쪽저쪽으로 빽빽하게 늘어서 있었다. 뒤쪽에는 승용차와 대형 트럭, 오토바이가 정리돼 있었고, 푸른 불빛에 싸인 경찰차 여러 대가 줄지어 서 있었다.

"경찰입니다! 차 안에 그대로 계십시오."

경찰관의 목소리가 터널에 울려 퍼졌다. 매연으로 가득 찬 공기가 샘의 목구멍을 콱 움켜잡았다. 개구쟁이의 장난감처럼 찌그러지고 쑤셔 박힌 수백 명의 몸이 푸른 불빛 아래 드러났다. 손가락을 집요하게 놀려대던 아이들이 만들어낸 광경에 등골이 오싹했다. 확성기를 든 여자 경찰관이 경찰 저지선 가운데 서 있었다. 경찰관은 샘과 커샌드라를 보고 눈이 휘둥그레졌다.

"어서 빨리!"

경찰관이 샘과 커샌드라에게 외쳤다.

"이쪽으로 와…."

경찰관은 소리를 지르다 말고 고개를 젓더니 확성기를 내려놓고 무전기에 대고 소리쳤다.

"방독면 착용!"

방벽처럼 빙 둘러선 경찰들이 목에 건 방독면으로 손을 뻗었다. 방독면을 쓴 경찰관 한 명이 줄에서 빠져나와 무릎을 꿇더니 총신이 넓은 소총을 팔에 끼고는 허리에 산탄통 벨트를 단단히 둘렀다.

"얼굴 가려!"

샘이 외쳤다.

몇 초 뒤 펑 하고 최루탄 터지는 소리가 들렸다. 최루탄은 혜성의 꼬리처럼 흰 연기를 길게 끌면서 샘과 커샌드라로부터 불과 몇 미터 뒤에 떨어졌다. 버려진 차 밑에서 최루탄이 춤을 추듯 발광하자 곧 가스 구름이 피어올랐다. 최루탄에 든 유독 물질이 거의 다 빠져나갔다. 연기 약간만으로도 샘과 커샌드라의 머리는 난리가 났다. 눈물이 줄줄 흘렀다. 입을 가린 손가락 사이로 콧물과 토사물이 뒤섞여 나왔다.

"커—커새….'

소용없었다. 가스 공격으로 거의 질식할 지경이라 말을 할 수가 없었다. 겨우겨우 눈을 뜬 샘은 눈꺼풀의 좁은 틈 사이로 눈부시게 강한 푸른빛, 잔인한 새하얀 빛줄기를 봤다. 그때 검은 가죽 장갑을 낀 손이 샘을 경찰 저지선 바깥으로 질질 끌고 나갔다.

"물병."

누군가 말했다.

샘의 눈과 코, 입에 따뜻한 물의 은총이 흘렀다. 서서히 초점이 돌아오자 경찰 대열의 중앙에 있던 여자 경찰관이 보였다.

JEKYLL'S
MIЯROR
지킬의 거울

"얼마나 많이 쫓아왔니?"

"서—서른 명 정도요."

샘은 끈끈한 가래를 땅에 탁 뱉었다.

"커샌드라는요?"

"보일 거야."

"저 안에 아직 살아 있는 사람들이 있어요."

샘은 숨을 헐떡이면서도 말을 계속했다.

"교수님, 진짜 사나이, 반 헤일런 커플."

샘은 고개를 절레절레 흔들었다.

"죄송해요. 저 미친 거 아녜요."

"최루가스 때문에 그런 거야."

경찰관이 고개를 끄덕이고는 말을 이어갔다.

"운 좋았다고 생각해라. 넌 아주 조금만 들이마셨지만 추하게 생긴 저 골칫거리들은 최루탄을 반이나 빨아들였어. 지금 그것들을 찾아서 모으는 중이야."

샘은 경찰관의 소매를 붙잡았다.

"조심하세요. 쟤네들은 인간이 아녜요."

"우리도 알아."

경찰관은 터널 쪽을 돌아봤다. 손전등이 비추는 터널 안에서 괴물들이 비명을 내질렀다.

잠시 뒤 또 다른 경찰관이 다가와 샘을 햇살이 비치는 곳으로 데려갔다. 터널 입구는 혼란 그 자체였다. 지퍼를 채운 들것에 실려 죽은 이와 죽어가는 이가 구급차로 들어갔다. 생존자들은 주황색 담요를 두르고 옹송그린 채 그저 멍하니 주변을 맴돌았다. 누군가 샘에게 다가가 담요를 벗기고 흰색 망토를 건넸다. 샘은 여전히 눈물을 줄줄 흘리면서 도로 요금소 너머 수많은 방송사 카메라가 접근하지 못하게 막아둔 경찰 저지선까지 천천히 훑어봤다.

샘의 눈길이 한곳에 딱 멈췄다. 뭔가를 봤다. 악몽에서 빠져나온 그 얼굴. 도저히 말이 안 되는 일이라 처음에는 무시했다. 스트레스나 최루가스 후유증으로 환영을 본 것이라고 여겼다. 샘은 인파 속에서 다시 그 얼굴을 찾아내려고 한 명 한 명 자세히 살펴보면서 필사적으로 되짚어갔다. 심장이 미친 듯이 뛰고 피는 차갑게 식어갔다.

"샘?"

샘은 제자리에서 빙글 돌아 커샌드라를 꼭 껴안았다.

"괜찮아?"

"그런 것 같아."

커샌드라가 미소 지으며 대답했다.

"여덟 살 때 아빠랑 가게 뒤편에 고양이 티거를 묻으면서 운 뒤로 이렇게 울어본 건 처음이야."

커샌드라는 말을 하다 말고 흠칫했다. 농담으로 한 얘기였지만 갑자기 경계하는 표정이 떠오르면서 얼굴이 굳어졌다.

"여기서 나가야 해."

정신없는 틈을 타 두 사람은 비교적 쉽게 경찰 저지선을 넘어갔다. 샘은 안도감을 느끼며 뒤를 돌아봤다. 경찰들이 생존자를 터널 밖으로 데리고 나갔다. 젊은 엄마가 혼자 힘으로 아기와 함께 햇빛 속으로 걸어가는 걸 보니 기뻤다. 반 헤일런 커플과 흥분 잘하는 노부부도 빠져나왔다. 교수는 들것에 누운 진짜 사나이 곁에서 덜덜 떠는 팔을 토닥였다.

"우리가 저 사람들을 구했어. 지금껏 살면서 엉망진창으로 만든 시간들을 다 되갚은 것 같아."

커샌드라가 고개를 끄덕이며 말했다. 하지만 샘의 얼굴에선 미소가 사라졌다. 샘은 생각했다.

'아니, 아무것도 만회할 수 없어.'

샘은 다시 경찰 저지선 쪽으로 눈을 돌렸다. 그 얼굴을 다시 볼까 반쯤은 기대하면서. 낯설지 않은 입술에 떠오른 진실하지 않은 미소를. 하지만 사람들 틈에서 본 것은 환영일 뿐이었다. 아빠는 300킬로미터 이상 떨어진 스테미스트 무어 교도소에서 복역 중이니까. 그렇기는 한데….

그 얼굴은 정말이지 진짜 같았다.

JEKYLL'S
MIRROR

제 4부 지옥의 게임

거울은 작은 얼룩 같은 어둠 한 점을 과장하고 확대했다.
불길한 점 하나가 다른 모든 것을 가려 빛을 잃게 만들었다.
어둠은 파편에 지나지 않았다.
어둠은 마주하고 받아들여야 하는 것이자,
그보다 훨씬 큰 그림의 일부에 해당했다

23
혼돈과 혼란

블러프스로 가는 동안 픽맨 터널에 나타난 괴물들은 빙산의 일각이라는 사실이 분명해졌다. 사방에서 사이렌 소리가 대기를 뒤흔들고, 불타는 건물에 엄청난 물을 뿌려대고 있었다. 구급대원은 심폐 소생술을 하거나 정맥에 주삿바늘을 찌르고 상처에 붕대를 감았다. 거리에서 다친 아이들이 치료를 받는 옆에 시커멓게 다 타버리고 뼈대만 남은 자동차들이 널려 있었다. 아직도 연기가 피어오르는 시체가 차 안에 있는 경우도 있었다.

샘과 커샌드라는 점점 심각해지는 파괴와 혼란 속으로 걸어 들어갔다. 하이드는 코빼기도 보이지 않았다. 대신 수상쩍은 눈길들이 두 사람을 주시했다. 고층 아파트에 사는 어르신들과 격의 없이 어울리면서 야구방망이를 휘두르는 깡패들이 보였다. 예전엔 공포에 떨게 만들던 젊은이들이 지금은 보호 전담반으로 동원됐다. 수호천사 가운데 한 명이 패거리에서 빠져나와 커샌드라를 향해 어슬렁어슬렁 걸어왔다.

"빨간 머리, 잘 지냈어?"

커샌드라는 싱글거리는 위블을 향해 고개를 끄덕였다.

"재미있게 노는 사람을 보니 좋네."

"재미라고? 우리 애들은 목숨 걸고 여기 나와 있는 거야. 그것들 중 하나가 툴보이를 심하게 박살 냈다고."

샘은 훔친 메르세데스를 몰고 싶어 하던 열두 살짜리 깡마른 소년을 기억해냈다.

"걔는 괜찮아?"

"살아날 거야."

위블은 대수롭지 않은 척 어깨를 으쓱했다.

"그것들이 도시 전체에 퍼진 거 알지? 모든 조직이 자기 구역을 순찰하면서 힘닿는 대로 악마의 얼굴을 한 그것들을 처단하고 있어."

"경찰에 맡겨둬."

커샌드라가 충고했다.

"짭새들? 아니, 우린 우리가 지켜."

위블이 웃자 입가에 자리한 문신이 넓게 퍼졌다.

"하지만 그것들은 괴물이 아냐. 그 안에 사람이 있어, 툴보이 같은 아이들이라고."

위블은 커샌드라를 빤히 쳐다보고는 한마디 했다.

"뻥치시네."

"뻥 아냐, 이런 걸로 거짓말 안 한다고. 어쩌다 보니 아이들이 변한 거야. 벼랑 끝에 몰려서 다른 선택의 여지가 없으면 아이들을 죽일 테지. 그래도 어쨌든 걔네들을 가둬둘 수 있으면….'

커샌드라는 위블에게 쪽지 한 장을 건넸다.

"맨코비츠라는 남자가 하이드를 데려갈 거야."

"알았어, 빨간 머리. 다른 아이들한테도 전하지."

위블은 혓바닥으로 금니를 더듬으며 말하고는 샘을 흘깃 쳐다봤다.

"너 이모, 이모부랑 블러프스에 살지?"

공포가 날갯짓했다.

"두 분은 괜찮아?"

"여자는 못 보고 남자만 봤어. 드레이보 가에 있는 코스트로에서 일하는 빼빼 마른 양반 맞지?"

"무슨 일 생겼어?"

"드레이보 조직원이 한 시간 전에 전화로 알려줬어. 코스트로가 화염병 공격을 당했다는군. 가게 뒷골목에서 네 이모부를 발견했는데 하이드 놈들한테 두들겨 맞은 상태였대. 애들이 도와주려고 했는데 그냥 비명만 질러댔다더군. 그리고…. 이봐!"

샘은 완전히 파괴된 거리를 내달려 블러프스 마당에 다다랐다. 엘리베이터를 기다리면서 샘은 몸을 숙이고 숨을 골랐다. 목구멍이 계속 아팠다. 까끌까끌한 모래 같은 게 기관지를 긁는 느낌이었다. 엘리베이터 버튼으로 손을 뻗자 휴대폰이 울렸다.

"야, 샘, 이따가 파티에 올 건지 확인하려고 걸었어."

"찰리? 너 지금 무슨 일이 벌어지는지 알고는 있는 거야?"

샘은 믿을 수 없다는 투로 숨을 헐떡이며 말했다.

"세상의 종말이 왔다고? 어, 들었어. '지구 종말 파티'라고 해야 할지도 모르겠다!"

"이 모든 게 하이드 프로젝트와 연관됐다는 거 알잖아. 맙소사, 아직 마틴은 찾지도 못했어. 도린은⋯."

샘이 소리치는 걸 찰리가 막고 나왔다.

"내가 걔네들 신경 안 쓰는 것 같냐?"

찰리가 톡 쏘아붙였다. 하지만 곧 화를 누그러뜨리고 말을 이었다.

"저기, 우리 부모님은 외국에 가셨어. 집에 나 혼자 있다고. 함께 있는 게 안전할 것 같아. 그러니까 제발 여기로 와줘. 이따 봐, 친구."

샘은 욕을 내뱉으며 엘리베이터 버튼을 꾹 눌렀다. 절대로 낫지 않을 것 같은 오른쪽 손등의 상처에서 진물이 흘렀다. 엘리베이터 문이 심하게 덜덜거리면서 열렸다. 그때 커샌드라가 도착했다. 두 사람이 엘리베이터 안으로 발을 들여놓기 전 샘의 휴대폰이 또 울렸다.

"이모. 제 메시지 받았어요? 어젯밤엔 죄송했어요. 절대로 일부러 그럴 생⋯."

샘이 숨도 안 쉬고 말했다.

"알아."

코라가 한숨을 쉬었다.

"저기, 지금 당장은 얘기 못 나눠. 터널에서 일어난 사건 때문에 병원이 완전 난장판이야. 곧장 집으로 가서 문 잠그고 있어. 집에 라이어널이 있으면 이 난리가 지나갈 때까지는 있어도 된다고 내가 말했다고 얘기해. 사랑해, 샘."

"이모, 잠깐만요!"

샘은 다시 전화를 걸었지만 곧바로 음성 메시지로 넘어갔다.

"찰리는 파티를 그대로 열 건가 봐. 믿어져?"

샘이 앓는 소리를 냈다. 커샌드라는 상처 난 샘의 손을 꼭 잡았다.

"온 세상이 불타고 있는데 춤을 춘다? 난 그런 스타일 좋아."

커샌드라가 고개를 끄덕이며 말했다. 샘이 웃음을 터뜨렸다.

"너도 그 녀석만큼이나 제정신이 아냐."

"음, 어차피 내일 밤 판타즈마고리움에 갈 때까지 할 수 있는 게 없잖아. 에드거 드리치가 우리 둘의 어여쁜 시체를 판타즈마고리움 벽에다 내걸기 전에 마지막으로 즐기는 파티일 수도 있어."

엘리베이터가 두 사람을 3113호 앞에 내려놓았다. 샘은 커샌드라가 훔친 집 열쇠를 열쇠 구멍에 쑥 집어넣었다.

"경찰이 하이드들을 어떻게 할 것 같아?"

샘이 물었다.

"모르겠어."

커샌드라는 샘과 같이 어둑한 복도로 들어서며 몸서리쳤다.

"그렇게 괴상하고 강력한 괴물들도 정상적인 사람 수백만 명만큼

가치가 있을 수 있어. 상황이 아주 심하게 될… 샘, 조심해!"

샘은 몸을 숙여 날아드는 부엌칼을 아슬아슬하게 피했다. 샘은 벽지에 대고 다친 손을 문질렀다. 벽에 핏자국이 남았다. 라이어널이 불쑥 튀어나왔다. 코스트로 유니폼은 피로 얼룩지고, 얼굴은 찢기고 심하게 멍이 들었다.

"나가!"

라이어널이 꽥 소리를 질렀다.

"제발, 그냥 혼자 있게 내버려둬."

라이어널의 몸이 바람 빠진 아코디언처럼 구겨지더니 손에서 칼이 툭 떨어졌다. 샘은 칼을 집어 들어 라이어널의 손이 닿지 않는 장식장 위에 올려놓았다.

"다치셨잖아요. 제가…."

샘은 반신반의하면서 불안한 걸음을 앞으로 내디뎠다.

"오지 마!"

라이어널은 바닥에 털썩 주저앉더니 벽에 등을 기댔다.

"코라한테 말했어, 코라한테 얘기했다고. 우리가 아이를 집에 들일 책임은 없다고. 사회복지시설도 있고 위탁 가정도 있다고. 하지만 코라는 네 엄마랑 똑같아. 마음이 너무 여려서 악마를 못 알아보지."

라이어널이 웃었다. 반은 낄낄대고 반은 흐느꼈다.

"넌 어쩔 수 없어, 그건 그냥 네 안에 있으니까."

'네 안에 있어.' 샘이 마음속으로 그 말을 반복하자 불현듯 터널 입구에 모인 사람들 틈에 있던 얼굴이 매우 현실적으로 다가왔다.

"이제 더 이상 너나 네 친구들 때문에 고통받지 않을 거야. 난 평생 남의 놀림감이었어. 조롱하고 괴롭혀도 되는 놈이었다고!"

라이어널은 양손을 쫙 펴며 말을 이어갔다.

"이 집이 내 유일한 피난처였어. 이제는 그마저도 사라졌지. 내가 그 돈을 받았기 때문이냐, 새뮤얼? 네가 날 미워하는 이유가 그거야?"

"무슨 돈이요?"

샘이 물었다. 하지만 라이어널은 두서없이 뚝뚝 끊기는 생각에 이끌려 이미 다른 주제로 넘어간 뒤였다.

"네 친구들이 가게 뒷골목에서 날 공격했어. 얼굴이 완전히 잘못된 녀석들이었지. 그것들이 날 때리고 베고 발로 찼어."

라이어널은 커샌드라에게로 시선을 옮기고는 또다시 비웃었다.

"새뮤얼은 그놈들과 함께 있었어. 저 녀석이 날 해치지는 않았지만 난 봤지. 저 녀석이 날 지켜보면서 모든 순간을 즐기는 모습을."

"샘은 하루 종일 저랑 같이 있었어요."

커샌드라는 고개를 저으며 말했다.

"저 녀석은 거기 있었어."

라이어널이 고집스럽게 말했다.

"위험한 녀석이야, 알겠어? 딱 제 애비처럼."

만신창이가 된 라이어널을 바라보던 샘은 이모부의 마음이 도자기 꽃병 같다는 사실을 그제야 깨달았다. 박살 나고 붙이기를 반복한 꽃병. 실제로, 혹은 상상으로 모욕과 무시를 받아 깨지고 부서지면 최선을 다해 조각들을 이어 붙이면서 살아온 것이다. 그런데 오늘 받은 공격으로 마지막 한 조각까지 산산조각이 나 가루가 되고 말았다. 지금 라이어널은 샘과 마찬가지로 그곳에 없는 얼굴들을 보고 있었다.

"날 죽이고 싶지?"

라이어널은 어깨를 벽에 의지해 위쪽으로 몸을 추슬러 올렸다.

"그렇다는 거 알아. 내 눈에는 보이거든. 연푸른 눈동자 안에 든 그것. 그 녀석의 눈. 그의 것."

"아녜요!"

샘은 현관문을 확 비틀어 열고 커샌드라를 층계참으로 끌어냈다. 3113호에서 들려오는 미친 웃음소리에 이웃 몇몇이 놀라 복도로 나왔다. 샘은 사람들을 거칠게 밀치며 엘리베이터 쪽으로 갔다.

"저 녀석은 날 죽이고 싶어 해!"

라이어널은 샘의 뒤에 대고 새된 목소리로 외쳤다.

"그러고도 남을 놈이야. 날 죽일 거라고!"

매일 아침 마주치는 얼굴들, 늘 미소 지으며 손 흔들어 인사하던 사람들이 마치 낯선 사람인 양 샘을 쳐다봤다. 커샌드라는 아무 말도 하지 않았다. 엘리베이터에서 그저 샘의 손을 꼭 잡으며 어깨에 머리를 기댈 뿐이었다. 마당으로 내려간 샘은 휴대폰을 꺼내 코라에게 전화를 걸었다. 또다시 음성 사서함으로 넘어가버렸다.

"여보세요. 저예요. 이… 이모부를 봤는데 뭔가 잘못됐어요. 집에 가

JEKYLL'S
MIRROR
지킬의 거울

기 전에 저한테 전화 주세요. 이모가 아무것도 모르는 상태에서 보지 않는 게 좋을 것 같아요. 그리고… 어, 그냥 전화 주세요."

커샌드라가 샘을 잡아당겼다.

"따라와."

아파트 단지에서 나와 옛 상업 지구로 향하는 내내 샘은 거의 제정신이 아니었다. 햇볕이 목을 따끔따끔하게 쏘는 느낌, 입 뒤쪽에서 굵은 모래 알갱이 같은 게 끈질기게 까끌거리는 느낌만 간간이 들 뿐이었다. 이번만큼은 기꺼이 몸을 내맡기고 공중에 붕 뜬 상태로 커샌드라 옆에서 움직였다. 아수라장인 도시의 신호도 거의 알아차리지 못했다. 자동차가 불타고, 연기가 하늘을 할퀴고, 개 한 마리가 내장이 쏟아진 채 가로등에 매달렸다. 다 허물어진 공장들이 모여 있는 외곽 지역에 다다라서야 샘은 꿈틀꿈틀 되살아났다.

"여기가 어디야?"

"우리 집."

커샌드라는 출입구를 막아둔 물결 모양 강판을 끌어냈다. 두 사람은 빅토리아 시대에 돌로 지은 주물 공장의 거대한 배 속으로 비집고 들어갔다. 아무도 찾지 않는 공장 지대의 다른 건물들과 마찬가지로 콜리어 브라더스 제강소 역시 40년 넘게 비어 있었다. 판석을 깐 바닥에 찍힌 자국들로 보아 예전 그 자리에 거대한 기계가 있었다는 것을 알 수 있었다. 벽돌로 된 벽을 가로질러 그을린 자국이 위아래로 길게 들러붙어 마치 유령 공장 같았다.

"여기 살아?"

"응, 어젯밤부터. 드리치가 초능력으로 추적하는 것을 피하려면 계속 옮겨 다녀야 해. 나쁘지 않아. 쥐에 익숙해지기만 하면."

커샌드라는 샘을 2층으로 올라가는 계단으로 이끌었다. 거기서 바로 털북숭이 룸메이트와 마주쳤다. 커샌드라는 휘이휘이 손을 내저으며 쥐를 내쫓고는 방 한가운데 놓인 낡은 소파에서 침낭을 정리했다. 창으로 주물 공장 바닥이 내려다보였다. 사무실이었던 게 분명했다. 커샌드라가 창 옆에 놓인 탁자에서 분주하게 움직이는 동안 샘은 침대에 털썩 주저앉았다. 생각보다 편안했다.

"어쩌면 경찰에 신고해야 할지도 모르겠어. 이모부가 심하게 당했으니 다른 사람을 해코지하려고 들지도 몰라."

샘이 말했다.

긴급 전화가 연결되자 샘은 잔뜩 지친 담당자에게 상황을 설명했다. 담당자는 블러프스로 제일 먼저 갈 수 있는 경찰관을 보내겠다고 약속했다. 하지만 도시 전체가 불타는 상황에서 경찰이 신경쇠약에 걸린 중년 남성 한 명을 최우선으로 여길지 의심스러웠다.

"먹어."

커샌드라는 샌드위치와 물 한 병을 샘에게 건넸다.

"배 안 고파."

"강제로 먹이게 만들지 마. 힘이 있어야 해, 새미."

"그렇게 부르지 말라고 부탁했잖아."

"왜? 네 아빠가 그 이름을 좋아해서? 엄마도 좋아했잖아."

"넌 다 알지. 왜냐하면… 아, 그래, 뒷조사를 했으니까."

화를 내야 할 것 같았지만 '그분'은 여전히 잠잠했다.

"네 이모부가 어떻게 생각하든 넌 네 아빠와 달라."

커샌드라가 말을 이었다.

"과거를 털고 새로운 인생으로 넘어갈 권리가 있어. 두려움과 죄책감에서 벗어나서 말이야. 너 자신을 위해서 그렇게 하면 좋겠어."

그때 커샌드라의 휴대폰이 울렸다. 화면에 뜬 발신자를 힐끗 보고는 커샌드라가 말했다.

"미안, 이 전화는 받아야 해."

커샌드라는 생각에 잠긴 샘을 두고 사무실 뒤편 문밖으로 사라졌다. 주물 공장의 눅눅한 공기에서는 피처럼 비릿한 금속 냄새가 났다. 손바닥을 보니 핏자국이 보였다. 샘은 거의 비명을 지를 뻔했다. 죽은 엄마를 팔에 안은 채 집 현관에 있는 게 아니라 폐허가 된 주물 공장에 있다는 사실을 이해하기까지 시간이 걸렸다. 샘은 기억을 지우려는 듯 손바닥을 맞대고 문질렀다.

앞뒤로 움직이는 팔꿈치에 소파 쿠션에 묻힌 날카로운 것이 쓸렸다. 샘은 손을 아래로 뻗어 액자를 끄집어냈다. 커샌드라와 아빠가 함께 찍은 사진이었다. 에드워드 케인은 콧잔등에 주근깨가 띠를 이룬 온화하고 정직한 인상이었다. 커샌드라는 아빠 어깨에 팔을 느슨하게 두른 채 걱정 없는 표정으로 웃고 있었다. 지금까지 한 번도 본 적 없던 미소. 신문 기사에서 발견한 사진과 마찬가지로 이 행복해 보이는 사진도 뭔가 잘못됐다는 느낌이 불쑥 들었다. 커샌드라의 아빠에게는 이상한 점이 전혀 없었다. 그런데 불꽃 소녀는 뭔가 석연치 않았다. 샘은 액자를 쿠션 사이에 도로 밀어 넣었다.

"마틴 길버트가 거울에 접근했어."

커샌드라가 뒷방에서 나오면서 소식을 알렸다.

"걔 컴퓨터에 심어둔 감시 장치에서 방금 경보가 울렸어. 그런데 그게 다가 아니야. 심령술사 친구 기억해? 음, 전에는 한 번도 감지되지 않던 게 나타났대. 새로운 선수가 게임에 들어온 것 같아."

구름이 태양을 가리면서 지나간 듯 더러운 창문을 두드리던 흐릿한 빛이 서서히 사라졌다.

"그게 누군데?"

"툼스라는 남자. 어떻게 생겼는지 확실히는 안 보였지만 몸에 착 달라붙은 엄청난 어둠의 기운만큼은 분명히 느껴졌대. 툼스가 드리치에게 가치가 높은 정보를 갖다줘서 그 흑마술사가 심복으로 받아들였대. 툼스가 어떤 사람인지는 몰라. 특별하고 강하고 잔인하대."

"어쩌면 하이드일 수도 있어."

커샌드라가 고개를 저었다.

"툼스는 초자연적인 존재라고 했어. 일반적인 자연 법칙 밖에 있으면서도 여전히 이 세계에 뿌리내린 존재. 심령술사 친구가 확실히 아는 거라곤 전혀 새로운 존재라는 사실뿐이래."

밖을 내다볼 수 있게 창문에 뚫어놓은 구멍 사이로 노을빛이 밀려
들어 방이 붉게 물들었다.

"그리고 한 가지 더. 심령술사 친구가 느끼기에는 우리가 툼스의 표
적이래. 이제부턴 더 조심해야 해."

"알았어. 그건 그렇고 곰팡이 녀석은?"

샘이 나직이 물었다.

"지금쯤 분명 변했을 거야. 하지만 최악은⋯."

동굴처럼 오래된 주물 공장의 휑뎅그렁한 공간에 샘의 휴대폰 벨소
리가 울려 퍼졌다.

"받아야 해, 이모일지도 몰라."

스피커를 켜자 치지직거리는 전파를 가르고 고함과 비명이 뒤죽박
죽 섞인 소리가 들려왔다. 불협화음 너머로 공포에 질린 찰리의 목소
리가 불안하게 흔들렸다.

"샘? 샘, 그 녀석 여기 있어. 마틴 길버트 말이야. 어쨌든 그 녀석인
것 같은데 벼⋯ 변했어. 오, 맙소사, 마틴이 사람들을 해치고 있어!"

샘과 커샌드라는 얼굴을 마주 봤다. 마지막 불빛이 어둠에 잠겼다.

"저 녀석 말로는 앞으로⋯."

"찰리! 듣고 있니? 대답해!"

하지만 전화는 끊어지고 말았다.

커샌드라가 앞장서서 걸었다. 거리에 버려진 자동차 여섯 대가 있었다. 소형차 미니의 시동 스위치에 차 열쇠가 그대로 꽂혀 있었다. 그런데 도시를 빠져나가는 데 문제가 있었다. 경찰 인력이 부족하다는 걸 안 약탈자들이 주요 도로를 몽땅 점령한 것이다. 부서진 유조차에서 연기가 피어올랐다. 샘과 커샌드라가 탄 미니의 차체로 폭발의 진동이 고스란히 전해졌다. 커샌드라는 완전히 파괴된 유조차 잔해에서 몇 킬로미터 못 간 지점에 차를 세웠다. 하이드 무리가 광란의 숭배자들처럼 불길 주위를 빙빙 돌며 춤을 췄다.

하이드들이 눈치채기 전에 커샌드라는 급하게 차를 후진해 그곳을 빠져나갔다. 능숙한 운전 실력을 발휘해 포장 안 된 시골길을 달려 목적지에 도착했다. 샘은 고급 주택가인 미도우즈도 다른 지역만큼 안 좋은 상태라는 걸 알고 깜짝 놀랐다. 하이드들이 특정 지역에만 출몰

할 이유가 전혀 없었다. 하지만 미도우즈보다는 블러프스가 인생의 어두운 면을 보는 데는 이골이 난 곳이다 보니 살인과 대혼란에 더 자연스러운 장소로 보였다.

샘과 커샌드라는 차를 세우고 리들리네 집 정문으로 들어갔다. 칠흑같이 어두운 정원은 고요하고 평화로워 보였다.

"느껴져?"

커샌드라가 속삭였다. 샘은 입술을 축였다. 주물 공장의 비릿한 냄새가 떠올랐다.

"응. 죽음의 냄새가 나."

광이 나는 현관문에 다다른 순간 두 사람의 직감이 확실해졌다. 거대한 피 웅덩이가 펼쳐져 있었다. 달빛을 받은 웅덩이는 검고 찐득했다. 시체는 하나도 보이지 않았다. 다만 피의 양으로 보아 그 수가 어마어마하리라는 짐작이 들었다.

"사람들은 여기서 죽었어. 마틴이 어떻게 이런 짓을 저질렀지?"

"우린 빛과 어둠이 공존하는 존재야. 도덕이나 양심, 공감처럼 어둠을 제어하는 요소를 없애면 누구라도 이런 짓을 저지를 수 있다고 봐."

커샌드라가 속삭였다. 샘은 픽맨 터널의 하이드들을 떠올렸다.

커샌드라가 밀자 문이 열렸다. 문은 곧 나지막하게 탄식하듯 뒤에서 닫혔다. 정원과 마찬가지로 집 안에도 침묵이 짙게 내려앉았다. 하지만 무슨 일이 일어날 것만 같은 정적이 감돌았다.

벽에 거울이 있고 복잡한 모자이크가 바닥에 깔린 웅장한 홀을 지나 하나하나 방을 확인하던 샘과 커샌드라는 마침내 서재에 이르렀다. 편안한 독서용 의자가 놓인 넓은 공간에 향긋한 책 냄새가 감돌았다. 샘은 바닥부터 천장까지 꽉 찬 책꽂이와 신경 써서 배열한 책을 눈으로 좇았다. 좋아하는 책 표지 사이에서 평화의 섬을 찾던 엄마가 아주 좋아할 만한 공간이었다.

커샌드라는 바닥에 떨어진 플라스틱 컵을 주워 들고는 남은 술을 빙빙 돌렸다. 방마다 급하게 도망친 흔적이 남아 있었다. 깨진 병, 뒤집힌 탁자, 핏자국이 있는 박살 난 창문, 유리에 찢긴 옷. 난장판인데도 불구하고 시체는 어디에도 없었다. 일말의 수치심을 느낀 마틴이 죽은 사람들을 모조리 어딘가에 숨긴 건 아닐까 싶기도 했다.

"사람이 많았어."

샘은 가죽으로 장정된 책등을 손끝으로 더듬었다.

"대부분 밖으로 나간 게 분명해. 내가 바라는 건 그저 찰리가…."

샘은 창가에 멈춰 섰다. 진입로를 말없이 걸어 올라올 때부터 피부 밑에서 따끔거리던 공포감이 갑자기 더 심해졌다.

"샘, 왜 그래?"

커샌드라에게 오지 말라는 뜻으로 뒤로 손을 흔들면서도 샘은 얼굴을 계속 창문 쪽으로 돌리고 있었다. 혈관을 따라 아드레날린이 솟구쳤다. 샘은 대략적인 계획을 세우기 시작했다. 찰리의 전화를 받은 사람은 샘이었다. 밖에 있는 괴물 바로 앞에 선 사람도 샘이었다. 마틴

길버트가 아는 한 그 집에 있는 사람은 샘 한 명뿐이었다.

"둘이 수영장 가에 있어."

샘은 입술을 가능한 한 작게 움직이면서 말했다.

"마틴이 찰리를 데리고 있어. 잘 들어, 마틴은 네가 여기 있는 줄 몰라. 쟤가 나한테 계속 관심을 집중하게 만들 테니까 그사이에 정원 뒤편으로 뛰어가. 무기가 필요할 거야."

"알았어."

커샌드라가 복도로 나가자 바스락거리는 발소리가 들렸다.

"거기 그냥 서 있지만 말라고, 빌어먹을 겁쟁이 자식아!"

마틴 길버트의 하이드가 신경질적인 목소리로 말했다. 마치 전기톱 소리 같았다.

"이리 와서 같이 파티를 즐기자고!"

샘은 정원 쪽으로 난 미닫이문으로 나갔다. 한낮의 열기가 잔디밭을 데워 만들어낸 엷은 안개가 수영장으로 이어진 길을 뒤덮었다. 수영장은 열대 꽃으로 장식된 격자 벽으로 둘러싸여 있었다. 수영장에 가까워질수록 샘은 오른쪽을 보고 싶은 충동을 억누를 수가 없었다. 아치 형태의 출입구를 통해 커샌드라가 보일지도 몰랐다.

"가까이 와."

마틴이 명령했다. 극도로 흥분한 찰리의 숨소리와 수영장 여과 장치에서 나는 꾸르륵 소리를 빼고는 멀리서 들려오는 도시의 울부짖음만이 정적을 깨뜨렸다. 마틴은 억센 손가락으로 찰리의 머리카락을 틀어켠 채 수영장 끝에 있는 갓돌 위에 무릎을 꿇고 앉아 있었다. 하키 팀 주장은 물속에 처박혀 있었다. 찰리의 입술이 수면 바로 위에서 분투하는 중이었다. 찢어진 이마에서 피가 흘러 새빨간 해파리의 힘찬 촉수처럼 수영장 물로 번져 나갔다.

"새—샘. 도와주우우—어어."

마틴이 장난감을 물에 처박자 찰리가 캑캑거렸다. 샘은 물이 얕은 쪽에 서서 친구가 허우적대는 모습을 지켜봤다.

"거기 가만히 있어. 안 그러면 이 녀석 목을 부러뜨릴 테니까."

하이드의 웃음소리가 수영장 벽에 부딪쳐 울려 퍼졌다. 샘은 주먹을 말아 쥐었다. 마틴은 슬쩍 힘을 줘 찰리를 가볍게 물 밖으로 끌어냈다. 찰리는 이미 정신을 잃을 만큼 물을 먹은 상태였다. 얼굴이 물밖으로 나오자마자 이마의 살가죽이 떨어져 나가면서 다시 피가 흘러내렸다. 몸을 떨면서 입과 코에서 물을 쏟아냈다.

"마틴, 그만둬!"

샘이 애원했다.

"마틴?"

괴물이 되물었다.

"오, 유감스럽지만 마틴은 없어."

"그럼 뭐라고 불러?"

"쥐 얼굴."

마틴은 찰리의 머리카락을 뿌리째 움켜쥐고서 비명을 질러대는 먹잇감을 마구 뒤흔들었다.

"초등학교 때 내 첫 별명이었어. 수많은 별명 중에서 가장 첫 번째 별명. 구역질 나는 쥐 얼굴."

"하지만 찰리는 한 번도 널 해친 적이 없잖아. 찰리를 놔주는 게 어때? 우리…."

"얘기해볼 수 있지 않느냐고?"

마틴은 비웃으면서 말을 이어갔다.

"오늘 밤 내가 여기서 무슨 짓을 저질렀는지 알아? 짐작이 가? 그런데도 얘기를 하고 싶다고?"

마틴은 툴툴대더니 다시 찰리를 물에 집어넣었다.

"요전날 밤 너희들이 하는 얘기 들었어. 너랑 네 여자 친구라는 년이랑 이 거만한 호모 새끼 말이야. 그때도 거울이 얘기해줬지. 네가 그 프로그램에 대해 경고한 뒤로 널 지켜보기로 결심했어. 넌 프로젝트를 어떻게든 중단시키고 싶겠지만 그냥 두고 보지는 않을 거야."

샘은 그날 리들리네 집 나무에 숨어 있던 사람을 기억해냈다. 중독자들이 흔히 망상 증세를 보이는 것처럼 마틴도 사악한 즐거움을 중단시키려 위협하는 자들을 몰래 감시해온 것이다.

"찰리를 꺼내줘."

"난 겁쟁이의 명령은 따르지 않아."

뒤틀린 소년이 비웃었다.

"지금은 물속에 있어야 해."

"왜?"

"내가 할 수 있으니까! 난 그럴 만한 힘이 있으니까."

마틴은 한마디 한마디 할 때마다 찰리를 점점 더 깊숙이 처박았다.

"선생들도 아니고 날 괴롭히던 사람들도 아니고 바로 내가."

그때 출입구 한곳에 그림자가 나타났다. 하이드 뒤로 살금살금 다가가는 한 사람….

"찰리를 죽여서 뭘 증명할 수 있을 것 같아? 찰리를 죽이면 마틴 길버트라는 아이가 약해 빠져서 비참함을 안고 살아갈 수밖에 없다는 사실만 증명될 뿐이야. 딱하지."

샘은 낄낄댔다. 웃음소리가 자연스럽게 들리도록 애썼다. 마틴의 새 얼굴이 분노로 일그러졌다.

"이 녀석을 끝장낸 뒤에 네 내장을 찢어줄 테다. 네 두개골을 곤죽이 되도록 박살 내버릴 거야!"

마틴 뒤로 다가선 그림자가 점점 커지더니 불꽃 소녀의 머리카락이 어둠을 뚫고 활활 타올랐다. 미약하게나마 꿈틀대던 찰리가 더 이상 움직이지 않았다. 수면에서 미친 듯이 부글거리던 공기방울도 잠잠해졌다. 커샌드라가 무기를 높이 치켜들었다.

"네 눈알을 후벼 파서 갈가리 찢어버릴 거야. 네 심장을 도려내고 네 척추를 으스러뜨릴 거야. 난…."

공기를 가르는 소리에 돌아볼 겨를도 없이 하키 채가 마틴의 뒤통수에 날아들었다. 마틴은 죽기 일보 직전인 먹잇감을 손에서 놓았다.

찰리는 엎드린 채 꼼짝도 하지 않고 물 위에서 간닥거렸다. 근육이 튼실한 괴물은 정신을 잃고 쓰러졌다. 피가 흐르는 한 손은 수영장으로 축 늘어져 물을 붉게 물들이고 있었다. 샘은 마틴을 흘깃 본 뒤 물로 뛰어들었다. 몇 초 뒤 샘은 찰리를 간신히 물 밖으로 끌어올렸다. 커샌드라가 무릎을 꿇고 앉아 심폐 소생술을 시작했다.

서늘한 달빛 아래 찰리도, 하이드도 꼼짝하지 않았다. 커샌드라가 찰리의 가슴을 누르고 입으로 숨을 불어넣는 동안 괴물과 희생자의 머리에서 나온 피가 타일 바닥을 가로질러 수영장 안으로 뱀처럼 구불구불 흘러갔다. 샘이 포기하려는 그때 찰리가 눈을 번쩍 뜨며 옆으로 돌아누웠다. 입술 사이로 물이 쏟아져 나왔다.

"얘 좀 봐줘."

커샌드라가 이렇게 말하고는 마틴을 살펴보러 갔다. 샘은 찰리가 앉을 수 있게 부축한 뒤 찰리의 손을 상처 난 이마에 갖다 대주었다.

"계속 누르고 있어. 그래야 피가 덜 나와."

"몸이 저절로 떨려. 넌 아―알았어?"

찰리의 목소리가 덜덜 떨렸다.

"뭘?"

"저 녀석이 얼마나 불행했는지."

찰리는 무릎을 가슴께에 끌어안고 달빛이 비치는 벽을 뚫어져라 쳐다봤다.

"물론 몰랐겠지. 우린 서로의 진짜 모습을 전혀 몰랐어, 그렇지? 너무 늦었어."

커샌드라는 하이드를 굽어본 뒤 뒤를 돌아보며 말했다.

"소용없어. 내 생각에 애는…."

마틴이 포효하더니 커샌드라의 목을 움켜잡았다. 다시 태어난 악마처럼 미소를 띤 채 마틴 길버트는 목을 누르고 또 눌렀다. 제일 먼저 반응한 건 찰리였다. 벌떡 일어서더니 커샌드라가 떨어뜨린 하키 채를 움켜쥐고 노련한 자세로 괴물의 두개골을 한 번 더 가격했다. 하이드는 또다시 먹잇감을 손에서 놓치고 맥없이 쓰러졌다. 이번에는 두 번 다시 꼼짝하지 않았다.

샘은 커샌드라를 부축해 수영장 가에 놓인 덱체어로 데려갔다. 커샌드라는 덜덜 떨긴 했지만 심하게 다치지는 않았다. 그사이 집으로 뛰어간 찰리는 밧줄과 쇠사슬, 튼튼한 자물쇠 한 쌍을 들고 나타났다. 마틴을 묶기 전 찰리는 작은 거울을 갈라진 입술에 갖다 댔다. 거울에 김이 서렸다.

"살아 있어."

주먹만 한 자물쇠를 딸깍 소리 나게 채우고서 샘과 찰리는 괴물에게서 손을 떼고 물러섰다.

"이걸로 될까?"

"야생 곰도 꼼짝 못 할걸."

찰리는 자신 있게 말하면서도 하키 채를 고쳐 잡았다.

"그럼 이제 어떻게 해? 경찰 불러?"

"경찰은 이거 말고도 할 일이 잔뜩 있어."

커샌드라는 휴대폰을 꺼냈다.

"여보세요? 네, 가능한 한 빨리 전담반이 필요해요…. 주소는 문자로 보낼게요. 하이드 한 명, 그리고 사망자도 많아 보여요…. 네, 기다릴게요."

커샌드라는 해결됐다는 듯 샘을 향해 고개를 끄덕였다.

"용병들이 오고 있어. 마틴은 감금 시설로 데려갈 거고, 어떤 희생자든 일단 발견하면 죽은 사람들이 있을 만한 장소를 찾아서 처리할 거야. 오늘 밤 여기서 일어난 일은 찰리와 아무 상관없는 거야."

"나랑 아무 상관없다고?"

찰리의 얼굴이 일그러지더니 눈물이 뺨을 타고 줄줄 흘러내렸다.

"내가 보고 들은 걸 몽땅 다 잊어야 한다고?"

찰리는 마틴을 손으로 가리키며 말했다.

"누구라도 저렇게 될 수 있었어, 안 그래? 우리가 한 일이라고는 약간 밀어붙여서 어둠이 넘쳐흐르게 한 게 다였어."

샘이 찰리에게 팔을 두른 그때 휴대폰이 울렸다. '집'이라는 발신자 표시가 깜박였다.

"이모, 제가 남긴 메시지 들으셨어요? 이모부 보셨어요?"

고통으로 갈라진 라이어널의 목소리가 낮게 속삭였다.

"샘. 네―네 이모… 연락이 아―안 돼. 코라한테 말해야 하는데. 코라한테 전해줘…."

"뭘요? 저한테 얘기하세요."

샘은 공포에 질렸다.

"사―사랑한다고 전해줘. 늘 사랑했다고."

"이모부, 무슨 일이에요? 누가 그랬어요?"

"연―연기하기엔 너무 늦었어."

라이어널의 격격 소리가 전화기를 타고 넘어왔다.

"널 용서할게, 샘. 이―이 말 하려고 전화한 거야. 그건 절대 네 잘못이 아니었어. 정말 아니었어."

편한 자세를 취하려고 몸을 움직이는 듯 질질 끄는 소리가 들렸다.

"그건 네 안에 있어. 그―그뿐이야."

"이모부, 제 말 들려요?"

더 이상 상대편에서는 아무 소리도 들리지 않았다.

"말 좀 해보세요!"

커샌드라가 샘에게서 휴대폰을 빼갔다.

"전화가 끊겼어."

"가봐야겠어."

샘은 짧은 숨을 내뱉었다.

"운전할 수 있니?"

"응."

"샘, 정말이야?"

"그래, 나 운전면허 시험 떨어졌다, 이 말이 듣고 싶은 거야? 오늘 밤엔 교통경찰도 없을 것 같은데."

샘이 화난 목소리로 쏘아붙였다.

"난 같이 갈 수 있다는 뜻으로 한 말이야."

"아냐. 넌 여기 있어. 나 혼자 처리할 테니까."

샘이 한숨을 내쉬었다. 찰리와 허둥지둥 포옹을 나눈 뒤 샘과 커샌드라는 진입로를 따라 내려갔다.

"이게 필요할 거야."

커샌드라가 예전에 집에서 훔친 여벌 열쇠를 건넸다.

"하이드를 안전하게 처리하면 용병들한테 블러프스에 내려달라고 할게. 조심해."

샘은 운전대 뒤에 털썩 주저앉았다. 밤의 열기 때문에 옷은 거의 다 말랐다. 하지만 신발은 아직 물이 철벅거려서 반쯤 수영장에 있는 기분이었다. 기어를 1단에 넣고 액셀을 밟은 뒤 핸드브레이크를 풀고 사이드미러, 백미러를 확인했다. 샘은 이게 정확한 순서가 아니라는 걸 잘 알았지만, 어쨌든 차는 빙 돌아 막다른 골목을 빠져나갔다. 백미러 속 커샌드라의 모습이 점점 작아졌다. 며칠 만에 처음으로 외로움이 몰려들면서 가슴이 뻐근하게 저려왔다. 불타는 도시를 향해 차를 몰던 샘은 문득 깨달았다.

광기, 죽음, 공포의 한복판에서 불꽃 소녀를 사랑하게 됐다는 것을.

25

툼스의 선물

새로 태어난 영혼들이 내지르는 포효가 들어오지 못하도록 샘은 현관문을 닫았다. 복도 스위치를 켜자 허무하게 딸각 소리만 울렸다. 차를 몰고 오면서 본 거리는 대부분 똑같은 모습이었다. 불이 들어온 건물은 거의 없었다. 불이 켜진 곳은 대개 사정이 나은 동네였다. 늘 그렇듯이 블러프스 같은 동네는 가장 먼저 어둠 속에 버려졌다.

"이모부?"

아무 대답이 없었다. 복도 탁자에 놓인 무선 전화기 거치대는 빈 채였고 말라붙은 핏자국이 여기저기 눈에 띄었다. 샘은 부엌으로 갔다. 바닥과 조리대는 깨끗했다. 거실 역시 커튼이 쳐 있고 텔레비전과 가구는 말끔했다. 욕실 세면대와 욕조도 물기 하나 없었다. 코라와 라이어널의 침실로 가보니 벽장은 물론 문 뒤쪽도 텅 비어 있었다. 마지막으로 샘은 제 방으로 갔다. 얇은 커튼 사이로 도시의 불길이 일렁이면서 지옥 같은 불빛이 화판에 드리웠다.

꼬깃꼬깃 구겨진 그림 한 장이 붙어 있었다. 악몽에서 본 남자 그림, 아무것도 없이 텅 빈 타원형 얼굴에 긴 팔과 느즈러진 다리. 너덜너덜한 공포의 손톱이 신경을 긁었다. 자기가 버린 바로 그 그림이라는 것을 금세 알았다. 누군가 휴지통에서 그림을 꺼내 구겨진 모서리를 매만져 다시 화판에 테이프로 붙여놓았다.

샘은 손을 덜덜 떨면서 그림을 떼어냈다. 멀리서 폭발이 일어났다. 갑자기 환한 빛이 연필 선을 따라 위협하듯 빛나더니 뒷면에 적힌 글자가 비쳤다. 샘은 그림을 뒤집었다.

천만에.

— 미스터 툼스

샘의 휴대폰이 울렸다.

"여보세요?"

죄책감에 샘의 목소리가 기어들어 갔다.

"샘, 너 집이니?"

"네, 이모, 집이에요."

"음성 메시지 들었어. 라이어널이 뭐라고 했니? 저기, 한두 시간 안에 집에 갈 거야. 기다려, 알았지?"

두 번 생각하지도 않고 샘은 그림을 주머니에 집어넣었다. 에드거 드리치의 심복이라는 사람이 이곳에 왔었다. 집 안을 떠다니던 불길한 기운이 한층 짙어졌다. 샘은 천천히 복도로 나가 탁자와 빈 전화기 거치대를 다시 살폈다.

"제길. 전화기."

무선 전화기 거치대에는 전화기가 없을 때 위치를 확인하는 '찾기' 기능이 있었다. 샘은 '찾기' 버튼을 눌렀다. 응답 소리가 너무 약해 처음에는 들리지 않았다. 샘은 다시 버튼을 누른 뒤 방마다 재빨리 훑었다. 거실 쪽에서 약하게 삐삐삐 소리가 들리는 듯했다. 샘은 소파를 들어 올리고 탁자를 밀고 낡은 텔레비전까지 벽에서 떼어내 찾아봤다. 하지만 전화기는 놀리듯이 울려댈 뿐이었다.

"이모부, 어디 계…?"

하늘을 가르며 폭죽이 거미 다리 같은 손가락을 펼치자 거실 창문이 환하게 밝아졌다. 눈부신 그 1초 동안 커튼에 한 남자의 실루엣이 번쩍 나타났다. 머리를 떨구고 두 팔은 옆구리에 축 내려뜨린 모습이었다. 환한 빛이 사라지자 창문은 다시 어둠에 묻혔다. 두려움을 간신히 억누르면서 샘은 거실을 가로질러 커튼을 열어젖혔다.

라이어널 크렘퍼는 꼿꼿이 서 있었다. 허수아비 같은 몸이 발코니 난간에 빨랫줄로 단단히 묶여 있었다. 어디선가 귀에 거슬리는 경적이 울렸다. 마치 죽은 남자의 입술 사이로 비명이 터져 나오는 것 같았다. 샘은 엄청난 피 웅덩이 안에서 울려대는 무선 전화기에 시선을 고정한 채로 비틀거리면서 뒷걸음질 쳤다. 라이어널이 죽어갈 때 틈스가 전화기를 대준 게 분명했다. 무엇 때문에? 구급차를 부르라고? 사랑하는 여자에게 마지막으로 한마디 하라고? 아니다. 그림에 답이 있었다. 라이어널을 죽인 살인자는 샘에게 전화를 걸게 한 것이다. 샘의 휴대폰 번호는 전화기에 단축번호 2번으로 저장되어 있었다. 샘에게 전화를 걸어 집에 오게 한 다음 이… 제물을 보게 하려고. '제물'이라는 말이 좀 이상하긴 해도 어쩐지 맞는 말 같았다.

갑자기 공포의 자리에 슬픔이 밀려들었다. 샘은 흐느껴 울었다. 이모 때문에, 원망스러운 이모부 때문에, 그리고 자기 자신 때문에. 거의 한 시간 가까이 울고 난 뒤에야 커샌드라의 부드러운 손이 샘의 손을 잡았다. 샘은 커샌드라에게 그림을 보여주면서 무선 전화기에 대해 설명한 뒤 중요하지도 않은 이야기를 마구 지껄였다. 커샌드라는 샘이 말을 다 쏟아낼 때까지 끈기있게 기다렸다가 조용히 말했다.

"여기서 나가야 해."

"이모가 오고 있어. 난 할 일이 있어. 이모부를 줄에서 끌어내리고 이모에게 조심하라고 얘기해야 해."

"잘 들어, 샘. 사람들은 네가 한 짓이라고 생각할 거야."

샘은 커샌드라를 빤히 쳐다봤다.

"이모는 절대로…."

"어쩌면 그렇게 생각하지 않을 수도 있지. 하지만 어떻게 보일지 잘 생각해봐. 이웃 사람들 모두 이모부가 널 비난하는 소리를 들었어. 네가 자기를 죽이고 싶어 한다고 했잖아. 그런데 진짜로 죽어버렸지."

"도망치면 훨씬 더 이상하게 보일 거야."

커샌드라는 한숨을 쉬었다.

"지금 나랑 같이 가지 않으면, 경찰이 문제가 아냐. 심령술사 친구의 말을 떠올려봐. 넌 이 일을 끝까지 마무리해야 해. 그러지 않으면 끔찍한 일이 일어날 거야."

"맙소사, 커샌드라, 끔찍한 일은 벌써 일어났어!"

"너한테 말이야, 새미."

커샌드라는 샘의 뺨에 흐른 눈물을 닦으며 다시 한 번 말했다.

"너한테."

잠시 뒤 두 사람은 미니에 올라탔다. 커샌드라는 누군가 뒤쫓을지 모른다고 생각하는지 끊임없이 사이드미러와 백미러를 확인했다. 제 강소로 가는 내내 거리에는 쓰레기만 흩날릴 뿐 사람 그림자도 보이지 않았다. 버려진 주물 공장으로 들어가기 전 커샌드라는 샘에게 휴대폰을 봐도 되는지 물었다. 샘이 휴대폰을 건네자 커샌드라는 다짜고짜 발로 짓뭉갰다.

"대체 무슨 짓이야!"

"경찰이 휴대폰으로 널 추적할 수도 있어. 어쨌든 연락하지 않는 게 이모한테도 좋을 거야."

너무 놀라 할 말을 잃은 채로 샘은 커샌드라의 뒤를 따랐다. 작은 소리마저 크게 울리는 넓디넓은 공장으로 들어간 두 사람은 사무실로 이어진 철 계단을 올라갔다. 커샌드라는 등유 난로에 수프를 데울 테니 소파에 앉아 쉬라고 강한 어조로 말했다. 서까래에서 밤새들이 나지막하게 울었다. 쥐들은 나무 벽에 이빨을 갈았다. 날카로운 앞니 가는 소리가 마치 코라가 끔찍한 장면을 발견할 때까지 미친 듯이 돌아가며 초읽기에 들어간 시계 소리 같았다. 째깍째깍….

"안 돼!"

샘이 갑자기 손을 불쑥 내미는 바람에 커샌드라가 들고 있던 그릇을 치고 말았다. 뼈 모양처럼 금이 간 그릇을 잡으려고 샘이 소파 끝으로 허둥지둥 달려가는 사이 토마토 수프가 벽에 후드득 튀었다. 연한 핏빛을 띤 헝클어진 머리카락 같았다.

"미안해. 일부러 그런 거 아냐. 어쩌다 보니 그런 거야."

"새미."

커샌드라는 자기 수프 그릇을 바닥에 내려놓고 샘에게 다가갔다.

"괜찮아, 내가 있잖아."

커샌드라는 옆에 걸터앉아 부드러운 손으로 뻣뻣한 샘의 양손을 풀었다. 샘의 얼굴에 불꽃 소녀의 머리카락이 흘러내렸다. 따뜻하고 황홀한, 눈부시게 밝은 폭포 같았다. 샘은 눈을 감았다.

커샌드라의 입맞춤이 샘을 자유롭게 했다. 뒤죽박죽 혼란스러운 가운데 머리로는 이해할 수 없어도 느낄 수는 있었다. 동지에 대한 연민과 비극적인 사건으로 산산조각난 삶의 어둠을. 지금 하려는 말 때문에 샘의 마음은 격렬한 감정으로 벅차올랐다. 동시에 무섭기도 했다.

"커샌드라, 나…."

커샌드라가 샘의 입술에 손가락을 갖다 대고는 미소를 지었다.

샘은 활짝 웃었다. 행복이란 정말 굉장한 것이었다. 샘은 행복을 어떻게 감당해야 하는지 배운 적이 없었다. 행복이란 부서지기 쉽고 나약하다고만 여겼다. 손안에 두고 조심조심 다뤄야 하는 다친 새처럼 행복은 툭하면 죽어버렸다.

"사랑해. 사랑해, 커샌드라."

그 순간 커샌드라의 미소가 싹 사라졌다.

"사랑한다면 솔직해야 해."

커샌드라는 잡았던 손을 풀고 회색 달빛이 비치는 창가로 갔다. 그러곤 손목에 찬 팔찌를 만지작거렸다.

"우리 둘 다 솔직해야 해. 내 비밀을 말하면, 새미, 너도 네 비밀을 털어놓겠다고 약속해. 그래줄래?"

그 순간이 다가오고 있었다. 일상의 가면을 벗고 '그분'의 존재를 고백할 바로 그 순간.

"그럴게."

샘이 속삭였다.

커샌드라는 샘을 한참 뚫어져라 쳐다봤다.

"난 커샌드라 케인이 아니야."

커샌드라가 입을 열기 전에 샘은 이미 진실을 알고 있었다.

26

불꽃과 뱀의 진실

"넌 캐시디지. 지금껏 네 언니 이름을 썼고."

샘이 말했다.

"어떻게 알았어?"

"사진 두 장과 고양이 티거."

샘은 쿠션 사이로 손을 쑥 집어넣어 액자를 끄집어냈다.

"이상했어. 너랑 아빠의 추억거리는 있는데 캐시디의 사진은 없다는 게. 물론 이 사진은 아빠와 언니의 유품이라고 해야겠지. 네가 들려준 이야기는 진짜라고 생각해. 다만 커샌드라와 엄마가 루이지애나로 가서 사는 동안 뉴욕에 남은 사람은 너였지. 커샌드라는 길들여지지 않았어. 네가 웨스트 57번지에서 아빠의 골동품 사업을 거드는 동안 커샌드라는 장거리 자동차 여행을 하다가 사라졌지."

캐시디는 고개를 끄덕였다. 곧이어 눈물이 흘렀다.

"네가 아빠랑 같이 가게 뒤편에 티거를 묻었다고 했잖아. 그런데 루이지애나에 있는 고양이를 왜 뉴욕에 묻겠어? 커샌드라가 뉴욕에 갔다고 해도 가는 내내 고양이를 질질 끌고 가지는 않았을 거야. 캐시디가 키운 고양이라는 게 더 말이 되잖아? 그리고 그 뱀도."

커샌드라는 손가락으로 어깨에서 손목까지 그려진 뱀을 더듬었다.

"이 사진을 보면 문신이 희미하잖아. 1~2년 팔에 있었던 것처럼. 그런데 네 문신은 훨씬 선명해. 문신한 지 얼마나 됐어?"

"넉 달."

커샌드라는 사진을 가져다가 가슴에 꼭 안았다.

"이 사진은 두 사람이 죽기 일주일 전에 찍은 거야⋯. 신문에 나온 사진에 대해서 네가 뭔가 말했지?"

"인터넷에서 기사를 찾아냈어."

샘은 고개를 끄덕이고는 얘기를 이어갔다.

"살인 사건이 일어나고 나서 며칠 뒤에 골동품 가게 창문으로 널 몰래 찍은 파파라치 사진이었지. 처음엔 사진이 찜찜하긴 한데 뭐 때문인지 알 수 없었어. 실마리는 방금 전에야 찾았어. 또 그 문신이었지. 신문 사진에 네 왼팔은 맨살이 드러나고 오른팔은 카디건 소매에 가려 있었어. 뱀 문신은 안 보였지. 그런데 그건 반대 방향이잖아. 사진가는 계산대 뒤에 있는 커다란 거울 속 네 모습을 포착했어. 모든 사물이 반대로 찍혔지. 사진 속 네 왼팔은 실은 오른팔인 거야. 그런데 그 오른팔에 문신이 없던 거지."

방 안이 어두웠다. 너무 어두워서 커샌… 아니, 캐시디가 어떤 표정인지 알 수가 없었다.

"언니의 그림자 안에서 정말 행복하게 살았어."

캐시디가 중얼거렸다.

"친구, 가족, 이웃, 선생님, 모두 다 언니한테 푹 빠졌어. 아주 큰 환호를 받으면서. 너도 알겠지만, 언니는 대담했어. 제일 먼저 높은 담에서 뛰어내리거나 폐가에 뛰어들었지. 언니가 앞장서면 나도 따라갔어. 그러다가 부모님이 갈라서면서 언니까지 잃었어. 루이지애나로 떠나기로 한 아침에 우린 가게 뒷골목으로 도망가서 숨었어. 떨어지지 않으려고 매달리는 우리를 부모님이 떼어놨지. 언니가 떠나고 사흘 동안 울었어. 거의 매일 밤 통화를 했어. 1,600킬로미터가 넘는 전화선을 타고 나를 향해 달려오는 언니의 영혼을 느꼈지만 예전 같지는 않았어. 언니도 날 그리워했어, 확실해."

말이 캐시디의 목구멍에 걸렸다.

"결국 우린 떨어져서 자랐어. 나는 언니를 마치 먼 곳에 있는 신처럼 숭배했지. 난 모범생 쌍둥이 동생이었어. 학교생활 잘하고 컴퓨터 공학 고급 과정을 공부하고 저녁과 주말에는 아빠 일을 거들었어. 그러는 동안 언니는 공부에 흥미를 잃고 따분해하다가 나쁜 애들과 엮이게 됐어. 결국 한 달 동안 소년원 신세를 지기도 했지. 엄마가 돌아가시자 언니는 옷가지 몇 벌을 챙겨들고 사라져버렸어…. 그러다가 작년 12월 어느 추운 밤에 가게에 나타난 거야. 2년 가까이 아무 소식이 없었지만 언니가 가게 문을 열고 들어오는 순간 모든 상처가 잊히고 용서가 되더라."

"그동안 어디에 있었대?"

"말하고 싶어 하지 않았어. 언니는 사람을 끌어당기는 힘이 있어. 너도 알지? 좋은 사람이건 나쁜 사람이건 다들 언니의 작은 불꽃 한 조각이라도 독차지하려고 했어. 고작 열여덟 살인 언니는 이미 삶에 질려버렸지. 언니가 오고 나서 며칠 뒤에 난 볼일이 있어서 뉴저지에 가야 했어. 집을 나설 때까지도 언니는 침대에 누워 있었어. 아빠는 뒤편 사무실에서 스티븐슨의 거울을 포장하고 있었고, 그 전주에 컴벌랜드 카운티에 사는 특이한 물건을 모으는 수집가한테 팔렸거든. 아빠는 언니가 와서 얼마나 좋은지 모른다고 했어. 미소를 짓긴 했지만 목소리에 슬픔이 묻어났지. 아빠는 날 꼭 끌어안으며 속삭였어. '커샌드라가 돌아왔다고 해서 사라지면 안 돼.' 나는 대답했어. '제가 날아가버릴 것 같으세요? 아빠, 전 언니와 달라요. 사라질 만한 이유가 있어도 도망칠 배짱이 없어요.' 아빠가 내 정수리에 입을 맞추면서 얘기했어. '내 말은 네 마음속으로 사라져버리지 말란 얘기야. 커샌드라는 여전히 밝게 빛나는 아이야. 캐시디, 하지만 너도 너만의 불을 갖게 될 거야. 언젠가는 그 불이 필요하게 될 게다.' 이게 아빠가 마지막으로 한 말이었어. 난 밤늦게야 돌아왔어. 눈이 펑펑 쏟아지고 바람이 세차게 불었지. 가게 뒷문이 열려 있었어. 아빠는 안전에 집착하는 사람이라서 결코 그렇게 놔둘 리가 없는데 말이야. 그런데 눈 위에 수상한 발자국이 찍혀 있더라고."

"수상한 발자국?"

"아주 작은 발자국이었어. 어린아이의 발자국 같았지. 그리고…."

캐시디는 실눈을 뜨며 말을 이어갔다.

"아주 경쾌한 발자국이었어. 뭔가 즐거운 일이 생겨서 춤을 추는 듯했지. 나는 안으로 뛰어 들어가 큰 소리로 아빠와 언니를 불렀어."

샘은 몸을 약간 움찔했다.

"그 일은 얘기 안 해도 돼."

캐시디는 고개를 절레절레 흔들었다.

"아빠와 언니의 시체를 내려다보는데 두 사람이 없는 미래는 받아들일 수 없다는 생각만 들더라. 경찰이 왔을 때 내가 커샌드라 케인이고 아빠와 동생 캐시디가 살해당했다고 말했지. 언니가 쓰던 독특한 루이지애나 말투를 사용하고 외모도 점차 언니처럼 바꾸기 시작했어. 구슬로 머리를 땋고 언니 팔찌를 꼈지."

"왜?"

"캐시디는 원수를 갚을 정도로 강하지 않으니까. 하지만 언니라면? 그 살인자를 지구 끝까지 쫓아가서 죽일 만한 힘이 있었어."

"정체성이 그렇게 쉽게 바뀌어?"

캐시디는 별일 아니라는 듯 어깨를 으쓱했다.

"정체성이란 건 벽에 비친 그림자와 마찬가지야, 새미. 늘 움직이고 변하지."

캐시디가 몸을 돌려 샘을 마주 봤다. 연약한 캐시디가 직설적인 커 샌드라 안으로 다시 들어갔다.

"너한테 거짓말을 했어. 용서해줄래?"

밤새가 울고 쥐들이 찍찍거렸다. 창문 너머로 부서진 도시 구석구 석에서 비명이 들렸다.

"내가 뭐라고 이렇다 저렇다 판단하겠어."

샘이 나지막이 말했다.

"난 내 인생 전부를 감추며 살았어. 학교에서 아이들은 날 '걸어 다 니는 재앙'이라고 불렀어. 늘 걸어가다가 문에 부딪치고 눈에 멍이 드 는 아이였거든. '걸어 다니는 재앙'은 내 가면이었어. 엄마가 죽은 바 로 그날까지. 그런데 그 뒤로 난 기적의 소년이 됐어. 악몽 속에서 살 았고, 지금도 여전히 어두운 하루하루를 보내면서 간신히 미소 짓지."

"하루하루가 왜 그렇게 어두운 건데? 너무 슬퍼서 그런 것만은 아 니잖아, 그렇지?"

캐시디가 물었다. 샘은 깊게 숨을 내쉬었다.

"그게 내 안에 있기 때문이야. 그 사람의 잔인함과 분노와 악. 그 사 람은 손마디에 '증오'라는 글자를 문신으로 새겼어. 꿈에 그 말이 계 속 들려. 증오, 증오, 증오. 바닥에 누워 있는 엄마의 시체를 봤을 때 느낀 감정이 바로 그 사람의 증오였어. 그 사람은 엄마 얼굴을 세게 때렸어. 전에도 수백 번 한 짓이지. 그런데 그날은 엄마가 균형을 잃 으면서 머리를 난간에 부딪치고 말았어. 내가 엄마를 안고 흔드는 와

JEKYLL'S
MIЯЯOR
지킬의 거울

중에도 그 사람은 피 웅덩이가 점점 커지는 것을 바라보며 우두커니 서 있기만 했지. 그 사람은 나한테 미안하다고 말했어. 미안해….”

샘은 내뱉듯이 그 말을 뇌까렸다.

“그러고 나서 엄마와 나만 남겨두고 도망쳤어. 미안해.”

이번에는 중얼거리듯 읊조렸다.

“그 말을 듣고 처음 ‘그분’을 느꼈어.”

“그분?”

“우리 아빠의 분노.”

“분노는 자연스러운 거야, 샘.”

“그냥 분노가 아니야. 아빠에게서 물려받은 거야. 내가 하이드 토론방에 끔찍한 글을 올린 것도 ‘그분’을 어떻게든 달래기 위해서였어.”

“그럼 그걸 마주하고 받아들여야지.”

캐시디가 말했다.

“네가 뭔가를 억누르고 참는다는 거 알아. 눈빛에 보여. 분노의 근원과 정면으로 부딪쳐, 샘. 그러면 상처 입은 분노가 사라질 거야.”

아래를 내려다보려는 샘의 눈을 커샌드라가 붙들며 말했다.

“너와 다른 사람들에게 상처를 주는 그 힘.”

‘그분’의 근원은 단순했다. 잔인하고 가증스러운 세 마디 말이었다. 하지만 그 말을 하게 되면 영혼의 가장 혐오스러운 구석이 드러날 터였다. 그래서 샘은 래리 선생과 특히 코라에게 털어놓을 수가 없었다. 래리 선생과 코라가 그 고백을 듣는다면 연민으로 가득하던 얼굴이 혐오와 공포로 일그러질 터였다. 샘은 버림받고 말겠지.

"나한테 말 안 할 거구나, 그렇지?"

캐시디가 슬픈 표정으로 미소를 지었다.

"그럼 우리 사이에 거리를 좀 둬야 할 것 같아."

"그게 무슨 소리야?"

샘의 심장이 요동쳤다.

"떠날 거니?"

"아니. 이 일은 끝까지 함께할 거야. 모든 일이 끝난 뒤에도 우리가 두 발로 서서 숨 쉬고 있다면 각자의 길을 가는 거야."

"캐시….

"안 돼."

캐시디가 샘의 손에서 자기 손을 비틀어 빼자 팔찌가 줄줄이 바닥으로 떨어졌다. 오닉스, 비취, 번쩍번쩍한 금팔찌가 거미가 득시글대는 구석으로 굴러갔다.

"오늘 밤에는 자지 않고 둘이 돌아가면서 계속 감시해야 해."

다시 현실적인 커샌드라 케인의 가면을 쓴 캐시디가 말했다.

"내가 먼저 할게."

캐시디는 샘의 대답을 기다리지도 않고 철제 계단을 내려가 비명 가득한 도시의 밤으로 걸어 들어갔다.

JEKYLL'S
MIЯROR
지킬의 거울

27
광기 속으로

"군 당국이 '하이드들'을 구금했습니다만, 정부는 하이드들과 실종된 아이들이 사실은…."

지역 뉴스 앵커는 목소리에 불신이 드러나지 않도록 신경 쓰면서 말을 이어갔다.

"동일 인물이라는 사실을 공식적으로 밝히지 않고 있습니다. 이유는 확실하지 않습니다만 이 아이들은… 변했습니다."

샘은 훔쳐 온 텔레비전의 소리를 줄였다.

"저 바깥에선 모든 게 다 무너지고 있어. 뭐라도 해야 해."

샘이 중얼거렸다. 앵커가 소름 끼치는 사상자 통계 수치를 열거하는 동안 캐시디는 희미하게 빛이 들어오는 방을 이리저리 서성였다.

"우리가 할 수 있는 건 없어. 오늘 밤까지는."

"그 뒤엔?"

샘이 물었다. 질문을 하고 싶어서라기보다 캐시디의 대답이 너무나도 듣고 싶어서였다.

"만약 성공하면 난 거울을 자세히 조사해서 그 힘을 바꿔보려고 해. 뉴욕에 있는 심령술사 친구가 도와줄 거야."

"우리는? 우린 어떻게 되는 거야?"

"우리는 없어."

샘은 아침 6시에 캐시디를 깨웠다. 캐시디는 재빨리 냉정한 모습으로 되돌아갔다. 간밤의 고백은 잊은 듯했다. 샘이 '그분'의 진실을 털어놓기를 거부한 것에 대해 캐시디는 한마디도 하지 않았다.

"일을 끝낸 뒤에는 각자 갈 길을 가는 거야."

캐시디는 뭔가 더 말을 하려는 듯 보였다. 그때 텔레비전 화면이 캐시디의 시선을 잡아끌었다.

앵커 뒤편에 라이어널의 사진이 나왔다.

"오늘 새벽, 시내 상점 직원인 라이어널 크렘퍼 씨의 시신을 아내인 코라 크렘퍼 씨가 발견했습니다. 살인 사건이 발생하기 전 크렘퍼 씨와 조카 새뮤얼 스틸하우스 군이 격렬하게 말다툼을 벌이는 것을 목격한 이웃들이 있습니다. 집 안에서는 피투성이가 된 손자국도 발견됐는데요, 경찰은 스틸하우스 군의 혈액으로 보고 있습니다. 경찰은 목격자들에게 스틸하우스 군 가까이 가지 않도록 조심하라고 당부했습니다. 스틸하우스 군은 틀림없이 위험해 보이는…"

샘은 앉은 채로 몸을 앞으로 내밀고 양손을 꽉 맞잡았다. 지금 코라는 무슨 생각을 하고 있을까? 정말로 샘이 라이어널을 죽였다고 생각할까? 코라에게 자초지종을 설명하고 싶은 마음이 굴뚝같았다. 그런데 얘기를 하면 코라가 믿어주기나 할까? 샘은 머리를 흔들었다. 코라와 옛 시절은 이미 사라지고 없었다.

하루가 더디게 흘러갔다. 샘과 캐시디는 점심과 저녁으로 콩과 버터 바른 토스트를 먹었다. 도시에서 소음이 밀려왔다가 떠밀려 사라졌다. 이제는 익숙해진 비명, 간간이 공기를 찢는 폭발음, 그리고 기관총 소리가 분명한 따다다 소리까지. 하이드들이 총을 손에 넣은 걸까, 아니면 경찰이 악마 같은 아이들을 향해 무기를 사용하는 걸까?

의문은 6시 뉴스를 보자마자 풀렸다. 휴대폰으로 찍은 영상에는 무장 경찰 대대가 막다른 곳에 하이드를 몰아넣고 총을 쏘는 장면이 나왔다. 겁에 질려 어쩔 줄 모르던 경찰이 하이드와 민간인을 향해 무차별 발포했다고 전하는 기자 역시 공포에 떨었다.

캐시디는 에드거 드리치의 적들로부터 간간이 현재 상황을 전달받았다. 사망자 수, 공격 형태, 감금 작전 성공 혹은 실패에 대한 얘기들이었다. 통화하던 캐시디가 서성거리다 말고 고통스러운 눈으로 샘을 쳐다봤다. 맨코비츠 중사와 부하들이 에든버러 성 문루 밑에 숨어 있던 하이드의 공격에 무너지고 말았다. 한 명도 살아남지 못했다.

밤 9시 즈음 샘과 캐시디는 드디어 출동 채비를 마쳤다.

"네 지인들이 총과 방탄조끼를 보내줄 수 있을까? 악당의 은신처에 잠입하는 데 필요한 기본 장비 말이야."

샘이 말했다. 어제 이후로 처음 캐시디가 미소를 지었다.

"무기는 흑마술사에 맞서는 데 아무 도움이 안 될 거야."

"그자가 뮌헨으로 가는 비행기를 탔는지 확인했어?"

"드리치라는 남자가 30분 전에 비행기를 탔어."

캐시디는 주물 공장 출입구를 철판으로 막았다.

"자, 준비됐어?"

태양은 이제 막 지평선 아래로 내려갔지만 곳곳에서 화재로 피어오른 연기 때문에 날은 이미 어두웠다. 미니는 잿빛 거리를 굴러갔다. 활활 타오르는 불길이 구름의 밑면을 환하게 비췄다. 끔찍한 불빛은 <u>으스스</u>한 동시에 아름다웠다.

얼마 안 있어 샘과 캐시디는 흔들리는 차를 타고 처음 만난 좁은 뒷길로 들어갔다. 굶어 죽기 직전인 개 한 마리가 뒤집힌 쓰레기통에 코를 처박고, 위풍당당한 까마귀가 전화선 위에 보초병처럼 앉아 있었다. 거리에는 아무도 없었다.

"저 동물들 말이야. 네 눈에는 평범해 보여?"

캐시디가 수상쩍은 듯 실눈을 뜨며 물었다.

"그런 것 같은데."

동물들이 경계하며 쳐다보는 게 소름 끼쳤지만 샘은 짐짓 아무렇지도 않은 척 웅얼거렸다.

"쟤네들 꼭 살을 깨끗이 다 발라먹기로 작정하고 시체를 기다리는 그런 동물들 같잖아. 이상한 점은 또 있어. 봐봐…."

JEKYLL'S
MIЯROR
지킬의 거울

여느 거리와 마찬가지로 이곳 건물들도 유리창이 최소한 하나 이상 깨진 상태였다. 골동품 가게의 검게 칠한 창문만 그대로였다. 샘은 판타즈마고리움 뒤편이 떠올랐다. 대범한 그래피티 예술가조차도 감히 그림을 남기지 못했다. 살기등등하게 폭력을 휘둘러대는 하이드들도 판타즈마고리움만큼은 무서운 걸까? 샘은 불안해졌다.

캐시디는 판타즈마고리움의 낡은 문으로 이어진 계단을 올라갔다. 샘은 차 뒷자리에서 큼지막한 가죽 가방을 꺼내들고 함께 움직였다. 불꽃 소녀가 머리에 꽂은 길고 견고한 머리핀을 뽑아 자물쇠를 따려 했다. 공들여 작업을 하는 동안 조마조마하게 시간이 흘러갔다.

"이런 건 어디서 배웠어?"

샘이 속삭였다.

"망나니 언니가 있으면 좋은 점 중 하나지."

캐시디가 머리핀을 비틀자 딸깍 하면서 자물쇠가 순순히 말을 듣는 소리가 났다.

"너도 뛰어난 기술을 많이 배우게 될 거야."

"경보 장치가 있을까?"

샘이 물었다. 캐시디는 어깨만 으쓱할 뿐이었다.

"좋아, 그럼. 자, 시작한다."

샘이 심호흡을 한 뒤 얼음처럼 차가운 손잡이를 돌렸다. 판타즈마고리움의 문이 스르륵 열렸다. 실내에서 피어오르는 공기는 들끓는 용광로처럼 뜨거운데 손잡이는 어째서 이토록 차가운지 의아했다. 캐시디는 주머니에서 손전등을 꺼내 지옥 같은 복도를 비췄다.

"오, 맙소사. 이건⋯."

캐시디가 중얼거렸다.

손전등 불빛이 사람 피부 견본을 비추자 배 속이 뒤틀렸다. 사람의 살갗이 마치 회색 벽지처럼 음산한 통로를 따라 죽 걸려 있었다.

"이 남자 정신병자 아냐?"

"그러고도 남지. 그럼 가볼까?"

캐시디가 고개를 끄덕이고는 말했다.

이게 하늘을 볼 수 있는 마지막 기회일지도 모른다는 생각에 샘은 뒤를 돌아봤다. 두 눈이 뿌연 하늘에 가 닿기도 전에 아까 본 검은 새가 보였다. 새는 굴뚝 위에 조각상처럼 가만히 앉아 있었다. 새가 샘을 내려다보면서 눈을 깜박이자 잊을 수 없는 시 구절이 머릿속을 스쳐갔다. 예전에 엄마가 읽어준 시였다.

"그 두 눈은 꿈꾸는 악마의 온갖 표정을 다 담고."

"그게 뭐야?"

캐시디가 출입구에서 샘을 돌아보며 물었다.

"「갈까마귀」라는 시야. 에드거 앨런 포⋯."

샘이 답하며 다시 뒤를 보았다. 검은 새는 어느새 사라지고 없었다.

JEKYLL'S
MIЯROR
지킬의 거울

28

지옥의 게임

긴 복도 너머, 그 끝에 있는 작고 붉은 문 너머, 이성과 현실 너머 샘과 캐시디는 판타즈마고리움의 기묘한 심장부로 들어갔다. 작은 가게의 물리적 한계치를 뛰어넘은 어마어마한 공간이 펼쳐졌다. 단순한 벽돌 벽이 눈길 닿는 끝까지 뻗어 나가고, 머리 위에는 돌로 된 중세풍 천장이 그림자를 흩뿌리는 어둠 속에 가 닿았다.

"이런 일이 어떻게 가능하지?"

샘이 중얼거렸다. 캐시디는 한마디로 설명했다.

"마법."

아주 오래된 서까래 사이에서 텅 빈 눈에 날개 달린 생명체들이 두 손님을 내려다봤다. 이들이 어떻게 생겼는지는 분명하게 알기 힘들었다. 멀리서 지저귀는 소리가 주물 공장에서 나무를 갉던 굶주린 쥐들을 연상시켰다.

"천천히 가."

캐시디가 충고했다. 샘과 캐시디는 함께 안쪽으로 움직였다.

깔끔하게 정돈된 높이 10미터 정도의 선반에는 눈으로 보고도 믿을 수 없는 드리치의 수집품, 저주받은 신비로운 물건들이 있었다. 보물 사이를 이리저리 누비는 여섯 갈래의 좁은 길이 보였다. 여섯 통로는 어둡고 넓은 창고를 구불구불 빠져나갔다. 거울이 어디 있는지도 모른 채 샘과 캐시디는 무작정 두 번째 통로를 택해 길을 따라갔다.

첫 번째 모퉁이를 돌자마자 극심한 두려움과 놀라움이 잇따라 덮쳤다. 거대한 벽에 아름다운 상아색 가면들이 걸려 있었다. 가면의 눈에서는 피가 흐르고, 경직된 입에선 검고 두툼한 혓바닥이 날름댔다. 촛불을 밝힌 인형의 집에는 사지 뻣뻣한 실루엣이 춤을 추며 창문을 지나갔다. 새까맣게 탄 그림에선 푸른 옷을 입은 소년이 멍한 눈빛으로 뚫어지게 쳐다봤다. 마법에 걸린 듯 보는 이의 살갗에 불이 붙는 느낌이었다. 커다란 유리 상자에는 구부정하게 등이 굽은 아이가 있었다. 머리카락이 거의 없는 머리를 사납게 빗질하는 것처럼 보였는데, 자세히 들여다보니 지칠 대로 지친 꼬마 요정이 갇혀 있었다.

쿵쾅대는 심장을 부여잡고서 샘과 캐시디는 계속 걸었다. 오래전에 죽은 살인자들의 소름 끼치는 고백이 흘러나오는 골동품 축음기 앞을 지나자 미라로 가득한 길이 나왔다. 미라의 메마른 가슴이 부풀어 올랐다. 미라들은 이가 없는 입으로 까마득한 옛 노래를 읊조렸다. 허공에는 창문 하나가 맴돌았다. 얇은 판유리는 별의 엄청난 폭발력을

품은 듯 보였다.

마지막 모퉁이를 돌자 미로의 한복판에 이르렀다. 구석구석 가 닿지만 어디에서 나오는지 알 수 없는 붉은빛이 공간을 가득 채웠다. 얼추 둥근 모양인데 블러프스의 마당쯤 되는 크기였다. 들어서자마자 두 사람의 눈에 제일 먼저 들어온 것은 사슬에 묶인 여자였다. 누더기를 걸치고 마치 기도하는 사람처럼 무릎을 꿇고 있었다. 맨다리에 채운 족쇄는 악취가 스며 나오는 커다란 쇠창살에 묶여 있었다. 지독한 냄새에 움찔거리면서도 샘은 여자 옆에 무릎을 꿇고 앉아 이름을 물었다.

"로나."

여자가 자세를 바꾸려고 꼬챙이처럼 마른 몸을 움직였다. 쇠창살에 묶인 사슬이 짤그랑대는 소리가 넓은 공간에 울렁울렁 울렸다.

"꿈인가?"

로나는 흔들리는 목소리로 물었다.

"난 꿈을 많이 꿔. 대부분 내 수정 구슬 꿈이야. 드리치 씨는 언젠가 내 수정 구슬을 돌려주기로 약속했어…, 언젠가는…."

"크레일 선생님 딸이야."

샘이 말했다. 캐시디가 인상을 썼다.

"왜 이 여자밖에 없지?"

"무슨 소리야?"

"드리치는 전국에 있는 교사 수백 명을 협박한 게 분명해. 가족을 이용해서 영향력을 행사했지. 그런데 여기엔 한 사람밖에 없다니. 이상하지 않아?"

"그런 것 같네. 하지만 지금은 그런 걸 따질 시간이 없어."

샘은 족쇄를 살펴봤다. 족쇄가 맨살을 너무 깊게 파고들어 로나의 살갗에서 진물이 흘렀다.

"안 되겠어. 족쇄를 끊으려면 용접용 토치가 있어야 해."

"아니면 열쇠."

"맞아. 하지만 드리치가 열쇠를 찾기 쉬운 곳에 아무렇게나 두지는 않았을 거야."

"넌 그자를 몰라."

캐시디가 쓸쓸하게 웃으며 말을 이었다.

"드리치는 사디스트야, 샘. 상대방에게 고통을 주면서 희열을 느끼지. 로나를 봐. 거친 콘크리트 바닥에 무릎이 까이고, 손가락은 뼈가 드러날 정도로 상처가 났어. 처음 끌려와서 쇠사슬에 묶였을 때는 풀려날 수 있다는 희망을 줬을 거야."

캐시디는 돌아서서 미로의 한복판을 가로질러 난 오래된 핏자국을 따라갔다. 발을 질질 끌고 간 흔적이었다. 캐시디의 눈이 빛났다. 캐시디는 세 번째 통로 입구에 흐릿하게 보이는 청동 물건을 가리켰다.

"저기야!"

핏자국을 따라가보니, 로나는 자유의 코앞까지 고통스럽게 다가간 게 분명했다. 캐시디는 서둘러 걸어가 변색된 열쇠를 갖고 왔다.

"고마워. 마법 거울 때문에 왔니?"

샘이 일어서도록 부축하자 로나가 떨리는 목소리로 물었다.

"응. 어디 있는지 알아?"

샘이 깜짝 놀라며 물었다.

"저기."

로나는 여섯 번째 통로로 들어가는 입구를 가리켰다.

"저 안에 있어."

"어서 가. 난 로나를 돌볼게. 샘, 조심해."

캐시디가 당부했다.

샘은 해골처럼 뼈만 남은 로나를 조심스럽게 캐시디의 튼튼한 팔에 안겨준 뒤 가방을 어깨에 들쳐 메고 발걸음을 옮겼다. 머리 위에서 보일 듯 말 듯한 생명체들이 계속 재잘댔다. 마치 방향을 알려주거나 지시를 내리고 싶어서 안달 난 것처럼.

여섯 번째 통로 가까이 이르자 기이한 보물이 있는 벽 안쪽에 컴컴한 구석, 아니 작은 동굴이 나 있었다. 샘이 다시 움직이자 거울이 끌어당기는 힘이 느껴졌다. 그런데 왠지 모르게 카메라로 들여다볼 때보다 어두운 자아를 유혹하는 힘은 강력하지 않은 듯했다. 어둑한 동굴에 눈이 적응하자 곧 이유를 알 수 있었다. 작은 이젤에 놓인 거울은 검은 벨벳으로 덮여 있었다.

약하긴 해도 거울에서 뻗어 나오는 힘은 여전히 느낄 수 있었다. 샘은 떨리는 손으로 둥근 모서리를 잡고서 천으로 가려진 거울을 이젤에서 들어 올렸다. 저주받은 물건은 의외로 가벼웠다. 샘은 몸을 숙이고 뒷걸음으로 조심조심 동굴 밖으로 나갔다.

그때였다. 순간 발이 미끄러지면서 거울이 가슴 쪽으로 갑자기 기울었다. 보이지 않는 갈고리가 마음속에 가 닿아 심장에 묻힌 끔찍한 비밀에 딱 들러붙은 것 같았다. 캐시디가 동굴에서 빼낼 때까지 샘은 자기가 비명을 질렀다는 사실조차 깨닫지 못했다.

"가방에 넣어."

캐시디는 숨도 안 쉬고 말했다. 그러더니 갑자기 말을 바꿨다.

"잠깐만. 좀 볼게."

혼란스러운 상태에서 검은 천을 걷어내자 거울 일부가 드러났다. 캐시디는 손가락으로 모서리 가까이 깨진 부분을 만져봤다.

"여기 아주 미세하게 이가 빠진 흔적 보여? 아빠가 살 땐 없었는데."

"어쩌면 뉴욕에서 가져오다가 부딪쳤을 수도 있지."

캐시디는 샘의 말에 썩 동의하지 않는 것 같았다. 어쨌든 두 사람은 거울을 들고 로나 크레일이 기다리는 두 번째 통로로 되돌아갔다.

"이제 집에 가는 거야?"

로나가 억양 없이 단조로운 목소리로 물었다.

"엄마 보러 가는 거야? 내 수정 구슬 들여다볼 수 있는 거지? 넌…."

로나는 샘을 보며 미소를 지었다. 초점 없이 멍한 중독자의 눈동자가 이리저리 떠돌았다.

"넌 천사니?"

새된 비웃음 소리가 사방에서 울려 퍼졌다.

"아니란다, 애야. 그 아이는 절대 천사가 아니야."

붉은빛이 흐릿해지더니 갑자기 암흑에 가까워졌다. 어둠 속에서 샘은 팔을 뻗어 불꽃 소녀의 손을 찾았다. 콘크리트 바닥을 저벅저벅 걷는 발소리가 들렸다. 에드거 드리치, 아주 무시무시한 판타즈마고리움의 주인이 다가오는 소리. 그런데 발소리가 왜 이리 가볍고 경쾌하지? 깡충깡충 뛰어오는 듯했다. 마치….

"어린아이야."

캐시디가 속삭였다.

그랬다, 어린아이였다. 고작 열두 살밖에 안 된 소년. 찢어진 검정 청바지에 여기저기 긁힌 나이키 운동화, 물 빠진 미키 마우스 티셔츠를 입고, 가녀린 손목엔 고무로 만든 기부 팔찌를 꼈다. 짧은 금발은 이마 위로 뾰족하게 세웠다. 아이는 석고처럼 하얀 얼굴에 순진무구한 눈으로 세 사람을 번갈아 쳐다봤다. 그러고 나서 손가락으로 총 모양을 만들더니 이를 드러낸 채 씩 웃으며 로나 크레일을 겨누었다.

"빵야."

로나가 비명을 지르자 아이는 발작을 일으키듯 낄낄대며 웃어댔다.

"넌 누구니?"

샘이 물었다.

소년은 짧은 두 팔을 활짝 벌리며 되물었다.

"누군 것 같은데?"

"아빠 가게 밖, 눈에 찍힌 아이 발자국."

캐시디가 중얼댔다. 소년은 뒷짐을 지고서 벌 받는 아이처럼 자기 발을 뚫어져라 내려다봤다.

"그 두 사람을 죽일 것까지는 없었지만…."

아이는 다시 활짝 웃으며 고개를 들었다.

"그냥 너무 하고 싶었어."

몹시 화가 난 캐시디를 샘이 말렸다.

"그러니까 네가 에드거 드리치구나. 이런 일이 어떻게 가능하지?"

샘이 나직이 물었다.

"오, 온갖 얼굴을 꽤 많이 모았거든. 늙은 얼굴, 젊은 얼굴, 예쁜 얼굴, 그리고… 음, 그리 예쁘지 않은 얼굴. 내 자아를 투사한 얼굴이라고 보면 돼. 아바타라고 불러도 되고. 하지만 진짜 내 모습은 어떤 적도 절대로 찾을 수 없는 곳에 꽁꽁 숨겨졌지."

"그럼 이건 다 어떻게 된 일이지?"

샘이 물었다.

"거울, 하이드 프로젝트, 네가 괴물로 만든 아이들. 이렇게 해서 네가 얻는 게 뭐야?"

드리치는 웃었다. 즐거움이 창고를 가득 채울 때까지.

"재미있으니까. 뻔하잖아. 그것 말고 다른 이유가 뭐가 있겠어?"

"뭐라고?"

캐시디는 믿을 수 없다는 표정으로 물었다.

"오, 마키아벨리주의 같은 원대한 권모술수라도 있을 줄 알았나?"

드리치는 킬킬대며 말을 이었다.

"아니, 아냐. 그냥 심심했을 뿐이야. 영원히 끝도 없이 이어지는 지루한 일상이 어떨지 상상이 가? 수백 년 동안 사는 존재라면 소소한 게임이나 기분 전환용 오락거리가 있어야 하는 법."

"재미로 우리 가족을 죽였어!"

"너도 참."

드리치는 대수롭지 않다는 듯 손을 내저었다.

"지금도 저 밖에선 수백 명이 죽어가는데 넌 온통 네 아빠와 언니 생각뿐이구나."

"그럼 하이드 프로젝트에 참가한 애들은 어떻게 된 거야?"

샘은 툭 내뱉듯 말을 던졌다.

"걔들 영혼이 갈가리 찢기는 걸 지켜본 것도 그냥 재미로 한 거지? 그렇지?"

"그 누구도 걔들이나 너한테 그런 메시지를 보내라고 강요하지 않았어, 샘. 아무도 그 애들더러 거울을 들여다보라고 시키지 않았다고. 걔들은 그냥 거부할 수 없었던 것뿐이야. 너도 알다시피 스티븐슨 씨는 그 얇은 책 하나로 대단한 사실을 밝혀냈어. 진화된 사회에서 모든 걸 끌어모아봐야 인간은 네안데르탈인에서 한 단계 더 올라갔을 뿐이라는 거지. 진짜야, 내 말 믿어도 돼. 수천 년 동안 너희 인간 종의 역사를 쭉 지켜봤으니까."

사악한 웃음이 다시 돌아왔다.

"불구로 만들기, 살인, 전쟁, 집단 학살. 이런 것이야말로 인류가 완성한 진정한 예술이지."

"마치 넌 우리랑 다르다는 듯이 말하는구나."

캐시디가 쏘아붙였다.

"너도 참 대단하다! 정말이야. 난 너희와 달라. 난 영원하거든."

드리치는 혀를 끌끌 찼다.

"아, 준비가 상당히 많이 필요하긴 했어. 거울을 훔치고, 선생들을 협박하고, 게임을 만들어서 거기 딱 맞는 아이들이 거울을 보도록 준비시켰지. 나야 뭐, 시간이 남아돌아서 처치 곤란이니까. 너희가 이해해야 해. 100년, 200년을 지루하고 따분하게 보내다 보면 뭔가 순전히 특이한 것을 위해 기꺼이 노력하게 되거든. 내가 이뤄낸 것을 봐. 대량 생산된 하이드 씨와 내 발치에서 불타는 세상을."

갑자기 소년의 해맑은 미소가 사라졌다.

"이제 내 물건을 돌려줄 때가 된 것 같은데."

"잠깐."

샘은 흑마술사를 붙잡고 시간을 끌 방법을 생각해내려고 필사적으로 애썼다.

"우리가 여기 있는 걸 어떻게 알았지?"

드리치는 흥미로운 듯 샘을 쳐다봤다.

"새로 사귄 친구가 네 계획을 알려줬어."

"툼스 말이야? 네가 그자를 보내서 이모부를 죽였지? 왜 그랬어?"

"그 일은 나랑 전혀 관계없어. 하지만 툼스가 판타즈마고리움에 온 건 사실이지. 도움을 준 것도 맞고."

"너한테 무슨 말을 했는데?"

"모든 것. 그럼 이제…."

드리치는 천장을 흘깃 올려다보더니 입술 사이에 손가락을 넣어 휘파람 소리를 냈다. 저 위에서 날개를 퍼덕이고 발톱을 긁으면서 드리치의 부름에 응답하는 소리가 들렸다. 새 떼가 다가오는 것을 보느라 흑마술사는 샘이 다급하게 속삭이는 소리는 신경 쓰지 못했다.

"정신을 딴 데로 돌려야 해."

"계획 있어?"

캐시디가 물었다.

"긴장감을 주는 거야."

캐시디는 고개를 끄덕이고는 코트에서 파란색 유리병을 끄집어냈다. 드리치의 기이한 보물 창고를 지나오는 길에 샘도 언뜻 본 병이었다. 끊임없이 타오르는 불꽃처럼 보이는 물질이 들어 있었다. 샘은 캐시디가 그걸 주머니에 넣었으리라곤 전혀 생각지 못했다.

"심령술사 친구가 위험을 피하려면 이런 게 있는지 유심히 살펴보라고 했거든. 필요할지도 모른다면서 말이야. 그럼 이제 어떡할까?"

캐시디와 샘이 속삭이는 사이, 까마득한 저 아래에서 낯설지 않은 악취가 올라왔다. 탈출 가능성을 풍기는 냄새였다. 샘은 로나 크레일이 묶인 더럽고 끈적끈적한 쇠창살과 허공에서 엄습하는 공포의 광경을 번갈아 쳐다봤다. 드리치는 자기 덫이 실패할 리 없다고 확신하는 듯 양손을 뻗어 애완동물들을 불러 내리고 있었다. 샘과 캐시디는 창살 쪽으로 조금씩 움직였다. 두 사람을 따라가던 로나의 멍한 눈이 왕방울만 해졌다. 로나가 위쪽을 가리키며 말했다.

"봐봐! 그림자들이 내려오고 있어!"

샘은 거울이 든 가방을 조심스레 바닥에 내려놓은 뒤 거대한 쇠창살 사이로 양손을 쑥 밀어 넣었다. 쇠 덮개가 보이지도 않을 만큼 살짝 움찔했을 뿐인데도 끽 소리가 크게 울렸다. 하지만 운이 좋았다. 위에서 퍼덕이며 내려오는 드리치의 애완동물들의 날카로운 소리에 묻혀 아무도 눈치채지 못한 듯했다.

머리 위를 올려다본 샘은 탈출 생각이 싹 사라졌다. 그림자들, 로나는 그렇게 불렀다. 그림자라는 게 가장 적절한 표현이었다. 면도날처럼 날카로운 두 뿔, 반짝이는 까만 눈, 길게 벤 상처처럼 녹아내린 빨간 입을 빼면 개만 한 괴물들은 별 특징이 없었다.

"지금이야."

샘이 속삭였다. 그리고 몇 가지 일이 한꺼번에 일어났다. 샘은 온 힘을 다해 녹슨 쇠창살을 들어 올려 지하 통로 옆으로 옮겼다. 거친 금속성 소리에 화들짝 놀란 에드거 드리치가 세 사람 쪽으로 몸을 돌렸다. 그때 캐시디가 유리병을 입술에 대고 주문을 속삭인 뒤 흑마술사의 발치에 세게 던졌다.

유리병이 깨지면서 영원한 불꽃이 치솟은 순간, 샘은 간신히 쇠창살을 똑바로 세웠다. 불이 번쩍하더니 미로 중앙을 가로질러 세 사람과 드리치를 갈라놓으며 4미터 높이의 장벽을 만들었다. 불꽃 축제가 벌어지는 동안 마력을 품은 아이의 얼굴이 해묵은 분노로 일그러졌다. 몹시 굶주린 괴물들이 큰 불길에 날개를 푸드덕거렸다.

　샘은 간신히 먼 곳을 바라보면서 배 속 깊은 곳부터 힘을 끌어내 끙 소리를 내며 쇠창살을 뒤집었다. 불꽃에서 나온 빛이 저 아래 둥근 어둠을 핥으며 벽에 고정된 사다리의 매끄러운 가로대를 비췄다.

　"네가 먼저 가."

　캐시디가 샘의 팔에 가방을 떠안기며 말했다.

　"싫어. 너나 로나가…."

　샘이 반대했다.

　"실랑이하다가는 죽어!"

　샘은 마지못해 가방을 둘러메고 사다리를 내려가기 시작했다. 거울이 등에 부딪치고 팔꿈치가 축축한 벽돌에 미끄러질 정도로 구멍이 좁았다. 사다리를 스무 단 정도 내려간 샘은 위를 쳐다봤다. 불빛에 에워싸인 두 사람이 보였다. 캐시디는 로나가 사다리 단을 밟는 동안 서두르라고 재촉했다. 마치 줄곧 그 세계에 있던 사람 같았다. 잠시 뒤 마법의 불길이 사그라들자 붉은 불빛이 다시 창고를 점령하기 시작했다. 샘이 두 사람을 부르려는 찰나 다리가 갑자기 아래로 쑥 빠졌다. 사다리 맨 아랫단에 다다른 것이었다.

커다란 지하 터널 천장으로 이어진 구멍은 마구 휘돌아가는 하수로의 10미터 위에서 끝이 났다. 샘은 제 그림자가 느릿느릿 흐르는 갈색 수면에 스치는 걸 보았다. 등에 멘 가방이 흉측한 혹 같았다. 샘은 위에다 대고 캐시디에게 떨어지지 않게 조심하라고 소리쳤다. 그러고는 악취가 진동하는 공기를 깊게 들이마신 뒤 사다리에서 손을 놨다.

샘은 비틀거리면서 지독한 수증기를 통과해 굵은 물방울을 튀기며 하수 안으로 뛰어들었다. 물보다는 두껍고 진흙보다는 얇은 막이 온몸을 뒤덮는 것 같았다. 하수가 발을 빨아들이고, 배를 주무르고, 목과 얼굴을 철썩철썩 때렸다. 샘은 떠내려가는 물살을 거슬러 헤엄친 끝에 걸쭉한 하수에서 마침내 탈출했다. 머리카락에서 콧물 색깔 물이 뚝뚝 떨어졌다. 뒤를 돌아본 샘은 목을 길게 빼고 악취가 나는 안개 속을 뚫어져라 쳐다봤다. 사다리 마지막 단에 매달려 손을 흔드는 로나 크레일이 보였다. 로나의 몸은 위에서 비치는 붉은빛에 둘러싸였다.

"가!"

계속해서 로나가 움직이기를 거부하자 캐시디가 사다리를 붙든 로나의 손가락을 발로 차 떨어뜨렸다. 샘은 이제 막 하수에서 빠져나온 참이었다. 그런데 로나가 하수에 떨어지자마자 밑으로 빨려 들어갔다. 샘은 다시 가방을 메고 겨우겨우 로나가 떨어진 지점으로 되돌아갔다. 탁한 하수 깊숙이 손을 집어넣은 샘은 누더기 옷이 손에 걸리자 끈적끈적한 하수 밖으로 확 잡아당겼다.

JEKYLL'S
MIRROR
지킬의 거울

곧이어 뒤쪽에서 굵은 물방울이 튀었다. 도망자 신세인 세 사람 다 하수관의 좁은 통로 쪽으로 간신히 움직였다. 비척거리면서 일어선 샘과 캐시디, 로나는 얼굴에서 줄줄 흘러내리는 오수를 닦아냈다.

"너 때문에 다쳤잖아!"

로나가 소리를 질렀다. 캐시디는 로나의 어깨를 잡더니 통로 쪽으로 거칠게 떠밀었다.

"괜찮아?"

캐시디가 뒤를 돌아보며 샘에게 물었다.

"괜찮아. 계속 걸어야 해. 드리치가…."

구멍 위에서 울리는 흑마술사의 목소리에 샘은 말을 멈췄다.

"좋아, 저 셋을 죽여도 돼. 그 거울은 다시 갖다주고. 이제 살육을 시작하라고, 툼스."

비밀의 묘약

샘과 캐시디, 로나는 서둘러 발걸음을 옮겨 머리핀처럼 꺾어지는 지점에 다다랐다. 그때 네 번째로 물이 튀는 소리가 들렸다. 샘은 멈춰 서서 지나온 길을 돌아봤다. 물방울이 방울방울 듣는 벽을 누런 안개가 어루만지고 있었다. 푸슬푸슬 부스러지는 얇은 회반죽이 부슬비처럼 하수관 안으로 떨어져 내렸다. 사방이 고요했다.

그때 천천히 흘러가는 수면을 뚫고 머리 하나가 올라왔다. 먼저 온 세 사람과 달리 툼스는 숨이 막혀 캑캑거리지도, 헐떡이지도 않았다. 지독한 악취를 풍기는 걸쭉한 죽 속이 집처럼 편안한 듯 끈적한 하수 위로 천천히, 평온한 모습으로 빠져나왔다. 매서운 눈과 하수로 번들번들한 갈기 같은 머리카락만 보일 뿐, 살인자의 얼굴은 보이지 않았다.

구멍 위에서 비치던 붉은 불빛이 깜박이다가 이내 사라졌다. 잠시 뒤 세 사람은 시럽처럼 끈적끈적한 액체의 소리를 들었다. 하수관이

따스한 몸뚱이를 붙든 손을 마지못해 놓는 것 같았다.

"튀어, 토끼 새끼들아. 튀어!"

의기양양한 목소리가 어둠 속에서 터져 나왔다.

샘은 그 자리에 얼어붙고 말았다. 너무 작아서 생각이라고 부를 수도 없는 어떤 것, 깨달음 한 조각이 가슴속을 긁어댔다. 처음 듣는 목소리였다. 하지만 그 어두운 억양이 샘을 굉장한 두려움에 빠뜨렸다.

세 사람은 있는 힘을 다해 달음박질쳤다. 하지만 로나가 다리도 약한 데다 끊임없이 재잘댄 탓에 도망치는 속도가 느려질 수밖에 없었다. 쥐를 걷어차며 앞지르던 샘은 뒤를 돌아보고는 화들짝 놀랐다. 창백한 얼룩 같은 얼굴이 고작 10여 미터 뒤에 있었다. 익숙해진 터널을 지나면서 샘은 얼추 거리를 계산했다. 툼스는 세 사람이 나선 계단에 이르기도 전에 따라잡을 터였다. 방법은 한 가지뿐이었다.

샘은 멈춰 서서 앞이 안 보이는 채로 하수관 벽을 더듬었다. 샘은 손끝이 갈라져 피가 날 때까지 무른 회반죽을 긁어댔다. 그러나 벽은 말짱했다. 뒤쪽에서 승리의 비웃음, 낄낄 웃는 소리가 들리더니 억센 손 하나가 샘의 어깨를 잡았다. 끌려가기 직전 샘은 하수관 벽이 항복하고 내준 벽돌 하나를 손에 쥐었다. 흩날리는 돌가루 때문에 앞이 안 보이는 상태에서 샘은 벽돌을 크게 휘둘렀다. 툼스의 머리에 벽돌이 부딪쳐 부서지는 소리가 들렸다. 샘은 눈에 묻은 먼지를 닦아냈다. 살인자가 털썩 무릎을 꿇더니 의식을 잃고 하수로 안으로 굴러떨어졌다.

"얼굴 봤어?"

샘이 헐떡이며 물었다.

"아니. 너무 어두웠어."

캐시디가 속삭였다.

"죽었을까?"

"할 일을 한 거야. 자, 어서 여길 빠져나가자."

마침내 세 사람은 가파른 지그재그 계단에 이르렀다. 다들 온 힘을 끌어모아 가능한 한 빨리 계단을 올랐다. 악취가 진동하는 옷이 얼음 같은 하강 기류 때문에 차갑게 얼어붙었다. 여기까지 도망치게 만든 아드레날린이 약해지면서 공포로 인한 극심한 탈진 상태로 빠져들었다. 발걸음이 느려진 셋은 터덜터덜 걷기 시작했다.

"뛰어, 토끼 새끼들아! 뛰어!

수십 미터 아래에서 사람이 계단을 향해 쏜살같이 달려왔다.

"살아 있어."

살인자가 쫓아오자 철망으로 된 계단이 덜커덕거렸다. 거울 무게에 짓눌린 데다 로나까지 기댄 상황에서 샘은 맨 위에 있는 층계참에 다다를 수 없으리라고 예감했다. 포기해야 하는 걸까, 몹시 당혹스러웠다.

그때 계단 난간 사이로 툼스의 번들번들한 머리가 보였다. 돌연 공포가 폭발하면서 힘이 솟은 샘은 계단 꼭대기까지 한달음에 올라갔다. 샘은 로나를 난간에 기대놓고 벽에 난 거대한 철문으로 뛰어갔다. 그리고 지하 왕국을 지배하는 모든 신에게 기도했다.

이번에는 기도가 이루어졌다. 피 범벅이 된 손으로 육중한 문고리

JEKYLL'S
MIЯROR
지킬의 거울

를 비틀자 문이 신음하며 열렸다. 녹슨 경첩이 날카롭게 쇳소리를 내는 가운데 샘은 캐시디와 로나를 데리고 복도로 들어섰다.

매끈하고 날렵한 형체가 물을 뚝뚝 떨어뜨리며 계단에서 솟아올랐다. 어둠 속에 숨어 있던 툼스가 층계참 쪽으로 움직였다. 공허한 종소리처럼 저벅저벅 발소리가 울려 퍼졌다. 샘은 꼼짝할 수가 없었다. 놀랍게도 마음 한편에는 움직이고 싶지 않은 마음도 있었다.

발소리가 서서히 느려졌다. 조심조심 경계하는 발걸음이었다. 툼스도 두려운 게 틀림없었다.

"나…."

거친 목소리가 처음으로 더듬거렸다.

"나는…."

툼스는 한 발짝 더 걸어 나왔다. 샘은 입술을 축였다. 무서웠다. 하지만 심장박동은 고요했다. 흉터가 난 손이 어둠 속에서 불쑥 튀어나왔다.

"오지 마!"

소리치자마자 샘은 복도 안쪽으로 홱 끌려 들어갔다. 그리고 곧바로 문이 쾅 닫혔다. 캐시디는 말 안 듣는 열쇠를 구멍에 넣고 세차게 돌렸다. 주먹으로 두드리는 소리와 좌절한 살인자의 외침이 문 너머로 약하게 들려왔다. 샘은 흔들리는 전구 불빛 쪽으로 얼굴을 들었다.

"미안해. 방금 무슨 일이 벌어진 건지 모르겠어."

샘이 멍하게 말했다. 캐시디는 굳은 얼굴로 샘을 쳐다봤다.

"정말이니? 샘, 이젠 나한테 솔직해야 해."

"뭔가가 있었⋯."

샘은 말을 하려다 말고 고개를 내저었다.

"음, 여기서 나가는 게 좋겠어."

캐시디가 중얼거렸다.

"툼스는 곧 드리치에게 돌아갈 거야. 우리가 도시를 빠져나가기 전에 로나를 집으로 돌려보내야 해. 어디 사는지 알아?"

"펠리세이드 코트. 39호."

샘과 캐시디는 벽에 기대 고꾸라진 로나를 돌아봤다. 로나는 아까보다 진정된 터였다. 눈동자도 조금 맑아졌다.

황폐해진 도서관으로 들어갈 때까지도 샘은 살인자가 층계참에서 왜 머뭇거렸는지 생각했다. 휘발유 냄새가 감도는 도서관 공기에 숨이 막혔다. 벽이 검게 그을린 지 얼마 되지 않은 듯했다. 불의 손길이 닿지 않은 책이 한 권도 없었다. 종이 산에서 피어오른 연기와 냄새가 사방에서 진동했다. 남은 잉걸불이 최후를 맞은 별처럼 빛났다. 하이드들의 광기가 지나간 현장인가? 아니면 규칙과 질서가 더 이상 적용되지 않는 세상이 만든 작품인가?

샘은 잠시 황량한 적막 속에서 호흡한 뒤 부서진 문을 지나 뒤엉킨 거리로 나갔다. 텅 빈 자동차들 사이에 여행 가방과 배낭, 짓밟힌 물건과 가족의 추억거리 들이 나뒹굴었다. 적잖은 시체도. 샘과 캐시디는 살아 남은 사람을 찾길 바라면서 서둘러 돌아다녔다. 사람들은 그

JEKYLL'S
MIЯROR
지킬의 거울

냥 살해된 게 아니었다. 상상도 못 할 야만적인 방법으로 잔인하게 학
살당했다. 익숙한 질문이 샘의 마음속에 또다시 꿈틀거렸다.

'만약 내가 하이드 프로젝트를 완수했다면, 만약 내가 변했다면 나
도 이런 짓을 저질렀을까?'

캐시디는 르노 해치백 운전자의 주머니에서 자동차 열쇠를 발견했
다. 남자는 목이 부러진 채 늘어져 있었다. 샘이 로나를 부축해 뒷자
리에 앉히는 사이 캐시디는 열쇠를 꽂고 시동을 거느라 낑낑 댔다. 세
번째 시도를 하려는 순간 샘이 벌벌 떠는 캐시디의 손을 잡았다.

"그럭저럭 잘하고 있다고 생각했는데."

캐시디는 더러운 손을 내려다보며 몸서리쳤다.

"하지만 난 커샌드라가 아닌걸."

"그래, 넌 커샌드라가 아니지. 캐시디잖아. 그리고 이건 다…."

샘은 손끝으로 초록색 뱀을 쓰다듬으며 말을 이었다.

"이건 그냥 물감일 뿐이야. 북아메리카 원주민들이 전쟁에 나가기
전에 바르던 물감 같은 거라고. 에드거 드리치와 싸운 사람은 커샌드
라가 아니라 바로 너야. 늘 너였지."

캐시디는 고개를 끄덕였다.

"로나를 집에 데려다줘야 해."

술에 취해 자동차와 시체 사이를 지그재그로 달리는 무모한 오토바
이 운전자 몇 명을 빼고는 샘과 캐시디가 거리를 독차지한 셈이었다.
건물은 불타고 구급차는 새카맣게 타 숯덩이가 됐다. 샘은 캐시디에

게 주요 간선도로를 피해 가라고 일렀다. 우여곡절 끝에 무서울 정도로 고요한 팰리세이드 코트에 도착했다.

샘이 로나를 차에서 내리게 한 뒤 정문을 통과했다. 기와가 떨어지고 정원도 제대로 돌보지 않은 집이었다. 크레일 선생이 사는 곳이라고 상상한 모습과 딱 들어맞았다. 샘이 문을 두드렸다.

"꺼져. 나한테는 엽총이 있고 난 총을 잘 쏘니까!"

"크레일 선생님, 샘이에요. 로나를 데려왔어요."

잠금장치를 푸는 소리가 나더니 문이 딱 안전 고리만큼 열렸다.

"어떻게?"

크레일 선생이 문을 열자 로나가 선생의 품에 와락 달려들었다.

"오, 내 딸! 내 소중한 딸…."

크레일 선생은 놀란 눈빛으로 샘을 돌아봤다.

"어—어떻게 내 딸을 나오게 한 거니?"

"얘기하자면 길어요. 지금은 안 돼요. 가봐야 해서요."

"샘, 잠깐만."

크레일 선생이 재빨리 말했다.

"네가 꼭 알아야 할 게 있어. 안으로 들어오렴."

크레일 선생이 로나를 재우는 동안 캐시디는 복도에 있는 전화를 썼다. 그사이 샘은 아래층에 있는 욕실로 달려갔다. 옷을 벗고 조그만 세면대에서 최선을 다해 몸을 씻었다. 끈적이는 오물이 들러붙은 귀와 하수관 악취가 올라오는 몸을 북북 문질러 씻었다. 더러운 옷을 어

JEKYLL'S
MIRROR
지킬의 거울

찌해야 할지 난감해하는데 크레일 선생이 욕실 문을 두드렸다.

"전남편 옷이 좀 있으니 줄게. 키가 너처럼 컸으니까 맞을 거야. 네 친구는 로나 옷을 입으면 되고. 다 되면 나와. 거실에 있을게."

아무 무늬 없는 흰 티셔츠와 검은색 바지를 입고 복도로 나가자 캐시디도 막 내려오는 참이었다. 빨간 머리를 뒤로 묶고 뱀 문신을 가린 긴팔 체크무늬 셔츠를 입은 불꽃 소녀가 새삼 아름다웠다.

"헬리콥터로 이동할 수 있게 준비해뒀어."

캐시디가 말했다.

"오늘 밤 육로로는 절대로 이 도시를 빠져나갈 수 없어. 착륙할 만한 고층 건물이어야 한다기에 블러프스 옥상으로 오라고 했어. 40분 뒤에 그리로 올 거야."

"그럼 어서 일을 끝내는 게 좋겠다."

크레일 선생은 손때 묻은 책에 둘러싸여 홀로 앉아 있었다.

"인생은 묘하지."

크레일 선생은 두 사람을 올려다봤다.

"30년 넘게 문학을 가르치면서 책을 통해 얻은 교훈은 그거였어. 인생은 묘하다는 것. 수많은 의미와 우연의 일치 때문에 줄곧 오해하고 혼동하지. 내가 거짓말을 했다, 샘."

"언제요?"

"사무실에서 내가 하이드 프로젝트에 연루된 사실을 고백한 날. 넌 아마 의아했을 거야. 내 딸이 여전히 드리치의 포로로 잡혀 있는데 왜 기꺼이 모든 걸 털어놨는지 말이야. 그건 단지 미끼였어."

"뭘 위한 미끼였나요?"

캐시디가 물었다.

크레일 선생은 떨리는 손을 이마로 가져갔다.

"내가 가장 아끼는 제자를 강제로 거울에 무릎 꿇게 만드는 것. 네가 프로젝트를 관둔 게 확실해지자 에드거 드리치가 직접 전화를 걸어왔어. 너한테서 뭔가를 감지한 거야, 샘. 다른 아이들과 달리 네 비밀스러운 자아는 단순하지만 엄청난 진실에 기초한 것이라서 아주 충격적인 모습으로 변할 수 있었지. 하이드 프로젝트 참가자 중에서 드리치를 가장 흥분하게 만든 변화였어. 드리치는 네가 거울에 꼭 굴복해야 한다고 고집했단다."

샘은 창문 쪽으로 고개를 돌렸다. 어스름한 불빛이 맴돌고 있었다.

"드리치는 널 한순간에 무너뜨리려고 많은 걸 시도했어. 네가 프로젝트에 복귀하도록 말이야. 교도관을 협박해 네 아버지의 편지를 받게 만들기도 했지."

샘은 스테미스트 무어 교도소라고 빨간색 소인이 선명하게 찍힌 봉투를 떠올렸다.

"네 이모부를 돈으로 매수해 널 가차 없이 괴롭히기도 했어."

'내가 그 돈을 받았기 때문이냐, 새뮤얼? 네가 날 그렇게도 미워하는 이유가 그거야?'

이모부의 비겁한 목소리가 귓가에 울렸다.

JEKYLL'S
MIRROR
지킬의 거울

"하지만 왜?"

"네가 좌절감에 굴복하기를 거부했기 때문이지. 분노가 널 거울로 데려가는 데 실패하자 내 사무실로 널 부르라고 지시했어."

크레일 선생은 거실 구석에 놔둔 샘의 가방을 가리켰다.

"그 거울이 저 가방 안에 든 모양이지? 거울 봤니?"

"언뜻 봤어요."

캐시디가 사실을 확인시키듯 분명히 말했다.

"뭔가 잘못된 건 없었고?"

"테두리 근처에 아주 미세하게 이가 빠졌어요. 저희 아빠가 샀을 땐 멀쩡했거든요."

"드리치는 그 거울이 강력하다고 말했어. 파괴할 수 없는 거울이지. 하지만 드리치는 교활한 마법사야. 심각하지 않은 기물 파손 정도는 거리낌 없이 저지르는 사람이지."

"드리치가 일부러 그런 거군요. 그런데 왜요?"

샘이 얼굴을 찌푸리며 물었다.

"깨진 거울 조각을 아주 고운 가루가 되도록 갈았어. 그 가루를 그때 네가 마신 차 안에 넣은 거야."

"그 모래 알갱이."

샘은 크레일 선생의 사무실에서 이상한 만남을 가진 이후 계속 모래 알갱이가 까끌거리는 느낌이 들었다. 마법 거울의 미세한 입자가 샘의 몸속에 있었다.

"그런데 전 안 변했어요."

"네가 어떻게 반응할지는 드리치도 몰랐어. 거울 가루가 서서히 몸에 흡수되면서 변하리라고 기대했지."

샘은 마른침을 삼켰다.

"아직도 그 느낌은 있지만 지금쯤 분명 씻겨 나갔을 거예요."

"마법 거울."

캐시디는 중얼거리고는 샘에게 말했다.

"그게 어떤 영향을 미칠지 아무도 몰라. 샘, 빨리 가야 해."

"제발 잠깐만, 이것만큼은 얘기하고 싶어."

크레일 선생이 의자에서 일어서며 말했다.

"일단 로나를 안전한 곳에 있게 한 다음 경찰에 자수할 생각이야. 네가 날 이해하거나 용서하리라고 기대하지 않아. 하지만 내가 한 일에 대해선 전적으로 책임질 거라는 걸 너도 알아야 할 것 같아서…."

크레일 선생은 창문 쪽을 손으로 가리켰다.

"이 모든 사태에 대해서 말이야."

샘은 크레일 선생에 대한 오랜 존경심과 함께 선생을 용서할 만한 자격이 없다는 가책을 느꼈다. 샘은 그저 이렇게 답했다.

"얼마나 나쁜 결과를 낳을지 모르셨잖아요."

"오, 샘. 그건 역사 속 모든 비겁자들이 하는 변명이란다."

크레일 선생이 한숨을 내쉬었다.

샘과 캐시디는 그 집을 나왔다. 현관문이 철커덕 닫히자마자 곧바로 팰리세이드 코트를 떠나 도시로 향했다. 오른쪽 손가락을 쫙 펴자 오래된 상처에서 다시 통증이 느껴졌다. 더러운 하수 때문에 상처가 덧나 피가 났다.

'드리치는 특별히 날 원했어. 내가 그 거울을 들여다보고 변하게 만들려 했어. 큰돈을 주고 이모부를 매수했지만 그게 통하지 않자 억지로 거울 조각을 내 목구멍에 집어넣었지. 왜 그랬을까? 내 비밀이 너무 어둡고, 너무 추하고, 너무 수치스러워서 거울이 걸신들린 것처럼 먹어치우리라는 걸 초능력으로 알았던 걸까?'

샘이 자기만의 생각에서 빠져나올 즈음 두 사람은 블러프스의 마당에 도착했다. 캐시디는 갓돌에 차를 바짝 대고는 시동을 껐다. 차에서 내린 샘과 캐시디는 고층 아파트인 블러프스 밑에 잠시 서 있었다. 추한 얼굴을 장식하는 불빛 하나 없이 블러프스는 침통하게 우뚝 솟아 있었다. 마치 아무 특징 없는 어마어마하게 큰 묘비처럼.

추모비처럼.

이미 죽은 이들을 위한….

그리고 아직 죽지 않은 이들을 위한.

30

샘과 툼스

엘리베이터가 멈춰 작동하지 않았다. 결국 샘과 캐시디는 옥상까지 31층을 걸어 올라가야 했다. 샘은 어둠에서 벗어나지 않도록 신경을 썼다. 블러프스 주민들에게 샘은 여전히 라이어널 크렘퍼를 살해한 유력한 용의자였다. 하지만 숨을 필요가 전혀 없었다. 24층까지 가는 동안 살아 있는 영혼은 단 하나도 마주치지 않았다.

샘은 연기 자욱한 공기를 들이마셨다. 목구멍 안쪽을 간질이는 것은 공기에 뒤섞인 오염 물질일까, 아니면 마법 거울의 가루일까?

25.

26.

콘크리트 블록에 페인트 칠이 벗겨진 숫자들이 째깍째깍 흘러갔다.

"앞으로 난 어떻게 되는 걸까?"

27.

"무슨 말이야?"

"어떤 일이 일어날지 알아내야 해. 몸 안에 있는⋯."

샘은 잠시 주저했다.

"그 거울 말이야."

28.

"내가 수소문해서 알아볼게. 주술계 사람들이 뭔가 알지도 몰라. 걱정 마, 널 원래 상태로 돌려놓을 테니까."

캐시디가 말했다.

"그런 다음엔? 지난 몇 주 동안 겪은 일을 생각하면⋯ 이모부나 다른 그 모든 일을 겪고서 집으로 되돌아갈 수는 없어."

29.

"그럴 순 없지."

"평범한 삶으로 돌아갈 수 없을 거야. 저기, 나한테 돈이 있어. 네가 새 이름으로 새 인생을 시작하도록 도와줄게."

"날 위해서 그렇게 해준다고?"

"당연하지. 어쨌든 널 드리치에게 그냥 버려둘 수는 없어. 그자가 어떡하든 널 다시 붙잡으면⋯."

30.

"절대로 드리치에게 아무 말도 안 할게. 너에 대해서도, 우릴 도와준 사람들에 대해서도."

"처음엔 안 그러겠지. 자진해서 말하지도 않을 거고."

캐시디는 고개를 끄덕였다.

31.

두 사람은 '옥상. 출입 엄금'이라 적힌 문에 이르렀다.

"넌 내가 지금껏 만난 사람 중에서 가장 용감해. 에드거 드리치는 사람을 교묘하게 조종하고 고문하는 데 선수야. 널 찾아내서 사로잡은 뒤 판타즈마고리움으로 끌고 갈 거야. 앙갚음하기 위해서라도 널 고통스럽게 만드는 수천 가지 방법을 생각해낼 거라고. 난…"

캐시디는 문을 뚫어져라 쳐다보면서 말했다.

"난 그걸 참을 수 없어."

계단을 오르던 샘은 고개를 돌려 불꽃 소녀를 마주 봤다. 캐시디의 입술을 애타게 찾으며 샘은 몸을 기울였다.

"안 돼."

캐시디는 샘의 가슴을 살짝 밀어냈다.

"왜?"

"말했잖아. 사랑하면 솔직해야 한다고."

두 사람은 잠시 아무 말 없이 서 있었다. 밖에서는 악몽 같은 소리가 계속해서 흘러들었다. 샘의 마음 한구석에서도 비명이 터져 나왔다.

'말해. 그러면 최소한 끝나기는 하겠지. 상상도 못 할 엄청난 세 마디를 들어주긴 할 거야. 그럼 저 아름다운 얼굴이 혐오감에 일그러지겠지. 하지만 적어도 넌 알게 될 거야.'

여전히 샘은 말하지 못했다. 캐시디에게 보여주기가 무서웠다. 거울 때문에 변하지는 않았지만 샘은 괴물이니까.

"옆으로 비켜 서."

샘이 르노 트렁크에서 가져온 타이어 렌치를 고쳐 잡으며 말했다. 문과 문설주 사이에 렌치의 끝을 집어넣었다. 자물쇠와 씨름할 준비를 하느라 근육이 팽팽하게 긴장했다. 그러나 문은 의외로 쉽게 열렸다. 샘은 쭈그리고 앉아서 문틀을 자세히 살펴봤다. 계단이 어두워서 자물쇠가 이미 박살 난 것을 미처 못 본 모양이었다.

"오래전 일일 거야. 누군가 옥상에서 일광욕을 했을 수도 있고."

캐시디가 자기 생각을 말했다.

"어쩌면."

샘은 어깨에 멘 가방끈을 꽉 졸라매고 문을 밀어젖혔다.

쉴 새 없이 맹렬히 타오르는 불길 때문에 더욱 후끈해진 밤의 열기가 두 사람을 괴롭혔다. 샘과 캐시디는 조심스레 아파트 옥상으로 움직였다. 블러프스의 변색된 왕관 꼭대기는 오싹할 정도로 평온했다. 옥상에는 빨간빛을 발하는 신호기와 난방 송풍구가 있는 슬레이트 구조물 두 개 말고는 아무것도 없었다.

캐시디는 펄펄 끓는 스카이라인을 눈으로 훑었다. 헬리콥터 한 대가 중앙 광장 상공을 맴돌았다. 헬리콥터에서 뻗어나온 빛줄기가 땅에 붙들어 매인 것처럼 보였다. 경찰 헬리콥터였다. 캐시디는 시계를 확인하더니 자갈을 발로 차 옥상 가장자리 너머로 넘겼다.

샘은 나지막한 난간으로 다가가 어둠 속으로 떨어지는 자갈을 바라봤다. 시선을 옮겨 더 넓은 풍경을 둘러봤다. 뒤집어지고 혼란스러운 세상이 방향 감각을 마비시켰다. 거리는 거의 모든 불빛이 꺼진 상태였다. 도시의 야경을 배경으로 불이 별무리처럼 타올랐다. 하늘에 연기가 자욱했다. 담요처럼 땅을 뒤덮은 안개 같았다. 갑자기 발목이 위로 쑥 잡혀 올라간 듯, 아니 사물을 거꾸로 비추는 유령의 집 거울처럼 세상이 홱 뒤집혔다…

불현듯 샘은 지금껏 교묘히 피해온 진실을 완벽하게 깨달았다. 거울은 보기 싫은 현실을 보여주면서 사실을 과장하고 왜곡했다. 작은 뾰루지가 흉측한 흠이 되고, 건강한 몸이 역겨운 흉물 덩어리로 변했다. 모든 게 보는 사람의 생각에 달려 있었다. 스티븐슨의 거울도 똑같았다. 거울은 작은 얼룩 같은 어둠 한 점을 과장하고 확대했다. 불길한 점 하나가 다른 모든 것을 가려 빛을 잃게 만들었다. 어둠은 파편에 지나지 않았다. 어둠은 마주하고 받아들여야 하는 것이자, 그보다 훨씬 큰 그림의 일부에 해당했다.

캐시디는 옥상 끝에서 몸을 내밀던 샘을 붙잡아 끌어당겼다.

"뭐 하는 거야?"

"이제 알겠어."

샘은 가방을 풀고 부드러운 적갈색 거울 테를 만졌다.

"그 거울은 나야. 내가 그 거울이지."

샘과 캐시디는 동시에 넓게 트인 옥상 쪽을 돌아봤다. 통풍구 헛간 뒤에서 청바지에 마블 코믹스 티셔츠를 입은 키 큰 사내가 나타났다.

"거울과 나는 하나야. 왜냐하면 난 그 거울 파편에서 태어났거든. 하지만 너도 날 만든 창조자야, 샘. 드디어 날 내보내줘서 고마워."

툼스가 걸어 나왔다. 질투에 사로잡힌 어둠이 보물을 혼자서만 간직하려는 듯 아쉬워하며 마지못해 사라졌다. 규칙적으로 깜박이는 신호기 불빛이 툼스를 냉혹한 붉은색으로 휘감았다. 흉터가 있는 오른손에 불빛이 튀었다. 샘은 자기의 다친 손을 내려다봤다. 똑같았다.

"아프지? 내가 자유의 몸이 됐을 때 네 몸에 흉터가 생겼고 나한테도 자국이 남았어. 언짢아하지 않았으면 해. 벌거벗은 채로 태어나서 네 옷을 훔칠 수밖에 없었어. 사실은…."

툼스는 웃으며 말을 이었다.

"그 뒤로 훨씬 더 나쁜 짓을 저지르긴 했지."

"전시실에서 의식을 잃었을 때 네가 태어났군. 크레일 선생님이 거울 가루를 넣은 차를 줬고, 내가 쓰러졌고, 그다음에…."

샘은 차근차근 기억을 떠올렸다.

"고통."

툼스가 고개를 끄덕였다.

"내가 태어날 때 극도의 고통을 느꼈지. 거울이 그렇게 만든 거야. 나는 밀고 또 밀었어. 네 가슴을 찢고 내 손가락이, 팔이, 머리가, 새로 생긴 두 눈이, 비명을 지르는 입이 나올 때까지. 마침내 네 살에서 차츰 녹아 나왔어. 가냘프게 울기만 하는 용기 없는 감옥에서 탈출했지. 네가 빈약하고 변변찮은 조각들만 주다 보니 난 약하고 굶주린 상태였어. 하지만 곧 바로잡았지. 네 가방을 가져가 옷을 갈아입고 도시 속으로 힘차게 나아갔어. 물론 그때 널 죽였어야 했는데."

툼스가 갑자기 멈춰 섰다. 신호기 불빛이 툼스의 얼굴을 비췄다.

"넌 다친 참새처럼 약해빠진 아이였어. 널 죽이고 싶었어. 맨주먹으로 머리통을 박살 내고 싶었어. 하지만 그러면 내가 계속 존재할지 어떨지 확신할 수가 없었어. 전문가의 충고가 필요했지."

"그래서 드리치에게 갔던 거야."

그림자가 드리운 캐시디의 머리가 움찔거렸다.

"영리한 불꽃 소녀군, 맞지? 저 녀석이 널 그렇게 부르는 거 알아?"

툼스의 웃음에 조롱이 가득했다.

"저 녀석이 사라지면, 너와 나 단둘이 무척 즐거울 거야."

'그분'보다 더없이 순수한 절대 분노의 불꽃이 샘의 마음속에서 불타올랐다.

"넌 캐시디를 해치지 못해."

"그 말을 누가 믿어? 엄마가 죽어가는데도 숨어서 벌벌 떨기만 한 겁쟁이를? 넌 그 사람에게 맞서지 못했어. 나한테도 맞서지 못해!"

툼스는 소리를 내지르며 빛 속으로 들어갔다. 공포에 질린 샘이 머리를 절레절레 흔들며 뒷걸음질 쳤다. 난간에 신발이 부딪쳤다. 픽맨 터널 근처에 모인 사람들 틈에서 언뜻 본 바로 그 얼굴이었다. 그때 샘은 착각이라고 무시했다. 아빠는 300킬로미터 넘게 떨어진 스테미스트 무어 교도소에 갇혀 있으니까. 창백한 피부, 뻣뻣한 머리카락, 파

란 눈동자, 그리고 긴 팔다리. 샘의 아빠였다. 아니, 샘이었다.

"이모부가 하이드들한테 두들겨 맞을 때 본 건 너였어."

샘은 두려움 가득한 목소리로 말했다.

"이모부는 그게 나라고 생각했지. 찰리도 내가 그날 아침 학교를 나서는 걸 봤다고 캐시디한테 말했고."

거울 남자의 얼굴에 느긋하고 자연스러운 미소가 환하게 빛났다.

"그것도 나야."

"미스터 툼스(Mister Tooms), 글자 순서를 바꾸면 '스테미스트 무어(Stemist Moor)'가 되지."

샘은 나지막하게 말했다.

"음, 날 '분노의 캐리언'이라고 할 순 없었어. 내가 누군지 단번에 알아맞힐 테니까. 네가 진짜 내 정체를 알면 어떤 표정을 지을지 너무 보고 싶기도 했고. 그리고 스테미스트 무어?"

음산한 거울 인간이 낄낄댔다.

"그 교도소는 네가 한 번도 마주하지 못하고 받아들이지 못한 진실을 품고 있지. 넌 네 아버지의 아들이라는 진실. 그 진실이 육신으로 나타난 게 바로 나야."

"넌 다른 하이드와는 달라. 하이드는 모습이 변하는데 넌 따로 떨어져 나왔어. 하이드는 얼굴이 바뀌는데 네 얼굴은 샘과 똑같아."

캐시디가 말했다.

"드리치가 다 설명해줬어."

툼스가 고개를 끄덕이고는 계속 이야기했다.

"과정이 달랐으니까. 샘이 거울을 삼켰기 때문이야. 몸속에 들어간 거울이 안팎을 뒤집어 비추면서 두 사람의 정체성으로 육체가 분리된 거야. 샘은 늘 '그분'에 자기 모습을 반영해서 그렸어. 그러니까 샘의 얼굴은 내 얼굴이기도 하지. 이게 다가 아니야. 드리치는 내가 알려준 정보의 대가로 다른 얘기도 해줬어. 오, 그래, 판타즈마고리움에 몰래 들어가서 거울을 훔쳐오는 계획을 알려준 것도 바로 나야. 샘과 분리될 때까지 기억을 나도 갖고 있거든. 알겠어?"

"내가 우리를 배신했어. 내가…."

샘이 중얼거렸다. 툼스는 샘의 말을 듣지 못한 척 말을 이었다.

"내가 도움을 준 대가로 드리치는 내가 궁금해하는 것들을 답해줬어. 난 그냥 나였어. 새뮤얼 스틸하우스와는 전혀 별개인. 네 인생은 내 거야."

"네가 이모부를 죽였어."

"네가 그럴 배짱이 없어서 내가 한 거야."

툼스는 뒤로 걸어가더니 자신의 일부처럼 보이는 어둠 속으로 다시 녹아들어 갔다.

"난 너보다 강해. 하이드가 지킬보다 강했던 것과 마찬가지지. 이제 내 주인에게 거울을 넘겨줘야 할 거야."

툼스가 통풍구 뒤에서 코라를 끌고 나왔다. 코라 크렘퍼는 입에 재 갈이 물리고 몸이 묶여 있었다. 샘이 미처 반응하기도 전에 툼스는 코

라를 옥상 끝으로 끌고 가 난간으로 밀어붙였다. 악몽이 펼쳐졌다. 코라가 눈물을 펑펑 쏟으며 조카와 조카의 도플갱어를 쳐다봤다.

"무기를 내려놓고 가방을 이쪽으로 밀어."

툼스가 명령했다. 샘은 주저하지 않았다. 타이어 렌치가 옥상 바닥에 쨍그랑 소리를 내며 떨어졌다. 샘은 어깨에 멘 가방을 벗었다. 가방을 던져주려는데 캐시디가 손목을 잡았다.

"잠깐."

샘은 화난 표정으로 뒤를 돌아봤다.

"무슨 소리 하는 거야? 안 주면 이모를 죽일….."

"거울을 손에 넣어도 어차피 이모를 떨어뜨릴 거야."

"사람들이 재더러 '걸어 다니는 재앙'이라고 부른 거 알지?"

툼스가 제자리에서 고함을 질렀다.

"어찌나 칠칠치 못한지 늘 발을 헛딛고 멍이 드는 아이. 나도 그런 어설픈 면을 가질 수밖에 없었어."

툼스는 손에서 힘을 뺐다. 소리 죽인 비명과 함께 코라가 앞으로 고꾸라졌다. 밑으로 떨어지기 직전, 툼스는 코라를 다시 붙잡았다. 코라가 난간 끝에 걸리자 툼스의 이두박근도 한계에 이르렀다. 샘이 캐시디를 돌아봤다.

"넌 가."

"미쳤어? 난 아무 데도 안 가!"

"나랑 거울을 이모와 맞바꿀 거야. 툼스는 날 죽이고 싶은 거야. 이모를 해칠 마음은 없으니 거부하지 않을 거야."

"싫어. 싫다고."

캐시디는 샘의 팔을 확 비틀어 떼냈다.

"하지만 이모는 아무 죄가 없잖아."

"너도 그렇잖아."

샘은 제 분신을 가리켰다.

"저게 무엇이건 내 어둠에서 태어났어. 툼스의 손이 내 손이야. 그 손이 이모부를 죽인 칼을 쥐고 있었어."

"아냐."

캐시디가 단호하게 말했다.

"내 책임이야. 모르겠어? 툼스가 바로 나고 내가 툼스야. 난 죗값을 치러야 해."

샘이 고개를 저으며 말했다.

"아냐."

캐시디가 거듭 말했다.

"샘, 모르겠어? 저건 너의 극히 일부분이야. 누구라도 좋은 면을 손 쓰지 않고 방치하면 가장 나쁜 면이 나타나 친구를 배신하고 적을 죽일 수 있어. 넌 다른 사람들과 하나도 다르지 않아. 이제 네가 어둠에게 준 힘을 없애야 해. 샘, 숨기는 게 뭐니? 저 괴물을 먹여 키운 비밀이 뭐야? 그 비밀과 마주해야 해, 지금 당장!"

스스로 깨달은 사실이 이젠 샘 자신을 되비추었다. 하이드는 거울

에 비친 왜곡된 상이었다. 겉으로 보기에는 더 강하지만 실제로는 일그러진 존재. 샘의 좌절감이 툼스의 어둠을 부풀렸다. 엄마가 살해된 날 이후로 품게 된, 단순하지만 가증스러운 진실을 인정하지 못해 생긴 좌절감. 지금 그 진실을 시인해야만 했다. 캐시디가 앞으로 평생 샘을 증오하게 되더라도.

샘은 몸을 숙여 불꽃 소녀에게 작별의 입맞춤을 했다. 캐시디의 입술도 응답했다. 샘은 떠나면서 캐시디에게 나지막이 고백했다.

"난 아빠를 사랑해."

샘은 미스터 툼스를 향해 돌아섰다.

스테미스트 무어를 향해.

'그분'을 향해.

"난 아빠를 사랑해!"

세 마디 뒤틀린 진실을 인정했다.

"뭐라고 했어?"

굵고 대담했던 툼스의 목소리가 겁에 질린 어린아이처럼 떨렸다.

"어떻게… 어떻게 그런 말을 할 수 있어?"

샘은 앞으로 한 발 내디뎠다. 그러고 나서 또 한 발. 그리고 또 한 발. 샘은 옥상을 성큼성큼 걸어갔다.

"그게 진실이니까. 어두운 어린 시절을 보내면서도 내내 알았어. 사랑. 너도 알지? 너와 날 껴안고 머리카락을 헝클던 그 손. 그리 자주 느끼진 못했어. 우리가 잘 아는 손은 다른 손이었지. 하지만 사랑이

한번 쓰다듬기만 해도 나쁜 남자의 잔인한 행동은 다 용서됐어. 난 우리 아빠를 사랑해. 눈곱만큼도 용서받을 자격이 없지만, 우리와 엄마에게 한 짓을 변명할 수는 없지만, 조금이라도 죄책감을 줄여줄 생각은 없지만, 난 아빠를 진심으로 사랑해. 지독하게 사랑해."

"안 돼!"

도플갱어가 날카롭게 소리를 질렀다.

"그런 말 하면 안 돼. 그러면 안 된다고. 그 사람은 괴물이야!"

툼스는 인질을 거칠게 끌어당겨 옥상 바닥에 내던졌다. 곁눈질로 보니 캐시디가 쏜살같이 앞으로 달려나가 코라를 무릎으로 들어올렸다. 샘은 한편으로 궁금했다. 불꽃 소녀의 놀라움이 벌써 혐오로 변했는지, 코라도 똑같이 혐오감을 느끼는지. 하지만 주워 담기엔 이미 늦었다. 샘은 단호하게 밀고 나갔다.

"그래, 아빠는 괴물이었어."

샘은 어두운 분신에게 다가가면서 점차 속도를 늦췄다.

"그래서 결코 그 진실을 인정할 수 없었던 거야. 이모를 앉혀놓고 자기 언니를 죽인 사내를 여전히 사랑한다는 말을 어떻게 하겠어? 심지어 나 자신조차 그렇게 구역질 나는 진실을 어떻게 인정하느냐 말이야. 그걸 인정하면 나에 대해 뭔가를 알 수 있으니까. 나 역시 평범한 삶을 살 수 없는 괴물이니까. 난 아빠를 증오해야만 했어. 그래야만 했어. 아빠는 그래도 싸잖아, 안 그래?"

툼스가 털썩 무릎을 꿇었다. 흉터 난 손으로 긴 머리를 미친 듯이

문질러댔다. 샘은 마지막 걸음을 내딛고서 들썩이는 툼스의 어깨에 손을 올렸다.

"아빠는 증오받아도 싸. 하지만 난 아빠에게 사랑을 줬어. 마음속으로는 진실을 알았어. 거짓된 삶을 산다는 기분 때문에 생긴 좌절감이 '그분'을 낳았어. 널 낳았어. 너무나도 나약한 나에게 너무나 화가 났어. 그 분노가 하이드 프로젝트 안에서 넘쳐흘렀지."

샘의 눈에 눈물이 차오르더니 이내 뺨으로 흘러내렸다.

"넌 그 거짓말 뒤에 숨은 분노야, 툼스. 그게 너야."

샘은 툼스 앞에 꿇어앉아 자신과 꼭 닮은 쌍둥이의 얼굴에 치렁치렁 내려온 머리카락을 쓸어 넘겼다.

"미안해."

"미안해?"

툼스가 되물었다.

"내가 더 용감했더라면 넌 존재하지도 않았을 거고 이모부도 아직 살아 있겠지. 하지만 이젠 다 끝났어."

"끝났다니, 그게 무슨 소리야?"

"몰랐어?"

샘이 손을 뻗어 툼스의 헐렁해진 옷깃을 만졌다.

"넌 점점 작아지고 있어."

사실이었다. 난간 쪽으로 한 발짝씩 옮길 때마다 샘은 판에 박은 듯 똑같이 생긴 괴물이 쪼그라드는 모습을 지켜봤다. 너무나도 천천히 진행됐기에 툼스는 자기 몸에서 일어나는 변화를 알아차리지 못했다. 툼스의 손가락은 이제 샘의 손가락보다 몇 센티미터나 짧아졌다. 똑바로 서려고 움직이자 헐거워진 운동화가 벗겨졌다.

"어떻게 이런 일이 생기는 거지?"

거울 인간이 비명을 질렀다.

"넌 비밀에서 태어났으니까."

샘의 목구멍 뒤쪽에서 까끌대던 거울 가루가 사라지기 시작했다.

"그런데 그 비밀이 밝혀졌고, 그건 너한테는 끝이라는 뜻이지."

"아냐."

툼스의 쪼글쪼글한 얼굴에 광기 어린 미소가 떠올랐다.

"난 끝나지 않아. 끝낼 수 없다고!"

작아진 툼스가 놀랄 만큼 강한 힘으로 샘의 목을 움켜잡더니 자갈 위로 내던졌다. 척추에 뾰족한 돌이 찍혔다. 툼스는 샘을 곧바로 난간 위로 끌어올렸다.

"움직이지 마. 움직이면 얜 떨어져."

툼스가 뒤를 보며 캐시디에게 외쳤다.

난간에 걸친 몸이 위태로웠다. 샘의 머리와 어깨, 몸통은 블러프스 옥상 너머 허공에 떠 있었다. 뒤를 흘깃 보니 코라는 여전히 바닥에 널브러져 있었다. 기절한 것 같았다. 캐시디는 달려오다가 멈춰 서서 항복한다는 의미로 손을 들어 올렸다.

"쟨 정말로 널 사랑하나 봐."

JEKYLL'S
MIЯROR
지킬의 거울

툼스의 입술이 비죽거리며 말려 올라갔다. 툼스는 자신을 만든 창조자를 서서히 난간 너머로 밀었다. 그때 샘이 쪼그라든 남자의 셔츠를 꽉 움켜쥐었다.

"내가 가면 너도 가는 거야."

"난 어차피 죽고 있어."

툼스는 어깨를 으쓱하고는 작은 얼굴을 숙여 샘의 귀에 대고 입술을 달싹였다.

"정말로 내가 네 증오심에서 태어났다면, 네가 네 자신을 얼마나 경멸하는지 알아야겠어. 넌 너를 경멸하지, 그렇지? 그자가 우리 엄마를 죽이게 놔둔 네 자신을 증오하지?"

"내 기분을 정확히 말해줄게."

샘은 마른침을 삼켰다.

"잠기는 기분."

"그럴 거야."

툼스는 활짝 웃으며 샘을 어두운 망각 속으로 밀어붙였다.

샘은 아찔한 높이의 아래쪽으로 고개를 돌렸다. 어서 떨어지기만을 기다리는 어둠의 품으로 샘의 눈물이 떨어져 내렸다. 지옥처럼 섬뜩한 무언가가 태어나는 듯 사방에서 도시가 불타고 비명을 질러댔다.

"추억에 잠기는 기분. 강둑과 버드나무에 대한 기억. 우린 술래잡기를 했어, 기억나?"

샘이 말을 마치자마자 툼스의 손에서 힘이 빠져나갔다.

"아니, 그런 거 기억 안 나. 기억 안 난다고."

"일곱 살 때가 기억나. 우린 카펫에 앉아 있고 아빠가 꼭두각시 인형 놀이를 보여줬지. 웃었어, 다 같이. 그때 우린 아빠를 사랑했어."

"아냐. 아냐, 아냐, 아냐!"

"아빠가 우리한테 처음으로 색연필을 사준 게 기억나."

"그만해. 제발…."

샘은 도플갱어의 셔츠를 붙들고서 간신히 몸을 일으켜 난간에 걸터앉았다. 툼스는 샘 앞에서 계속 쪼그라들었다.

"그리고 나서 아빠를 봤어, 그렇지? 학교에서 미술 전시회가 있던 밤이었어. 아빠는 울고 있었지."

"아냐."

"우리가 그린 엄마 그림을 뚫어져라 쳐다보면서 울었어. 그리고 말했지…."

"하지 마."

"아들, 네가 자랑스럽다. 자랑스러워."

샘은 괴물에게 손을 뻗었다.

"너도 아빠를 사랑했어."

다섯 살짜리 아이만 해진 툼스가 슬픔과 분노의 눈물을 흘리며 올려다봤다. 툼스는 샘을 잡은 억센 두 손을 풀었다. 그리고는 갑자기 부끄러운 듯 양팔을 툭 떨구었다. 샘이 천천히 일어서는 동안 샘에게서 태어난 괴물은 난간 쪽으로 걸음을 옮겼다.

"나… 난 이해가 안 돼."

작아진 툼스가 말했다.

"그건 네 안에 있어, 안 그래? 아빠의 분노 말이야. 넌 아빠처럼 될 거야. 나처럼 될 거야."

샘은 고개를 내저었다.

"나도 그렇게 생각했어. 난 아빠 아들이니까 결국 아빠처럼 되고 말 운명이라고. 하지만 날 분노하게 만든 건 그 거짓말이었어. 분노는 아빠한테서 물려받은 게 결코 아니었어. 우리의 길을 선택하고, 미래를 결정하고, 기질을 만든 건 우리 자신이었어."

툼스는 절망적인 눈빛으로 샘을 쳐다봤다.

"무서워."

"알아. 하지만 괜찮아, 새미. 이제 괜찮아질 거야."

샘이 고개를 끄덕였다. 툼스도 샘에게 고개를 끄덕이고는 도시를 바라봤다. 그 순간 창조자와 괴물이 초자연적으로 이어지면서 샘은 툼스의 눈으로 세상을 보았다. 지평선 이쪽 끝에서 저쪽 끝까지 들끓는 빛이 일렁였다. 세상이 품은 복잡한 자아의 진실이 고군분투하는 70억 영혼의 빛과 어둠을 비추었다. 쪼그라든 툼스가 두 팔을 어둠을 향해 들어 올리고는… 죽음의 암흑 속으로 기울어졌다.

툼스는 허공을 가르며 아래로 떨어지는 동안 비교할 수 없을 정도로 작아졌다. 따스한 공기가 몸을 뒤흔들자 죽음이 그를 맞으러 부리나케 달려왔다. 툼스는 흐릿한 얼룩이었다가, 반점이었다가, 작은 점이었다가 땅에 떨어지기 직전 마지막 순간에는 샘이 마신 은빛 가루로 변해 미풍에 흩어졌다. 그 순간 샘의 목구멍에 남았던 모래 알갱이가 말끔하게 사라지더니 발치에서 산산이 부서지는 소리가 났다.

캐시디와 샘이 서로를 마주 봤다. 샘은 가방을 거꾸로 기울였다. 모래만큼 고운 유리 가루가 손가락 사이로 흘러내렸다.

"툼스는 거울로 만든 거라 툼스와 함께 거울도 산산조각난 거야."

캐시디는 고개를 끄덕였다.

"어쩌면 거울을 없애는 유일한 방법이었을지도 몰라. 이제 드리치는 더 이상 거울로 생명을 해칠 수 없을 거야."

캐시디는 살살 달래듯 샘의 갈비뼈를 팔꿈치로 쿡 찔렀다.

"나쁘지 않은 밤일이었어, 그렇지, 새미?"

"그런 것 같아."

샘은 희미하게 미소를 지었다. 샘과 캐시디는 코라에게 걸어갔다.

"괜찮으실까?"

캐시디는 의식을 잃은 코라의 얼굴에 흘러내린 흰머리 한 올을 쓸어 넘겼다.

"괜찮을까? 우리 다."

샘은 무릎을 꿇고 이모의 이마에 입을 맞췄다. 그러고는 자세를 고쳐 캐시디의 눈을 똑바로 쳐다봤다.

"내가 미워?"

"왜 그런 걸 물어?"

"내가 그 사람을 사랑하니까."

그제야 걷잡을 수 없이 눈물이 쏟아졌다.

"아빠를 사랑해."

캐시디는 얼굴을 가린 손을 떼어낸 뒤 샘의 눈을 바라봤다.

"사랑은 어쩔 수 없는 거야, 새미. 좋아하는 사람과 미워하는 사람을 선택할 수는 있어도 사랑은 선택할 수 없어. 네가 아빠를 사랑하기 때문에 널 더 사랑하게 됐어."

"하지만 그건 잘못된 거고 비뚤어진 거고⋯."

캐시디는 샘에게 입을 맞췄다. 캐시디의 입술은 축복과도 같았다.

"아니. 속에다 꽁꽁 감춰두는 게 잘못된 거야. 왜 네 사랑이 잘못된 게 아닌지 말해줄까?"

캐시디는 샘의 가슴을 살포시 손으로 누르며 말을 이었다.

"이제 더 이상 '그분'이 없기 때문이야."

샘은 크레일 선생이 거울 가루가 든 차를 먹인 다음부터 '그분'이 꿈틀대지 않았다는 사실을 깨달았다. 한때 선명한 분노가 타오르던 곳에서 아무것도 느껴지지 않았다. 분노는 또다시 찾아올 터였다. 당연했다. 하지만 그분, 좌절된 분노는 사라졌다. 샘은 가슴에 닿은 캐시디의 손바닥을 지그시 누르며 미소 지었다.

저 아래 도시에서는 불길이 맹렬히 타올랐다. 저 높은 하늘 위 구름 사이로 환하고 고요한 달이 얼굴을 내비쳤다. 어두컴컴한 창문에 반사되는 달빛을 보면서 모처럼 평온을 느꼈다. 옆에 있는 불꽃 소녀와 함께 샘은 다가오는 헬리콥터 날개에 아른아른 빛나는 달빛을 보았다.

"이제 가야 할 시간이야."

샘은 블러프스를 향해 속삭였다. 마음속에서 작별 인사가 메아리처럼 울려 퍼졌다.

안녕.

안녕.

안녕….

JEKYLL'S
MIЯROR
지킬의 거울

에필로그

'있는 그대로 존재하는 것, 될 수 있는 존재가 되는 것.
삶의 목적은 그뿐이다.'
— 로버트 루이스 스티븐슨

대양 위에 드리운 구름 위로 새벽녘 멍든 자줏빛이 은은하게 빛났
다. 마침내 밤의 자취가 싹 씻겼다. 새 하루를 맞이하면서 샘은 작은
창문에 또렷이 비친 자기 모습을 보았다. 신선한 공기가 목을 타고 들
어오자 블러프스 옥상에서 떨어진 거울 남자가 떠올랐다. 캐시디는
하이드가 샘의 극히 일부였다고, 그 괴물이 한 짓에 샘의 책임이 없다
고 했지만, 샘은 툼스가 저지른 짓에 늘 죄책감을 지니게 되리라는 걸
알았다.

샘과 캐시디, 코라는 헬리콥터를 타고 공항으로 갔다. 활주로에 자

가용 제트기가 시동을 켠 채 서 있었다. 캐시디는 비싼 양복을 입은 근엄한 남자와 몇 마디를 나누었다.

"이제 타는 게 좋겠어. 심령술사 몇몇이 드리치가 지금 이리로 오는 중이라고 했거든."

남자가 앓는 소리를 했다.

비행기가 미끄러지듯 활주로를 움직이자 예언이 사실로 드러났다. 제트기 바퀴가 막 아스팔트에서 떠올랐을 때였다. 길쭉한 검정 리무진 한 대가 잔디밭을 향해 전속력으로 달려왔다. 끼익 소리와 함께 리무진이 멈춰 서더니 뒷문이 벌컥 열리면서 열두 살쯤 된 검은 머리칼의 소년이 모습을 드러냈다. 멀리 있어서 확실하지는 않았지만 샘은 그 이상한 아이가 미소 짓는 것을 똑똑히 보았다.

대서양을 반쯤 지나자 코라의 의식이 돌아왔다. 코라는 아무 반응 없이 제트기의 호화로운 내부를 눈여겨보면서 샘의 말에 귀 기울였다. 샘은 그동안 있었던 일을 모조리 설명하려 애썼다. 캐시디와의 첫 만남부터 툼스의 자살과 마법 거울이 깨진 것까지. 그러나 코라는 한 마디도 하지 않았다. 캐시디는 일단 미국에 도착하면 최고의 의료진에게 치료를 받을 거라고 장담했지만, 샘은 이모가 예전 모습으로 돌아갈 수 있을지 확신이 서지 않았다. 코라는 꼼짝 않고 담요를 덮은 채 제트기 뒤쪽 좌석에 앉아 쉬었다.

"무슨 일이 일어나는지 이모한테 말할걸. 위험하다고 알려야 했어."

샘은 크림색 가죽 의자에 앉은 캐시디를 돌아보며 말했다. 조종사

둘을 빼면 제트기에는 세 사람뿐이었다. 캐시디는 흉터가 생긴 샘의 손을 가져갔다.

"네 잘못이 아냐."

"그건 네 말이고, 캐시디 케인."

샘은 이 소녀를 더 이상 커샌드라로 생각하지 않았다. 캐시디는 분명히 불같은 쌍둥이 언니에게 영향을 받았다. 하지만 자기 안에서 발견한 용기는 전적으로 캐시디 자신이었다. 샘은 이젠 캐시디도 그 사실을 알게 됐으리라 믿었다.

"나도 이제 알아."

캐시디가 몸을 기울여 살포시 입을 맞췄다. 마치 축복과도 같았다. 죄를 용서받는 느낌.

"네가 이모를 헬리콥터 밖으로 데리고 나오는 동안 비행장에서 만난 그 사람이 새로운 소식을 전해줬어. 거울이 산산조각나자마자 감금 시설에 갇힌 모든 하이드들이 원래 모습으로 돌아갔대."

"도린도? 마틴도?"

샘은 등을 펴고 자세를 고쳐 앉았다.

"둘 다."

캐시디는 고개를 끄덕였다.

"그런데 안타깝게도 하이드가 된 뒤 저지른 일을 전부 다 기억하는 모양이야."

"도린은 아빠를 미치게 만들고, 마틴은⋯ 자기가 죽인 아이들⋯."

"사람들을 해치고 살인을 저지른 다른 하이드들도."

캐시디가 고개를 끄덕였다.

"우리를 도와준 사람들이 기억도 지워줄 수 있을 거야. 하지만 경찰에 잡힌 아이들은 그럴 수 없겠지. 아이들이 평생 그 기억을 안고 살아가야 한다니 걱정이야."

'그래야만 할 거야.'

샘은 절망스러웠다. 그 아이들은 어두운 자아가 저지른 행동에 책임이 없을까? 지금도 샘은 답할 수가 없다.

"감옥에 가는 아이들도 있을까?"

"모르지, 뭐."

캐시디가 어깨를 으쓱했다.

"검사들이 기소하기 쉽지 않을 거야. 가해자들이 다른 얼굴을 하고 있으니까. 어쩌면 새로운 세상이 시작될 수도 있어."

"그게 무슨 뜻이야?"

"에드거 드리치가 초자연적인 사건을 은밀하게 꾸민 걸 온 세상 사람들이 다 봤잖아. 명백한 증거도 있고. 휴대폰이나 방송사 카메라에 하이드가 공격하는 장면과 변신한 모습이 남아 있지. 난…."

캐시디는 말을 잇지 못하고 작은 창문을 내다봤다. 창밖으로 세상의 끝이 활활 타올랐다. 샘은 오들오들 떠는 캐시디를 꼭 끌어안았다.

"자, 그럼, 우린 어떻게 되는 거야?"

샘이 속삭였다.

"새로운 나라, 새로운 인생."

캐시디가 미소 지었다.

발밑에서는 제트기가 부드럽게 웅웅 거리고, 저 밑으로는 지구가 돌고 있다. 샘은 새로운 미래가 두 사람을 반갑게 맞으러 달려오고 있다고, 그 미래가 무엇을 품었든, 경이로운 것이든 두려운 것이든 둘이 함께 마주하고 받아들이리라고 다짐했다. 불꽃 소녀와 함께 둘이서.

JEKYLL'S MIRROR
지킬의 거울

작가의 말

『지킬의 거울』을 쓰기까지, 저는 로버트 루이스 스티븐슨이 처음 글을 쓸 때 품은 의도를 이해해야 한다고 생각했습니다. 천재 작가가 남긴 불멸의 이야기는 제 작가 인생 내내 영감의 원천이 됐습니다. 스티븐슨이 쓴 다채로운 자전적 작품을 포함해 크게 도움이 된 책과 자료를 소개합니다. 이언 벨의 『망명의 꿈: 로버트 루이스 스티븐슨 전기』, 클레어 하먼의 『로버트 루이스 스티븐슨 전기』, 폴 맥시너가 엮은 『로버트 루이스 스티븐슨: 위대한 유산』, 브래드퍼드 부스와 어니스트 메휴가 엮은 『로버트 루이스 스티븐슨의 편지』, 그리고 RLS(로버트 루이스 스티븐슨) 웹 사이트 www.robert-louis-stevenson.org 입니다.

이 원고와 함께 사이버 폭력 문제를 고민하는 동안 믿을 수 없을 만큼 운 좋게도 존 니리 씨와 인터뷰를 할 기회가 있었습니다. 간호사인 니리 씨는 아동·청소년 정신 건강 치료 전문가입니다. 괴롭히는 자와 괴롭힘을 당하는 자의 모호한 경계, 현대 사회에서 스트레스와 중압감이 아이들의 마음과 정신에 미치는 영향에 대해 니리 씨는 연민과 예리한 통찰력을 보여주었습니다. 제게는 매우 유용하고 귀중한 것이었습니다.

여러 자료와 정보를 주신 두 번째 분은 링컨셔 경찰서 소속 앤드루 히킨보텀 경사입니다. 히킨보텀 경사는 은퇴할 때까지 링컨셔 주에 있는 학교에서 사이버 폭력의 위험성에 대해 교사와 학생에게 조언하고, 결코 분명하게 드러나지 않는 이 문제에 다가설 수 있는 길을 친절하게 안내해주셨습니다. 히킨보텀 경사 덕분에 저는 사이버 폭력이 피해자에게 얼마나 끔찍한 영향을 미치는지에 눈떴고, 이 문제가 의미 있게 해결되려면 반드시 정치나 입법 기관에서 확실하게 이해해야 한다는 사실을 깨달았습니다.

세 번째로 담당 편집자인 클레어 휘스턴과 리즈 크로스에게 크게 신세를 졌습니다. 열심히 글을 쓰도록 두 사람은 끊임없이 나를 채찍질했습니다. 사이버 폭력이라는 주제에 집중하고, 가능한 한 솔직하고 대담하게 그 주제를 파고들도록 말이죠. 이 책을 쓰는 데 결정적으로 기여한 두 사람에게 감사합니다.

마지막으로 익명을 요청한 여러 친구에게 진심으로 감사를 전합니다. 여섯 달 동안 여러 학교와 학부모의 허락 아래 많은 학생과 인터뷰를 했습니다. 사이버 폭력의 피해자와 한때 사이버 폭력을 저지른

가해자 모두 말이죠. 아이들은 예의 바르게, 움츠리지 않고 솔직하게 경험을 얘기하고, 그 경험을 『지킬의 거울』에 반영해도 좋다고 허락해줬습니다. 이 친구들의 이야기를 그대로 쓰지는 않았습니다만 원인과 결과, 유혹과 트라우마, 상처와 위로가 한쪽도 빠짐없이 이 소설을 관통해 흐르도록 최선을 다했습니다.

　『지킬의 거울』을 읽는 모두가 지금 이 순간 사이버 폭력으로 고통받는 이에게 도움의 손길을 내밀기를, 그리고 도움받을 기관이 많다는 것을 널리 알려주길 바랍니다.

윌리엄 허시

옮긴이의 말

지금 이 순간, 현대판 『지킬 박사와 하이드 씨의 기이한 사례』

　1883년 『보물섬』으로 명성을 얻은 로버트 루이스 스티븐슨은 3년 뒤 『지킬 박사와 하이드 씨의 기이한 사례』라는 소설을 발표했다. 빅토리아 시대의 이중적인 사회 분위기 속에서 인간의 양면성을 주제를 정신분석학적으로 다룬 이 작품은 크게 성공을 거뒀고, '지킬 박사'와 '하이드 씨'는 오늘날까지도 이중인격의 대명사로 통용되고 있다. 소설은 영화 등 다양하게 변주되었고, 뮤지컬로도 사랑을 받고 있다.

　윌리엄 허시는 로버트 루이스 스티븐슨의 소설에서 지킬 박사의 익명성을 보장해준 묘약을 현대 사회의 인터넷으로 치환해 흥미진진한 이야기를 풀어 나간다.

　『지킬 박사와 하이드 씨의 기이한 사례』가 발표됐을 당시 독자들이 놀란 것은 지킬 박사처럼 흠잡을 데 없는 사람의 영혼에 어떻게 그

런 어두운 구석이 있을까 하는 점이었다. 로버트 루이스 스티븐슨과 윌리엄 허시는 '악인은 특별한 누군가가 아니다. 우리 모두 악인이 될 가능성이 있다'는 것을 전제로 '자기 안의 괴물'을 들여다보게 한다.

『지킬 박사와 하이드 씨의 기이한 사례』에서 또 하나 빼놓을 수 없는 것이 미로처럼 얽힌 거리 풍경 등 빅토리아 시대 런던의 음습한 분위기인데, 윌리엄 허시 역시 으스스한 골동품 가게, 미로 같은 지하 터널 등 원작의 배경이 된 공간과 분위기를 한껏 살려냈다.

24시간 사이버 감옥, 사이버 폭력의 굴레

SNS에서 활동하는 '나'는 과연 진짜 '나'일까? 남에게 보이기 위해 행복한 척, 잘 사는 척 과장하고 허세를 부리지는 않는가? 모니터 뒤에 숨은 악플러들은 어떤가? 누군가를 죽음으로 내몰기도 하는 악플러를 조사하면 회사원, 아이를 둔 엄마, 남부러울 것 없는 전문직 종사자 등 평범한 사람들인 경우가 많다고 한다.

'카따(카카오톡 왕따)', '카톡 감옥' 등 '사이버 왕따'는 때와 장소를 가리지 않고 따돌림과 괴롭힘이 이어진다는 점에서 심각한 문제다. 사이버 폭력(사이버 불링)은 SNS, 메신저, 문자 메시지, 이메일, 인터넷 게시판 등을 이용해 지속적으로 상대를 괴롭히는 행위다.

사이버 왕따는 특별한 외상이 없기 때문에 주변 사람들이 쉽게 알아차리기가 어렵다. SNS에 올린 욕설과 비방은 많은 사람이 복제하면서 순식간에 퍼져 나가고 이는 또 다른 피해로 이어지곤 한다. 피해 학생들은 크나큰 고통 속에서 자살을 결심하기도 한다. 상대를 가리지 않고 무차별 악플을 다는 데 탐닉한 아이들은 급기야 괴물 '하이드'로 변하고 누군가를 위협하고 목숨을 빼앗기에 이른다. 이 소설은 사이버 폭력이 인간의 생명을 앗아갈 수도 있는 심각한 문제 행위임을 알리는 작가의 경고인 셈이다.

아빠가 아닌 괴물, 가정 폭력의 그늘

하루가 멀다 하고 비극적인 사건이 언론에 보도된다. 오랫동안 지속된 아버지의 폭력을 견디다 못한 아들이 엄마를 때리는 아버지를 흉기로 찔러 숨지게 하거나, 딸을 감금해 경악케 한 아버지가 알고 보니 어릴 때 가정 폭력을 당한 피해자였다는 등 가정 폭력 사건이 해마다 늘고 있다. 가정 폭력 사범 검거 사례는 깜짝 놀랄 만큼 늘어나고 있지만 우리는 여전히 '남의 집 일이니까', 혹은 '끼어들었다가 보복당할까 봐' 등을 이유로 이웃의 가정 폭력을 방관하곤 한다.

전문가들은 가정 폭력이 대물림된다면서 학교 폭력, 사회 폭력으로 이어질 수 있는 심각한 범죄라고 말한다. 이 소설의 주인공 샘 역시 아버지의 폭력성을 물려받았을까 봐 끊임없이 괴로워한다. 결국에는 마음속에 감춰둔 비밀스러운 애증과 분노가 '톰스'라는 악마를 만들어내기에 이른다.

판타지 고딕+α , 섬세한 청소년 심리 이야기

이 작품을 단순히 청소년 판타지 고딕 소설로만 보기엔 아까운 면이 있다. 처음부터 끝까지 주인공의 심리 변화가 매우 섬세하고 치밀하게 그려졌고, 심리 상태에 따라 미묘하게 변하는 배경이나 분위기 묘사 역시 두드러지기 때문이다.

심리 소설은 인물의 심리적 흐름과 무의식 세계를 파고들어 인간 내면의 실체를 관찰하고 분석하는 소설이다. 심리 소설에서는 등장인물의 정서나 내면 상태가 외부 사건으로부터 영향을 받기도 하고 반대로 사건을 일으키는 요인으로 작용하기도 한다. 이 소설은 주인공이 끊임없이 자기 안에 담긴 감정과 변화를 살피면서 숨겨진 분노, 공포와 마주함으로써 성장하는 과정을 보여준다. 내용상 판타지 고딕 소설인 데에 더해 섬세한 청소년 심리 소설이라고 할 수 있다.

> 안전 Dream 아동 · 여성 · 장애인 경찰지원센터: www.safe182.go.kr/schoolMain.do
> 24시간 전화: 국번 없이 117(학교 폭력 신고 상담 센터)
> 인터넷 상담: Wee 센터 고민 상담 비밀 게시판
> #0117 문자 전송

이 기관들은 우리나라에서 사이버 폭력과 가정 폭력에 시달리는 이들이 도움을 받을 수 있는 대표적인 기관들이다. 저자의 메시지에 힘을 싣고자 이를 소개하면서 글을 맺는다.

어둠 속에서 홀로 눈물 흘리며 고통을 감내하는 이들에게, 지옥 같은 시간을 보내며 희망을 놓아버린 이들에게 조금이나마 힘이 되기를 바라며.

2017년, 손성화